VISIONS IN DEATH
by J. D. Robb
translation by Haruna Nakatani

イヴ&ローク 20
赤いリボンの殺意

J・D・ロブ

中谷ハルナ[訳]

ヴィレッジブックス

友情は他人行儀ではつづかないが、
礼儀を欠いてもつづかない。
——ハリファックス卿

これは幻か？
夢なのか？
俺は眠っているのか？
——ウィリアム・シェークスピア

赤いリボンの殺意

Eve&Roarke
イヴ&ローク20

おもな登場人物

イヴ・ダラス	ニューヨーク市警の警部補
ローク	イヴの夫。実業家
ディリア・ピーボディ	イヴのパートナーの捜査官
シャーロット・マイラ	精神分析医
ライアン・フィーニー	ニューヨーク市警 電子探査課(EDD)の警部
イアン・マクナブ	フィーニーの部下
ジャック・ホイットニー	イヴの上司
ナディーン・ファースト	チャンネル75のレポーター
サマーセット	ロークの執事
メイヴィス・フリーストーン	イヴの友人。歌手
レオナルド	メイヴィスの夫
チャールズ・モンロー	公認コンパニオン
セリーナ・サンチェス	霊能者
ルイーズ・ディマット	医師

1

　彼女はだれも殺さずに午後を乗りきり、夕方を迎えた。この自制心は精神力のただならぬ強さの表れだ、と根っからの警官であるイヴ・ダラス警部補は思った。

　その日はすべてが順調だった。午前中の出廷は退屈なくらい型どおりで、いつ終わるとも知れない文書業務はたとえようもなく単調だった。唯一、彼女がかかわった事件は、ウェストサイドのアパートメント・ビルの屋上にたむろしていた連中の内輪もめがらみで、回し飲みしていた違法ドラッグの最後の一服――それぞれが持ち寄ったバズとエキゾティカとズームの寄せ集め――の取り合いが原因だった。

　そんな午後のパーティに参加していたひとりが、意地汚くもドラッグの最後の一服を握りしめたまま屋上から真っ逆さまに転落して、いさかいは決着がついた。

　十番街にビシャッと叩きつけられたのさえ本人はろくに感じなかっただろうが、パーティの雰囲気が台無しになったのは疑いようもない。

なんのかかわりもない近所のビルの住人で、九一一に通報した善意の人も含めて、目撃者の話はすべて一致しており、歩道からすくいとられて袋に入れられた人間は、自分の意志で屋上の縁まで飛び出して、元気いっぱいに〝寄るな、触るなブギ〟を踊っているうちに、もともと怪しかった体のバランスをさらに崩して、ケタケタ笑いながらヤッホーと叫んで飛び降りたという。

同じように、ジャスパー・K・マッキニーの最後のダンスを目撃した午後の航空トラムの乗客は、どんなにか驚いただろう――ひょっとして楽しんだかもしれない。

人一倍楽しんでいたある観光客は、首尾よく事故の一部始終をポケット・ビデオに収めていた。

すべては目撃証言どおりであり、ジャスパーは偶発事故によって死亡したと記録に残されるだろう。愚行による死、とイヴは密かに名付けたが、そんな個人的な意見を記すスペースは報告書類にはない。

ジャスパーと彼の〝八階からの飛び降り〟のせいで、イヴがコップ・セントラルを出たときには勤務終了時刻を一時間近く過ぎていて、その結果、ミッドタウンの不快きわまりない交通渋滞に巻き込まれてしまった。車両支給課のサディストからあてがわれた車は、目と脚が不自由な犬並みによたよたしてちっとも進まない。

まったくもう、とイヴは思った。わたしには肩書きがあって、ちゃんとした車に乗る資格があるっていうのに。この二年間で車が二台、ダメになったのはわたしのせいじゃない。精神力の強さなんか忘れて、朝になったら、車両支給課のだれかを八つ裂きにしにいってやる。

きっとおもしろいだろう。

帰宅後は――なんと、予定より二時間近く遅れてしまった――したたかな殺人課の警官から、ファッショナブルで協力的な妻に変身しなければならなかった。

有能な警官だという自覚はあったが、協力的な妻かどうかということになるとまるで自信がない。

ファッショナブルだとは思った。身につけるものはすべて――下着まで――夫が選んで準備してくれていたから。着るものについてロークは知り尽くしている。

イヴが知っているのは、自分がグリーンのなにかを着ていて、それは全体にきらきらしたものがついていて、グリーンでもなくきらきら光ってもいないところは大胆に肌が露出している、ということだけだ。

それについて言い争う暇もなく、コーディネートされたすべてを一気に身につけて、靴――これもグリーンできらきらしている――に足を突っ込むしかなかった。かなり高くて細いヒールを履くと、愛する男性と目の高さがほとんど同じになった。

ロークと見つめ合うのは苦労でもなんでもない。野性的な目はこの世のものとも思えないほど青く、その顔は芸術センスあふれる天使に描かれたかのように美しいから。しかし、いつつまずいて尻もちをついてもおかしくない状態で、見知らぬ人たちと付き合うのはつらい。

それでも、彼女は切り抜けた。大急ぎで着替え、ニューヨークからシカゴまでの短時間のシャトルの旅と、出されたワインは極上でも、脳みそが脂肪だらけになるくらい退屈なカクテルタイムと接待ディナーを乗りきった。とはいえ、十二人のクライアントをもてなしていたのはロークで、イヴのホステス役は名ばかりだ。

どんなクライアントなのかよくわからなかったのは、ロークが彼らの相手をなにからなにまですべて引き受けたせいで、イヴはなにもしないことにしていた。わかっているのは、そんな苦行のような四時間のあいだ、彼らのほとんどは退屈大賞がとれるくらい退屈だった、ということだ。

しかし、犠牲者は出なかった。

イヴにしては上出来だった。

とにかくいまは家に帰って、きらきらしたグリーンのものを脱ぎ捨ててベッドに倒れ込み、六時間、死んだように眠りたかった。

二〇五九年の夏は長くて、暑く、多くの血が流された。ようやく涼しい秋がやってくる。人びとが殺し合おうとする気も少しはおさまるだろう。

しかし、イヴはそれは疑わしいと思っていた。

イヴが贅沢な自家用シャトルの座席に落ち着いたとたん、ロークは彼女の両足を持ち上げて自分の膝にのせ、靴を脱がせた。

「へんな気を起こさないで、相棒。このドレスを脱いだら最後、もう二度と着る気はないわよ」

「ダーリン、イヴ」猫が喉を鳴らしているような声は、どこかアイルランドを思わせる響きがある。「それこそへんな気を起こさせるひと言だな。そのドレスを着ているきみがどんなに素敵でも、それを脱いだきみのほうが何倍も素敵だからね」

「勘弁して。いったん脱いだら、このぞろりとしたものをまた着る気はないし、笑っちゃうけど、あなたがアンダーウェアって呼ぶものを着て、このシャトルから降りる気も毛頭ないわ。だから、とにかく……ああ、それ、たまんない」

親指で土踏まずを押され、イヴの目玉がいったん中央に寄ってから、頭のほうへ裏返った。

「せめて足くらいマッサージさせてもらわないとね」イヴが背もたれに頭をもたせかけてうめき声をあげると、ロークはほほえんだ。「きみの尽力、その他もろもろにたいして。今夜、僕たちがやったようなことをきみが毛嫌いしているのは知っている。それから、きみが武器を取り出して、マッキンタイアをカナッペの皿に突っ伏させなかったことにも感謝している」

「歯が大きくて、ロバみたいな笑い方の男、でしょ？」

「まさにそれがマッキンタイアだ。きわめて重要な顧客でもある」ロークはイヴの左足を持ち上げ、爪先にキスをした。「だから、感謝するよ」

「いいのよ。それもパッケージの一部」

こっちはたいしたパッケージだ、と、薄目でロークを観察しながらイヴは思った。百八十五センチのパッケージの豪華なこと。含まれるのは、筋肉質の引き締まった体格や、つややかで豊かな黒髪に縁取られたどきりとするほどハンサムな顔だけではない。明晰な頭脳、気品、激しさ。そんなすべて含んだパッケージだ。

なによりも、彼はイヴを愛しているだけではなく、彼女を理解していた。ふたりの喧嘩の原因――いつだって簡単に見つかる――はいろいろあるが、彼が彼女を理解しているという事実をめぐってふたりが角を突き合わせることはありえない。

妻としての協力について言えば、ロークはイヴができる範囲以上のことはいっさい望まなかった。できる以上のことを相手に求める者は多く、それはイヴも知っている。ロークが営む企業は地球の内外にあって、持ち株会社や不動産、工場、市場、それ以外にもありとあらゆるものを所有する。彼は途方もない金持ちであり、それにともなう影響力は計り知れない。そんな立場にあれば、配偶者は自分の思うままになり、すぐにすべてを手放して腕にぶら下がってくるだろうと期待するのがふつうだ。

彼はそうではない。

仕事上の行事や付き合いの場に、イヴが妻としてかろうじて出席するのは、おそらく三度に一度だ。

ロークのほうが彼女に合わせてスケジュールを組んだり、事件の相談役として時間を作ったりすることは、数かぎりなくある。

実際のところ、よくよく考えると、イヴにとってロークは、彼女が協力的な妻であるよりはるかに、よき警官の夫なのだ。

「わたしのほうがあなたの足をもむべきかもしれない」と、イヴは思いをそのまま口にした。「あなたってほんとうにいい人」

ロークは一本の指で、イヴの爪先からかかとまでをすっとかすめた。「そのとおり」

「だとしても、やっぱり、このドレスを脱ぐ気はないから」イヴは座席の一方に体を寄せて、目を閉じた。「着陸したら起こして」

うとうとしかけたとたん、パーティ用バッグのなかのコミュニケーターが鳴り出した。

「もう、嘘でしょ」目を閉じたまま手を伸ばし、バッグのなかを探った「到着予定時刻は？」

「約十五分後だ」

イヴはうなずき、コミュニケーターを引っ張り出して、応答した。「ダラス」

通信司令部からダラス、警部補、イヴへ。セントラルパーク、ベルヴェデーレ城へ急行せよ。すでに警官が現場に到着。殺人事件、犠牲者はひとり。

「ピーボディ、刑事、ディリアに連絡して。現場で会うわ。わたしの到着予定は三十分後」

了解。通信司令部から、以上。


「くそっ」イヴは片手で髪をかきあげた。「わたしを落として、あなたは帰って」

「妻を落とすのは嫌いでね。いっしょに行って、待っている」

イヴは眉をひそめて洒落たドレスを見下ろした。「この格好で現場に行くなんて、たまらない。何週間もあれこれ言われるわ」


さらに悪いことに、また靴を履かなければならず、さらにその靴のまま、市でもっとも広い公園の芝生を横切ってから、小道を歩いていかなければならなかった。

城は公園でいちばん高い地点に建っていて、細い塔が夜空にそびえ、ごつごつした岩の土台の下方は人工湖につづいている。

日中、観光客がスナップ写真やビデオを撮るには最適の美しいポイントだ、とイヴは思った。しかし、いったん日が沈むとこういう一画には、路上生活者や、ドラッグ依存症患者や、流しの無免許コンパニオンや、厄介ごとを探すくらいしかやることのない連中が自然と集まってくる。

現在、市当局は、公園と記念建造物を美しく保とうとやかましく宣伝中だ。しかも、感心なことに、ほぼ定期的にそのための予算も投じている。そのうち、市の職員にボランティアも加わって、公園のゴミ拾いや、落書き消しや、庭園などの手入れに精を出すのだろう。

　そして、だれにとっても居心地いい快適な公園になると、彼らはまたほかに努力の対象を見つけ、そのうちまた快適だった公園が汚れ放題になるという繰り返しだ。

　いまのところ、公園はそこそこきれいに保たれ、夜明け前の清掃クルーが汗だくになって作業するほどゴミは散らかっていない。

　ロークと並んで歩いているイヴは、できるだけ歩幅を大きく取りながら、すでに警官が設置したバリケードに向かった。犯行現場用のライトに照らされた城が、昼間のようにはっきりと見える。

「待っていなくていいわ」イヴはロークに言った。「だれかに乗せてもらうから」

「待っている」

　イヴはなにも言い返さずにただ肩をすくめ、警察バッジを取り出してバリケードを通り抜けていった。

　ドレスや靴についてだれもなにも言わなかった。怒らせたらこわいというわたしの評判のせいで制服警官たちは黙っているのだろう、とイヴは思ったが、背後でにやついたり忍び笑いを漏らしたりする気配すらないのは、驚きだった。

　もっと驚いたのは、一歩前に出てきた仕事の相棒が、彼女の服装について気のきいたひと言も発しないことだった。

「ダラス。ひどい状況です」

「被害者は？」

「白人の女性で、三十歳くらい。現場は記録しました。身元を確認しようとしていたところ、あなたが到着したと聞いたので」ふたりは並んで歩きはじめた。ピーボディは歩きやすいエア・スキッズを、イヴは土踏まずが痛くてたまらないヒールを履いている。「強姦殺人。強姦後に絞殺。でも、犯人はそれで終わりにしなかった」

「被害者を見つけたのは？」

「少年たちです。ああ、ダラス」ピーボディは一瞬立ち止まり、急いでそのへんにあるのを着てきたと思われる格好のまま突っ立って、疲れた顔を片手でこすった。「少年たちは家をこっそり抜け出して、ちょっとした冒険をするつもりだったようです。それ以上のものを経験してしまったのはまちがいありません。それぞれの両親と児童相談所に連絡しました。少年たちはパトロールカー内に保護しています」

「遺体は？」

「この下です」ピーボディは先に立って歩きだし、指差した。

人工湖の、暗く穏やかな水面からちょっと上がった岩の上に、彼女は横たわっていた。首に赤いリボンが結ばれているように見える以外、なにも身につけていない。両手を左右の乳房のあいだで組み合わせて、祈っているか懇願しているかのようだ。

顔は血まみれだった。あの血は眼球を取り出したときに流れたものだ、とイヴは思った。首の骨を折ってしまう危険があるので、靴は脱がなければならなかった。イヴはピーボディから手渡された捜査キットのシール・イット缶を使い、両手と素足にコーティング処理をした。靴を脱いでも、パーティ用のドレス姿で岩にしがみつくようにして降りていくのは簡単ではなく、遺体をめざしてきらびやかな格好で岩場を進んでいく自分の姿はさぞかしばかげて見えるだろう、まちがっても警官には見えないだろう、と思った。

ビリッとなにかが破れる音がしたが、無視した。

「ああ、もう」ピーボディがびくっと身を縮めた。「ドレスが台無しになりますね。めちゃくちゃ素敵なのに」

「ジーンズとふつうのシャツが手に入るなら、一か月分の給料を差し出したっていい。あと、ブーツもね、こんちくしょう」そう言ってから、服装のことは頭から振り払ってしっかりとその場に立ち、遺体のほうへ体を向けた。

「レイプされたのはここじゃない。第二の現場があるはずよ。これだけ芝生が広がっているのに、たとえ頭がどうかしていたってこんな岩だらけのところで女性を襲ったりしない。どこかほかの場所で殺したか、動けなくなるほど痛めつけたか。犯人はここまで彼女をかつぎ下ろさなければならなかった。それができたということは、あるていど筋肉があって、体も大きいはず――複数犯であるなら話はべつよ。彼女は、そう、たぶん、六十キロ前後でしょ。死重量《デッド・ウェイト》で」

ドレスより現場を保護するために、イヴはスカートの裾をたくし上げた。「身元を調べて、ピーボディ。彼女がだれなのか突きとめて」

ピーボディが似顔絵作成《アイデンティ》パッドを操作しているあいだ、イヴは遺体の姿勢を観察した。

「彼女にポーズをつけている。祈りのポーズ？　懇願？　安らかに眠りたまえってこと？　あんたのメッセージはなに？」

しゃがみこんで、遺体に目をこらす。「肉体的暴行、性的暴行の証拠が目視で確認できる。アザや傷があるのは、顔面、胴体、前腕――これは防御創みたい。爪の先になにか入ってる。反撃を試みて、犯人を引っ掻いたのよ。皮膚じゃないわ。繊維のように見える」

「被害者の名前はエリサ・メープルウッド」ピーボディが言った。「住所はセントラルパーク・ウェストです」

「ここからそう遠くはない」イヴが言った。「でも、山の手住まいには見えないわ。ペディキュアをしていないし。家事をしないすべすべの手でもない。たこができてる」

「家政婦として雇用されている、とあります」

「そう、それならわかる」

「三十二歳。離婚歴あり。ダラス、彼女には四歳の子どもがいます。女の子です」

「ああ、最悪」イヴは情報を受け入れ、そして、いったん頭から追い払った。「大腿部と陰部に挫傷。畝《うね》織りの赤いリボンが首に巻きつけられている」

紐は皮膚に食い込んで、そのまわりの圧迫された肉が盛り上がり、紐の両端は胸まで垂れていた。

「死亡推定時刻は、ピーボディ？」

「いま出ます」ピーボディは測定器を手元に引いて、表示を見つめた。「二十二時二十分です」

「約三時間前ね。少年たちが彼女を見つけたのは？」

「十二時ちょっと過ぎです。最初は現場近くにいた警官が応じて、少年たちの話を聞き、上から遺体を確認して、一時十五分前に通報したそうです」

「オーケイ」イヴは心を決め、ゴーグル型顕微鏡を取り出して装着した。前かがみになって、傷つけられた顔を観察する。「じっくり時間をかけてやってるわ。むやみに切り裂いたわけじゃない。きれいに、正確に切開してる。手術並みね。移植でもしてるみたいよ、いまいましい。つまり、目こそ犯人が求めていたものよ。目的物なの。殴るのもレイプもたんなる序章にすぎない」

イヴは上半身を起こしてゴーグルをはずした。「遺体をひっくり返して、背面を確認するわよ」

背中の皮膚が黒っぽくなっているのは血液がとどこおっているだけで、尻から大腿部にかけて汚れているのは草のしみだ、とイヴは思った。

「背後から襲いかかってる。でも、彼女に姿を見られても、犯人はべつにかまわなかった。彼女を殴り倒した――場所は歩道か舗装道路。じゃなくて、砂利道ね。両肘に擦り傷が見えるでしょう？　犯人は彼女を打ちのめした。彼女は反撃を試み、おそらく叫び声をあげようとした。実際に悲鳴をあげたかもしれないけれど、連れ去られてしまった。犯人がだれにもじゃまされずに楽しみに浸れる場所へ。犯人は彼女を引きずり、草地を横切った。殴って服従させ、レイプした。紐を首に巻きつけて、殺した。そこまで作業を終えたところで、さあ、ここからが本番よ」

イヴはまたゴーグルを装着した。「彼女がまだ着ていた衣服をはぎ取り、靴を脱がせ、身につけていたものすべてを取り去った。装身具とか、彼女の身元がわかるようなものも残らず。そして、ここまで運び下ろした。ポーズをつけた。眼球を摘出した――慎重に。ポーズを確認し、必要な調整をした。そうしたければ、湖で血をすべて洗い流した。きれいにして、目的のものを手に、立ち去った」

「儀式的な殺人ですか？」

「どうであれ、犯人にとっては儀式よね。遺体を袋に詰めてもらっていいわ」イヴは言い、立ち上がった。「殺害現場を探すわよ」

ロークは、イヴがまた靴に足先をすべり込ませるのを見つめた。裸足のほうがずっと楽だろうに、と思ったが、そんな選択肢を警部補が検討するはずもなかった。

ハイヒールを履いて魅惑的なドレス――この状況では救いようのない服――に身を包み、ダイヤモンドをきらめかせていても、彼女は警官以外のなにものでもなかった。長身で、やせていて、揺るぎないところは、いま、本人が新たな惨状を目撃するためにしがみついて降りていくことになった岩のようだ。彼女の目、切れ長の金茶色の目に恐怖は見当たらない。

どぎつい照明にさらされた彼女は青白く、その強烈な明かりで、骨張った風貌は際だつばかりだ。目とほぼ同じ色の髪は短く、ところどころつんつんと立っていて、いまは湖面を渡ってくるそよ風に乱されている。

ロークが見ていると、イヴは立ち止まって制服警官と短く言葉を交わした。抑揚のない声だろう、とロークにはわかっていた。そっけなくて、彼女がなにを感じているか、これっぽっちも伝わってこない口調だ。

さらに見ていると、イヴがなにかを身振りで示し、がっちりとした体つきで、ほとんどふだん着姿のピーボディがうなずいた。やがて、イヴは警官たちのグループから離れてロークのほうへもどってきた。

「あなた、そのうち家に帰りたくなるわ」イヴはロークに言った。「ちょっと時間がかかりそうだから」

「そんなことじゃないかと思っていた。強姦、絞殺、死体損壊」イヴが目を細めたので、ロークは一方の眉を上げげた。「僕のおまわりさんがかかわっているとあれば、僕はなにひとつ情報を聞き漏らさない。なにか手伝えることは？」

「ないわ。民間人には——たとえあなたでも——かかわってほしくない。犯人が彼女を殺害したのはここじゃないから、殺害現場を探さなければならないわ。たぶん、今夜は帰れないと思う」

「きみの着替えを取ってくるか、だれかに持ってこさせるかしようか？」

ロークの驚くべき影響力をもってしてさえ、ただパチンと指を鳴らして彼女をブーツとパンツ姿に変えるのは無理とわかっていたから、イヴは首を振った。「本署《セントラル》のロッカーに着替えがあるから」そう言ってドレスを見下ろし、ところどころの泥の汚れや、ほころびや、体液のしみに気づいてため息をついた。気をつけたつもりだったがこの始末だ。いまではこんなぼろぼろになってしまったドレスに、ロークがいったいいくら払ったのか見当もつかない。

「ドレスのこと、悪かったわ」

「気にしないで。可能なときに連絡してくれ」

「そうする」

イヴは身をすくめないように必死になって――必死になっていると彼にバレているのはわかっていた――ロークの人差し指に顎の小さなくぼみをそっとなでられ、前かがみになったロークの唇が軽く唇をかすめるのを受け入れた。「幸運を祈るよ、警部補」

「ええ。ありがとう」

ロークがリムジンに向かって歩いていると、イヴが声を張り上げるのが聞こえた。「オーケイ、坊ちゃん、お嬢ちゃんたち、散らばって。ふたりずつチームを組んで。通常の証拠探索よ」

犯人は彼女を遠くから運んできてはいないだろう、とイヴは推理した。そんなことをして、なんの意味がある？　時間がかかるうえに、問題が起こったりだれかに見られたりする危険も増す。それでも、ここはセントラルパークだから、よほどの運に恵まれないかぎり短時間で簡単に手がかりが見つかることはないだろう。

ところが、三十分もしないうちにその運に恵まれた。

「ここ」イヴは片手を上げてピーボディを立ち止まらせ、しゃがみこんだ。「地面がちょっとこすれてる。ゴーグルを貸して。ほら、ほら」ゴーグルを装着して、言った。「ここに血痕がある」

さらに両手と両膝をつき、地面に鼻をくっつけるようにしている姿は、獲物の匂いを嗅ぎつけた猟犬そっくりだ。「この一帯を立ち入り禁止にしたいわ。遺留物《スウィーパー》採取班を呼んで。なにか痕跡が見つかるかどうか確認したい。ここを見て」

イヴは捜査キットからピンセットを取り出した。「折れた爪。彼女のよ」爪をつまんで日の光にかざし、きっぱりと言った。「手こずらせてやったのね、エリサ？　あなた、できることはやったのよね」

爪を保存用バッグにしまい、かかとに尻をつけるようにして、またしゃがんだ。

「芝生の上を引きずられてきたのよ。彼女が足を踏んばった場所がわかるでしょう。そのうち、片方の靴が脱げた。だから、いっぽうの足が草のしみと土で汚れていた。でも、犯人は靴を拾いにもどった。彼女の服も持ち去った」

イヴはすっくと立ち上がった。「服が捨てられているかもしれないから、半径十ブロック内のゴミ箱を調べさせる。破けていて、血や泥で汚れているはず。彼女がどんな服を着ていたか、くわしいことがわかるかどうか当たってみるけれど、とりあえず探す。でも、犯人の手元にあるとか？」イヴはつぶやいた。「記念品として持っているかも」

「彼女の住まいからここまで、二、三ブロックしかありません」ピーボディが言った。「家の近くで彼女に襲いかかり、ここまで引きずってきてやるべきことをやり、死体遺棄現場まで運んだ、と」

「とにかく慎重に調べなければ。調べる手はずをととのえて、それから、彼女の家に行くわよ」

　ピーボディは咳払いをして、まじまじとイヴのドレスを見つめた。「その格好で行くんですか？」

「ほかにどうしろって？」


汚れたドレスに並みはずれて高いヒール靴を履いて、メープルウッドが住んでいる建物の前でドアマンの任務についている夜間ドロイドに向かって大股で歩いていきながら、イヴはなんだかばかみたいだと思わずにはいられなかった。

　とりあえず、警察バッジは持っている。外出時にかならず携帯しているもののひとつだ。

「ニューヨーク市警察治安本部《NYPSD》のダラス警部補と、ピーボディ刑事。エリサ・メープルウッドの件よ。彼女はここに住んでるわね？」

「身分証をスキャンして確認させていただきます」

まだ夜も明けきらない時間だというのに、妙にきちんとして見えるが、それがドロイドというものだ。銀色のモール付きのスマートな赤い制服を着たドロイドは、五十代半ばの男性に似せて造られ、もみあげにはモールと同じ銀色のものがかすかに混じっている。

「身元を確認しました。ミズ・メープルウッドは住み込みの家政婦で、雇い主はミスター・ルーサー・ヴァンダーリーと奥様です。どういったご用件でしょう？」

「今夜はミズ・メープルウッドを見かけた？」

「私は真夜中から午前六時までのシフトです。彼女には会っていません」

「ヴァンダーリー夫妻に会わせて」

「ミスター・ヴァンダーリーは出張中です。受付で訪問の許可を得てください。深夜のこの時間帯はコンピュータが対応します」

ドロイドは入り口の錠を開けて、ふたりといっしょになかに入った。「再度、身分証明証をスキャンしてください」と、伝える。

いらいらしながらもイヴは、モノトーンのロビーの洒落た受付にある電子装置に警察バッジを読み取らせた。

身元が確認されました、ダラス、警部補、イヴ。どういったご用件でしょう？

「使用人のエリサ・メープルウッドの件で、ミセス・ヴァンダーリーと話がしたいの」

ミセス・ヴァンダーリーに連絡しますので、少々お待ちください。

ふたりが待っているあいだ、ドロイドはそのままそばにいた。静かな音楽が流れている。ふたりがロビーを横切りはじめると流れ出したのだ。人が入ってくると作動するようにセットされているらしい、とイヴは思った。

ロビーを横切る人間に音楽が必要な理由は、わからなかった。

照明はほの暗く、盛り花はみずみずしい。高級家具がいくつか――録音された音楽を、腰を下ろして聴きたくなったときのために――センスよく配置されている。南側の壁にはエレベーターが二基あり、防犯カメラが四台、ロビーのようすをくまなくとらえている。

ヴェンダーリー夫妻はよほどの金持ちらしい。

「ミスター・ヴァンダーリーはどこに?」イヴがドロイドに訊いた。

「それは職務上の質問ですか?」

「いいえ、わたしはただの知りたがり屋」そう言って、ドロイドの鼻先で警察バッジを振る。「じゃなくて、職務上の質問よ」

「ミスター・ヴァンダーリーはマドリッドへ出張中です」

「いつから?」

「二日前に出発されました。明日の午後、もどられる予定です」

「じゃあ……」コンピュータの信号音が鳴り、イヴは口をつぐんだ。


ミセス・ヴァンダーリーがお会いになります。エレベーターAで五十一階へおいでください。ミセス・ヴァンダーリーはペントハウスBにいらっしゃいます。


「ありがとう」ふたりが市松模様の床を横切っているあいだにもう、エレベーターの扉が開いた。「なんで機械にお礼を言うんだろう？」イヴは思いをそのまま口にした。「言ったって、あっちはなにも感じないのに」

「人間の生まれながらの特質のひとつです。だから、機械もわたしたちにお礼を言うようにプログラマーはセットするんだと思います。マドリッドへ行ったことはありますか？」

「ないわ。たぶん。ないわね」と、断言した。この二、三年、イヴはさまざまな場所へ行っている。「行ってないと思う。わたしが履いているみたいな靴をどういう人がデザインするか知ってる、ピーボディ？」

「靴の神様です。めちゃくちゃイカした靴です、サー」

「ちがうわ、靴の神様じゃない。人間よ。それも、密かに女性という女性を憎んでいる、心のねじくれた生身の男。こういう靴をデザインすれば、女性を苦しめながら利益も得られるというわけ」

「それを履いていると、脚の長さが三十メートルくらいに見えます」

「そう、それこそわたしがほしいものよ。三十メートルの脚二本」冗談はここまでと思い、五十一階でエレベーターを降りた。

ペントハウスBの扉はトラックほどの幅があり、開けてくれた三十代の小柄な女性は、モスグリーンのガウン姿だった。

さっきまで寝ていて乱れたままの長い髪は深みのある赤毛で、ところどころに金色っぽいハイライトの筋が混じっている。

「ダラス警部補？　あら、それはレオナルド？」

食い入るようにドレスを見つめられ、彼女がなにを言っているのか理解するのに時間はかからなかった。「たぶん」レオナルドはファッション愛好者のもっとも新しい人気デザイナーであるだけでなく、イヴのもっとも大事な親友のひとりだ。「ある件について……捜査中です。こちらは、パートナーのピーボディ刑事。ミセス・ヴァンダーリーですか？」

「ええ、ディアン・ヴァンダーリーよ。どういうことなの？」

「おじゃましてもかまいませんか、ミセス・ヴァンダーリー？」

「ええ、もちろん。なんだかよくわからないけれど。階下《した》から連絡があって、警官がわたしに会いにきたって聞いて、まず、ルーサーになにかあったんだと思ったわ。でも、そういうことなら、先にマドリッドから連絡があるはずでしょう？」ディアンはためらいがちにほほえんだ。「ルーサーになにかあったわけじゃないわよね？」

「ご主人のことでおじゃましたわけじゃありません。エリサ・メープルウッドの件です」

「エリサ？　あら、この時間なら、彼女はベッドのなかよ。厄介ごとに巻き込まれるはずがないわ」ディアンは腕組みをした。「どういうことかしら？」

「最後にミズ・メープルウッドの姿を見たのはいつですか？」

「ベッドに入る直前よ。十時ごろね。ゆうべは早めに横になったの。頭痛がしたので。いったい、なんなの？」

「お伝えしなければならないのが残念ですが、ミセス・ヴァンダーリー、ミズ・メープルウッドは亡くなりました。今夜、何者かに殺されたんです」

「そんな――そんなばかなことってないわ。彼女は眠っているのよ」

もっとも単純で完璧なのは反論しないことだと、イヴは知っていた。「よかったら確認してください」

「朝方の四時前なのよ。眠っているにきまっているわ。彼女の部屋はこの奥の、キッチンの向こうよ」

ディアンは先に立ってすたすたと歩き出し、広々とした生活スペースを横切っていった。置いてある家具はアンティークだ、とイヴは気づいた。ふんだんに使われた木材は磨き上げられ、曲線と、深みのある色と、複雑な模様で装飾をほどこされ、ガラスの部分は光り輝いている。つづくメディア・ルームに入っていくと、いまは収納されているが壁一面がスクリーンになっていて、ゲームと通信センターが一種のキャビネットに収められている。いえ、そうじゃなくて戸棚《アームワー》だ、とイヴは訂正した。ああいうばかでかい戸棚をロークはそう呼んでいる。

ダイニングルームの一角が通路につながって、その奥がキッチンになっている。

「おふたりにはここでお待ちいただくわ」

急にそっけなくなった、とイヴは気づいた。いらだち、恐れているのだ。

ミセス・ヴァンダーリーは幅の広いポケットドア（引き戸が壁にしまわれる）を開けて、なかへ入っていった。エリサ・メープルウッドの私室だろう、とイヴは思った。

「とてつもなく広いですね」ピーボディが声をひそめて言った。

「ええ、空間たっぷり、ものもたっぷり」そう言って、キッチンのなかを見回す。すべてが銀色と黒で統一されている。趣《おもむき》があって使いやすそうで、きわめて清潔だ。慰留物採取係がチームを組んでやってきても、埃ひとつ採取できないかもしれない、とイヴは思った。

設備はロークの家のものと大差ない。イヴはキッチンを自分のものと思っていなかった。あれはサマーセットの管轄部分であり、それを彼の好きに支配してもらえれば、幸せというだけでは足りないくらいだ。

「前に彼女に会ったことがあるわ」

巨大なオートシェフをじろじろ見ていたピーボディが振り返って訊いた。「ヴァンダーリーと知り合いですか？」

「会っただけで、知ってるわけじゃない。ロークに連れていかれる〝お務め〟で会っただけ。ロークの知り合いよ。名前は覚えていなかったわ。あの人たちみんなの名前なんか、覚えられるわけないでしょ？　でも、彼女の顔には見覚えがある」

ミセス・ヴァンダーリーが足早にもどってきたので、イヴは振り返った。「いないわ。わからない。自分の部屋にも、つづきの間のどこにもいない。ヴォニーは眠っているわ。彼女の娘、まだ小さな女の子よ。どうなってるの」

「彼女はよく夜に外出するんですか？」

「もちろん、そんなことはないわ、彼女は――ミニョン！」そう言うなり、エリサの部屋に駆けもどっていった。

「ミニョンっていったい何者？」イヴがぼそっと言った。

「メープルウッドは女の子が好きなのかも。恋人がいたとか」

「ミニョンもいない」顔面蒼白のディアンがもどってきて言った。喉元に当てた指先が震えている。

「ミニョンというのは――」

「うちの犬よ」ディアンはすかさず言った。言葉が口からあふれ出す。「なつき方で言えば、エリサの犬も同然ね。わたしが二、三か月前に買った小さなティーカップ・プードルよ――娘たちの遊び友だちに、と思ったのだけれど、ミニョンはエリサにいちばんなついていたわ。彼女は――彼女はたぶん、あの子を散歩に連れていったのよ。夜の仕事がすべて片づいてから、連れていくことがよくあったから。犬の散歩に行ったんだわ。ああ、もう。なんてこと」

「ミセス・ヴァンダーリー、坐ってはいかがですか？ ピーボディ、お水を」

「事故だったの？ ああ、どうしよう、事故があったの？」まだ涙はこぼれていなかったが、それも時間の問題だろう、とイヴはわかっていた。

「いいえ、言いにくいのですが、事故ではありません。ミズ・メープルウッドは襲われたんです、公園で」

「襲われた？」外国語を口にするように、ディアンはゆっくりと繰り返した。「襲われた？」

「殺されたんです」

「嘘よ。ちがうわ」

「少しでもお水を飲んでください、奥さん」ピーボディが水の入ったグラスをディアンの手に押しつけた。「ちょっとでも口をつけてください」

「できないわ。無理。どうしてそんなことが起こるの？ 何時間か前に、話をしていたのよ、わたしたち。ちょうどここに坐っていた。彼女に、頭痛薬を呑んで休むように言われたわ。それで、わたしはそのとおりにした。わたしたち……娘たちはベッドに入っていて、彼女はわたしにお茶を淹れてくれて、もう休んでくださいって。どうしてこんなことになるの？ なにがあったの？」

まだよ、とイヴは思った。くわしいことを話して事態を悪くするにはまだ早すぎる。「少しでも水を飲んでください」イヴは、ピーボディがポケットドアを閉めようと近づいていくのに気づいた。

子どもね、とイヴは思い出した。メープルウッドの娘が目を覚まさないともかぎらず、これは子どもが耳にするべき会話ではない。

目が覚めたら、その子の世界はこれまでとはがらりと変わってしまうのだ、とイヴは思った。

2

「彼女はあなたのところでどのくらい仕事を？」イヴは答えを知っていたが、ディアンに厄介なことを伝えるのはありきたりな話をしてからのほうがやりやすい。

「二年よ。二年。わたし――わたしたち――夫は出張がとっても多いから、通いのメイドやドロイドじゃなくて、住み込みで家事を手伝ってくれる人を雇おうって、わたしが決めたの。というより、いっしょにいてくれる人がほしかったんだわ、たぶん。エリサを雇ったのは彼女が気に入ったからよ」

ディアンは一方の手で顔をさすり、なんとか気持ちを落ち着けようと努めていた。「もちろん、彼女は資格を持っていたし、わたしたちは、とにかくすぐに意気投合してしまったのよ。いっしょに暮らす人を雇うなら、わが家の一員になるわけでもあるし、いっしょにいてわたしが気楽でいられる人がいいと思った。彼女に決めたもうひとつの理由はヴォニーよ。彼女の娘のイヴォンヌ。うちにも小さな女の子がいるわ。ザナよ。ふたりは同い年だから、いい遊び友だちになると思ったの。そのとおりになったわ。家族のようよ。実際に家族なのよ。ああ、かわいそうなヴォニー」

ディアンが両手で口を押さえると、涙があふれ出した。「まだ四歳なのよ。ほんの赤ちゃんだわ。どうやってあの子に伝えられる？　母親が……どう伝えればいいの？」

「われわれが伝えることもできます、ミセス・ヴァンダーリー」ピーボディは言い、椅子に坐った。「わたしたちから彼女に話をしますし、児童保護サーヴィスのカウンセラーが彼女の対応をするように手配します」

「あの子はあなたがたを知らないわ」ディアンはさっと立ち上がり、部屋を横切っていって抽斗《ひきだし》からティッシュペーパーを取り出した。「よけいにおびえて混乱するだけ……知らない人から伝えられても」

ディアンはティッシュペーパーで頬をぬぐった。「ちょっと考えさせて」

「ごゆっくり」イヴはディアンに言った。

「わたしたちは友だちなの。ザナとヴォニーみたいに。だから……雇い主と雇われ人のような関係じゃなかったのよ。彼女のご両親は……」

ディアンは深く長々と息を吸い込んだ。そのままテーブルにもどってきて椅子に坐るのを見て、彼女の自制心は満点だとイヴは思った。「彼女のお母さんはダウンタウンで再婚相手と暮らしているわ。エリサの実のお父さんは、ええと、フィラデルフィアに住んでいる。おふたり……あの人たちには、わたしから連絡しましょう。まず、わたしから話を聞いたほうが、あの人たちにはいいと思うの。そうするべき……そうだわ、ルーサーに電話をしなければ。彼に伝えなければ」

「ほんとうに、ご自身で連絡されますか？」イヴはディアンに訊いた。

「反対の立場なら、彼女もそうしてくれたはずよ」声がうわずるとディアンは唇をきゅっと結び、必死で声の調子をととのえた。「彼女なら、わたしの子どもの面倒をみてくれたでしょうから、わたしが彼女の子どもの面倒をみます。彼女なら……ああ、なんてこと、どうしてこんなことに？」

「なにか問題があると、彼女から聞かされていましたか？　だれかに困らされて迷惑しているとか、脅されているとか？」

「いいえ。ないわ。そういうことがあったら話してくれたはず。エリサはみんなに好かれていたわ」

「どなたかと付き合っていましたか——恋愛対象とか、決まった相手は？」

「いいえ。いまはだれともデートしていませんでした。離婚に際していろいろたいへんだったので、娘さんのために安定した家庭環境を築くことを第一に考えていて、男性のほうは——彼女の言葉を借りると——休憩中だったわ」

「彼女に振られたり、つらい思いをさせられたりした人は？」

「わたしが知るかぎりでは、いないと……彼女はレイプされたの？」ディアンは、テーブルに置いた両手を握りしめた。

「検死医からの報告がないとまだはっきりしたことは……」いきなり伸びてきたディアンの手に手をつかまれ、イヴは言葉を切った。

「知っているんでしょう。隠さないで。彼女はわたしの友だちだったのよ」

「ええ、レイプされた痕跡がありました」

イヴの手を握っている手に力がこもり、ぶるっと激しく震えてから、離れた。「犯人を見つけて。見つけ出して、代償を支払わせて」

「そのつもりです。それに手を貸したいと思われるなら、どうか考えてください。どんなにつまらなく思えることでもいい。なにか思い当たることはないか。どんなにありきたりなことでもいい。彼女はなにか話していなかったか」

「彼女は抵抗したはず」ディアンがきっぱりと言った。「夫から虐待を受け、カウンセリングを受けて助言をもらい、夫と別れたのよ。自分で立ち上がることを学んだの。だから、彼女は戦ったはずよ」

「おっしゃるとおり、戦ったわ。元夫はいまどこに？」

「地獄で責め苦に遭っていると言いたいけれど、目下の若い恋人とカリブ海にいるわ。あちらに住みついて、ダイビング・ショップみたいなものを経営している。彼は自分の子どもに会ったことがないのよ。ただの一度も。まったく、ぜんぜん。エリサは妊娠八か月のときに離婚を申し立てたの。あの子を、あの男の手に渡しはしないわ」

闘志がこみあげて顔に赤みが差し、激情にかられて声に力がこもる。「あの男が親権を手に入れようとしたら、このわたしが戦って阻止する。彼女のためになんとしてでもやるわ」

「彼女が最後に元夫と連絡を取ったのはいつですか?」

「二、三か月前、彼からの養育費の支払いがまたとどこおったときだと思うわ。こんなふうにここで快適に暮らしている彼女に、なんだって金を渡さなければならないんだって、あの男はさんざん愚痴って」ディアンはまた深く長々と息を吸い込んだ。「養育費は直接、ヴォニーの口座に振り込まれて教育費に使われるのに。彼にはそうは考えられないのよ」

「彼に会ったことがあるんですか?」

「いいえ、残念ながら機会がなかったの。わたしの知るかぎりでは、この四年間、彼はニューヨークへもどってきていない。まだ頭がうまくまわっていないわ」と、ディアンは認めた。「でも、ちゃんと考えるわ。約束するわ、はっきりと思い出して、明確に考えて、あなたの力になることはなんでもするわ。でも、いまは夫に電話をしなければ。ルーサーと話がしたい――そして、ひとりにしてほしいわ。ひとりになって、ヴォニーが目を覚ましたときになんと言って伝えればいいのか考えたい。ヴォニーとわたしの小さな娘になんと言えばいいのか」

「われわれとしては、彼女の部屋に入って、身の回りの品など、いろいろ調べなければなりません。あすにでも。よろしいですか?」

「かまいません。いまやっていただいてもかまわないけれど……」ディアンは振り返ってドアを見た。「ヴォニーを眠らせてあげたいわ、目が覚めるまで、できるだけ長く」

イヴは立ち上がった。「では、あすの朝、ご連絡ください」

「わかりました。ごめんなさい。お名前をすっかり忘れてしまったわ」

「ダラスです。ダラス警部補。こちらは、ピーボディ刑事」

「そうね。そうだったわ。玄関から入っていらしたあなたを見て、ドレスをお誉めしたんだったわね。もう何年の前のことのように思える」ディアンは椅子から立ち上がり、顔をさすりながらじっとイヴを見つめた。「お会いしたことがあるような気がする。もう何年もここにいるように感じるせいなのか、ほんとうにお会いしたことがあるからなのか、わからないけれど」

「お会いしたことがあるんだと思います。慈善事業の基金集めのディナー・パーティかなにかで」

「基金集めのディナー・パーティ？　ああ、そうそう、そうよ。ローク。ロークの奥様ね。ロークのおまわりさんって、みんなは呼んでいるわ。なんだか、わたし、すっかり動転してしまって」

「気にしないでください。こんな状況で再会することになって、残念です」

ディアンの目つきが鋭くなり、その表情にまた戦いへの決意がにじんだ。「カクテルやカナッペを手に、まわりの人たちがロークのおまわりさんの話をはじめると、ちょっとこわいとか、ちょっと意地が悪いとか、とにかく容赦しないんだとか、そんな声が聞こえるわ。正当な評価なのかしら？」

「かなり近いです」

「いいわ。それはいい」ディアンは片手を差し出し、イヴの手をきつく握った。「だって、これからのあなたは、わたしのおまわりさんでもあるから」

「これからの二、三日は、彼女にとって試練でしょうね」ロビーへ降りるエレベーターのなかで、ピーボディが言った。「落ち着きをとりもどしたら、うまく乗り越えられそうな人に思えます」

「気骨があるから」と、イヴは同意した。「元夫のことを調べるわよ。ニューヨークへ来ていないともかぎらない。犠牲者の両親や、ほかの友人たちからも話を聞くわ。ヴァンダーリー夫妻には、彼女の毎日の仕事についてもっとくわしく話してもらう」

「偶発的な殺人じゃありません。そう思えるのは、遺体を損壊しているからです。遺体を放置した状況や、ポーズをつけていたことからも、同じように思えます。個人的な殺人ではないとしても、特定のだれかを狙ったたぐいの殺し、少なくとも計画的な殺しです」

「そう思うわ」ふたりはロビーを横切って外に出て、止めてあったパトロールカーに向かった。「メープルウッドは夜、犬を散歩に連れていった。毎日の決まった仕事であり、習慣よ。犯人は彼女を知っていて、その生活パターンも知ったうえで待ち伏せをした。犬が自分に向かってこないとわかっていたのか、向かってこないようにさせたんだと思う」

「こういう小さいプードルを見たことがありますか？」ピーボディは両手を上げ、小さなカップの形を作った。

「それでも歯は生えてるでしょ？」

イヴはパトロールカーのすぐ近くで立ち止まり、あたりを見渡した。整備されている。警備ドロイドによる定期的なパトロールもあるだろう。ドアマンも一日二十四時間、無休で任務についている。夜間でも、彼女が襲われたと思われる時間帯はまだ車の行き来もあったはずだ。

「彼女は犬を連れて公園に入っていった。ほんの端っこだったかもしれないけれど、とにかくなかに入った。危険とは思わなかったんでしょう。近所に住んでいて、あたりのことは知っていたから。おそらく、できるだけ道路の近くにいたけれど、充分ではなかった。犯人はすばやかったはず。待ち伏せしていたのはほぼまちがいないわ」

イヴは実際に歩道からそれて、思い描きつづけた。「犬に木々の根元の匂いをかがせたり、そういういかにも犬らしいことをさせていたのよ。気持ちのいい夜だった。彼女は肩の力を抜いて、そんな夜を楽しんでいた。彼女とヴァンダーリーは友だちだったかもしれないけれど、それでもやはり、彼女はあの家で働いていたのよ、とても熱心に。彼女のあの手を見ればわかる。ここで犬とふたりきりのちょっとした時間を楽しみ、ただ歩き、ただぶらぶらしていた」

イヴは懐中電灯で芝生を照らし、さらに先の、彼女がつかみかかられたとみられるバリケードで囲まれた現場に明かりを向けた。「犯人は彼女が通りから見えないところへ移動するまで待っていた。通りから遠ざかるのを待っていた。そして、犬を殺したか、犬が逃げてしまったのか」

「犬を殺した？」すかさずピーボディが悲しげな声をあげたので、イヴはあきれて首を振った。

「女性を殴り、レイプして、絞め殺し、遺体を傷つけるような男が、犬を殺すことを常軌を逸した行為とみなすとは思えないけど」

「やれやれ」

イヴはパトロールカーのほうへ引き返していった。やっと家に帰って、着替えられると思った。自宅のほうが本署《セントラル》より近い。いまのままの服装でセントラルのなかを歩くような不名誉は避けられる。このポイントは低くない。

「パトロールカーでいっしょにうちまで来ればいい。これまでにわかったことをまとめてから二、三時間眠れば、あすの朝、新たな気持ちで捜査をはじめられる」

「それはわかります。でも、心の声も聞こえますよ。パーティ・ドレス姿でセントラルへは行きたくない、って」

「うるさいわよ、ピーボディ」

イヴがそっと寝室に入っていったのは午前五時過ぎだった。ベッドに近づきながらつぎつぎと着ていたものを脱いで足元に落としたまま、裸でベッドにもぐりこんだ。

音はたてず、マットレスもほとんど揺らさなかったが、ロークの腕が腰に巻きついてきて、引き寄せられた。

「起こすつもりじゃなかったんだけど。二、三時間だけ眠るつもり。ピーボディが、お気に入りの来客用寝室で眠ってるわ」

「じゃ、すべて忘れて」ロークは唇でイヴの髪をかすめた。「ただお眠り」

「二時間ね」イヴはつぶやいた。そして、すべて忘れた。

おぼろげだが、つぎに頭に浮かんだものはコーヒーだった。

香りがしたのだ。花でいっぱいの格子垣をよじ登ってくる恋人のように、イヴのまだ眠っている脳に誘惑的な香りがはい上がってきた。何度かまばたきをしてから目を開けると、ロークが見えた。

ロークはいつもどおりイヴより先に起きて、いつものようにもう世界の名品と呼ぶにふさわしいスーツを身につけていた。しかし、いつもの習慣で、寝室の坐ってくつろぐスペースで朝食を食べながら、株式相場の早期報告かなにかに目を通しているのではなく、ベッドの縁に腰かけてイヴを見つめていた。

「どうしたの？　なにかあった？　またべつの――？」

「そうじゃない。気を落ち着けて」イヴが飛び起きようとするのを、ロークは肩に手を置いて止めた。「僕からきみへのモーニング・コールだよ。コーヒー付きだ」そう言って、イヴの視線上にカップを移動させた。

そして、イヴの目が渇望のあまりとろんとするのを見つめた。

「ちょうだい」

ロークはカップをちょっと引いてからイヴに手渡し、彼女が最初のひと口を夢中になって飲むのを待って、言った。「いいかい、ダーリン、カフェインが非合法品リストに加えられたら、きみは依存者として届け出をしなければならないぞ」

「コーヒーを非合法にしようとするやつらは、わたしが皆殺しにするから、そんな法令はありえない。ベッドでコーヒーを飲ませてもらえるなんて、どう考えるべき?」

「僕はきみを愛している、って」

「そうね、あなたはわたしを愛してる」イヴはもうひと口、ごくりとコーヒーを飲んでから、にっこりした。「ごますり」

「そんなふうに言われたら、お代わりを持ってくる気にはなれないね」

「わたしもあなたを愛してるわ、とか?」

「それなら効果はあると思う」そう言って、すでにイヴの目の下ににじんでいる影を、親指でそっとたどった。「二時間の睡眠では足りないよ、警部補」

「それしか取れないのよ。あとで埋め合わせをするわ。いつか。さっとシャワーを浴びてくる」

イヴは立ち上がり、まだコーヒーの残っているカップを持ってバスルームに入っていった。最強のジェット水流を三十八度で、と命じる声が聞こえる。毎朝、自分を茹《ゆ》でるようにして目を覚ますというイヴの習慣に、ロークはただ首を振るしかなかった。

イヴがエネルギー源を摂取するのを確認したい、できればそれも、椅子に縛りつけて無理やり食べさせるようなことはせずに、とロークは思った。朝食をオートシェフにプログラムしかけると、背後から足早に近づいてくる足音が聞こえた。

「誓ってもいい。おまえの頭には、食べ物のことを考えただけでもすぐに合図で知らせるチップが入っているね」期待をこめて脚に身をすり寄せているずんぐりした猫を見下ろす。「もうキッチンで餌をもらってきたと、賭けてもいいぞ」

ギャラハッドはエンジンのように喉を鳴らして、さらに強く体を押しつけてくる。とりあえず猫のことは無視して、ロークはイヴのために彼女が大好きなフレンチトーストを選んだ。そして、猫のこととなると自分はどうしても甘すぎてだめだと自覚しながら、ベーコンの薄切りをプログラムに加えた。

イヴが丈の短い白いタオル地のバスローブ姿で出てきた。「セントラルでなにか簡単に食べるから……」そこまで言って、くんくんと鼻を鳴らし、フレンチトーストの皿を見つけた。「でも、あそこの料理は最低」

「そう」ロークは隣の椅子のシートをぽんぽんと叩き、誘いに応じて飛び乗ってきた猫を移動させた。「おまえじゃないよ。坐って、イヴ。朝食のために十五分くらい取れるだろう」

「たぶんね。それに、いくつかあなたに伝えておかなければならないこともあるし。一石二鳥で時間の有効利用ね」イヴは椅子に腰かけ、トーストにたっぷりシロップをかけた。

ひと口食べたあと、テーブルによじ登って皿に近づこうとした猫を押しやり、ロークが淹れてくれたばかりのコーヒーに手を伸ばす。「今回の事件の犠牲者は、ルーサーとディアンのヴァンダーリー夫妻のもとで働いていたの」

「ヴァンダーリー骨董店の？」

「データに目を通したら、そう書いてあったわ。ふたりとはどのくらい親しい？」

「この家もそうだが、ほかの家にも調度品をそろえるときは、かなりヴァンダーリーの店を利用したよ。相談に乗ってもらったのはもっぱら父親だったが、ルーサーと奥さんとも知り合いだ。個人的な友人とは呼べないが、かなり親しい知人だよ。彼は骨董の知識が豊富だし、いまは経営のほうにもかなり熱心に取り組んでいる。とても気持ちのいい人たちだし、奥さんはじつに聡明でチャーミングだ。ふたりは容疑者なのかな？」

「殺人の起きたころ、ルーサーはマドリッドにいたわ。いまの時点で確認できているのはそれだけ。奥さんは、わたしの容疑者リストには入っていないわ。実際のところ、彼女が表彰ものの役者なら話はべつだけれど。彼女と被害者はボスと使用人であり、友人でもあった。たんなる友人以上とか。かなりショックを受けていたけれど、毅然と現実に立ち向かっていた。彼女のことは好きよ」

「僕がルーサーを知っている範囲で言えるのは、彼は女性をレイプするような人間じゃない、ということだ。ましてや、殺したり目をえぐったりするなんて」

「彼は、妻の目を盗んでメイドにちょっかいを出すタイプ？」

「男が妻の目を盗んでなににちょっかいを出そうとするのかは知らないが、彼に関するかぎり、それはないというのが僕の印象だ。ないね。あのふたりはいっしょにいてとても幸せそうに見える。まだ小さい子どもがいたと思ったが」

「女の子よ、四歳の。被害者の娘さんと同い年。ディアン・ヴァンダーリーはつらい朝を過ごしているでしょうね」

「被害者に夫は？」

「元夫が。カリブ海のどこかに住んでいるそうよ。虐待の過去があったとか。彼のことはくわしく調べるつもり」

「最近、付き合っていた恋人は？」

「ディアンによると、そういう相手はいなかった。被害者のエリサ・メープルウッドは午後十時から十二時のあいだに、ちっぽけなワンちゃんを散歩させようと出かけたらしいの。正確なところはビルのセキュリティ部門で調べるわ。そして、公園のなかに入っていったところを襲われた。犯人は、待ち伏せして――待っていたにちがいないわ――襲いかかり、レイプして、絞殺してから、遺体を岩場へ運んで横たえ、目的を果たした。目は象徴なの？」と、思いをそのまま声にする。「心の窓とか、目には目をとか？　じゃなければ、邪《よこしま》な宗教的儀式？　たんなる記念品かも」

「マイラに訊くべきだろう」

「ああ、そうね」イヴは市内でもっとも優秀なプロファイラーを思い浮かべた。「きょう、午前中に相談する」

しゃべっているあいだにフレンチトーストを平らげたイヴは、着替えをしようと立ち上がった。「運に恵まれれば、これっきりの事件になると思うけど」

「そうならないと思う理由は？」

「やってることがあまりにきちんとしていて的確だから。象徴も多すぎる。目、赤いリボン、遺体のポーズ。そういうものはすべてエリサ・メープルウッドに結びつけがちだけれど、わたしは、被害者よりむしろ殺人者に関係していると思う。犯人にとって、個人的なにかを意味してるのよ。エリサはひとつのタイプに当てはまっていたかもしれない。肉体的特徴だとか、住んでいる場所だとか、生い立ちとか、そういうことよ。あるいは、女性で手近にいただけで充分だったのかもしれない」

「ヴァンダーリー夫妻について、僕の協力が必要かな？」

「かもしれない。いまじゃないけれど」

「そのときは知らせてくれ。ダーリン、そのジャケットじゃない」あきれるというよりあきらめの心境でロークは立ち上がり、イヴが引っ張り出してきたジャケットを受け取った。ざっとクローゼットのなかに視線を走らせてから、クリーム色の地に淡いブルーのチェックの上着を選び出す。「僕を信じて」

「あなたがファッション・コンサルタントになってくれる前、自分がどうしていたか思い出せないわ」イヴはロークに言った。

「僕は覚えているが、そのことについて考えるのは好きじゃない」

「嫌みって、聞けばすぐにわかるわ」イヴは腰を下ろし、ブーツを履きはじめた。

「ふーむ」ロークは両手をポケットにすべり込ませ、小さな灰色のボタンをまさぐった。おそらくそれまで見たことがないほど不格好で、仕立ての悪いスーツから取れて落ちたボタンだった。ロークがはじめてイヴに目を留めたとき、彼女が着ていたスーツのボタンだ。

「もうすぐリンク会議があって、そのあとはだいたいミッドタウンにいる予定だ」ロークは身をかがめ、唇をイヴの唇に重ねた。そのまま長々と満足するまで密着させる。「僕のおまわりさんをよろしく」

「そのつもり。ねえ、あなたの友だちがあなたのおまわりさんのことを、こわくて、意地悪で、とにかく容赦しないんだって言ってるって聞いたわ。それについて、どう思う？」

「警部補、きみの友だちも同じように言ってるよ。ピーボディによろしく伝えてくれ」立ち去りながら、言い添える。

「あなたからのよろしくはわたしがもらっておく」イヴは声を張り上げた。「彼女には残りをあげるわ」

　ロークの笑い声が聞こえ、この声は一日のはじまりに気持ちをかきたてるのにコーヒーと同じくらい効果がある、とイヴは思った。

　セントラルのオフィスに着いて、真っ先にやらなければならない仕事は、ドクター・マイラに面会の予約を入れることだった。ピーボディの〝やらなければならないことリスト〟には、ルーサー・ヴァンダーリーがマドリッドにいたことの確認と、メープルウッドの元夫の所在を突きとめることが含まれている。

　イヴはこれまでにわかっている情報をオフィスのコンピュータに入力し、同じような犯罪がなかったかどうか国際犯罪行為情報源《IRCCA》に照会して調べた。

　遺体の損壊を含む性的殺人事件の数を知っても、驚きはしなかった。長年、警官をやっているのだ。犠牲者の目が損なわれたり、潰されたり、えぐり取られたりした数がわかってもなお、仕事のペースが落ちることもなかった。

　リンクの呼び出し音は何度も鳴った――なにかを嗅ぎつけたレポーターたちからだ。これはなんの躊躇《ちゅうちょ》もなく無視した。

　収集したデータが分析されるあいだ、イヴは犠牲者に視点を移した。

　エリサ・メープルウッドはどんな人間だったのだろう?

　教育を受けたのは標準的な公立学校、とイヴはデータを読んだ。大学は行っていない。一度結婚をして、一度離婚をして、子どもはひとり。出産後二年間は母親専業年金を受給。十三歳のときに両親は離婚。彼女と同様、母親もメイド業につき、義理の父親は肉体労働者だ。実の父親はブロンクス在住、無職、前科あり、とわかって、イヴはアベル・メープルウッドのデータにさらに目をこらした。

軽窃盗罪、公共の場での泥酔、盗品受領、暴行――妻への暴行、非合法の賭博行為、公然猥褻《わいせつ》罪。

「あらあら、アベル、あなたってちょっとした鼻つまみ者なんじゃない？」

婦女暴行の記録はないが、なんであれ初めてのときはある。父親は娘を犯す。そのことならイヴは知りすぎるほど知っている。やつらは娘を押さえつけ、殴り、骨を折り、自分と同じ肉と血に分け入る。

鼓動が速まるのを感じて、イヴはゆっくりと立ち上がってデスクから離れた。記憶が、悪夢のような記憶が心を覆い尽くしはじめたのだ。

コーヒーではなく水をくみに行き、部屋にひとつしかない細長い窓のそばに立って、ゆっくりと飲んだ。

レイプされているときにエリサがなにに耐えていたか、イヴはわかっていた――苦痛と、苦痛にもまさる恐怖と、屈辱、ショックだ。その感覚は、同じ犠牲者にしか実感できないだろう。

しかし、犯人を捜し出して正義を見いだすことにその認識を利用しなければ、有能な警官とは言えない。あの記憶に心を覆い尽くされて焦点がぼけてしまうようでは、無能だ。

そろそろ現場にもどらなければ、とイヴは自分に言い聞かせた。現場にもどって職務を遂行するのだ。

「ダラス？」

イヴは振り向かなかった。ピーボディはいつからそこにいて、わたしが平常心を取りもどそうとするのを見ていたのだろうと、自問もしなかった。「ヴァンダーリーの件は確認した？」

「はい、サー。伝えられたとおり、マドリッドにいました。いまは帰国の途についています。妻から連絡を受けて、出張最終日の予定はキャンセルしたそうです。今朝――ことヨーロッパでは時差があります――朝食をとりながらのミーティングに出席したのが、マドリッド時刻で午前七時です。急いで家に帰ってメープルウッドを殺害して、また大急ぎでもどってミーティングに出るのは、ほぼ不可能です」

「元夫は？」

「ブレント・ホイト。彼は関係していないですね。ゆうべはトーマス街のトラ箱に泊められてましたから、ニューヨークにはいませんでした」

「わかったわ。メープルウッドの父親――アベル――には前科がある。よく調べる必要があるわ。でも、まずはヴァンダーリー家にもどるわよ」

「ええと、あなたと話をしたいという人が来ていて」

「事件の関係者？」

「というか……」

「おしゃべりする暇はないの」イヴは振り返った。「死体収容所《モルグ》でモリスに会って、それから住宅地区《アップタウン》へ向かう。マイラに会うことになっているから、それまでにここへもどってこなければならないし」

「ええ、そうなんですが、彼女がとてもしつこくて。情報を持っているって言うんです。見た感じは正常です」

「正常じゃなかったらなによ？　目下の捜査にかかわる情報提供者がやってきたなら、どうしてさっさとそう言わないの？」

「それは――」ピーボディはイヴに自分で気づかせるべきか、厄介ごとは避けるべきか、心のなかで葛藤した。結論はすぐに出た。「本人が霊能者だと言っているので」

イヴはぴたりと体の動きを止めた。「もう、勘弁してよ。その手の人の相手は看護師にまかせるわ。病人を招き入れようなんて、どうかしてる」

「彼女は登録済みだし、認可も受けているので。それに、友だちだと言われると無下《むげ》にもできず」

「霊能者の友だちなんていないわよ。そういうのは作らないっていう方針はなにがあっても揺るがない」

「そうじゃなくて、共通の友人がいるということです」

「メイヴィスにはありとあらゆる変わった友だちがいるわ。そんな連中をオフィスに入れるつもりはないから」

「メイヴィスの友だちじゃなくて。彼女はルイーズの友だちだと言ってます。ドクター・ディマットです。このうえなく正常で、立派なドクターD。それに、彼女は震えているんです、ダラス。手がぶるぶる震えています」

「まったくもう。十分だけよ」腕時計《リスト・ユニット》を確認して、十分後に合図が鳴るようにセットした。「連れてきて」

イヴは椅子に腰かけ、あれこれ考えた。出かけていって友だちを作ると、こういうことになるのだ。だれだって出かけていって友だちを作らないわけにはいかず、そうすると、その友だちはいつのまにかこちらの生活や仕事に入り込んでくる。気がついたら、人の海に腰のあたりまで浸かっていることになる。

しかも、そのうちの半分は正常とは言いがたいのだ。

いいわ、とイヴは考えを改めた。霊能者がすべて常軌を逸していたり、ペテン師だったりするわけではない。なかにはまともな人も――ごくごく少ないが――いる。警察がたまに霊能者を利用してよい結果を得ていることは、イヴもよく知っていた。

しかし、自分では利用しない。仕事は調査を重ね、科学的、技術的な手順を踏んで、証拠を徹底的に調べたうえで、推理するのが正しいと信じている。そのうえに、直観や、運や、尻を蹴っ飛ばすくらいの励ましを加えればいい。

イヴにとってはとにかくそれでうまくいっていた。

こんどはコーヒーを取りにいく。

カップを手にオートシェフから振り返ると、ピーボディといっしょに女性が出入り口に立っていた。

見たところは正常だった。波打つように背中にたらした長い髪は、ごく自然な茶色だ。そのつややかな深い茶色は、神が彼女を作るときに選んだかのようだ。肌はなめらかで浅黒く、透き通った淡いグリーンの目はどこか神経質そうだが、まっすぐイヴを見つめる目つきに異常さは感じられない。

顔つきはしっかりとしていて、みずみずしい口元とほっそりとしたわし鼻がセクシーだ。メキシコ系かスペイン系だろう、とイヴは思った。祖先は灼熱の太陽の下でギターをかき鳴らしていたかもしれない。エキゾチックだ。

年は三十代半ばだろう。身長は百七十センチ弱くらいで、めりはりのある鍛えられた体つきをしている。

カジュアルだが仕立てのいいパンツも、裾の長いシャツも赤いケシの色で、黒っぽい石のついた指環をいくつかはめて、耳にも飾り――ゴールドの細長い滴《しずく》――を下げている。

「ダラス警部補。こちらはセリーナ・サンチェスです」

「オーケイ、ミズ・サンチェス、坐ってちょうだい。時間がないので、すぐ本題に入るわよ」

「そうね」セリーナは椅子に坐り、膝の上で両手をきつく組み合わせた。息を吸い込んで、吐く。「犯人は彼女の目を持ち去ったわ」

3

「さて、これで相手にしてもらえそうね……」セリーナは組み合わせていた指をほどき、そのうちの二本で痛みを抑え込むように右のこめかみを押した。「そのコーヒーをわたしにもいただける？」

イヴはその場から動かず、コーヒーをちょっと飲んだ。遺体が損なわれていた件の詳細はまだマスコミには発表していない。しかし、リークというものがある、とイヴは知っていた。いつだって情報は漏洩《ろうえい》する。

セリーナの声は不安定だが、とくに変わったアクセントはない。かすれ気味の声は聞きづらいというよりは色っぽかった。「その情報をどこで仕入れたの、ミズ・サンチェス？」

「見たの。楽しめるような光景じゃなかったわ」

「セントラルパークで被害者を見たの？」

「そう。でも、わたしは公園にはいなかったの。自宅にいた。それを説明しにここへ来たのよ。すごくコーヒーがほしいんだけど」

イヴはピーボディを見てかすかにうなずいた。「エリサ・メープルウッドとは知り合い？」

「いいえ。話を進める前に言っておくけれど、わたし、警察といっしょに仕事をしたことはないの。そういうことをやるタイプじゃないし、やりたいとも思わないから」

セリーナはしゃべりながら両手を動かす。掲げた両手で身振り手振りをするのを見ながら、もとからの彼女の癖なのだとイヴは思った。そのうち、セリーナはその手をじっとさせるかのように、膝の上でぎゅっと組み合わせた。

「わたしは、あなたたちが見るようなものを見たくはないのよ、警部補。そんな映像を頭のなかに抱えて暮らすのはいや。おもにやっているのは、プライベートの相談ごとやパーティ関連よ。わたしは頭がどうかしているわけでも、有名になりたがっているわけでもないけれど、ルイーズから話を聞いたかぎりでは、あなたはわたしをそういう人間だと思ってるはず」

「ルイーズ・ディマットとはどういう知り合い？」

「昔いっしょの学校に通っていて、それ以来ずっと仲良しなの。ありがとう」セリーナはピーボディが差し出したコーヒーのカップを受け取った。「超常現象とかそういう領域にたいして、あなたはもっと開放的よね、刑事。家族に霊能者がいるの？」

「ええと、あの――」

「いまはあなたの話だけにして」イヴがさえぎった。

「わかったわ」セリーナはコーヒーの味見をして、部屋に入ってきてからはじめてほほえんだ。「すごくおいしい。これでしゃべれるわ。正直いって、こういう元気づけが必要だったの。夢を見たのよ」

「なるほど」

セリーナの笑みがさらに広がった。「そういうぶっきらぼうな感じで言われると落ち着くの。変わってるでしょ？　わたしはあなたを気に入るって、ルイーズはそうも言っていたわ。不思議だけど、彼女はたぶん正しかったと思う」

「それはほんとうによかった。話を脇道にそらさないでもらえる？」

「もちろんよ。夢に女性が出てきたの。若くて、魅力的で、髪は明るい茶色だったと思う。ストレートで、長さは肩につくかつかないか、というところ。街灯の下では明るい茶色に見えたわ。建物から出てきた彼女は、小さな白い犬を綱につないで連れていた。ジーンズにTシャツ姿。ドアマンがいて、ふたりは二言三言、交わした。声は聞こえなかった。わたしはずっと遠くにいたから。

彼女は通りを――広い通りよ――横切り、小さな犬は彼女を引っぱるようにして跳ねながら進んでいた。夢のなかでわたしは恐怖を感じて、心臓がドキドキしはじめた。もどって、建物のなかにもどって、って彼女に向かって叫びたかったけれど、声が出なかった。わたしはただ、彼女が犬を公園に連れていくのを見ていたわ。彼女が腕をさすったので、上着をはおってくればよかったと思っているのだとわかった。最近、夜はひんやりしはじめたから。

上着を取りにもどれば、なにごともなくて済む。そう思ったけれど、彼女はもどらなかった」

セリーナはカップを持ち上げて唇につけたが、その手はまた震えていた。「彼女は犬の綱を手に、歩きつづけたわ。影が忍び寄ってきたけれど、彼女には見えないし、気づきもしなかった。犯人は背後から襲いかかったわ。わたしには犯人の姿は見えなくて、影を感じただけよ。犯人は待ち伏せしていた。わたしが彼女を見ていたように、見ていたの。ああ、犯人の興奮と、その狂気を感じたわ。彼女の恐怖を感じたのと同じように。彼のは赤く感じた。暗くて悪意に満ちた赤で、彼女は銀色よ。赤い影と銀色の光」

カタカタと音をたてながら、セリーナはカップを脇に置いた。「ふだん、こんなことはしないのよ。こんなことはしたくないの」

「ここまでやったのよ。最後までつづけて」

セリーナの顔は真っ青で、淡いグリーンの目はうつろだ。「男は彼女を殴って、小さな犬は男に蹴っ飛ばされて逃げていった。彼女は立ち向かおうとしたけれど、男はとてつもなく強かった。彼女は顔を殴られ、倒れ込んだ。叫び声をあげようとしたけれど、ずっと殴られつづけてできなかった。ずっと……」

呼吸がだんだん浅くなり、セリーナは心臓のあたりを片手でさすった。「男は彼女を殴って、蹴って、それから、さらに暗いほうへと引きずっていった。彼女の片一方の靴が脱げたわ。男は彼女の首にリボンを、紐を巻きつけた。パワーの赤。死の赤。きつく巻きつけたわ。彼女は息を吸おうとあえぎ、抵抗したけれど、男はあまりに強すぎた。彼女の服を引きちぎった。メス犬、あばずれ、あほ女。憎しみと敵意をぶつけ、彼女を犯した。紐を締めつけ、さらに締めつけ、彼女が動かなくなるまで締めつけた。彼女が死ぬまで」

セリーナの両頬を涙が流れ落ちた。膝のうえにもどした両手の指を針金のようにからみ合わせている。「男は彼女に、おまえはこれしか取り柄がないのだと見せつけた。主導権を握っているのは自分だと見せつけた。でも、それで終わりではなかった。彼女の服を拾い集め、小さなバッグにしまった。そのバッグと彼女を公園のさらに奥へと運んでいった。彼は強いわ、すごく強い。自分のことは自分でできる。結局のところ、いちばんえらいのは俺だろう？」

セリーナの呼吸はあいかわらず不安定で、途切れがちだ。じっとなにかを見つめている。「城がある、湖のほとりの城。彼はその城の王よ。万物の王。彼は彼女を肩にかついで、這うようにして岩場を降りていく。そして、そっと静かに彼女を横たえる。彼女はここが気に入るだろう。たぶん、こんどはとどまるだろう」

なおも一点を見つめたまま、セリーナは組んだ両手を持ち上げて、胸のあいだに押しつけた。「安らかに眠れよ、あばずれ。そして、男は彼女の目をえぐり出した。ああ、なんてこと、目を取り出して、小さなポーチに入れて、バッグにしまった。彼女の顔を血が流れ落ちる。彼の手も血だらけ。そのうち、身をかがめて彼女にキスをした。そのとたん、わたしは目を覚ました。その忌まわしい口の冷たい感触を口に感じて、夢から目覚めたの」

イヴの腕時計がビーッと鳴り、セリーナは飛び上がった。

「あなたはなにをしたの？」イヴが訊いた。

「なにをって……ええと、震えがおさまると、精神安定剤を呑んだわ。あれは悪夢だって、自分に言い聞かせた。そうじゃないってわかっていたけれど、実際の光景《ヴィジョン》が見えたんじゃなく、悪夢であってほしかったの。特殊能力のせいで、これほど暗いものを見てしまったのははじめてだったから、恐ろしかった。安定剤を呑んで、恐怖から逃れようとしたの。意気地なしかもしれないけれど、わたしは胸を張って勇敢だとは言えないし、こういうことに関して勇敢になりたいとも思わない」

セリーナはまたコーヒーのカップを手にした。「でも、けさはスクリーンのスイッチを入れたわ。いつもはニュースのチャンネルは避けているけれど、確認しないわけにはいかなかった。知らなければと思った。そして、レポートを見たわ。写真が映し出されていた――明るい茶色の髪の、きれいな女性だった。名前も伝えられていた。ここへは来たくなかったのよ。たいていの警官は生まれつき疑い深いから。だから、警官になるんだから。でも、どうしても来なければならなかった」

「あなたは被害者を――その、ヴィジョンとして――見たと言っている。でも、襲ったほうの人物は見なかったの？」

「わたしが見たのは……その男の、言うなればエッセンスよ。漠然とした形として見たの」喉を上下させて、ごくりと唾を呑み込む。「こわかったわ。あんなにこわかったのははじめて。正直なところ、ここへ来るつもりじゃなかったのよ。忘れるつもりだった。そんなことをすれば、自分がちっぽけで不愉快な存在に思えるってわかっていたわ」

セリーナは一方の手を上げて、首にかかっている鎖をもてあそんだ。彼女の爪は光沢のある深紅に塗られ、根元の半月の鮮やかな白がきわだって見える。「だから、あなたのところへ来たの。あなたのことはルイーズから聞いていたから。力になるつもりよ」

「どうやって力に？」

「犯人の持ち物や犯人が触れたものがあれば、もっといろいろ見えるかもしれないわ。わからないけど」一瞬、いらだちの表情が顔をよぎる。「こういうのが得意なわけじゃないのよ。わたしにとって新たな領域なんだから、もうちょっとやりやすいように協力してくれてもいいと思うわ」

「あなたがやりやすいようにするのはわたしの仕事じゃないわ、ミズ・サンチェス。調査するのがわたしの仕事よ」

「あら、だったら、好きなだけわたしを調査しなさいよ」セリーナはぴしゃりと言った。「わたしは知っていることしか話せない。知っているのは、犯人の男が大きいということ。あるいは、自分を大きいと思っていること。知っているのは、その男が強いということ。とても強いわ。その男が常軌を逸していることも知っている。そして、その女性、エリサ・メープルウッドは犯人の最初の犠牲者じゃないこともわかっている。男は前にもやっているわ。彼女を最後にするつもりもない」

「どうしてわかるの？」

「あなたに理解できるようには説明できないわ」セリーナは迫るように身を乗り出した。「犯人からそう伝わってくるの。男は彼女を憎悪していて、その憎悪にぞくぞくしながらも恐れている。憎悪と恐怖、憎悪と恐怖。それがもっとも重要なこと。犯人はすべてを憎悪し、すべてを恐れている。どうしてわたしに彼女が見えたのか、そして犯人が見えたのか、わからないわ。たぶん、彼女とわたしは過去につながりがあったのか、来世でつながりを持つのだと思う。でも、恐ろしいわ。自分がなんらかのかたちでその男とつながっているということが、かつてないほど恐ろしい。わたしはどうしても、あなたに協力して彼を止めさせなければならない。だって、そうしなければ頭がどうにかなってしまうと思うから」

「それで、手数料は？」

セリーナは唇をゆがめ、はりつめた笑みを浮かべた。「すごく高いし、充分にその価値はある。でも、今回は無料でやるわ。ただし、条件がひとつ」

「それは？」

「どんなことがあっても、わたしの名前をマスコミに発表しないこと。わたしがかかわっていることは、どうしても必要な人をのぞいて、だれにも知らせてほしくない。そうやって世間に知られるといらいらすることもあるだろうし、名前が広まればわたしが避けているたぐいの依頼人の興味を引いてしまうというのもあるけれど、それだけじゃない。犯人が恐ろしいのよ」

「また連絡するわ。来てくださってありがとう」

半分笑いながらセリーナは立ち上がった。「いつもそんなふうにつっけんどんなの?」

「知ってるはずでしょ。霊能者なんだから」

「心は読まないの」さっきまでとはちがうきつい調子で言い、髪をさっと背中に払う。「許可を得ないで人の心を読んだりしないわ」

「誓って言うけれど、あなたがわたしの許可を得ることはないわね。やらなければならない仕事があるの、ミズ・サンチェス。あなたからのお話と申し出は検討させてもらうわ。また連絡します」

「結局のところ、ルイーズはまちがっていたみたい。わたし、あなたがきらいよ」セリーナはすたすたと部屋から出ていった。

「なんと、まあ、帰り際にあんなひどいことを言わなくてもいいのに」

「彼女にちょっときつかったですね」ピーボディが言った。「信じないんですか?」

「そうは言ってないわ。判断は、彼女のことを調べてからにする。調べてみて」

「サー、前科があれば認可は受けられません」

「認可が受けられないのは、有罪判決を受けた場合よ」イヴは訂正し、部屋を出た。「彼女を調べて。徹底的に。それから、ルイーズ・ディマットを捜して。直接、彼女から話を聞きたい」

「いい考えです。もちろん、言うまでもないことです」イヴにじろりと冷ややかな視線を向けられ、ピーボディは言い添えた。「本物とわかったら、彼女を使いますか？」

「犯人を突きとめる助けになるなら、双頭のしゃべる猿だって利用する。でも、いまのところはとにかく、警察の退屈なやり方で、警察の退屈な作業に取りかかるしかないわ」

その第一歩は死体収容所へ向かうことだった。検死局長のモリスは自分の仕事を知り尽くしていて、必要なデータにいりもしないお役所的なあれこれを付けずに渡してくれる、とイヴは信頼していた。

モリスはちょうど解剖中で、暗い青灰色のスリーピースのうえに保護ギアを装着していた。よく見ると、ベストは裸婦をデザインした抽象的なラインで飾られている。

モリスがファッションリーダーとして知られるのは、それなりの理由があってのことだ。彼は黒っぽい長い髪をうしろになでつけてつややかな三つ編みにし、ちょうど肩甲骨のまん中に垂らしている。肌がこんがり焼けているのはバケーションの名残《なごり》だ。いまは、シールドされた両手を血液と体液にまみれさせて作業中だ。小声で軽快なメロディをハミングしている。

イヴとピーボディが部屋に入っていくと、モリスはちらりとそちらに目をやった。ゴーグルの向こうで切れ長の黒っぽい目がほほえむ。

「きみのせいで二十クレジットをふいにするところだった」

「どうしてわたしのせいで？」

「フォスターと賭けをして、きみが十一時までに来るほうに賭けたんだ。もうちょっとで負けるところだった」

「霊能者に時間を取られていたの。そういうことに関する、あなたの見解は？」

「だれもが天賦《てんぷ》の才能や技能や潜在能力を持って生まれてくると信じているし、そういった才能には簡単に説明がつかないものもあると思っている。なにかが見えると言う者の九十パーセントは、あさましくも不快な嘘つきだとも信じている」

「最後のパーセントはもうちょっと高いけれど、わたしの考えもあなたとほとんど同じよ」

そう言って、はじめて遺体を見下ろした。「なにがわかった？」

「きみの個人的哲学によれば、もうなにも見えていない、というか、いまはもうなんでも見えているうら若き女性は、とことん運に恵まれなかった。ひどい外傷だ」と、モリスは説明しはじめた。「生存中のものだ。犯人は彼女を打ちのめしているよ、ダラス。性的暴行はあっても、体液は残されていない。みずからを密封《シールド》してレイプ行為におよんだのだ。死因は頸部圧迫。凶器はリボン。死体損壊は死後。傷はきれいなものだ。だれかさんは練習したのかもしれない」

「どのくらいきれいなの？　手術したみたいに？」

「犯人が医師——外科医——だとしたら、主席で卒業はしていないな。レーザーメスを巧みに使ったとは言えるが、並みはずれた腕前ではない。小さなブレがいくつかある」モリスは予備のゴーグル型顕微鏡を身振りで示した。「見るかい？」

イヴはなにも言わずにゴーグルを装着し、モリスといっしょに遺体のうえに身を乗り出した。

「ほら、ここだ。ここも」モリスが顎で示した先のスクリーンには傷が拡大して映し出され、ピーボディも見られた。「正確とは言えない。手がかすかに震えたのだろう。それから、組織液も見つけた。犯人は、左の眼球に少しばかり傷をつけたようだ。鑑識のぐ《ディックヘッド》ずに確認してもらう必要はあるがね」

「わかったわ」

「彼女の体から犯人の痕跡はまだ見つかっていない。草と泥、それに、毛が二、三本、付着していたが、どれも人間のものではない。詳しいことはディックヘッドが調べてくれるだろう。犬の毛かもしれないが、これは彼女が犬を飼っていたことからの推測だ。血液はすべて彼女のものだった」

「それはめちゃくちゃ残念。繊維は？」

「わずかだが、爪のあいだから見つかった。彼女は簡単には屈服しなかったのだろう。繊維はもう鑑識に送ったが、私は布の繊維だと思っている。大部分はおそらく、彼女の衣服のものだ。密封材のようなものが付着したのもあったから、それは犯人のシャツの繊維だろう」

イヴは体をまっすぐにして、ゴーグルをはずした。「これと同じような遺体を見たことがある？」

「私くらい背が高いと、ダラス、なんでもかんでも見えてしまうものだよ。しかし、これとまったく同じものは見たことがない。きみはどうだね？」

「すべてが当てはまるものはないわ」

　しかし、また同じものを見ることになると、イヴはなぜか確信していた。

「彼女はきれいなもんです、ダラス。サンチェスです。逮捕歴も犯罪歴もありません」ピーボディは取り出した情報に目を通しながら、アップタウンへ車を進めているイヴに言った。

「全部読みますか？」

「おもだったところを」

「二〇二六年二月三日、ウィスコンシン州マディソン生まれ。うう、寒そう。両親とも健在で、カンクン在住。そうこなくっちゃ！　きょうだいはいない。学校はずっと私立。結婚歴はなし。同棲経験が一度。これは三年つづいて、約十四か月前に終わっています。子どもはなし。霊能者として登録、認可を受けています。自営業」

「認可を受けてどのくらい？」

「十五年になります。そのあいだ、問題はまったくありません。二、三件、民事訴訟を起こされていますが、どれも被告の勝訴に終わっています。仕事をしている霊能者にはごくふつうのことです。自分の希望どおりにならないことがあると、人は腹を立て、訴えを起こすんですから」

「ピクニックの日に雨が降れば雲を訴える」

「法人相手の仕事が多いですね。パーティとか企業や団体の集会とか。個人相手の相談にも乗っている。それでたんまり稼いでいるんです。われわれ殺人課刑事の安月給の七、八倍というところですね。いいところです。ソーホーの現住所に移って十二年です。ほかにオイスター湾にも家を持っています。わたしにはすごくまともな人に思えます」

「なるほどね。ルイーズの居所はわかった？」

「きょうはサポート施設にいるそうです」

「そう」イヴとしては、彼女がカナル・ストリート・クリニックにいればいいと思っていた。ロークが設立した女性のための保護施設にはまだ、個人的に足を運んでいない。「まずは被害者宅へ行くわよ。そのあと、時間があるようならルイーズのところへ寄って話をする」

「この目で〈ドーハス〉を見たいって、ずっと思っていたんです」ピーボディが言った。「ルイーズはあの施設に夢中だって、チャールズが言っています」

「チャールズと話をするの？」

「しますよ、たまに」

プロの公認コンパニオンで、ルイーズの恋人であるチャールズは、以前、性的な楽しみ抜きのピーボディの恋人だったが、そういう関係がイヴには異様に思えてならない。

しかし、人間関係の曲折はいつも変わらずイヴにとっては理解しがたい奇妙なものだった。同じように、自分と人の関係もよく理解できない。

「リボンの件では運に恵まれた？」

「あの商品は、マンハッタン区だけでも三十以上の小売店で売られているという事実を幸運と呼ぶなら、答えはイエスです。製造業者と流通業者は特定できました。かなりありふれた商品で、ダラス、手芸用品店でもパーティ・グッズ店でも売っています。高級デパートのギフト包装カウンターでも使われています。犯人がどこで手に入れたか見つけるのは、かなりむずかしそうです」

「簡単なら、みんなが警官になりたがるわ」


ディアン・ヴァンダーリーにふたたび質問をするのは、とても簡単とは言いがたかった。彼女は疲労の色が濃く、具合が悪そうで、不安と悲嘆に押しつぶされそうに見えた。

「こうして押しかけなければならず、心苦しいです」

「いいのよ。ルーサーの、夫の帰りが遅れているの。空の便が乱れているらしくて。彼がいてくれたら、もっとちゃんとできるはずなの。なにもかもまるでうまくできなくて」

ディアンはリビングルームの椅子のほうを身振りで示した。ガウンからはき慣れた黒いパンツとゆったりした白いシャツに着替えていたが、髪はまだ乱れたままで、室内ばきも履かず、裸足だ。

「一睡もしていなくて、とりあえず、ぎりぎりのところで持ちこたえている状態よ。なにか新しい情報はある？　あんなことをした犯人は見つかったの？」

「いいえ。捜査は継続中で、ありとあらゆる方面から情報を集めているところです」

「すぐに結果を期待するのは無理というものね」そう言って、ぼんやりとあたりを見渡す。

「コーヒーを淹れましょうね、じゃなければ、紅茶でも。あるいは、ほかになにか」

「どうぞおかまいなく」ピーボディがやさしく言った。こんなふうにさりげなく穏やかに言うことが、イヴはどうしてもできない。「なにかほしいものがあれば、わたしがお持ちします」

「いいの。ありがたいけれど、いいの。ヴォニーが――あの子はまた眠ってしまったのよ。ザナといっしょに。ヴォニーがわかっているのかどうか、母親が帰ってこないことを、ほんとうに理解したのかどうか、わからない。泣いていたわ。泣いて、泣いて。三人とも泣いたわ。そのうち、あの子は泣き疲れて眠ってしまったから、ベッドにもどしたの。ザナもいっしょに。どちらもひとりぼっちで目を覚まさないように、ふたりいっしょに寝かせたの」

「彼女にはカウンセリングが必要ですね、ミセス・ヴァンダーリー」

「そうね」ディアンはピーボディを見てうなずいた。「もう連絡はしたのよ。手配はしているの。できれば、できるなら……ああ。ルーサーとわたしで、わたしたちでエリサのために準備をしたいの。彼女のお葬式よ。そのことで、だれに話をするべきなのか、いつごろからはじめたらいいのか、それから……わたし、なにかをしていなければだめなの」ディアンはぶるっと身震いをした。「なにかをしているかぎりはだいじょうぶなの」

「だれかに言って、あなたに連絡させます」イヴはディアンに言った。

「よかった。うちの弁護士にも連絡をして、ヴォニーの緊急時の親権を取得する手続きをお願いしたのよ。それから、わたしたちが落ち着きしだいすぐに、それを正式なものにする手続きにも取りかかるようにお願いしたわ。あの子が知っている唯一の家庭から引き離されるようなことにはぜったいにしない。エリサのご両親――ええと、お母さんと義理のお父さん――ともお話をしたわ。お母さんは――」

また声が途切れると、ディアンは自分の甘えを振り切るかのように激しく首を振った。

「きょうの午後、おふたりがここにいらして、これからどうするのがいちばんいいのか、じっくり話し合うことになっているの。なんとかいい方向を見つけなければ」

「娘さんのことを親身になって考えているあなたを、エリサはきっとありがたく思っているでしょう。あなたがわたしたち警察の仕事に協力していることにも、感謝しているはずです」

「ええ」イヴの言葉を聞いて、ディアンはぐいと肩をそびやかした。「そうだといいけれど」

「アベル・メープルウッドのことはご存じですか？　エリサの実の父親です」

「わたしは、むずかしい人だと思っているわ。でも、あの人とエリサはなんとかいい関係を保っていた。まだ連絡が取れなくて、今回のことは伝えられずにいるの。西部のどこかにいるはずよ。オマハか、アイダホか、ユタか……頭が混乱していて、だめだわ」そう言って、両手で髪をかき上げる。「あちらへは一週間ほど前に行ったはずよ。お兄さんか弟さんを訪ねていったんだと思うわ。はっきり言ってしまえば、お金をせびりに行ったんでしょう。エリサはいつもあの人にこっそりお金を渡していたのよ。あの人には彼女のお母さんがきょう、連絡を取るはずよ」

「彼の所在がわかると助かります。たんなる手順のひとつです」

「あなたがたに伝えられるように、調べてみるわ。それから、エリサの部屋も見なければならないのよね。目を覚まさないように、子どもたちふたりはザナの部屋に寝かしてあるわ」

ディアンが立ち上がりかけると、ピーボディが肩に手を置いてとどめた。

「ここに残って、ゆっくりしていてください。エリサの部屋がどこかは知っていますから」

　ふたりはディアンを残して部屋を出た。「記録して、ピーボディ」

　派手な色でコーディネートされたこぢんまりとして楽しげな居間に入っていく。おもちゃが二つ三つ、ころがっている。赤いクッションを入れた小さなバスケットを見て、イヴは犬用のベッドかもしれないと思った。

　そんなあれこれのあいだを進んでいって、エリサの寝室に入っていく。「電子捜査課《EDD》に彼女のリンク類とデータ・ユニットを調べさせるように、メモしておいて」まずドレッサーに近づいて、抽斗《ひきだし》のなかを探った。

　エリサはしっかりと地に足のついた働き者の女性だったのだろう、という感じはすでにあった。住まいを調べても、その印象はまったく変わらない。いたるところに置かれた額入りの写真は、ほとんどが子どものものだ。花が飾られ、女性がまわりに置いて楽しむようなこまごました小間物類も目につく。

衣類はほとんどがふだん着で、上等なスーツが二着と、上等な靴が二足あった。男性の存在を物語るようなものはなにもない。

イヴはベッド脇のテーブルにあったリンクを調べ、最後の受信データを引き出した。連絡してきたのはエリサの母親で、あれこれ愛情のこもった会話が交わされ、終わり近くになって、小さな女の子が部屋に駆け込んできて、片言でなにかおばあちゃまにしゃべりかけていた。

「ダラス、これは気になります」ピーボディがさっきのとはべつのバスケットを掲げた。こちらは、居間にある娯楽《エンターテインメント》スクリーンの下の棚にしまってあった。

「なんなの？」

「手芸用バスケットです。手仕事をするときの道具が入っています。手芸をやっていたようです」ピーボディはひと巻きのリボンを手に取った。赤色ではないが、彼女を殺害するのに使われたものと同じ、ありふれたタイプのリボンだ。

イヴが一歩前に出て、リボンを手にしようとしたちょうどそのとき、小さな女の子が居間に入ってきた。まだほんとうに小さくて、ほとんど白に近い淡いブロンドの巻き毛が、頰のふっくらしたかわいい顔のまわりを縁取っている。女の子は両手の拳で目をこすっていた。

「それはあたしのママのよ。ママがいいって言わないと、ママの縫いものバスケットに触っちゃだめなんだから」

「ええと……」

「わたしが相手をします」ピーボディは小声で言ってバスケットをイヴに渡し、子どもと目の高さが同じになるようにしゃがんだ。「こんにちは、あなたがヴォニーかな?」

子どもは肩をそびやかして言った。「知らない人とはしゃべっちゃいけないの」

「そうね、だけど、おまわりさんとしゃべるのはいいんじゃない?」ピーボディは警察バッジを取り出し、女の子に渡した。「ママはおまわりさんのこと、なにか言ってた?」

「みんなを助けて、悪い人を捕まえるんだって」

「そのとおり。わたしはピーボディ刑事で、こちらはダラス警部補よ」

「ケーボホってなに?」

「お仕事よ」ピーボディはすかさず言った。「悪い人をたくさん捕まえるおまわりさん、という意味なの」

「わかったわ。ママが見つからないの。ディアンおばさんは眠ってるし。あなたがママを見つけてくれる?」

ピーボディは女の子の頭越しに、ちらっとイヴと目を合わせた。「じゃあ、みんなでディアンおばさんを捜しにいきましょうか?」と、提案する。

「おばさんは寝てるんだってば」その声が急に甲高くなり、唇が震えはじめた。「悪い人がママにけがをさせたからママは帰ってこられないんだって、おばさんは言ったわ。ママに帰ってきてほしいの、いますぐ」

「ヴォニー——」

けれども、ヴォニーはピーボディを払いのけ、イヴの目の前で足を踏んばった。「悪い人がママにけがをさせたの？」

「こっちへいらっしゃい、ヴォニー」

「この人に答えてほしいの」ヴォニーは小さな指でイヴを差し、下唇を突き出した。「だって、ケーボホだから」

どうしよう、とイヴは思った。ああ、困った。ぐいっと頭を動かして、ディアンを連れてくるようにピーボディに合図を送り、そして、覚悟を決めた。ピーボディがやったように、その場にしゃがみこむ。「そうよ、けがをしたの。残念だけど」

「どうして？」

「わからないわ」

キキョウの色の大きな目にみるみる涙があふれた。「ママはお医者さんのところへ行った？」

イヴは、モリスと、死体収容所のスチール製のテーブルと、冷ややかでまぶしい照明を思った。「ちょっとちがうわね」

「お医者さんはけがを治してくれるの。だから、ママはお医者さんに行かなくちゃいけないの。ママが帰ってこられないなら、あたしをママのところへ連れていってくれる？」

「無理よ。あなたのママは……ママはわたしたちが行けないところにいるから。わたしにできるのは、ママを傷つけた人を捜して罰を受けるようにさせることだけ」

「その人は自分の部屋にずっといなくちゃいけなくなる？」

「そうよ、もうほかのだれも傷つけられないようにね」

「そうしたら、ママは帰ってこられる？」

イヴは当惑し、どうしていいのかわからず視線をそらしたとき、ディアンが部屋に駆け込んできた。「ヴォニー。こっちへいらっしゃい、ベイビー」

「ママに会いたい」

「わかっているわ、ベイビー。そうね」ディアンはヴォニーを抱き上げ、泣きながら肩に顔を押しつけてきた彼女に鼻をすり寄せた。「いつのまにか眠ってしまって。ごめんなさいね」

「非情だとわかっています。タイミングが悪いことも重々承知しています。でも、彼女がこのバスケットの中身をどこで手に入れたか、訊かなければなりません」

「手芸用バスケットの中身？　あちこちよ。彼女はものを作るのが大好きだった。そういうお店にいっしょに行ったことも二、三度あるわ。教えてくれようともしたけれど、わたしは才能ゼロだから。そういうお店は三番街にもあって――ええと、なんていったか――そう、〈ソウ・ワット〉っていったわ。ダウンタウンのユニオン・スクエアのそばにも大型店があったわね。〈トータル・クラフツ〉だったと思う。それから、スカイ・モールにも一軒あったけれど、名前は覚えていないわ。ごめんなさい」

ディアンはかかとに重心をかけて体を左右に揺すりながら、ヴォニーの髪をなでていた。

「そういうお店の前を通りかかると、かならずなかに入っていって、そうすると手ぶらで出てくることはめったになかったわ」

「具体的に言うと、彼女がこれをどこで買ったかご存じですか？」イヴはリボンを持ち上げた。

「いいえ、知らないわ」

「彼女の通信データとコミュニケーション機器を提供いただけるように手配したいと思います。通信の受信と送信はすべてこの部屋にある機器で行われていましたか？」

「お母さんには、そうね、ほかのリンクから連絡したかもしれないわ。でも、個人的な用事にはすべて自分のユニットを使っていたはずよ。ヴォニーを寝かせに行きたいのだけれど」

「どうぞ、いらしてください」

イヴはリボンをじっと見た。

「有力な手がかりですね」ピーボディが言った。

「たんなる手がかりよ」イヴは言い、リボンを証拠品バッグに入れた。「さあ、この出所《でどころ》を探るわよ」

イヴが夫妻の居住スペースへもどると、ペントハウスの正面ドアが開いた。入ってきたのは、金髪がくしゃくしゃに乱れ、疲れ切った青白い顔の男性だった。ヴォニーを抱いてカウチに坐っていたディアンがぱっと立ち上がり、子どもを抱いたままその男性に駆け寄っていった。

「ルーサー。ああ、よかった、ルーサー」

「ディアン」男性はふたりを抱き寄せ、妻の肩に頭をすり寄せた。「なにかのまちがいじゃないんだね？」

ディアンは首を振り、イヴの想像では何時間も抑えていた涙を一気にあふれさせた。

「おじゃましてすみません。ダラス警部補です」

ルーサーは顔を上げた。「はい。ええ、お顔は覚えています。ディアン？　スイートハート、ヴォニーを寝室へ連れていって」ふたりにキスをして、体を離す。

「こんなことになってほんとうに残念です、ミスター・ヴァンダーリー」

「どうぞルーサーと呼んでください。私になにができますか？　なにかやらなければならないことがありますか？」

「二、三、質問に答えていただけると助かります」

「ええ。わかりました」ルーサーは妻が消えていったほうを見た。「これでも急いでもどってきたんです。家に着くまでの時間が永遠にも思えました。ディアンに話を聞きましたが……私にはまだよくわかりません。エリサが――彼女が犬の散歩に出かけて、そして……ディアンによると、レイプされて殺されたと。すぐそこの公園で、レイプされて殺された、と」

「だれかに迷惑をかけられていたり、なにかで悩んでいたりしたら、エリサはあなたに伝えていたでしょうか？」

「ええ」ルーサーは即座に答えた。「私ではなくても、ディアンにはまちがいなく話していたでしょう。ふたりはとても仲がよかった。私たちは……私たちは家族ですから」ルーサーは椅子に坐り、背もたれに頭をもたせかけて天井を仰いだ。

「あなたとミズ・メープルウッドは親密でしたか？」

「エリサと私に肉体関係があったかと訊いているんですね。訊かれるのではないかと思い、訊かれても侮辱されたと思わないように自分に言い聞かせていました。いま、その努力をしています。私は妻を裏切るようなことはしません、警部補。自分が雇っているか弱い女性を利用するようなことをするわけがない。私は彼女が大好きだった。自分の子どもにいい人生を送らせようと、懸命に働いていた女性なんです」

「あなたを怒らせたくて質問しているわけではありません。ミズ・メープルウッドをか弱いと表現する理由は？」

ルーサーは両目のあいだをつまんでから、ぱたりと手を下ろした。「夫に虐待を受けて、女手ひとつで子どもを育てていた女性です。給料も、もっと言えば住む場所も、私を頼りにしていた女性だ。ほかに雇ってくれる人がいなかっただろうとは言っていません。彼女は自分の仕事を知り尽くしていました。しかし、いまの労働環境を得るのはむずかしかったかもしれない。子どもを遊び仲間や彼女を愛する者のいる家で育てられる環境、ということです。エリサにとっては、なによりもヴォニーの幸せが大事だった」

「彼女は元夫に脅されていましたか？」

ルーサーは冷ややかにほほえんだ。「もうそういうことはありません。彼女は、あの男をふさわしい場所に追いやった強い女性です。過去の話ですが」

「彼女を傷つけたがっている人物に心当たりがありますか?」

「どう考えても、ひとりもいません。誓ってまちがいありません。そういう人間がいたという事実を、私はいまだにきちんと受け入れられずにいます。あなたが仕事をしなければならないのはわかりますが、私にもやるべきことがあります。妻も子どもたちも私を必要としています。ほかは、あとにしてもらえませんか?」

「わかりました。これを持っていきたいんです」イヴはひと巻きのリボンを取り出した。

「受取証をお渡しできますが」

「必要ありません」ルーサーは立ち上がり、両手で顔をこすった。「あなたは仕事のできる警官だと聞いています」

「仕事はできます」

「頼りにしています」ルーサーは片手を差し出した。「われわれみんなが」


ダウンタウンへ向かう途中、ふたりはマンハッタンを縦横に移動して、手工芸用品店に寄った。完成品が簡単に手に入るものの多くが手作りされ、その過程でどれだけ多くの材料や道具が使われているか、イヴはまったく知らなかった。そう口に出して言うと、ピーボディはほほえみ、束で売られている色鮮やかな糸をもてあそんだ。

「自分でものを作ると、さまざまな満足感が得られます。色を選び、素材を選び、模様を選ぶ。それを自分なりのかたちに作り、命が宿るのを見るという喜びもあります」

「でしょうね」

「うちの家系には職人や熟練工がおおぜいいます。フリー・エイジャーの哲学全体と合致するんです。わたしもとても手先が器用なんですが、そういうことに費やす時間があまりなくて。十歳のとき、祖母に手伝ってもらって鉤針で編んだティーポットの保温カバー《コージー》をまだ持っています」

「それがなにかさえ知らないわ」

「鉤針ですか、コージーですか？」

「どちらも知らないし、意味を知ることに興味もないみたい」そう言って、素材やできあがった商品であふれそうな陳列棚やケースをじっと見つめた。「話をした店員の多くがメープルウッドを覚えていた。そして、この手の場所に男性の姿はあまり見られない」

「針仕事はおおむね女性の仕事と趣味、またはそのどちらかでありつづけていますから。男性には気の毒なことです。リラックスするにはとてもいいんです。伯父のジョナスは暇さえあれば編み物をしていて、それが百六歳でも健康でぴんぴんしている理由のひとつだって言っています。あ、百七歳だったかも。じゃなくて、たぶん百八歳です」

　イヴはあえてなにも答えず、先に立って店を出た。「これまでのところ、エリサを悩ませていた男性や、ついでに言えば、そういう男性客を覚えている人もいないわ。彼女についてなにか尋ねた人も、彼女のまわりをうろついていた人もいない。でも、同じタイプのリボンなのよ。かならずつながりはあるはず」

「リボンはどこでも買えるし、買うタイミングもちがったかもしれません。犯人は、このあたりの店で彼女を見かけて、あとでまた店にやってきてリボンを買ったとも考えられます。そうだ、手工芸見本市っていうのもあります。そういうところで彼女と出くわしたのかもしれません。きっと彼女は見本市に行っていると思います。たぶん、子どもたちを連れて」

「考えられる線ね。ヴァンダーリー夫妻に確認してみて」イヴが歩道に立って両手の親指をポケットにひっかけ、ほかの指でぼんやりと腰を打つあいだも、通行人がひっきりなしに行き交ったり、とぼとぼと通り過ぎたりしていく。「それはあとでいいわ。あのふたりはしばらくそっとしておいてあげないと。ここから保護施設まで、ほんの二、三ブロックね。ルイーズに会って、魔女のことを訊いてみましょ」

「魔女が霊能者とはかぎらないように、霊能者も魔女とはかぎりません。あ、グライドカートです！」

「待って、待って！」イヴはこめかみを一方の手で押さえ、天を仰いだ。「ヴィジョンが見えてきた。あなたが大豆《ソイ》ドッグを頬ばっているわ」

「フルーツ・カバブーと、たぶん、スモールサイズのシンプルサラダを食べようかと思っていたんですよ。でも、あなたのせいで頭にソイドッグが浮かんじゃいましたから、そっちを食べずにはいられません」

「そうだろうと思った。わたしにもポテトフライとチューブ・ペプシを買ってきて」

「こっちこそ、そうだろうと思ってましたよ」ピーボディは言い返した。しかし、こんなものに金を払うなんてて、と文句を言えるようなランチを食べるかと思うと、うれしくてたまらなかった。

4

とても避難施設には見えない、とイヴは思った。少なくとも外から見たかぎりでは、手入れの行き届いた中級クラスの集合住宅ビルのようだ。ドアマンのいない中間所得者層向けのアパートメントというところか。わざわざ目に留めたとしても、なにげなく見ただけではとくに変わったところはないと思うだろう。

それこそが大事なところだ、とイヴはあらためて思った。ここへ逃げてくる女性や子どもたちはだれかに気づかれることを望まない。

しかし、警官であれば、おそらく最高の防犯設備に気づいて感心するだろう。全スキャン用のカメラは、ありきたりな木部や装飾部に見せかけてある。すべての窓にプライバシー・スクリーンが作動している。

警官で、しかもロークを知っているなら、入り口という入り口に最新鋭の警報機付きモーション・パッドが設置してあるにちがいないと思うだろう。建物に入るには、掌紋照合装置《パーム・プレート》による身元の確認に加え、キーパッドを使ったコード入力と、建物内からの許可の両方、またはいずれか一方が必要になる。警備は——おそらく生身の人間とドロイドによる——二十四時間態勢で、侵入しようとするどんな試みがあっても、ありとあらゆる場所が金庫のように厳重に封鎖されるのは、疑いようもない。

ただの避難所ではなく、要塞なのだ。

ゲール語で〝希望〟を意味する〈ドーハス〉は、ホワイトハウス並みに安全——知られていないぶん、より安全——である。

こういった施設の存在を知っていたら、骨折して、精神的ショックを受け、行く場所のない子どもだったわたしは、ダラスの通りをさまよう代わりに逃げ込んでいただろうか？

いいえ。とにかく恐ろしくてたまらず、希望からも逃げ出していただろう。

少しはものがわかるようになったいまでさえ、扉につづくステップを上りながら不安がこみ上げてくる。裏通りは気が楽だった、とイヴは思った。暗がりにはネズミがいるとわかっていたから。いるものと予期していたから。

それでも、イヴはステップを上りきってベルを鳴らした。

警察バッジを示す間もなく、扉が開いた。

エネルギーの塊のような金髪の女性、ドクター・ルイーズ・ディマットがふたりを迎えた。

シンプルな黒いシャツとズボンの上に淡いブルーの診察衣をはおっている。左の耳にゴールドの小さな輪がふたつ、右の耳にひとつ、輝いている。的確によく動く指にはリングをはめず、左の手首に実用的で装飾のないリスト・ユニットをつけている。

金をかけていそうなところはまったく見当たらないが、彼女は大金持ちの家の出だ。

ストロベリーパフェのようにかわいらしく、細くて背の高いグラスに注いだシャンパンのようにエレガントでいながら、塹壕《ざんごう》内で死ぬまで戦いつづける根っからの革命家でもある。

「もうそろそろだって思ったのよ」ルイーズはイヴの手をつかみ、なかに引っ張り込んだ。「九一一に連絡して、あなたをここまで連れてきてもらわなければならないかも、って思いはじめていたところ。どうも、ピーボディ。あら、なんだか素敵じゃない」

ピーボディはにっこりした。「ありがとう」数々の実験を重ねた結果、刑事の服装はラインがシンプルで色彩が個性的なものに、それが引き立つエア・スニーカーかスキッズを合わせるのが好きだと、気づいていた。

「時間を作ってもらって感謝するわ」イヴは切り出した。

「時間は絶えず作り出すものよ。できるだけたくさん作って、一日二十六時間にするのがわたしの目標。それってありでしょ。なかを案内しましょうか？」

「それよりも――」

「いいから、来て」ルイーズはイヴの手を握って放そうとしない。「ちょっとだけ見せびらかさせて。改築と修復がついに完成したのよ。でも、追加の装飾や備品についてロークから白紙委任状をもらっているの。いまや、あの方はわたしの神よ」

「ええ、それを聞いたら喜ぶわ」

ルイーズは声をあげて笑い、イヴとピーボディのあいだに入ってそれぞれと腕を組んだ。

「言うまでもないけれど、セキュリティは完全無欠よ」

「完全無欠のセキュリティなんてありえない」

「警官って、これだからいや」ルイーズは文句を言い、腰でイヴの腰をちょっと押した。「このあたりは共有エリアよ。キッチンと――料理もおいしいの――ダイニング、図書室、娯楽室、それから、あそこは〝ファミリー・ルーム〟って呼んでるの」

身振りで部屋を示しながら廊下を進んでいくルイーズについていくうちにもう、話し声が聞こえはじめた。女の人と子どもがおしゃべりをしている、とイヴは思った。そう思うたびに落ち着かない気分になって、いらついた。

女の子らしい――ほぼまちがいない――匂いもしたが、ちらりと見えたのは、イヴには男の子のように思える子どもふたりが、キッチン・エリアのほうへ弾むように走っていく姿だった。

磨き粉と、花と、イヴがヘア用品かもしれないと思うものの匂いもした。大量のレモンとバニラと、イヴがいつも女性たちのグループを連想してしまうキャンディの匂いもする。

部屋がたくさんあって、色彩もとても豊かだ。明るい色と快適な家具。ひとりで腰かけるのにふさわしいところもあれば、会話を楽しむための場所もある。

ファミリー・ルームが人気スポットであるのはすぐにわかった。

年齢も人種もばらばらな女性たちが十数人、集まっている。子どもたちといっしょにソファや床に坐っている女性もさまざまな年齢で、人種もさまざまだ。おしゃべりをしている人、黙って坐って娯楽スクリーンを見ている人、膝にのせた赤ん坊を跳ねさせている人もいる。

イヴは不思議だった。あんなにひっきりなしに動かせば――彼女の慎重な観察によると――なんであれ消化器の内容物が――上からも下からも――噴き出すだけだと思うのに、どうして人は絶えず膝の上で赤ん坊を弾ませるのだろう。

それに、すべての赤ん坊が喜んでいるようにも見えない。ひとりは、おそらく満足してむにゃむにゃ言っているが、ほかのふたりは走行中の緊急車両そっくりの声をあげている。

とくにうるさがっている人はいないようだった。床にはいつくばっている子どもたちはもちろん、自分が選んだ遊びに夢中になったり、言い争ったりしている。

「みなさん」

話し声が消え、女性たちが出入り口のほうを見た。子どもたちは一瞬にして静まりかえった。赤ん坊たちはあいかわらず泣き叫んだりぶばぶ言ったりしている。

「ダラス警部補とピーボディ刑事をご紹介します」

つぎの瞬間、イヴは〝警官〟という概念にたいするさまざまな反応を感じ取った。さっと自分の殻に閉じこもる者もいれば、ぴりぴりしてまばたきを繰り返す者、子どもを胸にかき抱く者もいる。

虐待者は敵であり、ルイーズは協力者だが、警察はどちら側に転ぶ可能性もある未知の存在なのだ、とイヴは思った。

「ダラス警部補はロークの奥様で、今回、はじめてこちらを訪ねてこられました」

何人かがほっとするのがわかった——表情や体の緊張がゆるんで、おずおずとほほえむ者さえいる。それ以外の女性たちはまだ警戒心を解いていない。

さまざまなのは年齢や人種だけではなかった。傷もさまざまだ。できたばかりの痛々しいアザもあれば、消えかけているアザもある。治療を受けてくっつきつつある骨。癒されつつある命。

イヴには彼女たちの不安がわかり、実際に感じてもいた。ルイーズの期待のこもった視線を感じながら、体じゅうの皮膚が冷たくなって、喉が詰まっていくのがいやでたまらない。

「なかなかすてきなところね」イヴはなんとかそれだけ言った。

「奇跡のような場所です」ひとりの女性がそう言って立ち上がった。かすかに足を引きずりながら部屋を横切ってくる。四十歳前後だろう、とイヴは見当をつけた。顔のようすから、つい最近ひどく殴られたのがわかる。女性はイヴに片手を差し出した。「ありがとうございます」

イヴは差し出された手を握りたくなかった。つながりはほしくなかったが、ほかに選択肢はない。女性は期待をこめて、恐ろしいことに感謝もこめて、イヴを見つめているのだ。

「わたしはなにもしていないわ」

「ロークの奥さんですから。わたしにもっと勇気があって、もっと早くこういう場所や警察に行ったり、助けを求めたりしていたら、娘は傷つかずにすんだはずです」

女性はちょっと振り返り、右腕をスキン・ギプスで覆った黒っぽい巻き毛の女の子に合図を送った。「こっちへ来て、ダラス警部補にご挨拶しなさい、アブラ」

少女は近づいてきて、母親の両脚に体を押しつけたまま、もの珍しそうにイヴを見上げた。「警察は人にけがをさせる人を止めてくれるの。よくわかんないけど」

「そうよ、そうしようと努力しているわ」

「あの人があたしにけがをさせたから、あたしたちは逃げなきゃいけなかったの」

骨が折れると、身の毛もよだつようなボキッという音がする。耐えがたい、燃えるような痛みが走る。ねっとりとした吐き気がこみ上げる。ショックのあまり目の前が赤くかすんでくる。

イヴはその場に立ってまざまざと思い出しながら、少女を見下ろしていた。後ずさりしたかった。ずっと、ずっと遠くへ。感じられない遠くまで。

「でも、もうだいじょうぶよ」耳の奥で鳴り響くとどろきにかき消されて、自分の声が細く、遠くに聞こえる。

「あの人はママにもけがをさせたの。すごく怒って、ママにけがをさせたの。でも、こんど、あたしはママに言われたのを聞かないで、自分の部屋に隠れなかったの。だから、あの人はあたしにもけがをさせたの」

「この子の腕を折ったんです」母親のアザに囲まれた目から涙があふれ出した。「それでやっと、わたしは目が覚めたんです」

「自分を責めないで、マーリー」ルイーズがやさしく言った。

「いまではドクター・ルイーズといっしょにここで暮らせるし、傷つけられることもありません。怒鳴られないし、ものを投げつけられたりもしません」

「いいところね」ピーボディがその場にしゃがんで言ったのは、子どもに話しかけるというより、その子のイヴへの視線をはずさせようとしてのことだ。警部補は具合が悪そうだった。「いろいろやることがあるんでしょうね」

「毎日のお仕事があって、先生もいるの。自分のお仕事をして、学校へ行かなくちゃならないのよ。それから、遊べるの。階上《うえ》には女の人がいて、赤ちゃんが生まれるの」

「そうなんですか?」ピーボディは振り返ってルイーズを見た。「いまから?」

「分娩第一期よ。今後二十四時間、できるだけそっちの足は使わないようにしてね、マーリー」

婦もいるわ。ここは産科と分娩にかかわる設備を完備しているし、職員には専任の助産
「わかりました。よくなっています。ずっとよくなっています。すべてがそうです」

「ほんとうに、あなたと話をしなければならないのよ、ルイーズ」

「わかったわ、じゃあ……」イヴの顔を見て、ルイーズは言葉を途切れさせた。「だいじょうぶなの?」

「だいじょうぶ。元気よ。ちょっと忙しすぎたから、それだけ」

「階上のわたしのオフィスへ行きましょう」階段へ向かいながら、ルイーズは意識してイヴの手首に指先を押し当てた。「じっとり汗ばんで、冷たいわ」と、つぶやく。「脈拍が速く、弱くなっているし、顔も青白い。診察室へ行きましょう」

「疲れてるだけよ」イヴはつかまれていた手をそっと引いた。「二時間眠っただけで動きまわっているから。わたしに必要なのは医者じゃなくて、話を聞くことよ」

「オーケイ、わかったわ。でも、あなたたちがプロテイン補給飲料《ブースター》を飲んでからじゃないと話はしない」

二階にも活気があった。閉じた扉の向こうから話し声が聞こえる。泣き声も聞こえる。

「治療《セラピー》セッション中よ」と、ルイーズは説明した。「かなり気持ちが高ぶることもあるの。モイラ、ちょっといい？」

べつのセラピー・ルームかオフィスだろう、とイヴが思った部屋の外に、女性がふたり立っていた。ひとりが振り向き、ルイーズではなくそのうしろにいるイヴを見つめた。それから、いっしょにいた女性になにごとかささやき、長々と抱きしめたあと、廊下を歩いてやって来た。

その女性をイヴは知っていた。以前、ダブリンにいたモイラ・オバニオンだ。ロークの母親の知り合いで、三十年以上たってからロークに、彼が自分の出自について知っていることは、殺人にからんだ嘘なのだと知らせた女性だ。

イヴは胃のあたりがこわばってむかつくのを感じた。

「モイラ・オバニオン、イヴ・ダラス、ディリア・ピーボディよ」

「お会いできてほんとうにうれしいわ。ロークは元気でしょうね」

「変わりないです。元気です」冷たい油脂のように、汗が背筋を伝いはじめる。

「モイラはうちの宝物のひとつ。わたしが盗んできたの」

モイラは声をあげて笑った。「スカウトした、って言うのよ。無理やり連れてきた、というのも遠くないけれど。ルイーズは飛びきりの情熱家だわ。建物のなかを案内してもらっているのね」

「そういうわけでもないわ。遊びに来たんじゃないから」

「そう。では、仕事にもどってもらうべきだわね。ヤーナはどんなようす？」

「最新チェックの結果は、子宮口四センチ開大、展退三十パーセントよ。まだまだかかりそう」

「いよいよとなったら知らせてくれるわね？　生まれてくる赤ちゃんのことで、みんなもう興奮状態なの」モイラはピーボディにほほえみかけた。「おふたりに会えてよかったわ。またすぐ会えるといいけれど。ロークによろしく伝えてね」そうイヴに言って、三人の前から去っていった。

「モイラはすばらしいわ」さらに階上へとふたりを案内しながら、ルイーズは言った。「彼女が来てから、ここは大きく変わりつつあるの。わたしは――なんと――市でも指折りのセラピストと、ドクターと、精神科医と、カウンセラーを無理やり連れてくるのに成功してる。あなたがダウンタウンのわたしの診療所へずかずか入ってきた日に感謝するわ、ダラス。わたしをここへと導く曲がりくねった道のはじまりは、あれ」

ルイーズは扉を開け、なかに入るようにとふたりに身振りで示した。「もちろん、わたしをチャールズへと導く道であったことは、言うまでもないわ」きびきびした足取りで棚に近づき、扉を開けるとミニ冷蔵庫が現れた。「そう言えば、ディナー・パーティの準備をしているの。なんとかうまくやろうと思ってがんばってるところ。あさっての夜、チャールズの家で――わたしのところより居心地がいいの――八時から。マクナブもいっしょにどうぞ、ピーボディ？」

「もちろん、行きます。楽しそうですね」

「ロークにはもう伝えてあって、来てくれることになってるわ」ルイーズはイヴとピーボディにプロテイン・ブースターのボトルを渡した。

イヴとしては、冷たい水を飲んで窓から身を乗り出し、ただ息がしたかった。「わたしたちは捜査のまっただ中だから」

「わかってる。医者と警官は順応性を身につけ、人づきあいの約束をキャンセルし、キャンセルされながら生きていくのよ。緊急事態がなければ来てくれるって、そう思ってるから。さあ、坐って、プロテインを飲んで。レモン味よ」

反論するより手っ取り早いし、景気《ブースター》づけもほしかったので、イヴはボトルを開けてごくごくと飲み干した。

オフィスはルイーズの診療所のそれとはくらべものにならないほど広かった。空間がたっぷりあり、よく考えて調度品が配置してある。利用者にとって使いやすいだけではなく、趣味もいい。

「豪勢なオフィスね」イヴが言った。

「ロークがどうしてもってあとに引かなくて。でも、白状すると、わたしもあっさり受け入れちゃったの。わたしたちがこの施設でめざしているもののひとつは居心地のよさだから。わが家にいるような安心感よ。ここにいる女性たちにも、子どもたちにも、安心してくつろいでほしいの」

「いい仕事をしましたね」ピーボディは腰を下ろし、プロテインを味わった。「家にいるみたいな感じです」

「ありがとう」ルイーズはちょっと首をかしげてイヴを見つめた。「そうね、さっきよりいいみたい。顔色がもどったわ」

「ありがとう、ドクター」イヴは空の容器をリサイクル・スロットに捨てた。「では。セリーナ・サンチェスの話よ」

「ああ、セリーナ。魅力的な女性よ。もう長い付き合いになるわ。二、三年はいっしょに学校に通っていたのよ。彼女のうちは大金持ちなの。うちといっしょ。とても、とても保守的な一家よ。うちといっしょ。彼女は一家のもてあまし者なの。わたしと同じ。というわけで、当然のごとく、わたしたちは友だちというわけ。どうして彼女のことを調べているの？」

「今朝、彼女がわたしのところへやってきたの。自分は霊能者だって言って」

「そうよ」ルイーズは眉をひそめ、自分用に発泡性の水のボトルを持ってきた。「ずば抜けた才能に恵まれた霊能者で、プロとして開業している。それで一家のもてあまし者なの。家族は彼女の職業を認めず、恥じているから。さっきも言ったけれど、とても保守的な人たちなのよ。彼女はどうしてあなたに会いにいったの？　セリーナの専門は個人の相談とパーティ関連なのに」

「殺人を目撃したって言ってる」

「やだ。彼女は無事なの？」

「その場にはいなかったから。ヴィジョンを見たって」

「まあ。さぞかし恐ろしかったでしょうね」

「じゃ、信じるのね。こんなふうに、あっさりと……」イヴはぱちんと指を鳴らした。

「セリーナが会いにいって、殺人を見たって言うなら、彼女は見てるわ」ルイーズはじっと考えながら水をちょっと飲んだ。「彼女は特別な能力を隠さないけれど、その能力をけっして仕事以外には使わず、それから、なんと言えばいいのか、表面的なものにとどめているわ」

「表面的の意味を具体的に言って」イヴがすかさず訊いた。

「自分がやることを——自分に備わっているものを——楽しみつつ、それをたんなる助言や忠告ではなく楽しめるものに持っていこうとする、というか。深刻にならないよう抑えているの。今回みたいなものに巻き込まれたという話は聞いたことがないわ。だれが殺されたの？」

「ゆうべ、セントラルパークである女性がレイプされ、絞殺されて、遺体を傷つけられたのよ」

「その事件のことは聞いたわ」ルイーズは光沢のある優雅なデスクの向こうに坐った。「くわしいことは伝えられなかったけれど。あなたが担当してるの？」

「そう。セリーナは、まだ一般には発表されていないくわしいことをいろいろ知っていた。彼女の言うことはほんとうだって、保証できる？」

「できるわ。ええ、彼女の言うことなら信じる、無条件で。彼女は捜査に協力できるの？」

「まだ確定してないわ。彼女の個人的な面について知ってる？」

ルイーズはまた水のボトルを持ち上げ、ゆっくりと飲んだ。「友だちのことをあれこれバラすのは好きじゃないわ、ダラス」

「わたしは警官よ。口は堅いわ」

ルイーズはふーっと息を吐き出した。「ええと、さっきも言ったように、裕福でお堅くて、彼女を認めようとしない一家の出よ。家族に反発するには、並々ならぬ性格の強さが必要だわ」ボトルをちょっと上げて自分に乾杯をしてから、また水を飲む。「彼女の父方はメキシコの貴族階級で、父親は仕事かなにかの用事でウィスコンシン州に数年間、滞在していたの。いま、一家はメキシコに住んでいて、ニューヨークへ飛び出したセリーナは、まだ大学生のうちに腰を落ち着けてしまった。街が気に入ったから、というのもあるだろうけれど、家族から数千マイル離れていながら同じ大陸にある街、というのも理由じゃないかとわたしは思ってるわ」

ルイーズは肩をすくめ、考えながらつづけた。「彼女は率直で、つねに目的をしっかり持っているタイプだと思うわ。大学では超心理学とそれに関連した科目を勉強していたわね。自分の才能について可能なかぎり知りたがっていた。霊能者にしては理論的な人で、いくらか直線的な考え方をする女性ね。誠実な人。そうじゃなければ、かれこれ十年も友だちでいつづけられないわ。道徳的にもしっかりしてる。彼女が人の心に勝手に入り込んだり、才能を利用したりして得をしたという話は聞いたことがないわ。彼女は殺された女性とは知り合いだったの？」

「彼女が言うには、現世にかぎっては知り合いではないそうよ」

「なるほど。過去と現在と来世のつながりについて、彼女と話し合った覚えがあるわ。あなたには縁がない話だってわかっているけれど、科学界でもたしかな理論として受け入れているグループさえあるのよ」

「彼女の個人的な付き合いは？」

「友だち以外、ってことね。二、三年、だれかと付き合っていたわよ。作詞作曲もやるミュージシャン。すてきな男性よ。でも、ちょっと前に別れたの。一年くらい前」ルイーズは肩をすくめた。「残念だったわ。わたしは彼を気に入っていたから」

「名前は？」

「ルーカス・グランデ。まあまあ成功しているほうね。発表されたりプロデュースされたりした曲はたくさんあるし、セッション・ミュージシャンとして定期的に仕事もしているわ。ビデオの音楽も手がけているのよ」

「どうして別れたのかしら？」

「それって私生活をバラすことでしょ。事件とどう関係するのよ？」

「関係しないってわたしが認めるまで、すべては関係するの」

「要するに、ふたりのあいだでいろんなものが冷めちゃったのよ。とにかく、いっしょにいてももう幸せじゃなくなって、だからべつべつの道を行くことにした、と」

「おたがいの合意のうえ？」

「セリーナが彼をポイ捨てしたとかそういうんじゃなくて、女性が男性と別れるときのごくふつうのパターンだったみたい。彼女とはしょっちゅう会ってるわけじゃないけれど――なにもかもわかるほどじゃない、ってこと――わたしが見たかぎりでは、彼女はうまく対応していたと思う。愛し合っていたけれど、そのうちそうじゃなくなった。だから、先へ進んだ、ということ」

「彼女から、エリサ・メープルウッドの話を聞いたことがある？」

「殺された女性ね？　ないわ。わたしも、今朝のニュースで知るまで名前も聞いたことがなかった」

「ルーサーとか、ディアン・ヴァンダーリーは？」

「骨董品店の？」ルイーズが興味深げに眉を上げた。「そのふたりなら、ちょっと知ってるわ。伯父のひとりがルーサーの父親とゴルフをするとか、そんな感じ。セリーナがふたりと顔を合わせている可能性はあるわね、パーティとかそういう場で。どうして？」

「殺された女性は彼らのところで働いていたの。家政婦として」

「あら。手がかりに手が届きそうね、ダラス」

「そうだけど、その手がなにをつかむか、わかったもんじゃないわ」


「さぞ誇らしいでしょうね」車にもどって乗り込むと、ピーボディが言った。

「なんのこと？」

「ああいう施設です」ピーボディは振り返って〈ドーハス〉のほうを見た。「ロークがここでやったことに関して」

「そうね。彼は、たいていの人がわざわざ話題にさえしないところにお金をつぎ込むわ」車を発進させようとしたイヴの腕に、ピーボディが手を置いてきた。「なに？」

「わたしたちはもうパートナー同士ですよね？」

「それはいつも思い知らされているわ」

「友だちでもあります」

なにか怪しいと思い、イヴはとんとんと指先でハンドルを打った。「これって感傷的な話になるとか？」

「人にはプライベートというものがあります。そういう側面を持つ権利があります。でも、友だちやパートナー同士は、それを遠慮なく言い合って当然なんです。あなたは、あそこに足を踏み入れたくなかった」

見せてはならない、とイヴは思った。見せるべきではない。「足を踏み入れたわ」

「それは、あなたがやりたくないことをやる名人だからです。ほかの人が背を向けることをやる達人だから。わたしはただ、なにか気になることがあるならぶちまけてください、と言っているだけです。それだけです。そうなっても口外しませんから」

「わたしが、なにか仕事に差し障ることをしてるって言うの？」

「いいえ。わたしはただ――」

「アイスクリーム・サンデーをつつきながら、ちょっとばかり腹を割った話し合いをしたくらいでは解決できない個人的な問題を抱えている人もいるのよ」イヴは縁石の脇に止めてあった車を急発進させて、タクシーの前に割り込み、黄色信号にもかまわず交差点を突っ切った。「だから個人的な問題って言うのよ」

「そうですね」

「それで、わたしが肩に顔を埋めて泣かないっていう理由ですねるなら、我慢しなさいって言うしかないわ」どこへ向かうという考えもなく、いきなりハンドルを切って脇道に入った。「警官ってそういうものなの。ごちゃごちゃ言わずに仕事をするだけ。頭をなでて〝よしよし〟って言ってくれる人を捜してうろうろしたりしない。床一面にはらわたをぶちまけて、あなたにじっくり見てもらう気はないから、思いやりあふれる友だちを演じてもらわなくてけっこうよ。だから、とにかく……くそっ、くそっ、こんちくしょう」

イヴは急ブレーキを踏んで二重駐車をすると、けたたましいクラクションの音を無視して、叩きつけるように〝勤務中〟のライトをつけた。

「線から出ないで。離れて。寄らないで。たのんだおぼえはないから。ぜんぜん」

「忘れてください」

「疲れたわ」イヴは言い、フロントガラスの向こうを見つめた。「プロテイン・ブースターなんかじゃどうにもならないくらい疲れてるの。それに、いらついている。その理由のひとつは、自分ではっきりと捕らえられないってこと。できないのよ」

「いいんです。ダラス、わたしはすねてなんかいません。あなたを追い込むつもりもありません」

「そうね、そのとおりね」これまでもずっとそうだった、とイヴは認めた。「それに、わたしをぶん殴りもしない。そうするのが当然というときでさえ」

「あなたは殴り返すでしょうから。しかも、わたしより強く」

イヴは声をあげて短く笑い、両手で顔をこすった。座席に坐ったまま体の向きを変えて、ピーボディと視線を合わせた。「あなたはわたしのパートナーであり、わたしの友だちよ。

どちらの立場でもすばらしい人よ。わたしには……精神科医が言うところの問題があるの。それに対処しなければならない。わたしがなにかして、それが捜査に影響しているとわかったら、そう指摘して。そうじゃないかぎりは、わたしのパートナーとして、友だちとして、あなたにお願いしたいのは、放っておいてということ」

「わかりました」

「いいわ。じゃ、動き出すわよ。暴動が起こって車から引きずり出されて、通りで踏みつぶされる前に」

「賛成です」

つぎの一ブロックをイヴは黙ったまま進んだ。「自宅で降ろしてあげるわ」イヴは言った。「わたしたち、眠ったほうがいいから」

「あなたも家にもどって、ひとりで仕事をつづけるっていうことですか?」

「ちがうわ」イヴはちょっとほほえんだ。「マイラとミーティングをしてから家にもどって、しばらく横になる。仕事は今夜するつもり。あなたも同じ考えなら、リボンの件をもう少し当たってみて。それから、事件があった夜、アベル・メープルウッドがどこにいたか確認して」

「そうします。サンチェスについてはどうしますか?」

「ひと晩寝てから結論を出すわ」

頭のなかが混乱状態だったから、精神分析医に会うにはほんとうにいいタイミングだとイヴは思った。あるいは、最悪のタイミングなのか。どちらにしても、マイラとの約束をすっぽかしたりキャンセルしたりするのは賢明ではない。

マイラが気を悪くすることはないだろうが、管理部からわたしが注意を受けるだろう、とイヴは思った。

だから、どこか平らなところでうつぶせに横たわって切望していた睡眠をいくらかでも取るのではなく、マイラのアイスクリームをすくうへらの形をした坐りごこちのいい椅子に坐って、飲む気のない紅茶を受け取っていた。

マイラの顔はやさしげで美しく、そのまわりを囲んでいる未加工のミルクの色をした髪もやわらかくて美しい。きょうは単色の魅力的なスーツ姿だ。高級ピスタチオ・アイスクリームを思わせる色合いの緑色。三連になったビーズのネックレスは暗い緑色だ。

目はへら形の椅子と同じブルーで、いつも変わらず思いやりにあふれているが、どんな細かなこともめったに見逃さない。

「かなり疲れているわね。ぜんぜん寝ていないのかしら？」

「二、三時間は寝ました。ブースターも飲んだし」

「悪くはないけれど。寝るのがいちばんの薬よ」

「わたしのリストでは、それは二番目です。犯人について話してください」

「怒りに満ちて暴力的で、その怒りと暴力が女性に向けられているわ。赤いリボンを使ったのは偶然とは思えない。緋色は売春婦の象徴でもある。彼の女性の見方には二重性があるわね。まず、売春婦は利用して虐待するべきという考えがある。そうね、でも、遺体につけたポーズや放置場所は、女性への畏敬の念を示している。宗教的なポーズと城。聖母マリア、女王、売春婦。象徴を好む傾向があるわね」

「どうしてメープルウッドじゃないといけなかったんでしょう？」

「とくに彼女が狙われたと信じているのね。行きずりではないの？」

「犯人は待ち伏せをしていた。それはまちがいないと思います」

「彼女はひとりで、無防備だった。子どもがいるけれど夫はいない。それも関係しているかもしれない。彼女の容姿や、生活様式や、身の上が、彼が人生でかかわって影響を受けた女性を思い起こさせたのかもしれないわ。遺体の損壊をともなう性的殺人の場合、加害者が強い女性に虐待されたり自尊心を傷つけられたり、裏切られたりしていることがとても多いの。母親や、姉、教師、配偶者、恋人などよ。犯人が女性と健全で親密な関係を長期にわたって築いていた、あるいは築いている可能性はほとんどないと考えていいと思うわ」

「ただの人殺しのくそ野郎、ということもありうる」

「そうね」マイラは平然として紅茶に口をつけた。「そういうこともあるわ。でも、根っこがあるのよ、イヴ。現実、妄想にかかわらず、なんであれつねに変わらず根っこがある。レイプは、暴力や、もちろん、セックスそのものよりも支配力の問題なの。自分の満足のために、相手に恐怖と痛みをあたえながら力ずくで挿入するのよ。べつの人間に無理やりかかわるだけではなく、侵入する行為だわ。その支配力がべつのレベルまで高じたのが殺人。べつの人間を支配する究極の形ね。絞殺という殺害方法はとても個人的で、非常に密接な結びつきが生じるものだわ」

「犯人は絶頂感を得ていると思います。彼女と向き合って首を絞めた。彼女が死ぬのを見ていた」

「わたしも同じ考えよ。精液が残されていなかったから犯人が射精したかどうかはわからないけれど、性交不能だとは思わない。暴力をともなわない行為では不能かもしれないけれど、犯人がオーガズムに達していなければ、殺害前だけではなく殺害後にも暴力が振るわれ、肉体の損傷はもっとひどかったはずよ」

「眼球の摘出というのはひどい損傷行為です」

「これも象徴ね。犯人は象徴を提示して楽しんでいるわ。彼女を盲目にしている。彼女は彼を見られないから――あるいは、彼が導くやり方でしか見ることは許されないから――彼にたいする支配力をまったく失っている。これは犯人にとってもっとも影響のある象徴であって、おそらくもっとも重要なものよ。犯人は彼女から眼球を奪った――つぶせばもっと早く簡単に――そして、さらに暴力的に――できたのに、慎重に持ち帰った。犯人にとって目は重要なの。意味があるんだわ」

彼女の目はブルーだった、とイヴは思い出した。娘のと同じ深いキキョウ色の目だ。「目を治療する側かも。眼科医とか、技師とか、コンサルタントとか」

マイラは首を振った。「彼が日常的に女性といっしょに働いたり、女性を治療したり、交流したりする立場にあったら、わたしとしては驚くしかないわ。きっとひとり暮らしで、ひとりでできたり、おもに男性といっしょにする職業についているはずよ。なにごとも計画的に進めるけれど、冒険家でもある。そして、誇り高い。公の場で女性を襲って殺害しただけでなく、遺体を放置して見せびらかした」

「俺の作品を見ろ、そして、こわがれ」

「そうね。エリサ・メープルウッドが特定の標的ではなく象徴であるなら、彼の仕事はまだ終わっていないわね。計画的な男だから、もうつぎの犠牲者を思い描いているでしょう。彼女の習慣や日常の動きを調べ、彼女に襲いかかるのに最善の戦略を練っているはずだわ」

「彼女の父親の可能性も疑いましたが、ほんの十秒だけでした。前科があるけれど、報告書によると街にはいなかった。さらに確認しているところですが、そのレベルまで個人的な事件という感じはしません」

「象徴のせいね」マイラはうなずいた。「そうね、わたしもそう思うけれど、その父親と娘のあいだに象徴が関連していれば話はべつよ。犯人は個人的にメープルウッドを知らなかったとしても、彼にとってなにかの象徴だった可能性もある」

「そちらの可能性も調べてみます。いま、リボンの入手先を追っているんです。いい手がかりです」そう言いながら、イヴはじっと考えこんだ。「霊能者についてどう思いますか？」

「そうねえ、わたしの娘も霊能者だから……」

「ああ、そうだ。そうでした」さらにまた考えているイヴをマイラは辛抱づよく待った。

「今朝、わたしを訪ねてきたんです」と、イヴは切り出し、セリーナの話をした。

「彼女がほんとうのことを言っていないんじゃないかと疑う根拠があるのかしら?」

「訳のわからないものを信じるのは気が進まない、という以外に根拠はありません。彼女の話は事実と一致するんです。わたしが得たいちばんの手がかりが彼女だと認めるのは、ちょっと気が進みません」

「彼女とはまた話をするの?」

「ええ。個人的な先入観や気が進まないことは、仕事には関係ないですから」

「そういえば、あなたは、わたしと話し合いをするのも気が進まないことがあったわね」

イヴはちらっとマイラの顔を見上げて、肩をすくめた。「理由は同じです。あなたにはいつも、なにもかも見透かされて居心地が悪かったんです」

「たぶん、いまもいろいろ見えてしまっているわ。くたくたに疲れているだけじゃなくて、イヴ、悲しそうに見えるわ」

そんなふうに言われても適当にやりすごして、さっさと立ち去っていた時期もあった。しかし、付き合いを重ねてイヴとマイラの関係は変わった。「その霊能者はルイーズ・ディマットの知り合いです。昔からの友だちだそうです。だから、霊能者についてルイーズに話を聞かなければならなかった。それで、きょう、ルイーズは〈ドーハス〉で仕事だったんです」

「ああ」

「それって、精神分析医のテクニックですよね。ああ、ああって」イヴは紅茶を脇に置いて立ち上がり、ポケットのなかのクレジットの小銭をじゃらつかせながら、オフィスをうろうろしはじめた。「しかも効果的。ロークがやったのはすごいことだし、それよりもっと――わたしにとって――すごいと思えたのは、彼がそれをした理由がわかったときでした。もちろん、子どものときの彼はさんざん虐待されていたから、彼本人のためというのもあるわ。わたしが経験したことを踏まえて――彼のためよりももっと――わたしのためでもある。でも、それよりもっと大きいのは、わたしたちのため、ということ。いま、わたしたちがこうなっているから彼はあの施設を手がけたんです」

「ふたりがいっしょにいるということね」

「ああ、わたしはこんなにも彼を愛して……だれかにたいして、こんなふうに感じるなんて、きっとありえないことなのに。でも、彼がなにを作ったか知っていて、それが彼のために重要で、それはわたしのためでもあるとわかっていてもなお、わたしはずっとあそこに行くのを避けていたんです」

「その理由を彼がわかっていないと思うの？」

「もうひとつ、ありえないのは、彼がどれだけわたしをわかってくれているか、ということです。あそこはいいところです、ドクター・マイラ、そして、施設の名前もまさに的確です。でも、わたしはあそこにいるあいだずっと、具合が悪かった。心も内臓もおかしくなっていた。調子が悪くて、ふらふらで、おびえていた。立ち去りたかったわ。アザのできた女性たちや、頼りなげな表情をした子どもたちから離れたかった。ひとりは腕を骨折していたわ。子どもよ。女の子で、六歳くらい。子どもの年ってよくわからないけれど」

「イヴ」

「骨がポキッと折れるのを感じたわ。音も聞こえた。ちょっとでも気をゆるめたら、その場に膝をついて叫び出しそうだった」

「それで、そうなったことを恥じているの？」

恥じている？　イヴにはよくわからなかった。あれは恥なのか、怒りなのか、それともその両方が混ざった胸の悪くなるようななにかなのか？　「いつかは忘れるべきなのに」

「どうして？」

イヴはぎょっとして振り返り、マイラを見つめた。「だって……それは」

「克服するのと忘れるのではまるでちがうわ」マイラがさっきまでとちがって強い口調で言ったのは、立ち上がって、近づいていって、イヴを抱きしめたいのに、そんな行動は適切ではなく、理解もされないだろうと思ったからだ。「そうよ、あなたは克服しようと努力すべきよ。生き抜いて、人生をしっかりと歩み、幸せになって、実りある日々を送ろうと努力するべきなの。あなたはそんな努力をすべてやってきたし、これからもさらにがんばるはず。でも、忘れることを求められてはいないのよ。殴られ、虐待され、レイプされ、痛めつけられたことを忘れる必要はないの。あなたは自分に多くを求めすぎるわ、イヴ。この世のだれよりも自分に多くを求めている」

「いい施設でした」

「そのいい施設で、あなたはだれかに壊されかけた子どもに会った。心が痛くてたまらなかった。でも、あなたは逃げなかったわ」

イヴはため息をつき、また坐った。「ピーボディはわたしの変化に気づきました。それで、建物を出てから、いかにも相棒って感じで、なにかぶちまけたいことがあるなら聞くって言ってきたんです。で、わたしがどう答えたかわかりますか?」

「わたしの想像では、彼女の首をへし折った」そう言って、マイラはちょっとほほえんだ。

「そう。彼女を厳しく責めました。さんざん文句を言って、かまわないでくれという意味のひどいことを、とにかくろくに考えもせずぶちまけました」

「謝ることね」

「もう謝りました」

「あなたがたはコンビとしていっしょに仕事をしているわ。そして、仕事以外でも友人関係にある。せめて一部でも、彼女に伝えることを考えてもいいかもしれないわね」

「そうやって、たがいにどんないいことがあるのか、わたしにはわかりません」

マイラはただほほえんだ。「では、よく考えてみることね。うちへお帰りなさい、イヴ。いくらかでも眠るのよ」

5

イヴがほしいのは二、三時間の無意識状態だったから、マイラからの忠告を受け入れるのはむずかしくはなかった。車を進めて、わが家の門をつぎつぎと通過していく。

あたりはまだ夏に支配され、深い夏の色をした夏の花が完璧な姿をとどめ、何マイルもつづくような緑の芝生が輝いて、葉の茂った背の高い木々が涼しげな陰を広げていた。

そんな地所の主として君臨する家は、塔と尖った屋根がそびえ、優雅なテラスが張り出している城であり、要塞であり、そしてなによりもわが家だ。

わが家でもっともいいのは、なかにほかでもない自分のベッドがあることだった。

正面ステップの前で車を降りたイヴは、車両支給課に連絡して嫌みを言うのを忘れたことを思い出して、外に出るなり腹立ちまぎれに車のドアをブーツで蹴飛ばした。それだけでその件は忘れて、ステップをのろのろと上って家に入っていった。

彼は待ち伏せをしていた。サマーセットは待ち伏せの宇宙チャンピオンだ。黒ずくめの骨張った体で玄関広間《ホワイエ》に立ちはだかり、つんと鼻を上に向けている、その足元には太った猫がいる。イヴの考えでは、ロークの執事は彼女をいらだたせる機会をけっして逃さない。

「予定より早いお帰りで、お召しものをなにひとつだめにすることなく、一日を乗りきられたようですね。この出来事はカレンダーに書き込んでおかなければ」

「わたしが遅くても文句を言い、早くても文句を言う。文句言いのプロになって、地方巡業でもすればいい」

「いまのところ、あなたの腹立たしいポンコツ車はきちんと車庫におさめられていませんが」

「いまのところ、あんたの目障りな顔も、わたしの拳にぐちゃぐちゃにされていないわ。それもカレンダーに記録しておきなさい、このグロテスク野郎」

嫌みの持ち玉はまだ二つ三つあったが、サマーセットは、イヴの目の下に疲労からくるクマがあるうえに、彼女がすでに階段へ向かっていたので、それは取っておくことにした。あのままベッドへ向かえばいいのだが。サマーセットは猫を見下ろした。

「とりあえず、あれくらいで充分だろう」そう言って、階段のほうを指で差すと、ギャラハッドは足早に階上へ向かった。

イヴはまずオフィスに寄って、メモを見ながら考えをまとめて報告書を書き、できれば鑑識に連絡を入れてから、いくつか確率を求めようかと思った。

しかし、思いとは裏腹に足はまっすぐ寝室へ向かい、すぐあとについてきた猫もするりとなかへ入りこんだ。さらに、やや高いところに置かれているベッドへのステップを一気に駆け上り、そのまま勢いにのってジャンプして、太っちょ猫にしてはかなり優雅にベッドの上に着地した。

きちんと坐りなおして、左右の色がちがう目を細めてイヴを見つめる。

「そうね、いい考え。わたしもすぐにつづくわ」

上着をむしるようにして脱ぎ、ソファの上に放り投げて、武器用ハーネスを引きはがして上着の上にどさりと落とす。それから、ソファの肘掛けに腰かけてブーツをやっとの思いで脱ぎ、これでまあいいだろうと思った。

イヴはベッドに飛び乗らず、むしろゆっくり這っていった。うつぶせで体を伸ばすと、もぞもぞと尻に上ってきた猫がくるりくるりと二回転してからうずくまったが、そのままにして、なにも考えるなと自分に命じた。そして、井戸に吸い込まれる小石のように、眠りに落ちていった。

夢がやってくるのは感じていた。傷からにじむ血のように、それが自分の組織からしみ出ていくのを感じたのだ。眠ったまま、彼女はびくっと手脚をひきつらせ、両手を握りしめた。しかし、それを撃退することはできず、連れ去られた。

過去へ。

それは、彼女がなによりも恐れているダラスの部屋ではなかった。真っ暗で、気の滅入るような赤い明かりにさっと照らされることもなく、凍えるように寒くもない。とにかく暗くて、じっとりと暑く、腐りかけた花のむせるような匂いがする。

声が聞こえるが、なにを言っているのかはわからない。泣き声もするが、どこから聞こえてくるのか見当がつかない。鋭角の曲がり角と、行き止まりと、すべて閉じられて錠の下りた扉でできている迷路のようだ。

イヴは出口がわからなかった。あるいは入り口なのか。胸の奥で心臓が轟《とどろ》いている。暗闇に、自分以外になにかがいるのはわかっていた。すぐうしろにいる身の毛のよだつようなものが、いまにも襲いかかろうと待ちかまえている。

振り返って戦うべきだ。いつだって立ち止まって戦い、追ってきた者をぶちのめして撃退するほうがいい。しかし、イヴは恐ろしかった。恐ろしさのあまり、戦わずに走って逃げ出した。

それは低い声をあげて笑った。

イヴは震える手を武器に伸ばした。ひどく震える手でかろうじて武器を引き抜く。殺してやる、と思った。ちょっとでもわたしに触れたら、殺してやる。

しかし、イヴは走りつづけていた。

闇からなにかが姿を現し、イヴは息の混じった悲鳴をあげてよろよろと後ずさりをして、その場にひざまずいた。喉が詰まってむせび泣くような声をあげながら、武器を持ち上げ、汗ばんだ指先を引き金にかける。

するとと、目の前に子どもが立っていた。

〝あたしの腕を折ったの〟小さな女の子のアブラが、一方の腕をイヴの体のほうへ伸ばしてきた。〝パパがあたしの腕を折ったの。どうしてあの人にあたしを傷つけさせたの？〟

「そんなこと、してないわ。わたしじゃない。わたしの知らないことよ」

〝痛いの〟

「わかるわ。かわいそうに」

〝あなたが止めてくれないといけないのに〟

さらに動き出してイヴを取り囲んだ影が、しだいに形を取りだした。いま、どこにいるのかようやく気づいた。〝希望〟という名の施設内にある部屋だ。打ちのめされてアザだらけの女性たちと、傷を負ってもの悲しい目をした子どもたちで、部屋はいっぱいだ。

全員に見つめられ、口々になにか言っている声が頭のなかに響きわたる。

〝切りつけられたの〟

〝レイプされたわ〟

〝火傷をさせられたの〟

〝見て、わたしの顔を見て。前はきれいだったのよ〟

〝あいつがあたしを階段から突き落としたとき、あなたはどこにいたの？〟

〝叫んだのに、どうして来てくれなかったの？〟

「無理よ。そんなのできない」

目が見えなくなった血だらけのエリサ・メープルウッドが一歩前に出てきた。〃あいつはわたしの目をえぐって持っていったのよ。あなた、どうして助けてくれなかったの？〃
「助けるわ。力になる」
〃もう遅いわ。あいつはもうここにいるもの〃
警報が鳴り響き、光が点滅する。女性と子どもたちは一歩後ずさりをして、判決のときの陪審団のように並んで立った。アブラと呼ばれた小さな女の子が首を振った。〃あなたはわたしたちを守ることになっているの。でも、守れないのよ〃
ふらりと前に出てきた男が、にたにたと脅すようにほほえみ、堕落と悪意に満ちた目をぎらつかせた。イヴの父親だ。
〃連中を見てみろ、チビ。おおぜいいるだろう。いつだって山ほどいるんだ。あばずれどもはそればっかりほしがるもんだから、男としてどうしますかってことだ、なあ？〃
「わたしに近づかないで」膝をついたまま、イヴはふたたび武器を持ち上げた。しかし、手が震えている。全身が震えている。「彼女たちに近づかないで」
〃父親にその口のききかたはないだろう、チビ〃狙いをつけて、手の甲をイヴの顔に叩きつける。その衝撃で、イヴはあおむけにひっくり返って大の字になった。
女性たちががやがやしだした音は、巣で身動きできなくなったハチの羽音のようだ。
〃思い知らせてやらないとだめみたいだな？　いつまでたってもわからないやつだ〃
「殺してやる。前にも殺したのよ」

〝おまえが？〟父親がにやりと笑うのを見て、イヴはあの歯は牙にちがいないと思った。

〝だったら、とにかく俺はお返しをしなくちゃな。パパのお帰りだよ、この役立たずのあまっこめ〟

「寄らないで。離れて」イヴが武器を持ち上げると、それはちっぽけなナイフで、握っているのは子どもの震える手だ。「やめて。やめてよ。お願い、やめて！」

イヴは這って逃げようとした。父親から、女性たちから逃げようとした。そのうち、ボウルのなかのリンゴを取ろうとするようにさりげなく、父親がひょいと手を伸ばしてきた。そして、イヴの腕をポキンと折った。

イヴは叫び声をあげた。おびえて訳がわからなくなった子どもの叫び声が響き、猛烈な痛みが炸裂してさらに燃え上がった。

〝いつだって連中は山ほどいるんだ。俺たちだって山ほどいる〟

そして、父親はイヴにのしかかった。


「イヴ。起きるんだ。さあ、目を覚ませ」彼女の顔は紙のように真っ白で、ロークが自分のほうを向かせて抱き寄せた体は、がちがちにこわばっていた。つぎの瞬間、イヴの悲鳴が響きわたった。

パニックの冷たい舌先がロークの背筋をなめ上げていく。イヴの大きく見開いた目は、ショックと苦痛でなにも見てはいない。呼吸をしているのかどうか、ロークは確信が持てなかった。「起きろと言っているんだ!」

　体が弓なりに反って、イヴは溺れかけた人のように息を吸い込んだ。「腕が!　あの人がわたしの腕を折った、腕を折ったの」

「そうじゃない。夢だ。ああ、ベイビー、夢だよ。さあ、もどっておいで」

　イヴに劣らず震えながら、ロークは彼女を抱いたまま前後に体を揺すった。気配を感じてはっと顔を上げると、サマーセットが部屋に駆け込んできた。「いいんだ。僕がやる」

「けがをされたのですか?」

　ロークは首を振り、胸に顔をうずめて泣いているイヴの髪をなでた。「悪夢だ。ひどい夢を見たらしい。僕が面倒をみるから」

　サマーセットは後ずさりをして、いったん戸口で立ち止まった。「どんなことをしてでも、鎮静剤を呑ませてください」

　ロークはうなずき、サマーセットが部屋を出て扉を閉めるのを待った。「もうだいじょうぶだ。僕がそばにいるから」

「みんないたの。暗闇で、わたしを取り囲んでいた」

「もう暗くない。明かりをつけたからね。もっと明るくしてほしい?」

　イヴは首を振り、さらにロークにすり寄った。「あの人たちを助けなかったの。部屋に入ってきたあの男を、止められなかった。いつものように入ってきたの。彼女の腕は折れていた。あの小さな女の子の腕は折れていた、わたしと同じように。それで、あいつはまたわたしの腕を折ったの。はっきり感じたわ」

「折ってはいない」ロークはイヴの頭のてっぺんに唇を押しつけ、なおもしがみつこうとする彼女の体をそっと引き離した。「ほら、ここを見てごらん。イヴ、ここを見て。腕はなんともなってない。わかるだろう？」

イヴが自分の体のほうへ引き寄せようとする腕を、ロークは静かに伸ばさせ、手首から肩までそっと手でたどっていった。「折れていない。夢だったんだ」

「現実そのものだった。感じたのよ……」そう言って、肘を曲げてじっと見つめる。幻の痛みの余韻がまだ体じゅうに響いている。「感じたの」

「わかっている」あの悲鳴を聞かなかったというのか？　その目がショックのあまり生気を失っていたのを見なかったというのか？　ロークはイヴの手と、手首と、肘にキスをした。

「わかっている。さあ、横になって」

「だいじょうぶ」そのうちきっと。「こうしてちょっと坐っているだけでいいから」イヴは、ふたりのあいだにもぞもぞともぐりこんできた猫を見下ろした。まだ頼りない手つきで、その背中をなでる。「さぞこの子を驚かせちゃったでしょうね」

「ベッドから飛び出していかなかったからそうでもないだろう。ずっとそばにいて、きみの肩にドンドンと頭をぶつけていたよ。なんていうのか、彼なりのやり方で起こそうとしていたんだろう」

「わたしの英雄」涙が一滴、ぽとんと手に落ちたが、それを恥ずかしがるだけの余裕はいまのイヴにはなかった。「上等なタピオカのプディングかなにかあげたいわ」深々とため息をついて、ロークの目を見上げる。「あなたにも」

「そして、きみは鎮静剤を呑む」反論しようと口を開けかけたときにもう、イヴの顎はロークの手に包まれていた。「文句は言わないで、たのむから、無理やり呑ませるようなことにさせないでほしい。今回は妥協し合って、ひとり分をふたりで分けよう。きみと同じくらい、あるいは同じに近いくらい、僕にもそれが必要だからね」

たしかにそうだ、とロークを見てイヴは思った。血の気がすっかり引いた白い顔のなかの目は、青い炎のようだ。「いいわ。決まり」

ロークは立ち上がってオートシェフに近づき、ショートグラスふたつを注文した。イヴは、もどってきたロークが差し出したグラスを受け取った。さらに、グラスを取り替えた。

「あなたがずるをして、わたしのグラスに安定剤を加えているといけないから。また寝るのはいやよ」

「文句は言わないよ」ロークはグラスをイヴのグラスに当て、自分の分を呑み干した。イヴも同じようにすると、ロークがたがいのグラスを脇に置いた。

「言わせてもらえば、僕はきみという人の疑り深さや、性格のねじれ具合の細かなところまで知り尽くしている。だから、グラスの一方に安定剤を加えたら、きみがまちがいなく交換するのを見越して、はじめにそっちをしっかり持っているよ」

イヴはぽかんと口を開け、また閉じた。「こんちくしょう」

「でも、そんなことはしていない」ロークは身を乗り出し、イヴの鼻の頭にキスをした。

「取引は取引だからね」

「あなたまでこわがらせてしまったわね。悪かったわ」

ロークはふたたびイヴの手を取り、こんどはただしっかり握った。「五時ちょっと前に帰ってきたと、サマーセットが言っていた」

「そう、たぶんそのくらい。ちょっと眠りたかったから」そう言って、窓のほうを見る。

「少しは眠ったみたい。暗くなりかけてる。いま何時？」

「九時ちょっと前」ロークはイヴがもう眠ろうとしないと知っていた。彼としては、眠ってくれたほうがよかった。ただかたわらに横たわって彼女をしっかり抱いて、ふたりで眠りながら、悪夢の澱《おり》を消してしまいたかった。

「食事をしたほうがいい」ロークは言った。「僕も同じだ。ここで食べる？」

「いいわね。でも、その前にやりたいことがあるの」

「なにがしたい？」

イヴは両手をロークの顔に当ててゆっくりとひざまずき、唇を彼の唇に重ねた。「あなたは鎮静剤より効くわ。すがすがしい気持ちにさせてくれる。どこも悪いところはなくて強いんだ、って思える」両手をロークの髪のあいだにすべり込ませると、彼の両腕が体に巻きついてきた。「あなたといると思い出せるし、忘れたいことは忘れられる。いっしょにいて」

「いつもいっしょにいるよ」

ロークはイヴの左右のこめかみと、両頬と、唇にキスをした。「これからもずっと」

イヴがロークにしなだれかかり、薄明かりのなか、広いベッドの上でひざまずいたふたりは、かすかに体を揺すりはじめた。嵐は去ったが、その名残を受けて、イヴのなかのなにかがまだ震えていた。それをロークは鎮めてくれる。またちゃんとした状態にもどしてくれる。イヴは首をかたむけてロークの喉元に軽く唇を触れて、夫の味を、匂いを探った。

ああ、これだ。そう思って、ため息をつく。

ロークはイヴになにが必要なのかわかっていた。彼女が彼のなにを探しているのか、彼にあたえるなにを探しているのか、わかっている。それは、穏やかで思いやりにみちた愛だ。ロークのなかではまだ余震がつづいていたが、それはイヴが鎮めてくれるだろう。

ロークの唇がイヴの顎の線をかすめ、やがて唇を見つけると、うっとりとそのなかに沈んでいった。深く、静かに。すると、イヴが、ロークの手ごわくて厄介な女が、さらに彼に寄り添って溶けていく。ロークは彼女を受けとめ、いっしょに静けさへと漂っていった。口と口、心と心を合わせて。いまのところ、イヴの脈の乱れは安らぎのしるしだ。

ロークがそっと体を離して見つめると、イヴはにっこりほほえんだ。

イヴを見つめたまま、彼女のシャツのボタンをはずして、震えの止まった両手に触れてから、自分のボタンをはずす。イヴのシャツを肩からすべらせて脱がせ、指先で肌に触れる。白くてなめらかな肌は、訓練で鍛え上げた筋力を包み込んでいるにもかかわらず、驚くほどきめが細かい。イヴは広げた両手をロークの裸の胸に押し当て、喉の奥で低く喜びの声を響かせた。

さらに、イヴは身を乗り出して、唇をロークの耳に密着させた。「わたしのもの」

そのひと言に、ロークの体から魂まで震えが走った。

イヴの両手を取って手のひらを上に向けさせ、それぞれのまん中に唇を押し当てる。「僕のものだ」

ふたりは顔を見合わせたまま静かにベッドに横たわり、初めてのときのようにたがいに触れて、探索し合った。時間をかけたじらすような愛撫は、刺激的でありながら癒やしもあたえてくれる。気長な情熱が静かな炎をかきたてる。

イヴの体はいつのまにか温まり、しっかりとしていた。

ロークの唇に胸をかすめられ、イヴはまたため息を漏らした。目を閉じて、このうえない喜びの世界にゆったりと漂う。さらに、ロークの髪――輝くばかりの黒い絹糸だ――をなで、背中――硬くて力がみなぎっている――をなでる。

ロークがアグロー――僕の愛する人――とつぶやくのが聞こえた。イヴは心のなかで答えた。〝ええ、そのとおりよ。ああ、なにに感謝すればいいだろう？〟そして、ロークにさらにあたえようと体を弓なりにそらした。

その感覚は長くゆるやかな坂道のように、ゆっくりと徐々に上っていって、やがてため息はあえぎ声に、喜びは期待にみちたわななきに変わっていった。さらに、温かい青色の波のてっぺんに押し上げられるように、絶頂へと導かれていく。

「満たして」イヴは顔を下げて、口でふたたびロークの口を探り当てた。「いっぱいにして」

ロークはイヴの目を見つめた。さっきまでとはちがって見開かれた目は、暗くうるんでいる。イヴのなかにすべり込んだロークは、歓迎するかのようにきつく包み込まれた。さらに、強くくるまれる。

ふたりはいっしょに動いた。穏やかに上下するその一体感の完璧さに、ロークは胸が痛くなった。ふたたびイヴの唇に唇を重ね、彼女の魂に息を吹き込んでいるのを確信する。

イヴに名前を呼ばれると、そのやさしさに体が粉々になるような気がした。

イヴはベッドの上の窓越しに夜空を見つめていた。すべてはあまりに静かで、外の世界などありえないように思えてくる。ふたりがいる部屋と、このベッドと、この男のほかには、なにもないような気になってくる。

おそらく、それはセックスの目的のひとつなのだろう。ほんのしばらく、自分と愛する人以外のすべてから離れる、ということだ。自分の体と、欲望と、肉体的喜びと、それから――よい恋人に恵まれていれば――感情にのめりこむ、ということだ。

そんな隔離と感覚に没頭する時間がなければ、人は正気を失ってしまうかもしれない。

ロークと出会う前にも、イヴは解放とちょっとした肉体的変化のためにセックスを利用した。しかし、彼以前にその行為の親密さはまったく知らなかったし、べつの人間に自分を完全にゆだねるということを理解してもいなかった。ロークに愛されるまで、セックスのあとの天国にいるような穏やかな気分にもまるで無縁だった。

「あなたに話すことがあるの」イヴは言った。

「いいよ」

イヴは首を振った。「もうちょっとしたら話すわ」こんな気持ちのままずっと彼に浸りきっていたら、外に世界が、守ると誓った世界があることを忘れてしまいそうだった。「起きなくちゃ。そうはしたくないけれど、しなければならない」

「なにか食べたほうがいい」

イヴはついほほえんだ。いつだってわたしの世話をやいている、と思った。これから先もやめないのだろう。「食べるわよ。それどころか、わたしたちのふたり分を準備するつもり」

ロークは頭を上げ、目を、あざやかなブルーの目を細めて、一瞬考えた。「そうなのか？」

「ねえ、きみ、あんなのろまなオートシェフだったら、わたしだって隣のだれかさんに劣らず使いこなせるわよ」そう言って、ロークの尻をぽんと軽く叩く。「ちょっとどいて」

ロークは寝返りを打って場所を空けた。「それは、セックスなのか鎮静剤なのか？」

「なにがセックスなのか、鎮静剤なのか？」

「家事でもやってみようかときみに思わせたのは？」

「生意気を言ってると、食事にありつけないわよ」

生意気を言おうと言うまいと、ありつくのはたぶんピザだろう、とロークは思った。

イヴは自分のクローゼットからガウンを取り出し、驚きの表情で見ているロークのクローゼットからもガウンを取って、彼のところへ持ってきた。「しかも、生意気を言うのは口だけとはかぎらない。あなたの頭のなかの、皮肉めいた考えが透けて見えるわよ」

「おしゃべりはやめて、食事に合うワインを取ってこようか？」

「そうしてくれる？」

じっとオートシェフをにらんでいるイヴを残して、ロークはワインラックへつづくパネルを開けた。イヴは忙しくなにかをやって気をまぎらわせ、悪夢から距離をおく必要があるのだろう、とロークは思った。そして、夕食はピザだろうと予想して、キャンティのボトルを選んでコルクを抜き、脇に置いて空気に触れさせた。

「今夜は仕事をするんだろうね」

「ええ。いくつかやらなければならないことがあるから。マイラにプロファイリングしてもらったものに、もう一度目を通したい。中間報告書も書かなければならないし。確率もまだひとつも求めていないわ。それから、アイバンクとか、角膜移植機関とか、そういうところも調べてみなければ。犯人は眼球を売るために摘出したんじゃないから、時間の無駄だろうけど。でも、リストからはずすにしてもちゃんと調べてからじゃないと」

イヴは皿を二枚、ソファが置いてあるエリアに運んできてテーブルに並べた。

「なにを用意してくれたのかな？」ロークが訊いた。

「食べ物よ。なにに見える？」

ロークは首をちょっとかしげた。「ピザには見えない」

「わたしの料理プログラミング技術はピザごときにとどまらないわ」

イヴが選んだのは、ワインとローズマリーに浸けたチキンのソテーと、ワイルドライスとアスパラガスの付け合わせだった。

「おや、すばらしい」ロークはつぶやき、当惑した。「料理にまったく合わないワインを開けてしまった」

「我慢すればいいわ」

イヴはオートシェフにもどり、バスケットに入ったパンを持ってもどってきた。「食べましょ」

「いや、これじゃだめだ」ロークはふたたびワインラックに通じるパネルを開けて、冷蔵セクションからプイイ・フュイセのボトルを選んだ。コルクを抜いて、ボトルとグラスをテーブルに運ぶ。「おいしそうだ。ありがとう」

イヴはためしにひと口食べてみた。「すごくおいしい。ランチに食べた大豆《ツイ》ドッグにはちょっとおよばないけど、悪くない」

「食事会に行ったとき、チャールズとルイーズがなにを出してきても、きみがなんとか飲み下せるといいけど」

イヴはさらにチキンをフォークで刺した。「奇妙だと思わない？　ほら、チャールズとルイーズ、ピーボディとマクナブというカップルがそれぞれ、チャールズの家で和気藹々《あいあい》と食事をするなんて。このあいだ、と言っても、その一度きりだけど、マクナブがチャールズの家に行ったとき、彼とチャールズは殴り合いの大げんかになったのよ」

「同じことにはならないだろうが、そうなったとしても、きみがいっしょだから割って入れるだろう。それに、奇妙じゃないよ、ダーリン、まったくそんなことはない。人はさまざまなかたちで分かり合うんだ。チャールズとピーボディは、以前もいまも友だちだし」

「そうよ、でも、マクナブはふたりがマットレスの上でルンバを踊ったと思っている」

「そう思っているかもしれないが、ふたりがもう踊っていないことは知っているんだ」

「それでも、わたしは妙な感じになると思うわ」

「ぎくしゃくした感じも少しはあるだろうね、たぶん。でも、チャールズとルイーズは愛し合っているんだ」

「そう、それそれ。あのふたりはあれでどうやってうまくやってるの？ 彼はプロの立場でべつの女性たちとセックスしながら、彼女とは愛のあるセックスをしてるわけ。それってなによ？」

おもしろそうに唇を曲げてほほえんでから、ロークはワインをちょっと飲んだ。「きみはほんとうに道徳心の強い人だ、警部補」

「そうよ、わたしが警察バッジを返却して公認コンパニオンになったら、あなたがどんなに偏見のない洗練された人かわかるはず。それでも、顧客リストを増やしていくのはむずかしそう。あなたがつぎつぎとお客の顔を叩きつぶしていくだろうから」

ロークはかすかに頭をかたむけて、同意を示した。「でも、僕が出会って恋に落ちたとき、きみは公認コンパニオン《LC》じゃなかっただろう？ 警官だった。それに慣れるのに、僕はずいぶん苦労した」

「そうだったと思うわ」そして、自分が話そうとしていることを考えると、これほどうまい流れはない、とイヴは思った。「それはわかってる。いずれにしても、あなたはもうずいぶん順応していると思うわ。つまり、その気になればいくらでも儲けられるのに、自分の利益ばかり追ってはいないということ」

「若さを浪費していたころの僕に出会っていたら、警部補、きみは猟犬みたいに追っていただろう。捕まえられたとは言わないが、捕まえようとなんとかがんばっただろうね」

「わたしがあなたを追っていたら……」イヴは言葉を途切れさせ、手を振っておしまいにした。「そんなことを話したかったんじゃないの」ワイングラスを持ち上げて、ごくごくと飲んでから、テーブルに置く。「きょう、〈ドーハス〉へ行ったの」

「ほう？」ロークがイヴを見つめる目つきが鋭くなった。「連絡してほしかったな。時間を作っていっしょに行ったのに」

「仕事のことで行ったの。霊能者だっていう若い女性のことで、ルイーズと話をしなければならなくて、きょう、彼女はあっちにいたから」

　ロークは話のつづきを待ったが、イヴはなにも言わない。「行ってみて、どう思った？」

「そうね――」イヴはフォークをテーブルに置いて、膝の上で両手を組み合わせた。「わたし、あなたのことを言葉では表せないくらい愛しているわ。どれだけ愛しているか、それを伝える言葉が思い当たらないほど。どんなにあなたを愛しているか、あの施設を運営しているあなたをどれだけ誇りに思っているか。なんとか伝えたいと思うけれど、無理みたい」

ロークは心を動かされ、テーブルの上に一方の手を差し出して、イヴがそれを、膝の上の手をほどいて握るのを待った。「あそこであんなことができているのは、きみがいてくれるおかげだ。きみが僕といっしょにいてくれるおかげだよ」

「わたしがいなくても、あなたはやっていたわ。それは事実よ。わたしのせいでやるのが早まったの。わたしたちのせいね。でも、ああいうことをやる素養があなたにはあったのよ。前からあったの。これまで施設に行かなくて、悪かったと思ってるわ」

「いいんだ」

「こわかったの。わたしが見たくないわたしの一部が、行くのをこわがっていた。行くのはつらかったわ」イヴは握っていたロークの手を放した。これはひとりでやらなければ、言わなければ、と思った。「施設内の女性たちや子どもたちに会うのも、つらかった。あの人たちの恐怖心を感じるのも。もっとつらいのは、あの人たちの期待を感じることよ。さらにもっとつらいこと。それは思い出してしまうことよ」

「イヴ」

「いいの、とにかく聞いて。施設にある女の子がいたの――あの、運命って、ほら、なにかをこっちの目の前に突きつけてきて、取引をさせることってあると思うの。その子の腕はスキン・ギプスに覆われていたわ。父親に折られたの」

「ああ、なんと」

「その子が話しかけてきて、わたしも返事をした。正確にはおぼえていないわ。頭のなかが混乱してブーンとうなりをあげていて、胃袋が固く縮み上がっていた。その場で吐いたり、気を失ったりするんじゃないかって気が気じゃなかった。でも、そうはならなかった。なんとか乗りきったわ」

「もう二度と行く必要はないよ」

イヴは首を振った。「いいから、最後まで話させて。それから、ピーボディを家に送って、マイラに会って、家に帰ってきた。眠らないとどうしようもなかったから。とにかく眠ろうと思ったんだけれど、そう簡単にはいかなかった。ひどかったわ、とにかく、ひどかった。なんと、悪夢のなかでわたしはもどっていたの。あの保護施設へ。傷だらけの女性たちと、けがをさせられた子どもたちのいるあそこへ。そして、彼女たちに訊かれたの。どうして止めてくれなかったの、どうしてこうなるまで放っておいたの、って」

イヴはロークに阻まれないように片手を上げたが、自分の苦悩が彼の表情に映っているのがわかった。「あの男もいたわ。やってくるのはわかっていた。いつだって増えるいっぽうだって、あいつは言った。自分のような者が増えるから、おまえたちみたいな者も増えつづける、って。止められなかったわ。あの男が手を伸ばしてくると、わたしはもうわたしじゃなかった。というか、いまのわたしじゃなかった。子どもだったの。前とまったく同じように、あいつはわたしの腕を折って、それから、前とまるで同じようにレイプしたわ」

イヴはいったんしゃべるのをやめて、ワインで喉を湿らせずにはいられなかった。「でも、ここからが大事なの。わたしは、前と変わらずあの男を殺した。そして、こういうことがつづくかぎり、あの男を殺しつづけるわ。だって、あいつの言うとおりだから。いつだって、あいつらみたいな人間はたくさんいて、すべてを阻むことはわたしにはできない。でも、しっかり仕事をして、そのうちのいくつかでも阻むことはできる。阻まなければならないの」

イヴはふーっと息を吐き出した。「あそこへはまた行けるわ。また行きたい。こんど行ったときはもうこわくないし、具合も悪くならないってわかっているから――ひょっとして具合が悪くなるとしても、きょうほどひどくはないはずだから。あそこへ行けば、あなたがなにをしたか、なにをしているか見られて、それもああいうことを阻むもうひとつのやり方よね。あの子の腕は折られたけれど、かならず治る。あの子そのものも癒される。それは、あなたがあの子にチャンスをあげたおかげよ」

かなり長く思える一瞬のあと、ロークはようやく言葉を発することができた。「きみほどすばらしい女性を僕は知らないよ」

「ええ」イヴはロークの手をぎゅっと握った。「わたしにとってあなたもそうだから、わたしたちってものすごいカップルよね」

6

イヴは遠回りをして電子探査課《EDD》へ向かった。警官がパーティの出席者や週末の怠け者のような格好をしている部署に足を踏み入れるたび、カルチャーショックを受けずにはいられなかった。エア・ブーツを履いている者や蛍光色を身につけている者も多く、マイク付きヘッドホンに向かってしゃべりながらうろうろしたり、足早に歩き回ったりしている者が、仕切りで囲まれた個人用ブースやデスクに向かっている者と同じくらいいる。

音楽が鳴り響くなか、イヴはたしかに踊っている男を見た。というか、踊っているように見えたのだが、そのあいだも男は手のひらサイズのコンピュータと携帯用スクリーンを使って仕事をしていた。

大部屋《ブルペン》をすたすたと抜けて、直接、ライアン・フィーニー警部のオフィスに入っていく。ここはまともなはずだった。

彼を見たとたん、休暇の日焼けが褪《さ》めかけて、強い赤毛に白いものの混じった、たよりがいのあるフィーニーを見たとたん、イヴはしゃべる気力を失った。彼のやさしげな皺《しわ》のある顔はだらんとゆるんでいたが、いつもの皺くちゃのシャツではなく、ぱりっとしたしみひとつないシャツでめかしこんでいて、しかもそれがラズベリー・シャーベット色なのだ。ネクタイも締めている。ネクタイだ。芝生を感電死させたらこんなふうになるかもしれない、と説明するのがいちばん近そうな色だ。

「やだ、驚いた、フィーニー。なにを着てるの？」

フィーニーがイヴを見る目つきは、とてつもない感情の重圧に耐えている男のそれだった。「色ものを着はじめないとだめだって女房に言われて。この組み合わせを買ってきて、体に押しつけてきて、着るまで耳を引っぱって放さないんだ」

「なんだか……なんだか、流しのLCの元締めみたい」

「そのとおり。このズボンを見てくれ」フィーニーが一方の脚をさっと伸ばすと、ネクタイと同じ感電芝生色のスキンパンツに覆われた、か細い脚が見えた。

「あらまあ。お気の毒」

「あっちの坊やたちは、こんな僕を超すごい《アイスド》と思ってる。きみはどう思う？」

「ちょっとわからないわ」

「僕に調べてほしい事件があると言ってくれ。現場に足を運んで、血まみれになるような事件だ」フィーニーは両手を握って胸に引きつけ、ボクサーのようにかまえた。「この晴れ着が仕事で台無しになったなら、女房も文句は言えないだろう」

「事件はあるけれど、現場で電子関係の捜査をしてもらう必要はないわ。助けてあげられたらよかったんだけど。せめて、その首のものだけでもはずせないの？」

フィーニーはネクタイを引っぱった。「きみは女房というものがわかってないからな。連絡してくるんだ。勤務時間中、何度も抜き打ち検査をして、僕がちゃんとこれを着ているかどうかたしかめやがる。上着もあるんだぞ、ダラス」

「かわいそうに」

「まあね」フィーニーは深々とため息をついた。「で、僕の縄張りでなにをしてる？」

「事件よ。遺体損壊を含む性的殺人事件」

「セントラルパークだな。きみが担当だとは聞いていた。うちではリンクとコンピュータを使った標準的な調査をしているところだ。もっとほかにも必要なのか？」

「そういうわけじゃないの。これ、閉めていい？」イヴが扉のほうを身振りで示すと、フィーニーがうなずいた。扉を閉めてもどり、フィーニーのデスクの角に腰をかける。「捜査で霊能者に助言を求めることについて、どう考えている？」

フィーニーはちょっと鼻をつまんでから言った。「うちの課ではそういう助けはあまり必要ないからなあ。殺人課勤務だったときは、なにかが見えたとか、霊界から知らせを受けたとかいう連中がたまに連絡してきたな。知ってるだろう」

「ええ、いまもあるわ。信用して時間と人手を無駄にしたあと、結局、お粗末な五感をたよりに捜査をするはめになるのよね」

「すごい能力の持ち主もいるんだろう」フィーニーは立ち上がってデスクから離れ、コーヒーをプログラムした。「最近では、たいていの課が民間コンサルタントとして霊能者を雇っている。警察バッジを持っている者も数名はいる」

「ええ、そうね。わたしたち、長いあいだパートナーを組んでいたわよね」

フィーニーはイヴにコーヒー・マグを渡した。「昔はよかったなあ」

「霊能者を使ったことは一度もなかったわ」

「そうだったか？　まあな、道具が合えばなんだって使うだろう」

「セントラルパークの殺人を夢で見たっていう女性がいるの」

フィーニーはじっと考えこみながらコーヒーに口をつけた。「彼女のことは調べたのか？」

「ええ、その結果、問題はなかった。認可を受けているし、登録もしてる。ルイーズ・ディマットの推薦もある」

「あのドクターはあほじゃないぞ」

「そう、あほじゃないわ。あなたがわたしだったとして、その霊能者を捜査陣に加える？」

フィーニーは一方の肩をすくめた。「答えはわかっているはずだ」

イヴはマグをのぞきこんだまま眉をひそめた。「使えるものは使う。ええ、わかってる。だれか地に足がついた人からそれを聞きたかっただけだと思う。ありがとう」

イヴはほとんど口をつけなかったコーヒーを置いた。どんどん贅沢になっている、と思う。本物のコーヒーではないものに手をつけないことがますます簡単になってきているのだ。「ありがとう」

「どういたしまして。掘り返して、手を突っ込んで、私服を泥だらけにする者が必要になったら、知らせてくれ」

「そうするわ。そうだ、だれかに言って、その服にコーヒーをこぼしてもらったらいいかも。それなら、あなたのせいにはならない」

フィーニーは哀れむような目をしてイヴを見た。「バレるよ。女房っていうのは最強の霊能者なんだ」


イヴはピーボディを呼び寄せた。霊能者に助言を求めるつもりなら、まず、部長に実現性をたしかめなければならない。

イヴがあらかじめ認識してもらおうと思い、すでに送っていたデータの補足説明を口頭でするのをホイットニーは聞いていた。途中で口は挟まず、浅黒い肌で白髪混じりの髪を短く刈り込んだ大柄な男は、黙ってデスクに向かっていた。デスクで仕事をするようになってももう何年にもなるが、警官らしさは消えていない。骨の髄まで警官なのだ。

幅の広い穏やかな顔が唯一、変化したのは、イヴがセリーナ・サンチェスの名を口にしたときで、両眉がぴくっと上がった。イヴの報告が終わると、ホイットニーはうなずき、そして、椅子の背に体をあずけた。

「霊能者に相談。いつものきみのやり方とはちがうな、警部補」

「そのとおりです、サー」

「いまのところ、マスコミが取り上げているのは公開された情報だけだ。警察としては今後も、殺害に使用された凶器の詳細だけではなく、遺体損壊の具体的な内容も発表しない。きみが霊能者に助言を求めるなら、その情報も発表するべきではないな」

「彼女も強くそれを求めています、部長。彼女に相談をするなら、マスコミや、実際にかかわっている捜査班以外に彼女の名が伝わると、わたしとしてもやりにくいです」

「わかった。きみが言っている霊能者の名前だが、聞き覚えがあるような気がする。会ったことがあるのかもしれない。おそらく社交の場で。妻に訊いてみよう。そういうことには彼女の記憶力のほうがたしかなのだ」

「わかりました、サー。奥様に確認されるまで、ミズ・サンチェスに話をするのは控えたほうがいいでしょうか？」

「いいや。これはきみの仕事だ。刑事、この件に関するきみの考えは？」

ピーボディはぴんと背筋を伸ばした。「わたしの、ですか、サー？　ええと……わたしはほかの方々より五感以外の才能について偏見がないかもしれません、部長。家族に霊能者がいますから」

「きみもそのひとりかね？」

ピーボディはふっと肩の力を抜いて、ほほえんだ。「いいえ、サー。わたしは、基本的な五感しか持ち合わせていません。わたしは、ダラス警部補が信じているように、セリーナ・

サンチェスには少なくとももう一度話を聞く価値はあると信じています」

「では、話をしてきなさい。もし、目の件がマスコミに漏れたら、事件は一気に注目を浴び、ありとあらゆるメディアに取り上げられるだろう。ばか騒ぎがはじまる前に、事件は解決しなければならない」


セリーナが住んでいるのは、高額な美術品を扱う店や、流行《はや》りのレストランや、小さなワンルーム・ブティックが目を引くソーホーの一角だった。そのあたりに住んでいるのは、若くて、裕福で、身なりのいい都会人で、そんな彼らは日曜日の朝には仲間内で名の知れたケータリングのブランチを食べるのを好み、選挙では自由党に投票して、難解な芝居を観に出かけては、楽しみもせずわかったふりをする。

街頭での芸術的パフォーマンスが歓迎され、コーヒーハウスも多い。

セリーナが住んでいる二階建てのロフトは、かつて、安価な偽ブランドの衣類を大量に生産していた三階建ての工場の一部だ。その区域の同じような建物と同様、新しい命を吹き込まれて改装され、不動産を手に入れられる者たちに再利用されている。

通りから建物を見上げたイヴは、窓の幅の広さはシャトルの空港の窓くらいありそうだと思った。三階には、華麗な鉄製の手すりのついた狭いテラスが増築されている。

「ほんとうに、あらかじめ連絡しなくていいんですか？」ピーボディが尋ねた。

「わたしたちが来るって、わかってるはずでしょ」

ピーボディはイヴと並び、歩道から段差のない正面入り口に近づいていった。「それって嫌味です、サー」

「ピーボディ、わたしのことはよく知っているはずよ」イヴはセリーナの部屋に通じるブザーを鳴らした。しばらくして、インターホン越しにのんびりしたセリーナの声が聞こえた。

「はい？」

「ダラス警部補とピーボディ刑事よ」

べつの音が聞こえた。ため息だったかもしれない。「どうぞ、上がってきて。扉とエレベーターのロックを解除するから。二階を指定するだけでいいわ」

扉の上の小さなセキュリティ灯が赤から緑色に変わった。カチリとロックが解除される。イヴがなかの通路を歩きだしてあたりを見回すと、一階部分には三室あるとわかった。左手のエレベーターの扉が開く。ふたりで乗り込み、二階を指定した。

ふたたびドアが開くと、鉄細工の門の向こうにセリーナが立っていた。きょうは髪をアップにして、曲がりくねったコイルでまとめ、一膳のしゃれた箸のようなもので固定している。

肌に吸いつくようなパンツの裾は、足首の数センチ上でカットしてあって、ぴったりしたタンクトップの裾からお腹がのぞいている。靴は履かず、素顔で、装身具もつけていない。

セリーナは門を開け、一歩後ずさりをした。「来るんじゃないかって、気になっていたの。とにかく、坐りましょう」

セリーナが身振りで示した背後は広々としたスペースで、高級な赤ワイン色のゆったりしたS字形ソファが置いてあった。カーブしたところそれぞれに大きすぎるほどのテーブルがあって、一方だけに置かれた細長くて浅いボウルには、小石のようなものが盛られている。その横の打ち出し模様のカップに、背の高い円柱形のロウソクが立ててある。

イヴの見たところ、床は本物の木製で、やすりをかけてからワックスを塗った――本物の古い木材にやるべきことはすべてやった――結果、つややかな蜂蜜色の床面が広がっている。そのあちこちに色鮮やかな模様の敷物が配置され、同じように、淡い緑色の壁にも色鮮やかな模様の美術品が飾ってある。

アーチ形の出入り口の向こうはキッチンで、パーティができそうなほど広いダイニング・エリアが見えた。横板を渡しただけの金属製の階段は、壁よりも濃い緑色に塗られ、滑るように前進している細いヘビに似せた手すりが目を引く。

「あそこはなに?」ひとつだけある扉がぴったり閉じられているほうを顎で示して、イヴが訊いた。

「あの向こうは相談を受けるスペースよ。出入り口もべつなの。可能なら、自宅で仕事をするほうが便利で好きなんだけれど、私生活も大事にしたい。クライアントは家のこちら側には入れないわ」

セリーナはふたたびソファのほうを身振りで示した。「なにか飲み物をお持ちしましょうか?　きょうの相談はキャンセルしたわ。だれの役にも立てそうな気がしなかったから。ちようどヨガのセッション中だったの。わたしもお茶が飲みたいから」

「けっこうよ、ありがとう」イヴが答えた。

「お茶、いいですね。あなたの分を用意されるなら、いただきます」

セリーナはピーボディを見てほほえんだ。「どうぞかけて。すぐにもどるわ」

イヴは坐らず、あたりをうろうろしはじめた。「ずいぶん広いのね」

「ええ。広々したところじゃないとだめなの。たとえば、あなたのオフィスにいると頭がどうにかなってしまう。ルイーズと話をしたのね？」

「彼女から連絡があったの？」

「いいえ。でも、あなたは用意周到な女性に思えるから。たぶん、わたしのライセンスや記録や生い立ちを調べて、それから、ルイーズと話をして、わたしともう一度話をするかどうか決めたのだと思う。そうしないではいられない人よ」

「あなたは一家のもてあまし者だって、ルイーズが言っていたわ」

もどってきたセリーナは、ずんぐりした白いポットと、見るからに繊細な白いカップとソーサーのセットを二組載《の》せたトレイを持っていた。イヴを見て苦笑いをする。「そうよ、そのとおり。家族はわたしの才能だけじゃなく、それで生計を立てようとわたしが決めたことも認めていないし、どこか恥じているところもあるわ」

「そうやって稼ぐ必要はないんでしょう」

「経済的安定のためには必要ないわね」セリーナは部屋を横切ってきて、トレイをテーブルに置いた。「でも、個人的な満足感を得るには必要よ。あなたの場合も、警部補、警察から支払われる給料はほとんど必要ないわけでしょ。それでもやはり、受け取っている」

セリーナはふたつのカップにお茶を注ぎ、ひとつをピーボディに渡した。「エリサのことを考えずにはいられないの。考えたくないのに。今回の件にかかわりたいとは思わないわ。でも、かかわらないわけにはいかない」

「上層部の要請があれば、ＮＹＰＳＤは民間人を専門的相談役として雇って、配属することがあるのよ」

「なるほどね」セリーナは濃い茶色の眉の一方を上げた。「それで、わたしはオーディションに合格したの？」

「いまのところはね。今回の件について、そういう立場で協力する意志があり、それが可能であるなら、契約書に署名してもらわなければならないわ。契約には口外禁止命令が含まれて、捜査のいかなる側面についても論じることが法的に禁じられている」

「捜査のどんな側面についても口にしたいとは思わないから。この契約に同意することになれば、そちらにも、わたしの名前や、わたしが捜査にかかわっていることをマスコミに伝えないと保証する書類に署名してもらわなければならないわ」

「前にもそう言っていたわね。あなたに報酬は支払われるわ——標準料金よ」イヴは一方の手を差し出し、ピーボディがバッグから書類を取り出すのを待った。「契約内容をしっかり読んでちょうだい。署名する前に、弁護士や法定代理人に相談したければご自由に」

「あなたはわたしに約束し、わたしもあなたに約束をする。それだけのことに弁護士はいらないわ」口ではそう言いながら、セリーナは脚を組んでソファの背もたれに体をあずけ、それぞれの書類に丁寧に目を通した。「ペンを持っていないわ」

ピーボディがペンを取り出して、差し出した。セリーナはたがいの書類に署名をして、ペンをイヴに渡した。

「じゃ、これで終わりね？」イヴがたがいの契約書に署名をすると、セリーナはふーっと息をついた。「これで決まり。で、わたしはなにをすればいいの？」

「なにを見たか、もう一度ありのままを聞かせて」イヴはレコーダーをテーブルに置いた。

「記録用よ」

セリーナはふたたび記憶をたどり、ときどき目を閉じながら、細かなところまでまたひとつひとつ再現していった。手は震えず、声も力強く安定していたが、殺人そのものについて順を追って話すうちに顔がしだいに青ざめていくのをイヴは見逃さなかった。

「そのようすを見ていたとき、あなたはどこにいたの？」

「階上《うえ》よ。ベッドのなか。いつもどおり、防犯設備はすべて夜どおし作動していたわ。ありとあらゆる警報機を取りつけて、扉という扉に防犯カメラを設置してあるの。どうぞ、ディスクを持ち帰って証拠品として調べてもらってけっこうよ」

「そうさせてもらうわ。わたしたちも映っているというわけね。おとといの夜以降、ヴィジョンを見た？」

「いいえ。ただ……不安な感じがして、それから、なにかが起こるような予感もあるわ。わたし自身が神経過敏になっているのかもしれないけれど」

「ピーボディ？　証拠品の保存袋を」

ピーボディはなにも言わず、袋に密封された赤い畝織りのリボンを取り出した。「これに見覚えはありますか、ミズ・サンチェス？」

「セリーナと呼んで」そう言うそばから、みるみる唇まで血の気が失せていく。「犯人が彼女にたいして使ったものみたい」

イヴは袋の封を開け、リボンを取り出した。「持ってみて。それで、なにが見えるか話して」

「わかったわ」セリーナは自分のカップをテーブルに置き、両方の手のひらをごしごしと腿でぬぐった。ゆっくりと息をしてから、リボンを手に取る。

指のあいだにするすると通しながら、じっと見つめる。「なにも……なにも見えてこないわ、はっきりしたものは見えない。心の準備が必要なのかも。しばらくひとりになるとか」

その顔に当惑と落胆の色が広がった。「もっと……もっと見えると思ったのに。こうやってつながりを手にしたら、まちがいなくなにかわかると思ったのに。犯人がこれで彼女を殺したのはわかってる。ふたりともこれに触れたのよ。でも、なにも浮かんでこない」

イヴはリボンを取り上げてまた袋に密閉し、ピーボディに返した。「あの晩、どうして犯人の顔を見なかったんだと思う？　彼女の顔は見たのに」

「わからない。わたしが犠牲者とつながっているせいかもしれないわね。たぶん、エリサははっきりとは犯人を見ていないのよ」

「かもしれない。もう一度、リボンを持ってためしてみて」

「ちがう結果が出るとは思えないわ。わたしをひとりにして、そして、リボンに触れさせてくれたら」エリサが説明しはじめると、ふたたびピーボディが証拠品保存袋を取り出した。

「それはできないわ。証拠品を手放すのは無理」

「なにも見えないわよ。どうしたって、わたしには見えない」それでも、イヴが袋の封を開けると、セリーナは手を伸ばした。

指先がリボンをつまんだ瞬間、セリーナの目は大きく見開かれて焦点を失った。さらに、リボンから炎が噴き出したかのように、セリーナはそれを床に放り出した。さらに、片手で自分の喉をつかんで、息を詰まらせた。

イヴがただ目を細めて見ていると、ピーボディがセリーナに跳びかかって両手でしっかり肩をつかみ、揺すった。「もどって！」と、命じる。

「息ができない」

「できる、できるわ。あなたじゃないんだから。息を吸って、吐いて。そう、もう一度、吸って、吐いて」

「オーケイ。わかった」セリーナが首をのけぞらせて目を閉じると、ひと筋の涙が頬を伝って落ちた。「ちょっと待って」目を閉じたまま、意識して呼吸しつづける。「非情な性悪女ね、ダラス」

「ええ、そうよ」

「わたしをためしたりして。最初のリボンは偽物で、なんの意味もないもの。ためしただけなんだわ」

「きのう買ったものよ。密封してバッグに入れておいた」

「賢いわね。完璧よ」セリーナはまともに呼吸ができるようになり、顔色も――イヴへの尊敬のまなざしのようなものも――もどっている。「まあね、もしわたしが殺されたら、犯人捜しは非情な性悪女にやってもらいたいと願うと思うし」そう言って目を細め、イヴが床から拾い上げたリボンを見つめた。「準備していなかったから。だから、一気に受けとめてしまったの。心がまえをすればだいじょうぶ。いずれにしても、ある程度は」

セリーナが手を差し伸べ、イヴはその手のひらにリボンをふわりと置いた。

「彼女は苦しんだわ。恐ろしくて、痛かった。彼女は犯人の顔を見ていない、はっきりとは。気が遠くなって、こわくて、痛かったけれど、彼女は反撃した。ああ、彼は強いわ。ごっつくて、頑丈で、強い。これは彼の顔じゃない。彼の顔じゃないと思うわ。レイプは一瞬のことだった。あっけないほど早かった。彼女のなかに押し入って、荒い息をしながら乱暴に体を打ちつけて、そのとき彼女はこれに首が締めつけられるのを感じるの。それがなにかはわからないけれど、そのまま死ぬことはわかっている。そして、思う。ヴォニー。彼女が最後に考えたのは子どものことよ」

「犯人のことを話して」

セリーナは坐ったまま背筋をぴんとさせ、ゆっくりと息をしながら言った。「彼女を憎んでいる。恐れてもいる。崇めてもいる。でも、対象はこの彼女じゃない。とてつもない怒りと、とてつもない憎悪、気持ちの高ぶり。それ以上はないというほど激しいわ。わたし、心にひどい連打を浴びせられたみたい。この狂気を切り抜けるのは並みたいていじゃないわ。でも、犯人は前にもこれをやっていると、わたしにはわかる」

「犯人はどうして彼女の目を持ち去ったの？」

「わたし……彼女は暗闇にいるべきだから。わからないけれど、犯人が彼女を暗闇に閉じこめたがっていることだけはわかる。残念だけど」セリーナはリボンをイヴに返した。「きつくて、このリボンはあまり長くは扱えないわ。強烈なの。短いセッションを繰り返すほうがいいと思う」

セリーナの顔がじっとりと汗ばんで光っているのを見て、イヴはうなずいた。「わかったわ。これから、犯行現場へいっしょに来てほしいんだけど」

セリーナは片手でむき出しの腹を押さえた。「その前に着替えさせて」

「待っているわ」

セリーナが階上へ行くと、ピーボディはヒューーッと小さく口笛を吹いた。「あなたも認めざるをえないですね。彼女はすごい才能の持ち主です」

「ええ。信じられるわね」

「わたしから見ても、ほんとうの本物という感じです」

「そうみたいね」

イヴはじっとしていられないようすで立ち上がった。自分がいる空間の広さだけではなく、その使われ方も好きだった。セリーナが凶器を受け取ろうとして手を伸ばしたようすには、感服していた。

「あなたが気に入らないのは、彼女が民間人だからですか、それとも霊能者だからですか？」

ピーボディに尋ねられ、イヴはちらっと振り返って彼女を見た。「少しずつ両方。捜査に民間人を使うのは好きじゃないし、ロークがいままではもうしょっちゅう捜査を手伝うはめになっているのをつい思い出してしまう。彼が手伝うことも、わたしがそのことにだんだん慣れてきているのも、よくないことよ。それから、霊能力のこと。そういう人を捜査に使って、ほんとうに、どれだけ利点があると思う？」

イヴは振り返ってピーボディと向き合った。「彼女はなにを伝えてくれた？　犯人は大柄で、力が強くて、頭がどうかしてる、って。そんなの新情報でもなんでもない」

「ダラス、彼女が犯人の名前と住所をおしえてくれる、なんてことにはならないです。この分野は、そんなふうには展開しません」

「なんでダメなのよ？」イヴはいらだち、両手をポケットに突っ込んだ。「なにかを見られるなら、どうして特徴的なことを仔細に見られないのよ？　殺人犯はロクデナシ・ヒトゴロシンスキーという名で、殺人通り十三番地に住んでいます。とかいうなら役に立つわよ」

「そんなのはダメです。どれだけ早く事件が解決するか、考えてもみてください。そのうち、殺人課は霊能者ばかりのチームを雇うでしょう——ええと、そう、SDD——霊能《センシティブ》刑事科《ディテクティブディビジョン》——とか呼ばれるようになって……とにかく、わたしはそういうのはいやです。こっちが職を失ってしまいますから」

　イヴは階段のほうを険しい目つきできっと見た。「それと、彼女は今後いくらでもわたしの頭のなかをのぞける、って思うといやでたまらない」

「そんなことはしませんよ、ダラス。本物の霊能者はプライバシーを尊重します。勝手に入り込んだりしません」

　ピーボディの父親は入り込んできた、とイヴは思い返した。故意ではなかったが、同じことだ。そして、それがわたしの偏見の核心だ、とイヴは認めていた。

「わたしは彼女が好きです」ピーボディが言い添えた。

「ええ。悪くはないわ。じゃ、ささやかな現地調査に向かって、なにか得られるかどうか、ためしてみましょ。そのあと、あなたとわたしはどうするかって？　まっとうな警官の仕事にもどるのよ」

　セリーナは黒いパンツと、襟ぐりが丸く大きく開いたブルーのブラウスに着替えてきた。クリスタルの玉を数個、鎖に通したものを首にかけている。

「身を守り、直観力を研ぎ澄まして、第三の目を開くために」セントラルパークの縁に立つと、セリーナはクリスタルのネックレスを掲げて言った。「みんながみんな、こうすることの効果を信じているわけじゃないけれど、いまの状況なら、わたしはなんだってためすわ」

セリーナは、顔の半分を隠している並みはずれて大きなサングラスの位置を直した。「いいお天気。暖かくて、よく晴れて。こういう日は、人がどんどん外に出てくるわ。一年のこのころのニューヨークは大好きよ。こんな話をして、時間稼ぎをしてるのはわかっているの」

「事件に関連する領域は捜索され、証拠と思われる品はすべて採取され、記録されているわ」と、イヴは切り出した。「これまでにわかっているところによると、被害者は犬を連れてこちらへ進んできて、だいたいこのあたりから公園に入った」

イヴは公園に入っていった。

「おおぜいの人たちがここを通っているから、なにを得られるかはわからないわ。正直に言うと、人やものに接しているほうがわたしの力は直接的に働くの。ふつうはそう」

木立のなかへ十メートルほど入ったところでイヴは立ち止まった。ざっと見回したが、あたりにはだれもいない。たいていの人は職場か学校か店かレストランにいる。

ここではお洒落な通りからも近すぎて、ジャンキーが集まったり違法ドラッグが取引されたりすることもないだろう。

「ここだったんじゃない？」セリーナはサングラスをはずしてポケットにしまい、地面をじっと見つめた。「ここで犯人は彼女につかみかかり、さらに茂みの奥へと引きずっていった」

歩いているセリーナのゆっくりとして規則正しい呼吸音が聞こえる。意識して呼吸しているのがよくわかる。

「そして、彼女の顔面を殴りつけた。彼女は地面に崩れ落ちて、気を失いかけている。地面がえぐれているから、犯人はここできっと……」

意識して一呼吸して、その場にしゃがみこみ、両方の手のひらで草と土に触れる。つぎの瞬間、さっと両手を引っ込めた。「ああ!」

イヴには、ふたたび地面に触れたセリーナが歯をくいしばっているのがわかった。「男はここで彼女をレイプした。支配して、自尊心を踏みにじり、罰をあたえた。男の心に名前が浮かんでいる――彼女の名前じゃないわ。見えない。はっきりは見えない……けれど、彼女の名前じゃない。男が罰をあたえているのはエリサじゃない」

セリーナはまた両手を引っ込めて、温めるかのように両腕と脇のあいだに挟み込んだ。

「彼女自身や、彼女がされたことから逃れるのはむずかしいわ。わたしは彼女とつながっていて、彼女は犯人のことを知らない。どうしてこんなことになったのかもわかっていないわ。犯人はとにかく……」

セリーナは顔を上げて、イヴを見た。「あなたが見える」

イヴは胃袋がぞくっとした。「あなたがここに来たのは、わたしを見るためじゃないわ」

「あなたの存在感は強烈だわ、ダラス。心も強いし、気持ちも強い。直観力も鋭いわ。あなたという存在がすべてを包みこんでいる感じ」

半分笑いながらセリーナは立ち上がり、そろそろと後ずさりをして現場から離れた。「びっくりだわ。あなた自身が能力に恵まれているのに、霊能者にたいしてものすごく否定的で疑わしく思ってるのね」

「能力なんてないわ」

セリーナはじっとイヴを見つめたまま、もどかしげに息を吐き出した。「嘘。自分に見えたり、感じたり、わかったりすることは直観にすぎないと思ってるの？ ただの勘だと思ってる？」セリーナは肩をすくめた。「あなたがなんと呼んでいようと、それは天賦《てんぷ》の才なのよ」

セリーナはごしごしと腕をさすった。「犯人はここから彼女を運んでいった。彼女はもう亡くなっているから、ぼんやりとしか見えないわ。彼女の一部はまだわたしとつながっているけれど、かなり弱々しい」

「彼女の体重はおよそ五十九キロ。もう自力では動けないから、かなり重く感じられるはず」

「犯人はかなり力があるわ」

「じゃないと無理ね」

「自信満々」セリーナはつぶやき、歩き出した。「そう、誇りを持っている。自分の体や、強さに。いまや彼女は自分よりはるかに弱い、と」

「被害者のことじゃないわ」イヴはセリーナと同時に立ち止まった。「彼女というのは、被害者が象徴している女性よ」

「たぶん。たぶん、そう」セリーナは顔にかかる髪の房を押し上げた。三つ、つなぎ合わされた金の輪が耳元で揺れる。「きっとわたしよりあなたのほうが、犯人がはっきり見えているわ。わたしほど犯人を恐れていないから」

セリーナはじっと立ち止まって城を見つめた。「どうしてここを選んだのかしら。非現実的な場所よね。目立つし、よく知られた場所よ。遺体を放置する場所は、ほかにいくらでもあったはずなのに。ここに放置するより楽だっただろうし」

それについてはイヴなりの考えがあったが、自分の胸だけにとどめておいた。「犯人の身長はどのくらい？」

「そうね、百八十センチは超えている。かなり超えている。二百十センチくらい。体には厚みがあるけれど、ぶよぶよじゃない――太ってはいないわ。脂肪太りではない。筋骨たくましいの。彼女をレイプしたとき、それは感じたわ」

セリーナは草地に腰を下ろした。「ごめんなさい。体が震えてどうしようもないの。こういう仕事は慣れていないし。すごく消耗するわ。いつもどうやって持ちこたえるの？」

「これがわたしの仕事だから」

「そうね。ふたりとも、そうよね」セリーナはハンドバッグを開けて、かわいらしい小箱を取り出した。「痛み止めよ」そう言って、なかから錠剤をひとつ選び出した。「頭痛がひどいの。きょうはもうこれ以上は無理。申し訳ないわ。ガス欠」

イヴが驚いたことに、セリーナは草地の上に長々と横たわった。「わたしがふだん、この時間になにをしているか知っている？」

「わからないわ」

セリーナはぼんやりと腕時計を見た。「ああ、そうね。フランシーヌよ。ちょうどいまごろは、腰をすえてフランシーヌから相談を受けているところ。彼女のことは好きだから、毎週、受けているの。かわいらしくて、おばかさんで、裕福な女性で、夫病の末期なの。とにかく結婚しつづけるのよ。わたしは反対したのだけれど、五番目の夫を持つところ。三番目と四番目も同じように反対したのよ、わたしは」

セリーナは最新流行のサングラスをのろのろとポケットから引っ張り出して、かけた。「一時間のセッションのあいだ、彼女はずっとめそめそしながら、自分の心にしたがうしかないんだって言い張るの」唇をゆがめて苦笑いしながら、自分の胸をぽんぽんと叩く。「こんどはちがうのよ、って言うの。そして、ご都合主義のろくでなしと結婚して、そのうち、その男は浮気をして――いまだって浮気はしているけれど、彼女は信じようとしないの――彼女に惨めな思いをさせて誇りと自尊心を奪い、資産をたんまり持って去っていってしまう」

セリーナは首を振り、上半身だけを起こして草地に坐った。「だまされやすい、かわいそうなフランシーヌ。でも、それがね、ダラス警部補、ピーボディ刑事、わたしが思いきって引き受けた、いちばん不幸な相談ごとなのよ」

「悲劇的な成り行きを見ないですむクライアントかどうか、どうやってわかるの？」イヴが尋ねると、セリーナはにっこりほほえんだ。

「それを知るのがわたしの仕事よ。なにかを見逃していて、それを見るはめになってしまったら、できるだけのことはして、そして、静かに離れる。わたしは、苦しむのがいいことだとは思わない。とりわけ自分が苦しむのはきらいなの。人がどうしてわざわざ苦しむような道を選んだり、苦しい状況に堪え忍んだりするのか、わからないわ。わたしは底の浅い人間なの」そう言って、日だまりの猫のように伸びをする。「でも、二、三日前の夜までは、もっとろくでもない甘ちゃんだった」

ピーボディはセリーナを引っぱって立たせようと、手を差し伸べた。セリーナはその手をじっと見て、にっこりした。「ちょっとのぞいていい？　ほんの上っ面だけ。深く探ったり、秘密をほじくり出したりしないから。ふたりには興味をかきたてられるわ」

ピーボディはズボンで手のひらをぬぐい、あらためて手を差し出した。「どうぞ」

セリーナはその手を両手で握り、立ち上がってからもまだ握りつづけた。「あなたはたよりがいのある女性ね。責任もしっかり引き受けるし、義理堅いから、人生のあらゆる面でやるべきことをしっかり成し遂げる。警察バッジと、警官という仕事そのものに誇りを持っているわね。気をつけて」セリーナは半分笑いながら言って、ピーボディの手を放した。「ドアみたいに開けっ放しよ、あなた。私生活をのぞくつもりはなかったわ。でも、かわいい彼ね」セリーナはウィンクをした。「ナイス《シー》・バディ《ボディ》」

　ピーボディはみるみる真っ赤になった。「わたしたち、あの、同じ場所に引っ越すことになっていて。いっしょに暮らすんです」

「おめでとう。愛ってすばらしいわよね?」ほほえみながらイヴのほうを見る。尋ねるように眉を上げた。

「けっこうよ」

　声をあげて笑い、セリーナは両手をポケットに突っ込んだ。「近いうちに、あなたはすっかりわたしを信頼するようになるわ、たぶんね。ありがとう」と、ピーボディに礼を言った。「いい口直しになってくれたわ。しばらくしたら、タクシーを拾うわね。ちょっと歩いて頭痛を治してから、家に帰りたい」

　セリーナは、やってきた方向とはちがうほうへ歩き出した。それから、ふと立ち止まって、くるりと振り返った。その表情から、さっきまでの気持ちのいい茶目っ気はあとかたもなく消えていた。「すぐに起こるわ。つぎよ。どうしてわかるのかはわからないけれど、わかるの。もうすぐよ」

　去っていくセリーナを見ながらイヴは、天賦の才のあるなしにかかわらず、彼女の言うとおりだとわかった。

7

「ほんとうに興味を持たずにいられないですよね、彼女」ピーボディは一瞬の間を置いてから、横目でちらりとイヴを見た。ふたりの乗った車は西へ急カーブを切り、そのあと、南の本署《セントラル》へ向かっていた。「そう思いませんか?」

「退屈ではないわね。でも、こうやって会って、具体的になにを得られたか言ってみてよ」

「そうですね、すでにわれわれが知ってたり、信じていたり、疑っていたりしたこと以外というのは、多くはないです」

ピーボディは座席でもそもそと体を動かし、お茶を飲まなければよかったと後悔した。トイレに行きたくても、警察バッジをちらつかせるだけでトイレを使わせてくれるような、手ごろなレストランでイヴが車を止めないことは、百も承知だった。脚をきつく組んで、気持ちを集中させようとする。

「それでも、セリーナみたいにまちがいなく天賦の才に恵まれた霊能者に相談するのは、やっぱりおもしろいです。いずれにしても、わたしはたよりがいがあって義理堅い人間なんです」

「家族の一員のシュナウザー犬みたいにね」

「わたしはコッカースパニエルのほうが好きです。耳がひらひらしててかわいいし」そう言って、脚を組み直す。「それに、経験上言えることですが、霊能者がきょうみたいな結びつきをして、今後もずっと集中して気持ちを開いていると、さらにいろいろ見えてくるんです。彼女もそうだと思います。この一件に引きつけられていて、真相を知りたいと願っています」

突然、サイレンが鳴り響き、イヴはバックミラーをちらりと見た。音色の微妙なちがいを聞き分けて、救急車だと判断した直後に、医療専門《メディ・テク》ワゴン車が視界に入ってきた。

車のスピードをゆるめて縁石に寄せると、ワゴン車が猛スピードで横を走り抜けていき、そのとたん、最近、悩まされている車に関する問題がふと思い出された。

「本署に着いたら、すぐに車両支給課に連絡して。懇願しても、賄賂を贈っても、脅しても、どんなたぐいのセックスを申し出てもいいから、勤務時間が終わるまでにちゃんとした車を用意してもらって」

ピーボディは歯を食いしばり、なんとかそのあいだから押し出すようにして言った。「セックスすることになった場合、だれがその相手をするんですか？」

「あなたよ、刑事。わたしのほうが立場は上なんだから」

「警察バッジのためには、いろんな犠牲が必要なんですね」

「ヘルス・クラブよ」

「なんですか？」

「ヘルス・クラブを調べるわよ」

「サー、シフトが終わるまでに車を用意しろと言われても、その前にセックスの相手ができるほど気持ちを盛り上げられるとは思えません」

「勘弁してよ、ピーボディ、いつまでいやらしいことを考えているのよ」

「そんな、あなたが言い出したことでしょう」

イヴは車のあいだを巧みに縫って進んでいく。「さあ、宣誓して引き受けた職務にもどって、目下の捜査を再開するわよ。われわれが追っているのが単独犯なら――たしかに、ふたりとか、集団による殺しにつながるような証拠はなにもないわ――そいつはばか力のろくでなしよ。たんに体が引き締まっていたり、見かけ倒しのムキムキ男だったりするんじゃなくて、本格的に力の強い男。六十キロ近い重量を殺害現場から遺棄現場まで運んで、しかも、動かないからよけいに重く感じられる遺体を担いで、岩だらけのささやかな崖を降りていきもした。定期的に、しかも真剣にトレーニングを重ねているはずよ」

「自分でそういう器具を持ってるのかもしれません。本格的にやってる人はたいていそうです」

「じゃあ、そっちの線も調べるわよ。本格的なホーム・ジムから当たってみる。でも、あの霊能姫君《クイーン》からの賜《たまわ》り物を信じるなら、犯人は誇りを持っているはず——自分の肉体に自信がある、って言っていたわ。だったら、見せびらかしたいんじゃない？　自分にどんなことができるか、見せびらかしたいんじゃない？」

「ということは、ヘルス・クラブ」

「ヘルス・クラブよ」

「ダラス、わが愛すべき街にヘルス・クラブが何軒あるか、おおよそでいいですから、考えてもらえますか？」

「おもに男性客相手に営業しているところからはじめて。犯人は女性を嫌っている。だから、女性客がスキン・スーツで跳びはねたり、マッサージを受ける前に野菜ジュースを飲んだり、栄養補給バーをかじったりしているような女性向きのジムは除外して。スパ施設があるところも、美容院が併設してるところも除外。男性客がマシン・トレーニングをしているふりをしてデート相手を物色しているような、社交クラブ的な施設も調べなくていい。男性同性愛者が多く集まるようなところも排除して。つまり、ゲイの発展場みたいな施設よ。調べるのは、従来の本格的なボディビルダーが利用する施設。首の太い汗まみれの男たちが集まるようなところ」

「おおっ。首の太い汗まみれの男たちですか。いいですね。いやらしいことばかり考えてないで、さっさと仕事にもどってください、サー」

「いつまでそんなこと言ってるのよ」イヴはつぶやいた。「べつの方面からの捜査で、被害者宅の隣人にも話を聞くわ。犯人は彼女を見張っていて、日々の行動を把握していた。だから、並みはずれて背が高くてがっちりした男を見かけなかったか、近所の人たちに聞いてみる。車両支給課に話をつけたら、ヴァンダーリー夫妻に連絡をして。ふたりのどちらかでも、そんな男に心当たりがないかどうかたしかめて」

「了解」あとほんの二、三ブロックだ、とピーボディは思った。もうすぐトイレに行ける。もじもじしてから、ふたたび脚を組み替えた。

「家庭用ジム用具の販売経路も調べるわよ。ウェイト・マシンとか、ボディビル用プログラムが使えるバーチャルシステムとか。そういう系統の雑誌の定期購読者も調べて――もじもじしたってむだってこと。お茶をぜんぶ飲んだりするからいけないのよ」

「いまになってご指摘いただき、心から感謝いたします」ピーボディはちょっと皮肉をこめて言い返した。「それから、もじもじするのはすごく効果的です。ああ、神々と女神たちすべてに感謝」車がセントラルの駐車場に入っていくと、ピーボディはふーっと息をついた。

「膀胱が満タンになるとフリー・エイジャーの教義が飛び出してくるのね、刑事」

「飛び出すのはそれだけじゃありません」車が止まるなり、ピーボディはドアを開けていきおいよく外に出ると、エレベーターめざしてぎくしゃくと走っていった。

自分のオフィスにもどったイヴがリンクをちらりと見ると、メッセージが数件、残されていた。再生するように命じて、エリサ・メープルウッド殺害事件用のボードを立ち上げた。

メッセージが流れるたびに、削除や保存の指示をあたえる。そのうち、イヴは作業中の手を止めて振り返り、スクリーンにメイヴィスが現れるとにっこりほほえんだ。

「へい、ダラス！　ただいま。愛しのハニー・ラムとあたしは、街にもどってきたよ。マウイはとにかく超すごい《アィスド》ところだった。すごくTPD――トロピカル・パラダイス・デラックス――だったよ。なにもかもイカしてた。コンサートも、バケーションの〝裸で砂浜をごろごろ〟の部も。で、聞いてくれる？　お腹がもう、ぽんぽこに突き出てるんだ。マジで、あたし、妊婦そのもの。早く見せたいよ。できるだけ早く顔を出すからね」

　メイヴィスに会えるのはいつだってうれしい、と、メッセージが終わるとイヴは思った。でも、メイヴィスのお腹がものすごく突き出ていると聞くと、ほんとうに会いたいのかどうかよくわからなくなる。妊娠した女性がだれかれかまわず突き出たお腹を見せたがるのは謎であり、その謎を解決したいとも思わない。

　コーヒーを淹れようとオートシェフのほうを向いたちょうどそのとき、チャンネル75の生放送の達人、ナディーン・ファーストのメッセージが流れた。

「ダラス。いつものように、なんだかんだとどうでもいい理屈を聞かされるのはわかっているけれど、メープルウッドの事件について、どうしてもあなたと話がしたいの。連絡をもらえなくても、こちらからオフィスへ押しかけるわ。クッキーを持っていくわね」

　イヴはじっと考えた。短い生放送に出演するだけならいいかもしれない。とりわけ、焼き菓子という賄賂付きなら。ちょっとだけ一対一で、それも女同士で話をするだけだ。プロフアイリングによると、犯人は女性を憎み、恐れているらしいから、スクリーン上で女性ふたりにあれこれ言われたらむきになるんじゃない？　刺激を受けてミスを犯すかもしれない。もうしばらく考えてみよう。

クッキーを思い浮かべたらお腹がすいてきた。イヴはちらりとドアのほうを見てから、オートシェフの後ろに手を伸ばして、薄いへりの下にテープで貼りつけてあったキャンディ・バーをもぎ取った。

イヴとしては見え透いた隠し場所だと思っていたが、彼女が悩まされつづけている狡猾《こうかつ》なキャンディ泥棒の目は、いまのところあざむいているのだ。

がぶりとチョコレートをかじって、デスクの椅子にいきおいよく坐り、コンピュータに向かった。

認証コードとパスワードが正しくありません。アクセスできません。

「なにほざいてんのよ？」手のひらの手首に近いところでコンピュータをぴしゃりと叩く。「ダラス、警部補、イヴ」認証ナンバーとして登録されている警察バッジのナンバーを読み上げ、パスワードを繰り返した。

コンピュータが、小さくて楽しげなビーッという信号音を発したあと、きしむようなブーンブーンという音がしばらくつづいた。

「わたしがやると立ち上がらないわけ。最初は車で、こんどはこれ。スタ－トしない、いっていうのね、こんちくしょう」

了解しました。オペレーションをシャットダウンします。

「ちがう！　くそっ、ふざけんな、このうすのろのこんこんちき、そういうつもりで言ったんじゃないって、わかってるくせに」ふたたびコンピュータを叩いて歯をむき出し、起動のプロセスを繰り返した。

マシンがたてつづけにしゃっくりするような音がしたあと、ブーンと低いモーター音が響いた。

「まあ、いいわ。オーケイ。事件ファイルの39921－SHを開いて」

了解しました。

スクリーンにぱっと浮かび上がったのは、事件ファイルではなかった。アクロバットのような体勢でもだえているさまざまな裸のカップルが、乱交パーティでおとり捜査中の風俗取締官たちであれば話はべつだが。

ファンタ‐シーへようこそ！　こちらは、性の喜びを体験できる仮想ガーデンです。二十一歳以上でなければ入室はできません。一週間の仮入会期間は、一分につき十ドルの利用料がデビット口座から引き落とされます。

「信じらんない。コンピュータ、接続中のエリアをクローズして削除せよ」

コマンドが不完全です。

「おたんこなす。このファイルを閉じよ」

了解しました。

浮かれ騒いでいる男女の姿が消えた。

「さあ、よく聞いて。こちらはダラス、警部補、イヴ。あんたの持ち主よ。事件ファイルの39921‐SHを呼び出せ。いますぐに」

スクリーンがぱっと明るくなって文字で埋まった。イタリア語のようだ。

イヴが発した声は、絶叫とうなり声の中間だった。手のひらでマシンを叩き、拳で殴りつけたあと、ネットワークから引きちぎって窓から放り出そうかと思う。

ひょっとして、ひょっとして運に恵まれていれば、たまたま下をメンテナンス課のだれかがふらりと通りかかるかもしれない。そうなれば一石二鳥だ。

しかし、それで満足は得られても、代替のコンピュータが届くのは今世紀の末になるかもしれない、とイヴは推測した。

そこで、くるりと体を回転させてリンクに向かった。メンテナンス課に連絡をして、応答してしまった運の悪いだれかを責め立ててやるつもりだった。

「それでどうなるのよ、ダラス？」と、自問する。「メンテナンス課の生っ白い顔をしたまぬけたち、あの連中はこの瞬間のために生きているのよ。なのに、これといってなにをしようともせず、ただ笑っているばかり。そのうち、こっちの堪忍袋の緒が切れて押しかけていって、連中をひとり残らずぶっ殺したところで、残りの人生を牢のなかで過ごすはめになるだけよ」

イヴは、あきらめ半分でもう一度コンピュータを叩いた。すると、ふとある思いが浮かんで、べつの方面からためしてみることにした。

「ＥＤＤ。マクナブ。やあ、ダラス！」

ピーボディの恋人がリンクのスクリーンに現れ、にっこり笑った。ほっそりしたきれいな顔は明るい金髪に囲まれ、左右のこめかみからそれぞれ、細い三つ編みがこれみよがしにぶら下がっている。

「電子捜査の報告書を送ろうと思っていたところなんだ」

「その必要なし。こっちのコンピュータがいかれちゃってるから。困ったなんてもんじゃないわよ、マクナブ。ちょっとお願いされて、ちらっと見にきてくれない？」

「メンテナンス課に連絡は？」

イヴが答えないでうなり声だけあげると、マクナブはヒッヒッヒ、と押し殺した笑い声をあげた。

「いまのは取り消します。三十分なら付き合える。十五分後に」

「いいわね」

「あるいは、いますぐあなたのオフィスへ出向いてディスクと電子報告書のハード・コピーを渡すように正式に要請してもらえたら、すぐにそちらへ行けるけど」

「正式に要請されたんだって思って」

「同盟成立」

「なあに？」けれども、マクナブはもう接続を切ってしまっていた。

イヴはむっとしながらポケット・コンピュータを取り出し、必要なデータをデスク・ユニットからＰＰＣへ移行させはじめた。わたしは電子オタクじゃないけれど、ばかでもない、と独り言を言う。基本的な科学技術なら扱えるわ。

イヴが髪の毛をかきむしっているところへ、マクナブがのんびりと現れた。着ている紫色のシャツの中央を縦に緑色のラインが走っている。シャツの裾は長めで腿まであり、ズボンはゆったりした緑色のバギーパンツで、紫色の三本ライン《レーシングストライプ》が入っている。エア・スニーカーは、その紫と緑の市松模様だ。

「電子探査マンがお助けに参上」きょうのファッションを完璧なものにしている銀のリングのイヤリングからは、紫と緑のビーズがぶら下がっている。「どこが問題って感じですか？」

「それがわかったら自分で直してるわ」

「ですよね」マクナブは銀色の小さな道具箱をイヴのデスクの上に置いて、どさっと彼女の椅子に坐った。両手をこすり合わせる。「わお。チョコレートだ」笑顔をいっそうほころばせて、眉をぴくつかせる。

「しまった。お食べなさい。前払いの手数料と思って」

「アップタウン！」

「なあに？」

「アップタウン」マクナブはチョコレートにかぶりついた。「ええと、意味は、すごい……っていうか。じゃ、見せてもらいますよ。とにかく開いてみて、標準的な診断プログラムでようすを見ます」

　マクナブがたてつづけにあたえた命令は、そんなものがあったとして、金星語に劣らずイヴにはちんぷんかんぷんだった。さまざまなコードやシンボルや小さくて奇妙な形がスクリーンいっぱいに広がり、コンピュータが息も絶え絶えのしわがれ声で応じた。

「ほら！　ほら！」イヴはマクナブに突進して、後ろから肩越しにのぞき込んだ。「どこかおかしいでしょう？　へんなのよ」

「ええと、ふーむ。とにかく俺が——」

「妨害行為《サボタージュ》じゃない？」

「サボタージュを予期してるんですか？」

「予期してなんかいないわ。予期しないときに起こるから、妨害行為でしょう」

「言えてます。もう少しじっくり見たいな。ちょっと休憩でも、あの、してきたらいかがです？」

「わたしのオフィスから出ていけって言ってるの？」

マクナブは悲しげな表情でイヴを見た。「警部補」

「オーケイ、わかったわ」イヴは両手をポケットに突っ込んだ。「大部屋にいるから」

オフィスを出ていくイヴの耳に、マクナブが長々と安堵のため息をつくのが聞こえた。

イヴはまっすぐピーボディのデスクへ歩いていった。

「コンピュータにまた問題ですか？」ピーボディが訊いた。「あなたのところへ行く途中、マクナブがほんの一瞬、立ち寄っていきました」

「やつらが妨害行為をしてるのよ」

「やつらというのは？」

「だれだかわかれば、追いつめて、慈悲を求めてくるのも無視して、皮という皮をはいでやるのに」

「なるほど。オーケイ、で、ディアン・ヴァンダーリーと連絡が取れました。子犬が見つかったそうです」

「へえ。例の犬？」

「ええ、ミニョンです。公園の反対側付近にいたのをジョギング中のカップルが見つけて、首輪のＩＤを確認したそうです。家まで連れてきてくれたとか」

「けがはしていなかった？」

「していません。おびえているだけだそうです。子犬がもどってきて、少しは被害者の関係者たちも慰められるでしょうね。ところで、彼女と夫と被害者はみんな同じ、トータル・ヘルス・フィットネス・アンド・ビューティでトレーニングなどをしていたそうです。犯人の嗜好や傾向から考えて、われわれが探しているような場所とはかけ離れているようですが」

「確認できてよかったわ」

「彼女は、近所で怪しい者を見かけた記憶はないそうです。どこかで体格のいい男が気になったこともないけれど、夫や近所の人にも訊いてみてくれると言っていました。ドアマンにも」

「いずれにしても、また話を聞かなければならないわ」

「ええ。被害者の父親は無関係です。二、三千マイルのかなたにいたことが立証されたし、われわれが追っている者とは肉体的にタイプがちがいます」

「そっちの調査はかなり楽だったみたいね。わたしの車の件はどうなった？」

「調べているところです。もう少し時間をください」

「きょうはみんなが時間をほしがるのね。じゃ、ヘルス・クラブを調べてみましょ。まずはマンハッタンのクラブから」

ピーボディのコンピュータが命令によどみなく応じるのを、イヴはちょっとむっとしながら見ていた。

「うちの課では、どうして刑事や制服警官のほうがわたしよりいい備品を使ってるわけ？ボスはわたしよ」

「ええと、ある仮説があって、人によっては、機械操作に関する一種の……」ピーボディの頭には不能症という言葉が浮かんだが、自身の健康と安全に考慮して口にするのはやめた。「感染症とかなんとか、そういう症状があるらしいですよ。それが操作する機械に感染するんです」

「大嘘よ、そんなの。わたしがやっても、自宅の機械は問題なく機能するもの」

「たんなる仮説です」ピーボディは言い、ぐいと肩をそびやかした。「コンピュータが調べているあいだずっと、そこでじっとしていないといけないんですか？」

「べつにここじゃなくてもいいのよ」イヴはむっとしてその場から立ち去った。チューブ入りのペプシでも飲もう、と思った。ペプシを飲んで頭を冷やしてから、オフィスにもどってマクナブに気合いを入れてやろう。

こんちくしょうめ、自分のオフィスで落ち着いて自分の仕事がしたい。それって、多くを望みすぎ？

自動販売機に近づいていってそのまま立ち尽くし、機械をにらみつける。きっとペプシがシューッと噴き出して、わたしは全身ずぶぬれにされる、とイヴは思った。そうじゃなければ、意地悪をして健康ドリンクを出してくるにちがいない。

「ちょっと、あなた」イヴは通りかかった制服警官に合図をして、ポケットのクレジットを探った。

「わたしにチューブ入りのペプシを買って」

制服姿の女性警官は、手のひらに押しつけられたクレジットを見下ろした。「ええと、いいですよ、警部補」

クレジットが投入されると、販売機が明るい声で丁寧に、選ばれた商品名とその原材料を告げた。細長い隙間から静かにチューブが滑り出てくる。

「どうぞ」

「ありがとう」

首尾よくことが運んだのに満足して、イヴはペプシを飲みながら大部屋へ歩いていった。この件はこうやって対処しよう、と決めた。可能ならいつでも、機械類は他人に操作させる。いずれにしても、わたしは上官なのだ。代理を任命してなんの問題もない。

「警部補？」マクナブが合図を送ってきたので、イヴは見ないようにしたつもりだったが、彼がピーボディに向かって唇を尖らすのを見てしまった。

「殺人課でイチャイチャはやめて、刑事。わたしのコンピュータは直ってるの？」

「いいニュースと悪いニュースがありますけど。悪いほうからどうですか?」いっしょに来るようにと頭を振って示してから、マクナブはイヴのオフィスにもどっていった。「悪いニュースです。このシステムはイカレちゃってます」

「前はちゃんと動いていたのよ」

「ええ、だけど、内部にちょっとした問題が起こったんです。ごくごくわかりやすく言うと、そんな感じかな。内部の仕掛けの一部は、計画的に退行するように考えて設計されているんですよ。稼働時間がめいっぱい増えると、衰えはじめるってわけです」

「衰えるようにプログラミングされたものを作るって、どういうこと?」

「新しい製品を売るためとか?」必要とされている気がしたので、マクナブは思いきってイヴの肩をそっと叩いた。「管理部と車両支給課は、たいてい安物を買うみたいだし」

「ろくでなし野郎たち」

「そのとおり。でも、あなたのためにそれを修理しましたよ、というのがいいニュース。部品をいくつか取り替えたんです。あなたみたいな使い方をしていると、もつのはせいぜい二、三日だろうけど。でも、部品は手に入る。コネがあるんです。だから、壊れても修理してあげられるってこと。それはそれとして、あまりぶったたかないように我慢してもらえると、もちはよくなると思いますよ」

「わかったわ、ありがとう。あっという間に直してもらって、感謝するわ」

「ぜんぜんかまいません。俺は天才だから。じゃ、またあしたの夜、ですよね?」

「あしたの夜？」

「食事会？　ルイーズとチャールズのところで？」

「そうそう。そうだった。うちの大部屋で投げキッスはやめてよね」意気揚々とオフィスを出ていくマクナブに向かって、イヴは声を張り上げた。

椅子に坐ってペプシを飲み、コンピュータを見つめる。わたしに厄介な思いをさせるなんて、いい根性してるわ。ピーボディがマンハッタンを調査中なので、イヴはブロンクスのジムを調べることにした。

ふたりのあいだになにごともなかったかのように、コンピュータはイヴの検索命令にすんなり応じた。これなら安心だと思い、イヴは検索中のコンピュータに背中を向けて、メモ・ボードに目を通した。

「犯人にどこで見られちゃったの、エリサ？」声に出して尋ねる。「どこで、あいつのレーダーに引っかかっちゃったの？　あいつはあなたを見た。すると、あなたのなにかにあいつの病んだ心が反応してしまった。だから、あなたを見張り、あなたを観察して、あなたを待ち伏せした」

家政婦。女手ひとつで子どもを育てていた。自分の手でなにかを作るのが好き。離婚経験あり。夫に虐待を受けた。

ファイルを見なくても、エリサ・メープルウッドのことは細かな点まで覚えていた。

三十代前半で、身長は平均よりちょっと低く、ほどよい肉づき。明るいブラウンの長い髪。かわいらしい顔。

ごく平均的な教育を受け、暮らし向きが中流よりやや下の家庭で育った。ニューヨーク生まれ。

服は質のいいシンプルなスタイルのものを好む。流行りものや官能的なファッションとは無縁。いまは特定のパートナーはいないし恋愛中でもない。人づきあいは必要最小限。

犯人はどこであなたに会ったの？

公園？　子どもたちを連れていったとき？　犬を散歩させていたとき？　どこかの店だったの？　手芸の材料を買ったとき？　ウィンドーショッピングしていたとき？

イヴはマクナブがデスクに置いていった報告書のハードコピーをつかんだ。リンクの送信相手は、両親の家、ディアンのポケット・ユニット、ルーサーのオフィス。三番街の手芸用品店には注文を確認している。受信相手は送信相手と同じだ。

ウェブの閲覧記録によると、子育て関連のサイトや、手工芸のサイト、チャットルームも訪れている。マガジンのダウンロード記録を見ると、これも手工芸や、子育てや、部屋の飾り付け関係で、いくつかオンライン・ショッピングに関するものもある。最近のベストセラー、というタグが付いた本も二、三冊、ダウンロードしている。

ヴァンダーリー家の通信機器の記録にも、これといって目を引くものはなかった。

チャットルームは調べる価値があるかもしれない、とイヴは思い、メモをした。しかし、そんな大柄でたくましい男が……なんであれ編み物をしている姿はちょっと想像しづらい。

それ以上に、かなり繊細で、分別がありそうに見えるエリサが、チャットルームで出会っただれかに個人的な情報をあたえるとは思えなかった。ブランケットだとか、そんなものの編み方についていてチャットしているあいだに、犯人が彼女を見いだしたとも思えない。

彼は前にもこれをやっている。

イヴはセリーナの言葉を思い返した。そして、そのとおりだと思った。

犯人がエリサにやったことは、巧みに計画され、危険な状況でうまく遂行された。すばやく、効率的に実行されたのであり、予行演習をしているにちがいないとイヴは思った。

似たような犯罪を探し出すのに必要な条件のすべてを、イヴはまだ思いついていなかった。条件は増えているかもしれないし、減っているかもしれない。検索してヒットした犯罪のひとつか、あるいはそれ以上が同じ犯人による犯行、ということもありうる。

誇り。犯人は誇りを持っているとセリーナは言っていた。霊能者の意見を必要以上に当てにするのがいいのかどうか、イヴはよくわからなかったが、この点にも同意はできた。これみよがしな遺体の放置の仕方に、誇りが、鼻持ちならない自尊心が感じられるのだ。

〝俺がなにをやったか、俺になにができるか見てくれよ。街の大きな公園で、金持ちや特権階級の邸の目の前でやったんだぞ〟

そう、犯人は自分がやったことを誇りに思っている。そして、自分の仕事に誇りを持っている男は、自分の仕事が望んでいる基準に達していなかったときはどうするだろう？

失敗作は隠す。

イヴの血流がぎゅんぎゅんと全身をめぐりはじめた。正しい道を進んでいる、と思った。わたしにはわかる。そして、くるりと体の向きを変えてコンピュータを操作しだした。先の検索の結果をファイルに保存して、それから、〈行方不明者〉のリストを呼び出した。期間はとりあえず、この十二か月として、場所はマンハッタン地区にかぎり、エリサが語っていた基本的な特徴を打ち込んで条件を絞った。

「ダラス――」

「待って」スクリーンに気持ちを集中させたまま、イヴは片手をさっと挙げてピーボディを制した。「犯人は練習していたはず。そうじゃないとおかしい。男が筋肉を大きくして強さと体調を維持するには、訓練が欠かせない。練習が必要。ある種の怒りを抱えて毎日を生きて、歩いて、ただ存在するだけでも鍛錬が、意志の力が必要よ。でも、それもいつかは吐き出さなければならない。発散させなければならない。殺さなければならない。だから、それをちゃんとできるように練習しなければならない」

検索が終了しました。あたえられた条件に合致する結果が二件、得られました。一件目の画像をスクリーン上に呼び出します。

「どういうことですか？」ピーボディが強い調子で訊いた。

「可能性があるということ。犯人の練習台よ。彼女を見て。肉体的にメープルウッドと同じタイプよ。年齢もだいたい同じで、髪や肌の色が同じで、ごく平均的な体型であるところも同じ」

ピーボディは近づいてきて、さっきのイヴとまったく同じ体勢になり、イヴの肩越しにのぞきこんだ。「似ていないですね——顔のつくりは、ということです——でも、そうですね、ふたりとも平凡なタイプです」

「コンピュータ、スクリーンを二分割にして、ふたつ目の映像を呼び出し、それぞれに日付を入れて」

作業中……タスクを終了しました。

「よく修理してくれたわ、マクナブ」イヴはつぶやいた。

「姉妹には見えないですね」ピーボディが意見を言った。「従姉妹《いとこ》なら、あるかも」

「マージョリー・ケーツ」と、イヴは読み上げた。「三十二歳。独身、子どもなし、住まいはミッドタウン。レストランの雇われ支配人。行方不明の届け出は婚約者から。今年の四月二日。職場から帰宅せず。担当刑事はランシングとジョーンズ。もうひとりはブリーン・メリウェザー。三十歳。離婚経験者で、子どもがひとり——五歳の息子——で、住まいはアッパー・イーストサイド。スタジオ技術者としてチャンネル75に勤務。今年六月十日に在宅保育プロバイダーから届け出。勤務時間を終えても帰宅せず。担当警官はポリンスキーとシルク。

この事件のファイルがほしいわ、ピーボディ。この刑事たちとも話をする必要がある」

「了解」

ランシングとジョーンズはセントラル内で仕事をしていたので、グライドに三度、エレベーターに一度乗っただけで、ふたりが所属する課に行けた。

「ランシング刑事、ジョーンズ刑事？　ダラス警部補とピーボディ刑事よ。時間を作ってもらって、感謝するわ」

「ランシングです」五十がらみで、胸板の厚い赤毛の刑事が片手を差し出した。「どういたしまして、警部補。担当事件がわれわれの事件とつながっているとお考えですね」

「確認する必要があるわ」

「ジョーンズです」小柄な、三十代と思われる黒人女性がイヴ、ピーボディの順番で握手をした。「署まで届け出に来たのは、婚約者のロイス・キャベルです。彼女がひと晩家を空けただけなのに、彼はすっかり取り乱していました」

「最後に目撃されたのはレストラン――東五十八丁目の〈アペティート〉です――から帰るところで、閉店時間の夜中の十二時ごろ。四月一日のことです」

「彼女は職場から三ブロックほどのところに住んでいて、行き帰りはほとんど徒歩だったそうです。その日は十二時半ごろ帰ってくるはずで、男性の話によると、彼はつい眠ってしまったそうです。目を覚ますと午前二時ごろで、彼女の姿がない。すっかり取り乱して、考えうるすべての人に電話をかけたらしいです。そして、とにかく警察に話をしなければと、つぎの日の朝早くここへやって来ました」

「彼女は結婚式の三週間前にパッと姿を消してしまった」ランシングがつづけて言った。

「そうなれば、男女間の問題じゃないかと思ってしまう。結婚を目前にして、彼女のほうが不安になって逃げてしまったとか。喧嘩のあげく、男が女を殺《や》ってしまって、それを隠そうとして警察に届け出たとか」

「でも、それはちょっと考えられないんです」ジョーンズが首を振った。「さまざまな報告書や、われわれのメモ、証人による陳述書、事情聴取の記録も、すべてあなたがたのために用意してあります。目を通していただいたらわかると思いますが、われわれが話をした人たちはひとり残らず、ケーツは結婚式の計画を立てるのに心底夢中だったと言っていました。彼女とキャベルは一年半前から同棲していました。その間、彼に暴力的傾向はまったく見られなかったそうです」

「彼は供述真偽確認テストも受けました。受けるようにそれとなく勧めたときも、まばたきひとつしませんでした」

「彼女は亡くなっている」ジョーンズが言った。「それがわたしの直観です、警部補」

「それ以降、あなたがたから連絡をもらうまで、手がかりはゼロです」

「手がかりを得たのかどうかも、いまはまだわからないわ。そっちのリストにある人たちにわれわれが話を聞いても問題はない？」

「ないですよ」ランシングが唇を引っぱりながら訊いた。「ヒントはもらえないですかね？」

「セントラルパークで起こった、遺体損壊を含む性的殺人事件を捜査中よ。被害者はそちらの行方不明者と肉体的に同じタイプなの。それで、犯人が予行演習をしたんじゃないかという仮説を検証しているところ」

「ああ、もう、くそっ」ジョーンズが言った。

「そのロイス・キャベルに会いに行く途中に、ポリンスキーとシルクがいる警察署に寄れます」

「太い首をした汗まみれの男たちがいるジムは？」

「それはあとで」

そのほうが早いからという理由で、ふたりは満員のエレベーターに無理やり乗り込んで、駐車場のある階まで降りていった。イヴは、あばらに楔《くさび》のように押しつけられる肘をなんとか無視して、言った。「ナディーンのインタビューを受けたいと思ってるの」

「チャンネル75とのつながりで？」

「それだけじゃないわ。ごつくて、ばか力の犯人は、スクリーン上で三人の女にけなされたらいらつくんじゃないかと思って。女ふたりが捜査の指揮を取っているのも気に入らないだろうし」

「それは考えられますね」

扉が開いて、数人が人を押しのけるようにしてエレベーターを降りていった。イヴが表示を見上げると、駐車場はさらに三階下だ。「きょうのうちにインタビューができるかどうか、たしかめてみる?」

「セントラルで?」

「そう。セントラルパークで。やっと着いた」駐車場の階まで降りて扉が開いたとたん、イヴはエレベーターから飛び出した。

「ダラス、待って!」ピーボディはイヴの腕をつかみ、両足をふんばった。「あなたに話があります」

「さっさと言っちゃって」

「まず、言いたいのは、ほんのちょっとしたら、あなたはわたしの唇にキスしたいという強烈な衝動に打ち負かされるでしょう、ということ。そうなっても、あなたを軽んじるようなことはしませんから」

「ピーボディ、ちょっと、ねえ、あなたの突拍子もない変態っぽい夢――わたしは出たいとも、見られたいとも思わない夢――のなかでさえ、わたしはあなたの唇にキスをしたいなんてこれっぽっちも思わないわよ」

「目を閉じて」

イヴは静かに、できるだけさりげなく訊いた。「おつむがどうかしちゃったんじゃないの？」

「オーケイ、わかりました」ピーボディはちょっと不機嫌そうな顔をした。「おもしろくない人ですね」イヴの駐車スペースまで歩いていって、仰々しく両腕を広げて、言った。

「どうです《ヴワラ》！」

「なんなのよ、これは？」

「これは、警部補、あなたのつぎの車です。さあ、唇を尖らせて」

イヴは目を丸くした。警部補が目を丸くするなんてめったにあることじゃない。そう思ってピーボディは、テンポのいいタップダンスをちょっとだけ踊り、その瞬間を祝った。

イヴは、つややかな濃紺のセダンのまわりをゆっくりと歩きはじめた。駐車場のまぶしい照明の下、車は気品あふれる宝石のように光り輝いている。タイヤは大きくて黒く、汚れひとつない。ガラスと金属部分がきらめいている。

「これはわたしの車じゃないわ」

「あなたのです」

「これがわたしの車？」

「そうです」ピーボディは幸せそうな操り人形のように、何度もうなずいた。

「ありえない」イヴはピーボディの肩をぴしゃっと叩いた。「どうやって手に入れたのよ？」

「ちょっとまくしたてて、たまに大げさな言い方をして、紛らわしい言葉をたっぷり使い、システムへの侵入法を知ってる電子妖精にちょっぴり手伝ってもらって」

「不道徳かつ、ひょっとすると違法な手を使ってせしめたのね」

「大当たり」

イヴは両手を腰に当て、ピーボディの目をまっすぐ見つめた。「いまのわたしは誇らしさでいっぱいよ。心から誇らしい」

「唇にキスしますか？」

「そこまで誇らしくはないわ」

「ほっぺにチュッ、とか？」

「車に乗りなさい」

「あなたのコードです、警部補」ピーボディはイヴにコードを手渡し、助手席側へとゆっくり歩いていった。「それから、まだあるんです、ダラス。こいつ、装備が満載なんです」

「へえ、そうなの？」イヴは座席に体を滑りこませ、でこぼこの岩に坐ったような感触がなかったので、にんまりとした。「じゃ、なにができるのか見せてもらいましょ」

8

それは感動ものだった。装備がすべて操作可能であるだけでなく、実際に作動するのだ。車を一気に垂直に上昇させて、また降下させ、車列に無理やり割り込むのではなく、流れるように合流できる。

コンピュータ・システムが、イヴが尋ねようかと考える暇もなく、全装置に異常なし、とコンピュータ化された音声で丁寧に告げた。さらに、ダラス警部補、と呼びかけてきて、外気温は気持ちのいい二十五度で、南と南西から時速十二マイルの穏やかな風が吹いている、と教えてくれた。

さらに、目的地や、複数の目的地までのもっとも効率的なルートを調べて、到着予定時刻とともに図解してスクリーン上に映し出してくれた。

とてつもない奇跡だ。

「この車を愛していますね」ピーボディがちょっとすまし顔でほほえんだ。

「乗り物を愛したりしないわ。効率のいいマシンと道具は高く評価して結果を期待する。つまり、わたしに不自由な思いをさせたりじゃまをしたりするんじゃなくて、仕事をするのに役立つマシンと道具、ってこと」

　のろのろ運転をしている大型《マクシ》バスを追い抜き、ラピッド・キャブの渋滞のあいだを通り抜けて、おもしろ半分にいきなり垂直に飛び上がって、矢のように東へと向かう。

「認めるわ。わたしはこの車を愛してる！」

「きっとそう言うってわかってました」ピーボディはほとんど歌うように言った。

「もし、やつらが取り上げようとしたら、わたしは戦う。死んでも戦う。血みどろになって死ぬまで戦う」

　それから目的地へ着くまでずっと、イヴは笑みを浮かべていた。

　ポリンスキーは休憩時間で外出中だったので、イヴはシルクと話をした。ずんぐりした体型のシルクは、デスクに向かってノーファットの大豆チップをぽりぽり食べながら、行方不明者の捜査のあらましを語った。

　ブリーン・メリウェザーは、六月十日、隣人の在宅保育プロバイダーによって行方不明になったと届けられた。彼女は夜中の十二時から十二時十五分のあいだにスタジオをあとにした。そして、跡形もなく消えてしまった。

　彼女には真剣な恋愛関係はなく、敵がいたという話も聞かれなかった。健康に問題はなく、精神状態も良好で、もうすぐやってくる休暇を楽しみにしていた——息子を連れてディズニー・ワールド・イーストへ行く予定だった。

イヴはファイルとメモのコピーを受け取った。

「ナディーンをつかまえて」イヴはピーボディに言った。「城でのインタビューの準備にかかるわ。一時間後にはじめる。時間は九十秒」


ふたりはロイス・キャベルのアパートメントを訪ねた。ノックする前にもうロイスは扉を開け、イヴにはおびえと希望に思えるものをにじませて、ふたりを見た。

「マージーについて、なにかわかったんですね」

「ミスター・キャベル、連絡したときにお話ししたとおり、これは追跡捜査です。わたしはダラス警部補。こちらは、パートナーのピーボディ刑事です。なかに入ってもかまわないですか?」

「ええ、もちろん。どうぞ」ロイスは長くてウェーブのかかった茶色の髪をかき上げた。「僕はとにかく――仕事場ではなくここであなたにお会いしたかったんですが、それはなにか見つかったのかもしれないと思ったからです。彼女を見つけたんじゃないかと。それで、リンクでは僕に伝えたくないのだとばかり」

ロイスはぼんやりと部屋を見渡し、そして、ぶるっと頭を振った。「すみません。坐ったほうがいいですよね。ええと、ランシング刑事とジョーンズ刑事はもう捜査していないんですか?」

「捜査は続行中です。われわれはべつの方面から捜査しているんです。あなたがご存じのことを話していただけると助かります」

「僕が知っていること」ロイスが坐った深緑色のソファには、きれいなクッションが山積みにされていた。

イヴは壁がくすんだ金色に塗られた室内を見て、女性らしい内装だと思った――クッションが山積みされ、家具には淡い色合いのかわいらしい布がかけられ、ところどころに赤や濃いブルーの差し色がほどこされている。

「僕はなにもわかっていないような気がします」しばらくしてロイスが言った。「彼女は夜、働いていました。でも、それも六月には変わるはずでした。日勤の支配人の仕事を引き継ぐことになっていたんです。僕たちはまた、すれちがいのない生活にもどれるはずでした」

「彼女はどのくらいのあいだ、夜のシフトを?」

「八か月くらいです」ほかにどうしていいのかわからないように、両方の手のひらをごしごし腿にこすりつける。「それでも問題はなかった。彼女は仕事が気に入っていたし、レストランはここからほんの二、三ブロックですから。僕も、少なくとも週に一度は店に行って夕食を食べていました。日中は仕事がないので、彼女はたっぷり時間をかけて結婚式の準備をいろいろやっていました。なにからなにまでほとんど彼女ひとりで。マージーはあれこれ計画するのが大好きなんです」

「おふたりのあいだになにか問題は?」

「ありません。というか、喧嘩くらいはしました――だれだってするでしょう――が、僕たちはほんとうに、希望にあふれていたんです。結婚式のことです。まったく、僕はなにもする必要がなく、ただ式場に行ったらいいという状態で。彼女がすべてを取り仕切ってくれていたんです。これから家族を作るんだって、いろいろ話もしました」

声が震え、ロイスは咳払いをしてから壁をにらみつけた。

「レストランの客に困らせられているとか、そんな話をされたことは？　だれかが家にやってきたり、ほかのどこかで出会った人に迷惑しているとか？」

「ありません。ほかの刑事さんたちにも話をしました。だれかに迷惑をかけられるようなことがあれば、マージーは僕に話していたはずです。職場でだれかに腹を立てるようなことがあれば、僕に話していたはずです。僕たちはいつもなにかしらしゃべっていました。僕はいつも起きて彼女を待っていて、それからふたりで、その日あったことを語り合っていた。でも、あの日、彼女は帰ってこなかった」

「ミスター・キャベル――」

「彼女がただ出ていったならどんなにいいかと思います」その声にはさまざまな感情がこもっていた。いつのまにかにじみ出た怒りが、不安のまわりを取り囲んでいる。「僕との暮らしに疲れたとか、僕を嫌いになったとか、ほかに好きな人ができたとか、とにかく突拍子もないことをやらずにいられなくなったとか、そんなことならどんなにいいか。でも、そうじゃないんだ。マージーはそんな人間じゃない。彼女の身になにか起こったんだ、なにか恐ろしいことが。それなのに、僕にはどうしていいのかわからない」

「ミスター・キャベル、あなたやマージーはヘルス・クラブやジムの会員ですか？」

「は？」ロイスは目をぱちぱちさせ、息を吸い込んだ。「ええ、みんな利用しているでしょう？　僕たちは、ええと、僕たちは〈エーブル・ボディーズ〉に通っています。一週間に二度か三度は通うようにしています。ふたりとも休みなので、日曜日は確実に行くように。二、三時間くらいトレーニングをしてから、あそこのジュース・バーでブランチを食べるんです」

ジュース・バーでブランチというのはちょっとちがう、とイヴは思い、べつの話を聞き出そうと思った。イヴがなにか言い出す間もなく、ピーボディがソファのクッションをひとつ、持ち上げた。

「ほんとうにきれいなクッションですね。個性的です。手作りのように見えるけれど」

「マージーが作ったんです。彼女はいつもなにか作っていました」ロイスはクッションのひとつに手のひらをすべらせた。「自分でよく手芸依存症だと言っていました」

やった、とイヴは思った。「彼女が手芸の素材をどこで買っていたか、ご存じですか？」

「素材を？　意味がわからない」

「細かなことです、ミスター・キャベル」ピーボディが言った。「細かなことが役に立つんです」

「ふたりでやらないもののひとつが手芸でした」ロイスはやっとの思いでほほえんだ。「二、三度、無理やり買い物に付き合わされたことがあって、彼女の話によると、僕があからさまに退屈そうにしているから落ち着いて買い物ができなかったそうです。彼女は予備の寝室にちょっとした作業スペースを持っているんです。手芸用品をどこで買ったかわかるような、なにか記録のようなものがあるかもしれません」

イヴは立ち上がった。「見せてもらっていいですか？」

「もちろん、かまいません」ロイスもすかさず立ち上がった。新しい展開にたいする意気込みがその顔にくっきり浮かんでいる。「こちらです」

ふたりがロイスに案内されたのはこぢんまりした部屋で、さまざまな布地や、糸や、リボンであふれていた。房飾りや、フレームや、なんであるのかイヴにはさっぱりわからないものもある。すべてはきちんと整理されてグループごとにまとめられているようだ。小さなミシンが二台と、小型《ミニ》データ通信センターもある。

「立ち上げてもかまいませんか？」

「もちろん。僕がやりましょう」ロイスはデータ通信センターに近づき、電源を入れた。

「ピーボディ」イヴはコンピュータのほうに頭をかたむけ、合図した。

「彼女はなんでも作れました」ロイスは言い、布に触れながら部屋を歩き出した。「ベッドのキルトのカバーも、アパートメントのあちこちにある民芸品風の飾りも。居間にソファがあったでしょう？　通りに捨ててあったのを拾って、家まで運んできて、修理して布を張り替えたんです。いつか、彼女は自分で室内装飾関係の仕事をはじめるか、そうじゃなければ、手芸スクールを経営していたはずなんです。そういうなにかを」

「警部補？　手芸用品を買った記録があります。二月二十七日と三月十四日。〈トータル・クラフツ〉です」

イヴはうなずき、大きなバスケットや色を塗った箱のなかを探りつづけた。やがて、畝織りのリボンを三ロール、取り出した。ひとつは濃紺、ひとつは金色。もうひとつは赤色だった。

「犯人はあちこちの手芸用品店を渡り歩いているのよ」イヴはふたたび公園を横切りながら、城を見つめていた。「あんな男が手芸用品店を渡り歩く理由は？」

「ほかのどこかでふたりを見かけてあとを追った結果、店に入ったのかもしれません」

「それはちがう。女性がふたりいて、ふたりの共通項で唯一わかっているのが趣味なのよ。ひとりは亡くなり、ひとりは行方不明で亡くなったとみられている。ナディーンとの件を終えて、ブリーン・メリウェザーのベビーシッターに話を聞きにいったら、彼女も手芸をしていたと聞かされるのはまちがいないわ。たまに〈トータル・クラフツ〉や、メープルウッドかケーツが利用していた店のどこかで手芸用品を買っていたこともわかるはず。犯人はそんな店で彼女たちを見かけ、彼女たちは彼の条件に合っていた。そして、犯人は彼女たちにつきまとい、観察した」

イヴは両手の親指をポケットに引っかけた。「さらに、待ち伏せして、連れ去った。犯人がケーツを襲っていたら、自分の乗り物を持っているのはまちがいない。レストランとアパートメントのあいだには、彼女をレイプしたり、殺したり、遺体を傷つけたり、そのあと、遺体を隠す場所もないから。犯人は彼女をひっつかんで襲いかかり、そのあとどこかへ運んだはずよ」

「ケーツがほんとうに犠牲になっているなら、犯人はメープルウッドのときにやり方を変えたことになります」

イヴは首を振った。「変えたんじゃない。完璧にやってのけたの。ケーツは犯人にとって練習相手のひとりよ。彼女の前にもやっているかもしれない。路上生活者とか、家出人とか、ジャンキーとか、そういう人たちを。行方不明になっても届け出がされなかったり、届け出がされたのが襲われる何か月も前だったりする人たちよ。エリサ・メープルウッドを殺したときの犯人のやり方は完璧だった。ひょっとしたら、何年もかけて腕を磨いたのかもしれない」

「ぞっとする話です」

「彼女たちはだれかの代わりよ。母親か、姉妹か、恋人。彼を受け入れなかったり、拒んだり、虐待したりした女性。支配的な女性像よ」

殺人者というねじ曲がった木の根っこが母親であることがこれだけ多いのはなぜだろう？とイヴは思った。妊娠と出産のプロセスには、慈《いつく》しみではなく破壊に関連する力が備わっていたりするのだろうか？

「犯人を捕まえたら」と、イヴはつづけた。「彼女――そのシンボル――は、犯人を手荒に扱ったり、かわいそうに、彼の心をずたずたにしたり、心細くてどうにもならない気持ちにさせたりした、ということがわかるはず。そこで、彼を担当する被告弁護人はこう言って弁護することになる。ああ、彼は痛めつけられて病んでしまった哀れなろくでなしなのです。だから、彼に罪はありません、ってね。まったく、くだらないなんてもんじゃない。嘘っぱちもいいところよ。エリサ・メープルウッドの首を絞めて命を奪った罪はほかのだれでもない、その男にしかないんだから。その男だけの責任よ」

ピーボディは熱弁がふるわれるままにして、それが完全に終わるのを待って言った。「弁護するなんて無駄な骨折りです」

イヴは満足げに息をついた。「そうよ。それにしても、ナディーンはどこよ？　あと五分以内に現れなかったら、キャンセルするわよ。メリウェザーの追跡捜査をしないとならないんだから」

「約束の時間まで、まだ二、三分ありますから」

「そうなんでしょうよ」イヴは芝生に腰を下ろし、膝を抱えて城をじっと見つめた。「子どものとき、公園のなかをぴょんぴょん跳ね回ったりした？」

「もちろん」嵐が去ってほっとしたピーボディは、イヴと並んで腰を下ろした。「なにしろフリー・エイジャーですから。正真正銘の、自然大好き少女でした。あなたは？」

「ぜんぜん。二、三度、サマーキャンプとかいうのに参加したけど」運営者は州に雇われたナチスで、呼吸ひとつさえ規制した、とイヴは思った。「ここの自然はそんなに悪くないわ。ほら、まだ町中にあるでしょ。だからいい」

「自然大好き少女になる気はないんですね？」

「自然には、なんの意味もなく殺されたりするし」

イヴは視線を動かし、ナディーンと彼女のカメラマンが芝生を横切って近づいてくるのを見た。「芝生の上を長々と歩くってわかっていて、なんであんなほっそりしたハイヒールを履いてくるの？」

「お洒落だし、脚がイカして見えるからでしょう」

ナディーンはハイライトの筋が入ったさらさらの金髪からお洒落なハイヒールの爪先まで、なにからなにまでイカしている、とイヴは思う。骨張った顔はセクシーで、グリーンの目は油断がなく、パワーを誇示する赤い本番用スーツに包まれたほっそりした体は、ほどよい曲線を描いている。

彼女は頭の回転が速くて、ずる賢く、皮肉っぽい。

そして、イヴが思うに、たがいにはっきりとはわからない理由で、ふたりは友だちになった。

「ダラス。ピーボディ。ふたりともすっかりくつろいで、のんびりしちゃってるみたい。あっちで準備しない？」ナディーンはカメラのほうを身振りで示した。「背景に城を入れたいの。すごい手がかりを得たみたいね」と、イヴに言う。「ライブで訊かせてもらうわ」

「そうじゃないわ。それから、インタビューはごく短くね。核心のみ、って感じ」

「なるほど、核心ね」ナディーンは小さなコンパクトを取り出して顔を確認し、紙のように薄いスポンジをつまんで鼻を押さえた。「最初はどっち？」

「彼女から」イヴが親指でピーボディを指した。

「わたしですか？」

「さあ、はじめるわよ」ナディーンはカメラに向かってうなずき、斜めにかまえた。ぐるりと両肩をまわして、小さく頭を振って髪を揺らす。穏やかな笑顔が冷静で深刻な顔つきに変わった。

「ナディーン・ファーストです。ニューヨーク市警察治安本部殺人課のイヴ・ダラス警部補と、ディリア・ピーボディ刑事といっしょにセントラルパークからお送りします。わたしたちのうしろに見えているのは、この街でもっともユニークな歴史的建造物であり、最近起こった無惨な殺人事件の現場でもあります。ここからほど近いところで働き、暮らし、四歳の子どものシングルマザーであるエリサ・メープルウッドは、わたしたちが立っているまさにこの場所の、すぐそばで襲われました。そして、ひどい暴行を受けて殺害されました。ピーボディ刑事、エリサ・メープルウッド殺害事件捜査チームの主要メンバーでいらっしゃるわけですが、彼女を殺害した犯人にかかわる捜査は、どのくらい進んでいるのでしょうか？」

「すべての手がかりを全力で追跡して、あらゆる方策、手段を使って捜査しているところです」

「犯人を逮捕できるという確信はありますか?」

へまをするんじゃない、とピーボディは自分に命じた。へまをするんじゃない。「この事件の捜査はいまなお継続中です。ダラス警部補とわたしは、ミズ・メープルウッドを襲った者を特定すべく捜査をつづけ、その人間に法の裁きを受けさせるための証拠を集めつづけます」

「具体的にどんな手がかりを追跡中なのか、話していただけますか?」

「現在の捜査について、具体的な細かい点についてお話しすることはできません。これまでの捜査結果に悪い影響があったり、当該捜査の進行を妨げたりする恐れがあるからです」

「女性として、刑事、この特定の事件をより個人的に受けとめているようなところはありますか?」

ピーボディは否定しようとして、このインタビューの目的のひとつを思い出した。「警官として、どんな捜査にたいしても客観的でありつづけることは絶対に必要です。どんな犯罪のどんな被害者にも、個人的レベルで同情や怒りを感じずにいるのは不可能ですが、そんな同情や怒りで客観性がそこなわれて、捜査に支障があってはなりません。なぜなら、わたしたちは第一に、犠牲者のことを考えなければならないからです。女性として、エリサ・メープルウッドのために同情と怒りは感じています。ダラス警部補と同じように、わたしも、彼女に苦しみと痛みを——彼女の家族と友人たちに苦しみと痛みを——引き起こした者が特定され、罰せられることを望みます」

「あなたも同じ気持ちですか、ダグラス警部補？」

「はい、同じように思っています。ある女性が、街でもっともすばらしい公園で犬を散歩させようと家の外に出た。その結果、命を奪われてしまった。それだけでも激怒するには充分です。しかし、その命は無惨に、暴力的に、意図的に奪われたのです。わたしは、警官として、女性として、どんなに時間がかかろうと、エリサ・メープルウッドの人生を奪った男を追いつづけ、かならず法の裁きを受けさせます」

「遺体が損なわれたそうですが、具体的にはどのように？」

「現時点では、犯行と捜査のそのような詳細を公にすることはできません」

「国民の知る権利の重要性を認める気はない、と？」

「国民にすべてを知る権利があるとは思いません。そして、詳細の一部の公開を控えようという警察の判断を尊重する責任が、メディアにはあると信じます。そうするのは、国民から権利を奪ったり、国民の権利を否定したりするためではなく、捜査の質を保つためです。ナディーン」と、イヴに呼ばれ、ナディーンは驚いて目をぱちくりさせた。放送中、イヴに名前で呼ばれたことは、これまで一度もなかった。「わたしたちは影響力が大きいと思われる職業についている女性よ。今回のような、明確に女性だけを狙っている犯罪にどれだけ気持ちを乱されても、わたしたちはプロに徹して、署名をしてやることになった仕事をやり遂げなければならない。今回の事件、つまりエリサ・メープルウッドの事件では、彼女のために立ち上がり、彼女を殺した者が法律の最大の罰を受けるのを見るまで働くのは、わたしたち女性です」

ナディーンはふたたび話をはじめようとしたが、イヴが首を振った。「これでおしまい。カメラを止めて」

「まだ質問が残っているわ」

「もうおしまい」イヴは繰り返した。「さあ、ちょっと歩くわよ」

「でも――」イヴが歩き出すと、ナディーンはただため息をついた。「もっとゆっくり歩いてよ。こっちはヒールなのよ」

「自分で選んだんでしょ、相棒」

「あなたは武器を携行し、わたしはヒールを履く。それぞれの商売道具よ」ナディーンはイヴの腕に腕をからめて、歩く速度をゆるめさせた。「で、最後のあれはなんなの？　イヴ」

「殺人者への個人的なメッセージ。これはオフレコよ、ナディーン」

「犯人がどんなふうに遺体を傷つけたかおしえて。オフレコにするから、ダラス。知りたくて知りたくて、頭が変になりそう」

「目をえぐり取ったのよ」

「信じられない」ナディーンは息を吸い込み、木立へと視線を泳がせた。「ああ、なんてこと。彼女が亡くなってから？」

「ええ」

「せめてもの救いね。じゃ、追っているのは女性を毛嫌いしている変人ってこと？　とくにメープルウッドが狙われたわけじゃないのね？」

「その仮説をもとに捜査中よ」

「だから、インタビューをもちかけてきたのね。わたしたち女三人でやることにしたのね。あなた、賢いわ」

「ブリーン・メリウェザーについて知ってることを話して」

「ブリーン？」ナディーンはさっと頭を動かしてイヴを見た。「ああ、やだ、ああ、もう、彼女を見つけたの？」ナディーンはイヴの腕をつかんでいた。「亡くなったの？　そのろくでなしは彼女も殺したの？」

「いいえ、見つかったわけじゃない。彼女が亡くなっているかどうかは知らないけれど、わたしはそうかもしれないと思っていて、この二件は関係がありそうだとにらんでいるの。彼女について、どんなことを知っている？」

「知っているのは、彼女が働き者のいい人で、息子さんを心から愛していて……ああ、犯人はシングルマザーを狙っているの？」

「いいえ、わたしはそうは思わない」

「ちょっと時間をちょうだい」ナディーンは二、三歩イヴから離れて、自分を抱くようにして腕を組んだ。「わたしたちは親友同士とかそういう関係ではなかったわ。それより、仕事仲間という感じ。わたしは彼女が好きだったし、有能ですばらしい人だと思っていた。彼女が姿を消した晩、夜のシフト中だった彼女を見かけたわ。わたしは七時ごろ放送局を出たの。十一時のニュースを担当していた彼女が、夜中の十二時ごろまで仕事なのは知っていたわ。彼女について聞いたことはすべてまた聞きだけれど、信頼できる話よ」

ナディーンは振り返ってつづけた。「彼女は退出時間を記録して、勤務時間を終えた直後に放送局を出た。いつもそうだから、地下鉄で家に向かったはず。駅は、東へほんの三ブロックのところよ。男性職員のひとりが、放送局から出ていこうとする彼女を見かけて、おやすみ、って声をかけた。彼女は手を振って応えた。わたしが知っているかぎりでは、局内で最後に彼女を見かけたのは彼よ。彼が言うには、彼女は東のほうへ歩いていったって。地下鉄の駅のほうよ」

「彼女は手芸をやっていた？」

「手芸？」

「手芸がどういうものかは知っているはずよ、ナディーン」

悲しみに代わって強烈な興味が頭をもたげた。「たしかに手芸をしていたわ。自分でいろんなものを作っていて、手芸用品を入れたバッグを持ち歩き、いつもなにかしら作っている最中だった。休憩時間や待ち時間にやっていたわね。それが彼女と事件を結ぶ手がかりなの？」

「そうらしいのよ。大柄な、ボディビルダーみたいな体型の男性を知らない？　そういうタイプの人がチャンネル75にいない？」

「事務職と目立ちたがり屋だけだから」ナディーンは首を振った。「画面に顔を出してる連中はトレーニングを積んだり、全身形成《ボディ・スカルプ》したり、なんでもやって見た目をととのえているけれど、視聴者はニュースや娯楽をいかつい大男から受け取りたくはないはず。体格のいい技術者や太りすぎのオタクもいるけれど、ボディビルダー風というのとはぜんぜんちがうわね。それが犯人像なの？」

「その線で捜査中、というだけ」

「この事件が解決したら、本格的なインタビューを受けてほしいわ、ダラス。ブリーンが巻き込まれていたなら、あなたとピーボディに本格的なインタビューをして放送する。彼女は身内だもの」

「いずれにしたって、インタビューはするんでしょ」

「するわ」ナディーンはちょっとほほえんだ。「でも、ほんとうに彼女がかかわっているなら、やる必要があるわ。客観性なんてクソくらえ。個人としてやりたいの」

「わかってるって」


時間の節約のため、イヴはブリーン・メリウェザーの在宅保育プロバイダーに連絡して、ブリーンのアパートメントで会ってほしいと依頼した。イヴがマスターキーを使ってなかに入っていくと、どの部屋もこぢんまりとして気持ちがよかったが、使われていないせいで空気はよどんでいた。

「家族が家賃を払っているんです」六十歳前後のプロバイダー、アナロー・ハーバーは悲しそうな目で部屋を見回した。「わたしもまだ週に一度ここへ来て、彼女の植木に水をやっています。二、三度、空気の入れ替えもしたんですが……わたしはこの階上《うえ》に住んでいるんです」

「そうですか」

「彼女の夫がジェシーを、男の子を連れていきました。わたしはあの子が恋しくて。ほんとうにかわいらしい子なんです」アナローが身振りで示した先には、野球帽を横向きにかぶった小さな男の子がにっこり笑っているフレーム入りの写真が飾られていた。「ブリーンは絶対にあの子を手放さなかったでしょう。彼女の体にちょっとでも息が残っているあいだは。だから、もう息はないんだとわかるんです。彼女は亡くなったんだと、わかっています。だからあなたがたがいらした。殺人課の方ですよね。お顔は知っています。スクリーンで見たことがあります」

「まだはっきりしたことはわかっていません、ミセス・ハーバー。でも、捜索の一環として――」

「回りくどい言い方はやめてください、ダラス警部補」きっぱりとした、かすかに取り澄ました口調で言う。「わたしはゴシップ好きではないし、不謹慎な興奮のようなものを求めてもいません。実の娘のように彼女を愛していたんですから、あなたがたが率直になってくださったら、もっと力になれるはずです」

「彼女が亡くなっている可能性はかなり高いと思っていますし、ミセス・ハーバー、われわれが捜査中の事件と彼女の死には関連があると考えています」

「セントラルパークの殺人事件、強姦殺人事件ね。関連ニュースは欠かさず見ています」白くなるくらい唇を引き締めて、なんとか威厳を保ちつづける。「なにをしたら、あなたがたのお力になれますか？」

「ミズ・メリウェザーは手芸用品をどこにしまっていますか？」

「ここです」アナローに案内された小さな部屋にはカウンターがふたつあり、ペンキを塗ったキャビネットがいくつかと、イヴがすでにこういった部屋で見ることに慣れた機械類が置いてあった。

「ご覧のとおり、彼女はここを自分とジェシーの趣味の部屋として使っていました。あの子のおもちゃとゲームがあちらで、彼女の手芸用品がこちらに。こうしておけば、暇な時間もいっしょに過ごせます。ブリーンはものを作るのが好きでした。去年のクリスマスには、わたしにきれいな襟巻きを編んでくれたのよ」

　イヴが小さな戸棚を開けて調べているあいだに、ピーボディは通信機器とデータを確認した。畝織りのリボンのサンプルがいくつか見つかった。

「〈トータル・クラフツ〉と、リストにあった手芸用品店の何軒かとやりとりした記録がヒットしました」ピーボディが告げた。

「ミセス・ハーバー、彼女のリンクとコンピュータと、ほかにもいくつか、証拠としてお預かりする必要があります。彼女の最近親者のコンタクト・ナンバーをおしえていただけますか？」

「必要なものはお持ちください。警察の方には、できることはなんでもして協力するようにと、彼女のお母さんから言われています。彼女にはわたしから報告しますから」

「刑事から預かり証を受け取ってください」

「わかりました。なにかわかれば、ご家族にとってもわたしたちみんなにとっても、少しは気が楽になります」アナローは部屋を見渡し、一度だけ唇を震わせたものの、またきゅっと口元を引き締めてつづけた。「どんなに悪いことでも、たしかなことがわかるほうが気が楽です」

「ええ、そうでしょう。あなたがもう、ほかの刑事から話を聞かれたのは知っていますが、わたしからもいくつか質問をさせてください」

「かまいませんとも。坐りましょうか？　わたしは坐りたいわ」


「ちょっと考えられないですね」ふたりで車にもどると、ピーボディが切り出した。「あの女性たち三人につながりがあるとして、彼女たちのまわりのだれひとりとして、その男を見ていないというのは。その男がわたしたちの考えているような外見をしているなら、気づかれないわけがありません」

「慎重なのよ」

「またセリーナに訊いてみますか？」

「まだよ。少し考えてみたいから」

イヴは自分のオフィスのいつもの場所に落ち着き、デスクに両足をのせて、椅子の背もたれに頭をもたせかけた。今回の犯行パターンを思い浮かべる。犯人は、警察がこれほどすばやく犯行パターンに気づくとは思っていなかっただろう。警察が殺人と行方不明者を関連づけるとは思っていなかったからだ。

しかし、犯人が仮にまた殺人を犯したとして――犯した場合――警察は被害者同士のつながりを知ることになると、犯人はわかっている。しかし、犯人はそれを恐れていない。

なぜ？

殺害に使われた凶器は、殺された被害者と、殺されたと思われる被害者が頻繁に訪れていた数店で入手可能だ。どの店だったか具体的にわかるのは時間の問題だろう。きわめてありきたりな品だという理由で、警察の基本的な鑑識捜査だけでは入手先を割り出せないと犯人は思ったのだろうか？　そうかもしれない。

しかし、たとえそうだとしても、捜査には凶器の入手先の特定も含まれると、犯人は知っていて当然だ。たとえ、ほかのだれかがリボンを買ったとしても、犯人は犠牲者を選ぶために店のなかにいたか、店が見える範囲にいたはずだ。

しかし、犯人は目撃されることを恐れていない。人に見られたり取り押さえられたりするのを恐れず、公共の場である公園でエリサを襲っている。

多くの変質者と同じく、彼も自分は全能だと信じているからだろうか？　自分は捕まらないと信じているのか、あるいは、心のどこかで捕まることを求めているのか？

俺を止めてくれ。見つけて、捕まえてくれ、と。

どちらにしても、犯人は危険な要素を楽しんでいたのではないか？　一か八かの賭けをして、興奮していたのではないか？

興奮：獲物を選択しながら、探しながら、つきまといながら、感じていたはずだ。すべて、期待感のつのる行為だ。

満足：肉体にたいする暴力、性的暴力を振るい、伝統的にきわめて女性らしいとみなされる道具を使って殺人を犯し、それを飾りのように犠牲者の上に放置することで満足感を得ただろう。

喜び：相手を圧倒し、支配し、殺す力を持っていることにたいして。さらに、いっそう重く感じられる遺体をかつぐ力、平均的な男よりも強い力を持っていることに喜びを感じたはずだ。

最終目的：眼球の摘出。眼球の所有だ、とイヴは思った。遺体に特別のポーズを取らせ、特別の場所に放置した。

犯人はまた興奮を得るステージにもどるだろう。いまではないとしても、すぐに。

イヴは弧を描くようにして両足をデスクから下ろし、日報を書き上げて、夜、自宅で仕事をするときに必要な資料を集めた。

それから、オフィスを出て、ピーボディのデスクへ行った。「何軒かジムに寄りながらアップタウンへ向かって、そのまま帰るわ。いっしょに来るなら、仕事を終えた時点で、あなたはひとりでダウンタウンへもどることになるけど」

「汗まみれの大柄な男たちをじろじろ見たり、あれこれ聞き出したりするチャンスは逃しません。なにもなければ、六時には帰らせてもらうと思いますけど。今夜は、マクナブと荷造りデートなんです」

「荷造りデート？」

「ええ、うちの荷物を本格的に荷造りしなければならないので。もうすぐ、いっしょに住むところに引っ越すんです。わたしたちの家です」ピーボディはみずおちのあたりをさすった。「なんか落ち着かなくて、このへんがまだちょっとむずむずします」

「どういうことになるのか、あなたには想像もできないわよ」そう言ってイヴが立ち去ると、ピーボディはふんと鼻を鳴らした。

9

ふたりは二、三時間かけて、胸の筋肉が大きくて木の幹のような脚をした男たちと話をした。訪ねたのは、女性客よりも男性客をターゲットにしたヘルス・クラブばかりだ。ピーボディがとにかく気に入らなかったのは、メンバーの多くが特定の刑事よりも自分たちに見入ったり、ほかのメンバーに流し目を送るほうに興味があるように思えたことだ。まるでトローリングだ、と思いながら、イヴは自宅の方角へハンドルを切った。しかも、釣り竿にはそれらしい引きはまるで感じない。いまのところは。

とにかく、名前から調べはじめるしかなかった。会員名簿と入会申し込みのリストから数百人分を集めてきた。ひとりひとり、性犯罪の前科がないかどうか調べる。道を踏み外したのがきのうやきょうとはとても考えられないからだ。

犯人は独身だろうから、対象者はさらに絞り込める。同性愛者ではないか、それにまだ気づいていないかどちらかだ。夜に働く仕事にはついていない。犯人にとって夜は殺す時間なのだ。

犠牲者からも、殺害現場や遺体の遺棄現場からも、人間の体毛は採取されていない。犯人は完璧にみずからを密封《シールド》していたのか、あるいは——きょう、会った肉体美フェチにもいたように——定期的に髪や体毛を剃っているのだろうか？

あともうほんの少しで犯人像を思い描けそうだ。

なんとか輪郭をはっきりさせようとしながら、自宅の門に向かってハンドルを切る。しかし、門が開く気配はなく、ブレーキを踏み込まざるをえなかった。

「サマーセット、こんちくしょう」

イヴは窓ガラスを下げて、インターカムに向かって怒鳴った。「門を開けてよ、このネズミ顔の、がりがりおケツの——」

「少々お待ちください。声紋を確認中です」

「声紋ならくれてやるわ。声紋をあんたの体じゅうに——」

ふたたび言葉を切り、門が開きはじめると声をひそめて怒鳴った。「わたしの罵声をさえぎる技を密かに用意するつもりね。門の外でわたしをやきもきさせて、そのあいだにつまんない企みをしようとしてるの。やつにタマがあるなら、喉まで跳ね上がるくらい蹴りこんでやる」

車から降りてドアを力まかせに閉め、軽やかにステップを上りきると、怒鳴る気満々で邸に飛び込んでいった。

「自動入場をお望みなら、警部補」イヴがまくしたてる暇もなく、サマーセットが言った。「見慣れない乗り物でご到着の場合は、あらかじめお知らせいただかなければなりません。スキャンして安全であると認められていない乗り物ですから。そうでなければ、ご存じのとおり、名乗っていただいて、システムでお声を読み込み、声の持ち主の身元かアクセス・コードを確認させていただく必要があります」

くそっ。彼の勝ちだ。

「見慣れない乗り物じゃないわよ。わたしの車よ」

サマーセットは感じの悪い笑顔でイヴを見た。「出世されたんですね？」

「よけいなお世話よ」サマーセットを思いきり罵るチャンスを逃し、いらいらしながら階段を上りはじめる。

「お客様です。ローク様が一階の東のテラスでメイヴィスとレオナルドをおもてなし中です。わたくしはこれからカナッペをお持ちするところです」

「ゴマすり野郎」しかし、チョコレート・バー半分が遠く懐かしい思い出となったいま、食べ物にかかわるすべてが耳に心地よく響く、とイヴは心のなかだけで認めた。

邸のなかをくねくねと進んでいくと、みんながなにか飲んでいる姿が見えた。いや、そうじゃない、とイヴは訂正した。メイヴィスはグラスを手にして、楽しそうにしゃべっているだけだ。はじけ方はグラスのなかのレモン・フィズに負けていない。

パティオに立っているメイヴィスのきらきら輝く緑色のブーツは、ペンキで塗っただけのように薄くて長さは膝まであり、そこから同じように薄くて赤いパンツが伸びている。いや、パンツはブルーだ、いや、やっぱり赤だ。

イヴは目を細め、ひとときもじっとしていないメイヴィスの体が揺れるたびに色調の変わるパンツを見つめた。同じようにきらめく緑色のシャツは、ヒップまで届く流れるようなラインで、裾にはじゃらじゃらとビーズがぶら下がっている。

きょうの髪は赤い色で、メイヴィスがその場で踊り出しても色調は変わらず、イヴはほっとした。結わずに垂らしてある髪もヒップに届く長さで、緑色に輝く毛先はペンキに浸けたように色鮮やかだ。

男性ふたりはメイヴィスを見ていた。ロークはわずかなとまどいと愛情のこもった笑みを浮かべ、レオナルドの表情からは妻を崇拝する気持ちがあふれ出ている。

ロークが視線を動かして、イヴにウインクをした。

イヴはすぐには仲間に加わらず、ワインのボトルとグラスが並べられているところまで行った。自分の飲み物を注いでパティオを横切っていき、ロークの椅子の肘掛けに坐る。

「ダラス！」メイヴィスは両腕を突き出したが、どういうわけかグラスのフィズは一滴もこぼさなかった。「いま来たばかり？」

「たったいま」

「あんたに会えるかどうかわからなかったよ。でも、とにかくここに来て、サマーセットにチューがしたかったから」

「勘弁してよ、気分が悪くなるわ」

メイヴィスはただ笑い声をあげた。「あたしたちがここへ来てすぐにロークが帰ってきて、で、三人でちょっとわいわいやってたところ。もうすぐスナックも出てくるよ」

洋服のきらきらと同じ緑色の目が、楽しそうに躍っている。

「そうだって聞いたわ」イヴはロークに体をもたせかけた。「調子はどう?」と、レオナルドに訊く。

「これ以上はないって感じ」レオナルドはメイヴィスを見てにっこりした。並みはずれた巨漢で、肌の色は赤みがかった金色だ。顔の幅が広くて目は黒っぽく、いまは左右の目尻に銀の飾り鋲をアイラインのように並べてアクセントにしている。

レオナルドもブーツを履いていて、色は淡いブルーでふくらはぎまでの長さだ。それに、ゆったりしたサファイア色のパンツの裾をふんわりとたくし込んでいて、イヴはどこかで見た――と思う――アラビアの写真を思い出した。

「ああ、やった、食べ物だよ」サマーセットがおいしそうなアペタイザーや甘いもののトレイを満載した二輪のワゴンを押してやってくると、メイヴィスはいきなり駆け寄っていった。「サマーセット、レオナルドがいなかったら、この場であんたを抱き上げて、あたしの愛の奴隷にしてたよ」

サマーセットは歯をむき出して満面に笑みを浮かべた。悪夢を見そうで恐ろしく、イヴは目をそらして自分のワイングラスをのぞきこんだ。

「あなた様が大好きなものもいくつかお持ちいたしました。ふたり分召し上がってください」

「もっちろん！　五分ごとにブタみたいにがつがつ食べてるからね。うーん、それはサーモンにあれを添えたなんとかってやつだね！　これってもう最高」

メイヴィスはサーモンを口に放り込んだ。「とにかく食べるのがたまんなく好きなんだ」

「さあ、そろそろ坐ろうね、ハニーポット」レオナルドが近づいてきて、メイヴィスの肩をさすった。「僕がお皿に盛ってきてあげよう」

「わたしの抱きグマちゃん」と、甘ったれた声を出す。「わたしを甘やかしまくりなんだから。最高にちやほやされたかったら、いまは妊娠するしかないよね。これを見て」

メイヴィスがシャツの裾をつかもうとしたとたん、イヴはぎくりとして体を縮めた。「ああ、メイヴィス、わたしはちょっと……ああ、もう」

みごとにせり出した腹が、三つつながったリング状のへそピアスで飾られている。

「ほら、これを見て」なおもシャツをたくし上げたまま、メイヴィスは横を向いた。「ね？突き出てるの。突き出てるって、前にも言ったのは知ってる。妊娠したんだってわかった五秒後かそこらだったよね。でも、いまじゃ、ほんとうに突き出てるんだ」

イヴは首をかしげ、ぎゅっと唇を結んだ。突き出たお腹の一部が、かすかに盛り上がっているように見える。「そこはわざと押し出してるの？」

「ちがうよ。触ってみて」

イヴは、背中に手を回すのが一瞬遅れた。「やだってば。もう二度と触らせないで」「傷つけるようなことはないから」メイヴィスは自分の腹にイヴの手を押しつけた。「赤ちゃんは固いんだ」

「よくわかったわ、メイヴィス」いまにも手のひらから汗が噴き出しそうだ。「ほんとうにいい感じよ。あなた、気分はどうなの？」

「最高だよ。すべてがとにかくノリノリ」

「きれいだよ」ロークがメイヴィスに言った。「月並みな言い方かもしれないが、輝いている」

「自分でも、波動みたいなのを送り出してる感じだよ」メイヴィスはそう言って声をあげて笑い、どしんと椅子に坐った。「いまでもたまに泣いちゃうけど、ほとんどは幸せすぎて泣いてるんだ。二、三日前も、ピーボディとマクナブがもうすぐ近くのビルに引っ越してくる話をレオナルドとしてて、少なくともあたしたちがもっと広いところに引っ越すまではご近所さんなんだ、って思ったら涙が止まらなくなっちゃってさ」

メイヴィスはレオナルドが持ってきた皿を受け取り、ふっくらしたクッションのラブシートにふたりで寄り添って坐った。「それで、ふたりは、ほら、ハウスウォーミングになにをほしがってると思う？」

「ふたりの部屋には室温調整機能がないの？」

「やだもう、ダラス」メイヴィスはくすくす笑いながら、またなにかを口に放り込んだ。

「ハウスウォーミングだよ。ほら、引っ越しをした人に贈り物をするっていう」

「待ってよ。引っ越しをした人に贈り物をしなきゃいけないの？」

「そうだよ。それに、ふたりはいっしょに暮らしはじめるんだから、贈り物はふたりで使えるものがいいね」さらにもうひとつカナッペを食べてから、レオナルドにも食べさせた。

「なんで、なにかあるたびに贈り物をしないといけないのよ？」イヴは文句を言った。

「小売業者の陰謀だ」ロークはぽんぽんとイヴの膝を叩いた。

「そうに決まってる」イヴは憎々しげに言った。「ぜったいにまちがいないわ」

「それはそうと」これまでの話はすべておしまい、と言うように、メイヴィスは手を振った。「あたしたちがここに来たのは――ふたりとも家にいてくれて、こうやって会えて、ほんとうにうれしいよ――じつは、赤ちゃんのことで話があったからなんだ」

「メイヴィス、妊娠して以来、あなたが赤ちゃんの話をしたがらなかったことがある？」イヴは身を乗り出し、メイヴィスの皿のカナッペをつまんだ。「それが悪いって言ってるんじゃないわ」

「うん、でも、これはあんたに関係のある大事な話なんだ」

「わたしに？」イヴは親指をなめ、メイヴィスの皿からもうひとつ、おいしいなにかがたっぷり載ったクラッカーを盗んでやろうと思った。

「そういうこと。あんたにバックアップ・コーチをやってほしいんだ」

「ふたりで野球をはじめるの？」イヴはサーモンにあれを添えたなんとかってやつをかじ

り、悪くないと思った。「そのお腹から赤ちゃんが出てくるまで待てないの？」

「そうじゃない。陣痛から出産までのコーチだよ。あたしが赤ちゃんを産むとき、レオナルドを支える人ってこと」

イヴはカナッペを喉に詰まらせ、真っ青になった。

「なにか飲んで、ダーリン」心なしか笑っているような声でロークが言った。「頭がくらくらするなら、両膝のあいだに頭を入れて」

「うるさいわよ。あなたが言っているのは……つまり、そこにいろっていうこと？まさにそのときに、まさにその場所に？それ……のときに、同じ部屋に」

「分娩中ずっと、クイーンズ地区からあたしを励ましたり指導したりできるわけないよ、ダラス。手伝ってくれるコーチが必要なんだ。授業を受けて、呼吸法や姿勢や、それから……そういういろんなことを勉強してくれる人だよ。お父さんクマはレギュラー選手だけど、ベンチにほかのだれかもいてくれないと」

「ベンチに坐っているだけじゃだめ？廊下のベンチとか？」

「いっしょにいてほしいんだよ」その目にみるみる涙があふれ、メイヴィスが履いているブーツより明るくきらめいた。「この宇宙全体で、わたしのいちばんの友だちなんだ。そばにいてほしいんだ」

「まったく、もう。いいわ、わかった。泣かないでよ。やるから」

「僕たちが思ったのは」と、レオナルドが言い、涙をぬぐえるように緑色の布をメイヴィスに差し出した。「まず友人として、この奇跡をこれ以上に分かち合いたい人はいない、っていうことなんです。それに加えて、僕たちが知ってるなかで、これほど落ち着きがあって揺るぎない人はいない。重大局面が訪れても、あなたがたはうろたえないでしょう」

「あなたがた？」イヴは繰り返した。

「ロークにもいっしょにいてほしいんだ」メイヴィスは布で押さえたまま鼻をすすった。

「僕が？　そこに？」

イヴは振り向き――喜びとともに――完全なパニックにおちいったロークの表情という、珍しいものを眺めた。「そうなると、おもしろがってばかりもいられないでしょう、あなた？」

「家族の立ち会いは許されているし、奨励さえされているんです」レオナルドが説明した。

「あなたがたは僕たちの家族だから」

「ええと、どうだろう、僕がその……メイヴィスがそういう……状況にあるところを見るというのは、あまり適切なことじゃないような気もするが」

「よしてよ」大泣きしていたのも忘れ、メイヴィスはくっくと笑いながら、おどけてロークの腕を叩いた。「ビデオ・プレイヤーを持ってる人ならだれだって、ほとんど裸のあたしを見てるってば。それに、これは適切かどうかって話じゃない。家族なんだから。あんたたちはたよりにできるって、あたしたちは知ってるんだ。あんたたちふたりともだよ」

「もちろんだよ」ロークはごくごくとワインを飲んだ。「もちろん、たよりにしてもらっていいとも」

ふたりきりになったロークとイヴは、黄昏の薄明かりに包まれて坐っていた。サマーセットがともしたロウソクの炎が揺れている。ロークは手を伸ばしてイヴの両手を包み込んだ。

「気が変わるかもしれないよ。まだ何か月も先のことだし、あのふたりはころころ気が変わるから、この……イベントをふたりだけで分かち合いたいと言い出すかもしれない」

ロークにふたつ目の頭が生えたかのような顔をして、イヴは彼を見た。「ふたりだけ？ ふたりだけって？ わたしたちが相手にしているのはメイヴィスなのよ」

ロークは静かに目を閉じた。「神よ、われらを哀れみたまえ」

「事態はさらに……悪化するばかりよ」イヴは握られていた両手を引っ込め、さっと立ち上がった。「あっという間に、あっという間に、わたしたちにそれを取り上げてほしいって言い出すわよ、彼女。それも、ここで。わたしたちの寝室とかそういうところで、カメラをセットして——ファンに映像を生配信したがるわ。そして、わたしたちが彼女のなかから、それを引っ張り出すの」

正真正銘の恐怖がロークの目に宿った。「やめろ、イヴ。やめるんだ」

「そうよ、生配信よ、まさにメイヴィスそのものと言うべき発想よ。そして、わたしたちはそれをやることになる」くるりと回れ右をして、ロークのほうを向く。「それをやってしまうのは、とにかく、彼女に巻き込まれちゃうから。わたしたちを、なんていうのか、彼女は……」両腕をぐるぐる回す。「大きな掃除機かなにかみたいに吸い込んで、巻き込んでしまうから。妊娠中の大きな掃除機よ」

「とにかく、落ち着こう」イヴが描いたイメージが頭のなかで躍っているのを感じながら、ロークは煙草を取り出した。火をつけてから、もっと合理的に考えろと自分に命じる。「もちろんきみは、これまでにこの手の経験はあるだろう。警官なんだから。少なくとも、出産の現場に居合わせたことはあるはずだ」

「ええ。いいえ。じゃなくて。一度、まだパトロールカーで巡回していたころ、産気づいた女性を医療センターまで運んだことがあるわ。そうよ、彼女は股に鋼鉄の大釘を打ち込まれてるみたいに叫んでいたわ」

「なんとまあ、イヴ、比喩的表現を少し控えてくれないか？」

しかし、イヴはもうすっかり興奮状態だ。「それで、なかのなにかが破れちゃって、あふれ出てきたのよ。なんかの体液よ、知ってる？」

「いや、知らない。知らなくていい」

「パトカーのなかはもう、混乱状態なんてもんじゃなかった。でも、少なくとも彼女は、センター内に運ばれて、医者だか助産婦だか、とにかくだれかのそばに行くまで、それを産み出さないだけの行儀は――礼儀は――持ち合わせていたわね」

ロークは一瞬、両手の指先でこめかみを押した。「その話はもう、これ以上つづけられない。つづけたら、ふたりとも頭がどうにかなってしまう。ほかのことを考えなければだめだ」そう言って、煙草をもみ消した。「まったくちがう話を」

イヴは震える息を長々と吸い込んだ。「あなたの言うとおり。仕事もあるし」

「殺人事件か。そのほうがずっといい。僕にも手伝わせてくれ。たのむから」

イヴはつい笑ってしまった。「もちろん。そんなことでお役に立てるなら。どうぞわたしのオフィスへ」

イヴはロークの手を取り、邸のなかにもどって階上へ向かうあいだ、事件の詳細を伝えた。

「そのセリーナ・サンチェスをどのくらい使うつもりなんだ？」

「最小限にとどめたいと思ってるわ」イヴは自分のデスクに向かい、椅子の背に体をあずけて両足をデスクの端にのせた。「彼女はディマットのお墨付きだし、かなり好感の持てる人物よ。信頼できると言っていいんじゃないかとさえ思う。でも、それってなんとなくわたしにはしっくりこないの。それでも、彼女は今回の事件について情報をくれたわけだし、これからあたえてくれるものを無視はできないと思うわ」

「霊能者をスタッフにして、なにか決断をするときはかならず彼女に判断を仰ぐ男を知っている。それは、たまたまかもしれないが、とてもうまくいっているよ」

「あなたは霊能者を雇ってる？」

「雇っているよ。予知能力者も、透視能力者も、霊能力者もいる。彼らがあたえられたものも、彼らからあたえられるものも、はねつける気はない。しかし、最終的な決断は自分で下したい。きみも同じようにするはずだ」

「いままでのところ、彼女のそれ——知的能力《インテル》と呼びましょう——が、われわれ警官の基本的な非超能力的捜査よりずっと多くの成果を上げているということはないわ。でも、得ている情報はぴたりと一致するの」

イヴは眉をひそめ、頭のなかのデータと推論をゆっくり確認しはじめた。「殺害現場と、遺体遺棄現場へ向かう途中で採取した足跡によると、靴のサイズは15よ。鑑識のぐず《ディックヘッド》の魔法がうまくいけば、靴底のパターンが判明するかもしれないし、少なくとも部分的には判別可能だと思う。地面も草地も乾いていたけれど、犯人の体重がかかったことでいくらか足跡が残ったのよ」

「ほう、採取したのはかなり大きな足跡のようだが、足の大きな男が大柄であるとはかぎらないぞ」

「乾いた草地に足跡が残るくらい大柄で、五十九キロの遺体を持ち上げて運んだのだから力も強い。よく考えて、可能性を探らなければね。そうすると、男は百二十二キロから百二十七キロ、という数字が出てくる。わたしは、身長百九十三センチから二百三センチくらいだと思ってる」

ロークはうなずき、心のなかにイヴが思い描いているのと似た男を思い描いている自分を想像した。「さらに推理を深めていくと、それだけ力があってたくましい体の持ち主なら、毎日のように体を鍛えているだろうと思えてくる」

「全身形成《ボディ・スカルプ》の処置を受ければたくましい体は得られても、力までは得られないわ」

「というわけで、マッチョマンの世界を探りに行ったんだね」

「男性はひょろっとしてるほうがいいって思い出したわ」

「それはよかった」

「殺害されたと思われる行方不明者ふたりと、今回の事件の犠牲者のあいだのつながりだけれど、こまごましたものを手作りするのが好きで、その素材を買いに、少なくとも何軒かの同じ小売店によく行っていたということ以外に見つからないの」

「時間があるから、そのへんをくわしく調べてあげられるよ」

「そうしてもらえたらと思っていたの」

「サイズ15の靴はどこでも買えるわけじゃない」ロークはさらに言った。「特別注文するか、そういう商品を扱っている専門店を利用しなければならない。そう考えると、きみたちが探している男が推測どおりの体型なら、なんであれ既製品は買えないということになる」

「そうね。彼には〝大きな男《イノーマス・ガイ》ザらス〟みたいな店が必要ね」

「いいねえ」ロークがじっと考えながら言った。「そういう特殊な商品を小売りする量販店をオープンするときのために、その呼び名は覚えておこう」

「わたしは、そういう特殊な商品を小売りする量販店を探して、場所を特定しようとしているの」イヴが口調を真似て言うと、ロークがにやりとした。「今夜」

「ということは、ふたりとも忙しくなって、考えないのが最善のあの件については考えなくてすみそうだ。それぞれの仕事場へ行く前にひとつおしえてほしい。犯人がこんなことをする理由は？」

「支配するため。虐待はつねに支配とつながっているわ。レイプも支配の一種であり、突きつめれば殺人もそう。殺しの動機が欲や嫉妬や自衛本能や怒りや気晴らしだとしてもやっぱり、結局は支配するためということになる」

「すべての犯罪の根っこには支配がからんでいるとは思わないか？　財布であれ命であれ、俺はおまえから奪うことができるから奪う、というように」

「あなたが盗みをしていたころ、それをする理由はなんだった？」

かすかな笑みのようなものがロークの口元で躍った。「ありとあらゆる自分本位で悦楽的な理由からです、警部補。もちろん、自分が持っていないものを、自分で手に入れる前に自分のものにする、ということだろうね。あとは、それがうまくいく喜びもある」

「先にそれを持っていた人を罰するため？」

イヴの言いたいことがわかり、ロークは頭をかたむけた。「それはちがう。たいていの場合、それは目的のためにどうしても欠かせないものだった」

「そこがちがうのね。だから盗みは悪くない、とは言えないけれど、殺人の根本は処罰であることが少なくないわ。今回もそうだと思う。犯人はだれかに支配され、罰を受けたのよ。たぶん女性から。それで、いま、犯人はだれが支配者か見せつけているの。だから、彼女を裸で放置したのよ。おそらく、レイプしたときは裸にはしていない。衣服を破りはした――

まだ繊維が体に付着してるからわかる――でしょうけど、わざわざ裸にはしなかった。あとで服を脱がせたのは、そうすることでさらに屈辱をあたえたかったからよ」

イヴは一瞬の間を置き、考えながら言った。「犯人が犠牲者の女性的な部位を切り取らなかったことに、べつの種類の怒りと支配が表れていると思う。性的ではなく、個人的なものよ。絞殺するときは手を使わず――彼女の首なら小枝みたいに簡単に折れたはずなのに――リボンを使っている。つまり、彼にとってなにか意味があるの。赤いリボンにも個人的な意味がある。犯人は彼女の目を慎重に取りだして、目を見えなくさせている。裸にして目を見えなくさせ、さらに屈辱をあたえている。でも、眼球を摘出したことで、犯人は彼女の一部をわがものにしている。彼女は彼を見ているわけ？　なんとなく、犯人は彼女に見てもらいたいんだという気がするわ。つまり、いまは彼が主導権を握っているから」

「かぎりなく引きつけられてしまうね」ロークが言った。

「なに？」

「働いているきみを見ていると」ロークはデスクをまわってイヴに近づき、顎を支えて唇に軽くキスをした。「とてもデリケートな事件のようだね。それぞれが仕事に取りかかる前に、僕が簡単な食事を用意しよう」

「いいわね」

ロークがオフィスの隣のキッチンに入っていくと、イヴは殺人事件用のべつのボードを立ち上げた。これにマージョリー・ケーツとブリーン・メリウェザーの画像を呼び出した。

ロークがもどってくると、イヴは立って画像を見ているところだった。皿をデスクに置く。「ふたりも被害者だとみなしたんだね」

「ええ、残念だけどそうよ」

「ふたりともすてきだ。はっとする美しさというより、親しみやすい魅力がある。やっぱり髪じゃないか？　ふたりがいちばん似ているのは髪だ」

「体型も似ているわ。平均的な体型。三十歳前後のごく平均的なととのった体型の白人女性で、髪は長くて明るい茶色。犯人の選択の範囲はかなり広いわ」

「ほかの条件を加えたら、そう広くもないだろう」

「そうね、狭まるわ。しょっちゅう手芸用品店に行き、かつ、夜にときどきひとりで外出する人。犯人が被害者を襲うのは夜よ。これでもまだ犯人の選択の範囲は広いわ」

イヴは一歩後ずさりをした。「犯人がつぎの獲物を選ぶ前に絞りこまなければ」

デスクにもどったイヴは、ロークが持ってきてくれた――ブロッコリーの小さな房が二つ三つ添えてはあったが――ハンバーガーとフライドポテトを見てうれしくなった。ブロッコリーは捨てればいい――彼にバレるはずがないでしょう？　でも、あとで罪の意識に苦しむだろう。ブロッコリーを食べることより罪の意識に苦しむほうがいやだという気持ちが勝《まさ》っていたので、まずブロッコリーを食べて厄介払いをしながら、大柄な男性の服を専門に扱う小売店を探しはじめた。

予想以上だ。そう思いながら、皿の横にロークが置いてくれたポットからコーヒーを注ぐ。高級店ばかりだ――だって、考えてもみなさい、と自分に言い聞かせる。アリーナ・ボールの選手や、バスケットボール好きのお洒落野郎や、のっぽやおデブの金持ち男たちは、ファッション予算をほかのどこで落とすっていうの？

ほかにも、平均的な店やディスカウントショップもあり、イヴははじめて知ったのだが、大手デパートの二、三軒とブティックの多くでは、デザインと仕立てのサービスも提供している。

かならずしも捜査範囲が狭まるとは思えない。

調べる対象を洋服から靴に変更しても、ちょっと減ったかと思うとまたちょっと増えたりして、代わり映えがしない。

犯人は、買い物の多くを、いや、ひょっとしたらすべてをオンライン・ショッピングにたよっているかもしれない、とイヴはハンバーガーにかぶりつきながら思った。そういう人は多い。しかし、犯人は――努力して体を鍛えて、その結果を誇らしく思っているような人間は――洋服は現実の世界で選びたいのでは？　鏡に映る自分の姿をたしかめつつ、ご機嫌とりの店員かなにかに、とてもお似合いですよ、とか言われたいのでは？

きちんとした根拠のある事実が少ないと、いくらでも推測ができてしまう。

しかし、地理的な調査をするうちに、〈トータル・クラフツ〉から二ブロックのところに〈ザ・コロッサル《巨大な》・マン〉という店が見つかった。

「これってておもしろくない？」イヴはさっとポテトをつまんだ。「コンピュータ、現在、このケース・ファイルにあるジムのうち、〈トータル・クラフツ〉から六ブロック以内にあるものをすべてリストアップせよ」

処理中……

もうひとつ、ポテトを食べる。

その領域内にある健康フィットネス施設は〈ジムズ・ジム〉と〈ボディビルダース〉。

「壁のスクリーンに当該領域の地図を表示せよ。専門店とジムの位置を強調表示せよ」

イヴは立ち上がり、一方の手にハンバーガーをつかんだまま壁のスクリーンに近づいていった。一定のパターンが見えるのは、とイヴは思った。それが見たいという気持ちのせいかもしれないが、実際にパターンがあるからかもしれない。

いま見えている通りを犯人は歩いていた、とイヴは確信が持てた。ジムから店へ、さらにべつの店へと歩いていた。この地域に住んでいるか職場があるから、あるいはその両方があるから。ここは犯人の活動範囲だ。まわりの人はそこにいる彼を見かけ、そこにいる彼を知っている。

わたしもきっと彼を見つけて追いつめる。

イヴがロークのオフィスに入っていくと、ロークはデスクに向かってシーフード・パスタらしきものを食べながら仕事をしていた。レーザー・ファクシミリが低いモーター音を響かせ、コンピュータがメールの着信を告げた。

「なにか届いたわよ」

「プロジェクトの報告書だと思う」ロークは顔も上げずに言った。「べつに急ぎの用事じゃない。きみの調べ物のほうはまだなにも手応えがないな」

「そっちはちょっと保留にして、こっちへ来て見てほしいの」

ロークはコーヒーを手に、イヴといっしょに彼女のオフィスへ行った。

イヴが壁のスクリーンを身振りで示した。「なにが見える?」

「ウェストヴィレッジの一角。それと、ひとつのパターンが」

「わたしも見えるの。この地域の住人からはじめたいわ。言われる前に言うけど、いいえ、そこに何人住んでいるかは予想さえつかない。うまくいく見込みはかなり低いわ。ほとんどないかもしれない。でも……」

「犯人がそこに住んでいる可能性はある。だから、住宅の所有者と間借り人のリストを手に入れて、家族やカップルや独身女性は削除して、ひとり暮らしの男性だけを徹底的に調べる」

「あなた、警官になればよかったのに」

ロークはスクリーンからイヴの顔へと視線を動かした。「お産の手伝いをするはめになるかもしれないというだけで、頭のなかは恐怖でいっぱいなのに、これ以上、恐ろしい考えを増やさないでもらえるだろうか?」

「失礼。この調査はとてつもなく時間がかかるわ。犯人は、この範囲の一ブロック外に住んでいるかもしれない。それどころか、五ブロック外に住んでいて、この範囲内で働いているのかも。働いているのも一ブロック外、というのもありうる。ひょっとしたら、買い物とエクササイズはこの範囲内でやって、住んでいるのは、なんとニュージャージーとか」

「でも、きみは確率を重視し、確率的には犯人がこの範囲に住んでいる可能性は高い」

「あなたが作業に手を貸してくれたら、所要時間が短縮されるのだけれど」

なおもスクリーンをじっと見ながらロークはうなずいた。「調べるのは、きみのオフィスでやる? それとも僕のところ?」

手がかりを得たという感触とともに、イヴは午前一時ちょっと過ぎにベッドにもぐりこんだ。そして、彼女が追いつめて捕まえるまで、犯人がつぎの動きに出ないようにと願った。ただ願うしかなかった。

「ケーツとブリーン、そしてメープルウッドのあいだはそれぞれ二か月よ。そのスケジュールでいくなら、犯人がつぎの犠牲者を出す前にかならず捕まえてやるわ」

「その話はいったんやめだ、警部補」ロークはイヴの体を引き寄せ、彼女の頭を自分の肩にぴったり沿わせた。こうして体を密着させていると、イヴはめったに夢を見ない。「その話はいったん置いて、眠るんだ」

「近づいてるの。近づいているってわかるの」イヴはつぶやき、眠りに落ちていった。

彼は彼女を待っていた。彼女はやってくる。いつもこの道を歩いてくるのだ。うつむきながら、足早に、ゲル底の靴を履いているからほとんど足音はたてずに。勤務時間が終わると、それに履き替えるのだ。酒を飲みながらいやらしい視線を送ってくる男たちにサービスするときに履いている売春婦靴は、脱ぐ。

なにを履いていようと彼女が売春婦であることに変わりはない。

彼女はうつむいてここを通りかかり、街灯の明かりに髪が照らされる。髪はほとんど金色に見える。

人は思うだろう。ほとんど。きれいな女性だ。感じのいい、物静かで美しい女性が自分のやるべきことをやっているのだろう、と。わかっていないのだ。あの上っ面の中身がどうなっているか、俺は知っている。苦々しく、黒くて、邪悪な中身を。

彼女がもうすぐ来るぞ、来るぞと期待しながら、彼はそれが高まるのを感じていた。怒りと喜び、恐れと楽しみ。さあ、俺を見ろよ、この性悪女。

そして、彼女がどんなにそれが好きか見る。どんなに好きか。

自分はかなりの美人だと思っているのだ。裸になって鏡の前でポーズを取ったり、気取って歩いたりするのが好きなのだ。そうじゃなければ、男の前で気取って歩いたり、ポーズを取ったりして、体に触れさせるのが好きなのだ。

俺の用事が済んだあとは、たいしてきれいには見えないぞ。

男はポケットに手を滑り込ませ、するすると長いリボンをたぐった。

赤は彼女のいちばん好きな色だ。好んで赤い服を着る。

かつて見たように、彼は彼女を見ていた。首に赤いリボンが巻かれている以外は裸で、何度も叫び声をあげていた。俺が殴られたとき、流れた血と同じ赤い色。俺は気絶するまで殴られた。

そして、暗闇で意識を取りもどした。真っ暗な、鍵のかかった部屋で。

こんどは、彼女が暗闇で意識を取りもどす。盲目になって、地獄で意識を取りもどす。

彼女がやってきた……さあ、彼女が足早に、うつむきながら歩いてきた。

彼女が近づくにつれ、彼の心臓は胸のなかでとどろきはじめた。

いつものように彼女は振り返り、それから、鉄の門を抜けて美しい公園に入ってきた。

一瞬、心臓がほんのひとつ打つあいだ、彼女は顔を上げた。物陰から彼が跳びかかると、その目に恐怖とショックととまどいがよぎった。

彼女が叫び声をあげようと口を開け、その顎を彼の拳が砕いた。

彼女の目が裏返って白目をむき、なにも見なくなった。彼は彼女を街灯の明かりから遠ざけていった。

そして、彼女の頬を何度か平手で打ち、正気づかせた。そのあいだ、彼女は気を失っていてはならない。目覚めて、感じていなければならない。

声はひそめていたが——彼はばかではない——拳で彼女を殴りながら、言うべきことは言った。

さあ、これでどうだ、性悪女？　ボスはだれなんだよ、売春婦め？

彼女のなかに押し入るのは屈辱であると同時に、言いようのない喜びでもある。彼女はまったく抵抗せず、だらんと横たわっているだけで、それはがっかりだった。

以前は抵抗したし、懇願したこともあった。そのほうがいいのだ。

それでも、リボンを首に巻きつけて、きつく締めつけ、彼女の目が飛び出るのを見ると、死んでしまうのではないかと思うほど、底知れない喜びに満たされた。

彼女のかかとが上下して草地を打ち、かすかにぱたぱたと音がした。その体が痙攣《けいれん》して、彼を——とうとう、ようやく——絶頂に導いた。

「地獄へ堕ちろ」肩で息をしながら言い、服を脱がせる。「さあ、地獄へ堕ちやがれ。そこがおまえの居場所だろ」

彼女の服を持ってきたバッグに詰めて、肩ひもをたくましい胸板に斜めがけにする。

そして、軽々と彼女を担ぎ上げた。彼は自分の力と、その力があたえてくれる支配力を堪能した。

あらかじめ選んであったベンチまで彼女を運んでいく。よく葉の茂った巨木の陰にあって、堂々とした噴水がすぐ近くにあるのも好ましい。彼女をベンチに横たえて、慎重に両手を組み合わせて、左右の胸のあいだにおさめた。

「さあ。さあ、母さん、すてきだろう？　自分の姿が見たいかい？」

彼はにたにた笑っていた。狂気じみた笑顔が、分厚くまとった密封剤を突き破ってくるかのようだ。「俺が手伝ってやろうか？」

そう言いながら、彼はポケットからメスを取り出して、作業に取りかかった。

10

ベッド脇のリンクが鳴り、イヴは音がするほうへ寝返りを打った。くそっ、こんちくしょう、まったく、と言い、暗がりに手を伸ばして探った。

「照明オン、十パーセント」ロークが声をあげた。

イヴは片手の指先を髪に差し込んで梳《す》き、眠気を追い払おうと首を振った。「映像は非表示」と命じる。「ダラスよ」

「あいつが殺しているの。彼女を殺しているの」

息の漏れた声はひどくか細く、イヴは名前を表示しなければだれからの連絡かわからなかった。「セリーナ、しっかりして。しゃんとして、わかるように伝えて」

「見たの……前みたいに見たのよ。ああ、どうしよう。もう遅いわ。もう手遅れよ」

「どこなの?」イヴはベッドから飛び出し、リンクに向かって声を張り上げながら、急いで服をつかんだ。「セントラルパーク? 彼はセントラルパークにいるの?」

「そうよ。ちがう。公園よ。もっと小さい。門がある。建物も。メモリアルパークよ！」

「あなたはどこにいるの？」

「わたし――わたしは自宅よ。ベッドのなか。頭に映像が浮かんできて、耐えられない」

「そこにいて。よく聞いて。いまいるところから動かないで」

「ええ。わたし――」

「通話終了」イヴはぴしゃりと言い、セリーナのむせび泣く声を断ち切った。

「署に連絡を入れるのか？」ロークが訊いた。

「まず、自分の目でたしかめる。わたしたちの目でたしかめる、と言うべきね」イヴが言うあいだにロークはベッドから出て、同じように服を着はじめた。

「セリーナは？」

「自分でなんとかするしかないわ」そう言って、武器を身につける。「だれだろうとみんな、自分の頭のなかのものとうまく付き合わなければならないんだから。さあ、行くわよ」

イヴはロークに運転をまかせた。乗り物を――どんな乗り物でも――自分より巧みに運転されていらいらするかもしれないが、そんな無駄な言い争いをしている場合ではない。

霊能者について言い争っている場合でもない、と思った。コミュニケーターを引っ張り出して、暴行事件があったかもしれないからパトロールカーをメモリアルパークに向かわせ、確認するようにと要請した。

「捜すのは男。身長百九十三センチから二百三センチで、がっちりとしてたくましい男を捜して。体重は百二十キロ前後。見つけたら、ただ引き留めるように。当該者は武器を持っていて危険だと配慮すること」

マンハッタン南部をめざして疾走する車に加速をつけるかのように、イヴは前のめりになった。「彼女は、すでに起こったことじゃなくて、これから起こることを見たのかもしれない。それって――なんて言うんだった？」

「予知」

「そう」しかし、イヴの胃のあたりの重苦しさが、そうではないと告げていた。「近いわ。くそっ、確認に来たのは正しかったんだってわかる」

「やつが今夜だれかを殺したとしたら、二か月待たなかったことになる」

「二か月待ったことはなかったのかも」

メモリアル街に面した西口へ向かい、縁石沿いに駐車しているパトロールカーの後ろに車を止めた。

「公園の出入り口は何か所？」イヴは訊いた。「三、四か所？」

「そのくらいだ、おそらく。たしかなところは知らない。ほんの一ブロック四方くらいだと思う。オリジナルの世界貿易センター・メモリアルパークの小型版のひとつでなかなか趣味のいい公園だ」

イヴは歩道を横切り、武器を手にして、石造りのアーチをくぐって緑地へ足を踏み入れた。

ベンチがいくつかと、小さな池があった。見上げるような木々が茂り、あちこちに花が植えられ、旗を掲げている消防士たちをモデルにした大きなブロンズ像が立っている。

その横を通り過ぎると、だれかが嘔吐している音がした。

音のするほうにくるりと体を向け、足早に南へ歩いていくと、制服姿の警官がよつんばいになって、赤と白の花が咲いている花壇に吐いていた。

「巡査——」そう言いかけたところで、一メートルほど先にあるベンチと、その上にあるものが目に入った。「見てやって」と、ロークに言い、コミュニケーターを手にしているもうひとりの制服警官に近づいていった。

警察バッジを掲げる。「ダラスよ」

「クイークス巡査です、警部補。ほんの一分ほど前に発見しました。署に連絡を入れようとしていたところです。ほかに人の姿は見ていません。その女性だけです。脈を探って死亡を確認しました。体はまだ温かいです」

「現場を立ち入り禁止にして」イヴは振り返った。「彼は役に立つの?」

「だいじょうぶです、警部補。新人なんです」ちょっとだけ苦しげにほほえんで言い添えた。「みんな通ってきた道です」

「彼を立たせて、クイークス。この現場を立ち入り禁止にして、公園内を虱潰《しらみつぶ》しに調べて。慎重に。被害者が殺されたのはここじゃない。ほかに殺害現場があるはず。署にはわたしから連絡するわ」

イヴはコミュニケーターを取り出した。「通信司令部、こちらはダラス、警部補、イヴ」

「承認しました」

「殺人事件発生、被害者は一名、女性。場所はメモリアルパーク、南西地区。ピーボディ、刑事、ディリアに連絡して、事件現場へ」

「了解、ダラス、警部補、イヴ。通信司令部、発信終了」

「これが必要だろう」イヴの背後にいたロークが言い、捜査キットを差し出した。

「そうね。ちょっと下がっていて」イヴは両手に密封処理《シールド》をして、レコーダーを服に留めた。

ロークが見ていると、イヴは犠牲者に近づいて、現場をくまなく観察しながら言葉にして録音しはじめた。

彼女が仕事をしている姿はうっとりするほど魅力的だ、とまたしてもロークは思った。そして、どこかたとえようもなく悲しげだ。

彼女の目には哀れみと、そして怒りが宿っていた。それが表れているのをイヴは知らないだろうし、自分以外のだれかにそれが見えるとはロークは思っていない。しかし、それはたしかにそこにある。常軌を逸した男の最新の仕事を記録しているイヴのなかにそれはあった。

これから彼女は遺体を調べて、細部の観察をはじめる、とロークは思った。そして、なにひとつ見落とさない。しかし、彼女が見るのは殺人事件だけではない。人間を見るのだ。そこが彼女のすごいところだった。

ほかの三人より少しほっそりしている、とイヴは思った。体の凹凸も控えめだ。やや繊細で、おそらく少しだけ若い。それでも、やはり、おおよそのところは似ている。明るいブラウンの長い髪――わずかにウェーブがかかっているが、ほとんどストレートと言っていい。いまとなってはわからないが、おそらく美人だったと思われる。顔が台無しになっているから、いまはもうわからないのだ。

彼女の殴られ方はメープルウッドよりひどかった。メープルウッドのときより殴ることを楽しんでいる、と思った。自制心が働かなくなっているのだ。

罰している。彼女が象徴しているものを。

めちゃめちゃにしている。彼女が象徴しているものを。

この女性がだれであれ、彼が殺したのはこの女性ではない、と思った。彼女の首をリボンで締めつけたとき、犯人はだれの顔を見ていたのだろう？　だれの目が彼を見つめ返していたのだろう？

遺体の体勢と目に見える傷が記録されると、イヴは彼女の両手をほどいて指紋を読み取った。

「警部補！」右手のほうからクイークスの声がした。「殺害現場を見つけたような気がします」

「そのまま保存して。封鎖して立ち入りを禁じて。だれにも現場をうろつかれたくないから」

「わかりました、サー」

「指紋を照会した結果、被害者はリリー・ネーピア、二十八歳と確認されたわ。記載住所はヴィージー通り二九三、アパートメントの5C室」

ほんとうにきれいだったのね、リリー。スクリーンに映し出されたID写真をじっと見てイヴは思った。穏やかで繊細そう。ちょっと内気かもしれない。

「勤務先はオルバニー通りの〈オハラズ・バー・アンド・グリル〉。仕事場から歩いて家に帰るところだったのね、リリー？　そんなに遠くないわよね。交通費の節約になるし、暖かい夜だし。あなたにとってはまさに近所よね。公園を通り抜けて、もうすぐ家に着くはずだった」

イヴはゴーグル型顕微鏡を装着して、遺体の両手と爪を調べた。死はまだ彼女の体温をすべて奪ってはいなかった。

「これは泥と草のようね。繊維か皮膚も混じっているかもしれない。一方の手首が折れ、見たところ、顎も骨折しているみたい。顔面、胴体、肩に多数の挫傷と擦過傷。ひどくやられたのね、リリー。性的暴行を受けたようす。膣から出血した形跡。腿と陰部に挫傷と擦過傷。証拠として繊維を採取」

体に付着したごく小さな繊維を慎重につまみ取る。まったくたじろぎもせず、淡々と陰部からも採取する。

それを証拠品保存バッグに密閉して、タグを付け、記録する。

感覚の一部に新人警官に劣らず不快感を覚えたとしても、レイプされた状況が目に浮かんで悲鳴をあげそうになったとしても、イヴはそれを抑え込んで作業をつづけた。

まだゴーグルをつけたまま身をかがめて遺体の顔をのぞきこみ、眼球が切除された血だけの穴を観察する。

「直線的できれいな切り口は、エリサ・メープルウッドにつけられたものと似ている」

「ダラス」

「ピーボディ」イヴは振り向かず、ピーボディの制服用規定靴の、聞き慣れたドスンドスンという足音をどういうわけか聞き逃した、とほんの一瞬だが思った。「このすぐ南で殺害現場が見つかったわ。最初に現場に来たのはクイークス。現場の保存は確認されてる」

「犯行現場はわたしのすぐ後ろです」

「チームを作って、殺害現場からここまでの最短ルートの捜査をはじめて、草地に足跡が残っていないかどうか調べさせて。でも、わたしがこの目で見るまで、だれであれ殺害現場には手を出させないで」

「了解。発見者は制服警官ですか？」

「ちがうわ」イヴはすっくと立ち上がった。「セリーナ・サンチェスがまたヴィジョンを見たの」

遺体と遺棄現場の調査を終えたイヴは、クイークスが設置した犯行現場センサーのすぐ向こうに立っているロークのところまで歩いていった。

覚えておこう、とイヴは思った。クイークス巡査は仕事が早く、控えめで、やたらと話しかけたり質問をしたりして主任捜査官にわずらわしい思いをさせない、と。

「待っている必要はないわ」

「待っているよ」ロークは言った。「もうかかわってしまったから」

「たぶん、そうね。じゃ、いっしょに来て。あなたは目がいいから。わたしが見逃したものを指摘してもらえるかも」

イヴはぐるりと大回りをしてふたつ目の現場へ行った。犯人がまた草地に足跡を残していたら、それを台無しにはしたくない。

イヴはクイークスを見てうなずいた。「よくやったわ。新人はどこ？」

「ほかの警官たちと、あちらの出入り口の警備に立たせました。もうだいじょうぶです、警部補、未熟なだけです。この仕事についてまだ三か月で、遺体を見たのはこれがはじめてです。遺体はかなり悲惨な状態ですし。でも、ちゃんと現場から遠ざかってから吐きました」

「彼が吐いたことは報告書には書かないわ、クイークス。遺体以外に、わたしが知っておかなければならないものをなにか見た？」

「われわれも警部補と同じ出入り口から入ってきました。この公園には東西南北それぞれに出入り口があります。われわれは南口から入って、園内をぐるりと回るつもりでした。それで、すぐに遺体を見つけました。ほかにはだれも見ていません。園内でも、通りでも。ダブルD通りからヴァリック通りに入ったところで、この件について連絡を受けました。そのときは、路上生活者や、なんとか客を取ろうとねばっている公認コンパニオンが何人か、通りをうろついていましたが、伝えられたような外見の男はいませんでした」

「この地区をパトロールするようになってどのくらい？」

「十日ほどです」

「〈オハラズ〉は知ってる？」

「もちろん、オルバニー通りをちょっと行ったところにあって、アイルランド人がやっています。まともな店で、料理もまあまあです」

「閉店時間は？」

「二時です。客がいないと早めに閉めます」

「わかったわ。ありがとう。ピーボディ？」

「血がいくらか。草が引きちぎられたり、押しつぶされたりしているところがあります。布の小さな切れ端を二枚、採取しました。衣服の一部かもしれません」

「すべて了解よ、ピーボディ。それで、あなたはどう考える？」

「ええと、犯人は、彼女が公園を通り抜けようと、南口から入ってきた直後に襲いかかったと思います。公園の外で襲ったかもしれませんが、たぶん入ってからでしょう。犯人は彼女をここで押し倒し、暴行して、もみ合うあいだに彼女の衣服の一部を引きちぎったと思われますが、彼女が激しく抵抗した形跡はありません。レイプしたのもここです。わたしはまだ遺体をよく見ていませんが、彼女は爪で草をかきむしったと思われます。メープルウッドのときと同じ手口のようなので、ここで絞殺して、衣服を脱がせてから、ポーズをつけて目を摘出できる場所へ運んだのだと思います」

「そう、わたしも同じように思うわ。でも、襲いかかったのは公園内ね。公園を通り抜けるのが家までの近道だから。ここは巡回人が定期的にやってくる。園内はいつもとてもきれいだわ。それに安全。犯人はすばやくことを運ばなければならなかったけれど、それは彼にとってたいした問題じゃない。手順はもう身についているから。死亡推定時刻は〇二〇〇時、ほぼきっかり。最初に警官が駆けつけたのが〇二二〇時。彼女の服を脱がせて、運んで、ポーズをつけて、目を摘出するだけでも、ほぼそのくらいの時間はかかるわ」

「彼らが駆けつけたとき、犯人はまだ園内にいたかもしれない」

イヴは振り返ってロークを見て、両方の眉を上げた。

「彼らがやってきた物音を聞いたかもしれない。車が止まって、ドアが閉まる音を。だから、その場を立ち去って、照明の届かない暗がりへ、木立の背後かどこかへ身を隠した。そうだとしたら、彼女が発見されるところを見て、犯人は楽しんだんじゃないか？」

「ええ。そう、そうでしょうね」

「犯人は目的を果たしたばかりだった。だとしたら、自分がうまくやった作業について、ひとり悦に入る時間が必要だったのでは？」どうしても我慢できなくてロークはちらりと振り返り、リリー・ネーピアが横たえられているベンチのほうを見た。「だれかがやってくる物音が聞こえ、犯人はあわてて物陰に身を潜めた。必要ならそいつらも殺ってしまおう、というのがやつの考えだろう。しかし、そんなに早く、目的を遂げた直後に、警官たちが彼女を見つけたところを見られて、うれしくてたまらなかったにちがいない。そして、やつは逆方向から出ていった。夜の思いがけない贈り物のような満足感を胸に」

まったく同じように推理していたイヴはうなずいた。「推理するのがうまくなってるわね。わたしとしては、この公園全体をすみずみまで徹底的に探してほしい。芝草の一本一本、花びらの一枚一枚、木々の一本一本すべて」

「犯人はシールド処理をしています」ピーボディがイヴに言った。「犯人のＤＮＡも、血液型もわかっていないし、毛髪や体毛も採取していませんから、これだけ広い範囲からなにか見つかったとしても、照合できません」

「そうよ、犯人はシールド処理しているわ」イヴが一方の手を差し出して手のひらを上に向けると、付着した血液が照明を受けてぬらぬらと光った。「わたしと同じように。わたしたちが探すのは犯人のＤＮＡじゃない。彼女のよ」

イヴはふたたび後ずさりをして、こんどはロークに合図を送った。「ちょっと散歩しましょう」

「やつがどっちから出ていったか知りたいところだ。どっちにどう動いていったのか」

「犯人像を少しでも具体的にするものなら、なんだっていい」警官たちの目と耳から逃れたかったイヴは、公園から出て歩道まで来てやっと立ち止まった。「位置関係から見て、メープルウッドのときより今回のほうが犯人の自宅に近いと思うわ。でも、犯人にとってそんなことは関係ない。必要な場所へ行くだけだから」

「それで、きみがこんなところまで出てきたのは、僕にそんな話をするためじゃない」

「そう。ねえ、わたしを待っていてもなんにもならないわ。わたしたちはまだしばらくここにいるし、そのあともセントラルに行かなければならない」

「デジャ・ヴュ。前にもあったパターンだ」

「そうね。この男は夜に仕事をするのが好きだから」

「きみは一時間も寝ていないぞ」

「オフィスでちょっと寝るから」そう言って、うっかりしてズボンで手をぬぐいかけたが、すかさずロークに手首をつかまれた。

「そのまま」ロークは言い、捜査キットを開いて布きれを取り出した。

「どうも」イヴは両手の血をぬぐいながら、石造りのアーチ形の門の奥に目をこらした。外から見ると、照明に浮かび上がる公園はとても美しい。防護スーツ姿の慰留物採取班《スウィーパー》が光のあいだを動いている姿はサイレント映画の一場面のようだ。まもなくマスコミが飛びついてきて——いつだってそうだ——こちらは対応に追われるはめになる。

周囲の建物の窓に明かりが点《とも》るのも時間の問題だ。顔をのぞかせて、なにごとだろうとこちらをじっと見る者もいるだろう。そうなれば、こちらは市民の対応にも追われることになる。

イヴは公園を閉鎖するつもりだった。そうなれば、市長への対応も必要になる。楽しみはいつまでも終わらない。

「なにを考えている、警部補？」

「考えることがいろいろありすぎて、整理しなきゃならないくらい。まず、セリーナをセントラルに呼び出して、彼女が見たという……ヴィジョンについてくわしく話を聞くわ。私服警官を二、三人、彼女の護衛につけて、〇八〇〇時に連れてこさせる」

イヴは両手をポケットに突っ込み、すぐにまた引き出した。血はぬぐったけれど、シール剤はまだ落としていないのを思い出したのだ。「つまり、こういうことなの」

そのままイヴがなにも言わず、公園を見つめているだけなので、ロークは首をかしげた。

「その、こういうことっていうのは？」

「連絡してきたとき、彼女は自宅のベッドにいるって言ったわ。わたしはそれがほんとうであることを確認したいだけなの。明確にしたいだけ」

「彼女を信じていない？」

「信じていないわけじゃない。ただ確認して、その可能性を頭から追い出したいだけ。ついつい、どうなんだろうって考えてしまう状態から脱したい。それだけ」

「それで、彼女がどこかに出かけているとき、だれかが彼女の寝室に……入って、リンクを確認できたら、きみはついついどうなんだろうって考えなくてすむようになる」

「そうよ」ようやくイヴはロークの顔を見た。「こうしてここに立って、あなたに罪を犯すようにたのんでいる自分が信じられない。わたしに連絡してきたとき、彼女が自宅のベッドにいたなら、殺人が起こったとき、彼女がここにいた可能性はなくなる――彼女が連絡をしてきたのはネーピアが殺された数分後だから。彼女のリンクを確認するために、彼女の許可を得て自宅に電子探査マンを送り込むように要請することはできるわ。でも――」

「それでは失礼に思える」

イヴはあきれたように目玉を回した。「失礼に思えることなんかどうでもいいけど、自分がドジを踏むのだけはどうでもいいとはぜったいに言えない。価値ある情報源を失うかもしれないということが許せないの」

「では、八時だね」

イヴは安堵感と不安の板挟みになった。「いい？　彼女が署に来たら連絡するわ。とにかく、万が一、あっちにだれかいたらたいへんだから。あなたがだれかに見つかったりしたら――」

「ダーリン、イヴ」ことさら辛抱強さを強調しているような口調だった。「僕は人生そのものよりもきみを愛しているし、そのことをきみとのあらゆる関係においてくりかえし示していると信じているんだ。だから、きみが僕を侮辱してばかりいる理由がわからない」

「わたしにもわからないわ。ただ入って出るだけよ。リンクだけよ。ほかのものをあれこれ探ったりしないで。彼女の言っているとおりだとわかったら、わたしに連絡はしないで。ちがっていたときだけ、私用のリンクに連絡して」

「合い言葉を決めなくていいかな？」

にこにこしているロークに、イヴは刺すような視線を送った。「そうね。失せやがれ《バイト・ミー》」

ロークは声をあげて笑いながらイヴをぐいと引き寄せ、顎の先を軽くついばんでから、唇で唇を軽くかすめた。「帰りの足は自分でなんとかするから。少しは眠るんだよ」

イヴはくるりと背中を向けてアーチ形の門へ、遺体が横たわる現場へともどっていきながら、自分でもどうしてそんなことができるのかわからなかった。

近親者に知らせるのはいつも変わらず耐えがたかったが、今回はとくにひどかった。真夜中にやらなければならないせいもあり、つらさはいっそう増した。イヴはロウアー・ウェストサイドにあるアパートメントのブザーを押して、だれかの世界から一部を取り去る準備をした。

しばらく待つ時間があり、そろそろもう一度ブザーを鳴らそうかと思うほど長い間のあと、インターホンに明かりが点った。

「はい？　なに？」

「警察です」イヴは警察バッジを掲げ、そのままのぞき穴から見えるように立っていた。

「カーリーン・スティープルさんにお話があって来ました」

「朝の四時ですよ。なんの用ですか？」

「ご主人、なかに入れてください」

インターホンがかちりと切れて、いらだたしげにチェーンと錠をがちゃがちゃはずす音がつづいた。扉を開けた男はだぶだぶのコットンパンツをはいて上半身は裸で、いかにも迷惑そうな顔をしていた。「なんなんだ？　家族は寝てるし、子どもたちを起こしてもらいたくないね」

「おじゃまして申し訳ありません、ミスター・スティープル」データによると義理の兄だ、とイヴは思った。「わたしはダラス警部補。こちらはピーボディ刑事です。奥さんにお話があります」

「アンディ？」寝癖のついた短い巻き毛の女性が戸口から顔だけのぞかせた。「どうしたの？」

「警察だ。いいか、俺たちは違法ドラッグの取引を見たから通報したんだ。でもって、ジャンキー連中がうろついていたのは、真っ昼間の明るいお天道様のもとだ。俺たちは市民の義務を果たしただけで、真夜中にたたき起こされる意味がわからない」

「われわれは違法麻薬課《イリーガルズ》ではありません、ミスター・スティープル。カーリーン・スティープルさんですね？」

女性がガウンのベルトを結びながらそっと姿を現した。「ええ」

「リリー・ネーピアは妹さんですね？」

「はい」カーリーンの顔つきがさっと変わった。恐怖の最初の兆しだ。「なにかあったの？」

「お知らせしなければならないのが残念ですが、妹さんは亡くなられました」

「嘘」と、カーリーンは静かに言った。そのひと言のあと、すぐに質問をつづけそうな口調だ。

「ああ、まさか。なんてことだ」アンディ・スティープルは腹を立てた男から心配そうな夫へと、一瞬のうちに変貌した。足早に妻に近づいていって、胸にかき抱く。「ああ、ハニー。なにがあったんだ？」アンディはイヴに訊いた。「リリーになにがあったんだ？」

「嘘」カーリーンはふたたび言った。ただひと言、嘘と。

「坐らせていただいてかまいませんか、ミスター・スティープル？」

スティープルが身振りで示した居間には、よく使われて坐りごこちのよさそうな椅子と、色鮮やかで派手な花柄のカバーをかけたソファがあった。「さあ、ハニー。おいで、スイーティ」妻の肩を抱いて、ソファへと導いていく。「とにかく坐ろう」

「パパ？」眠そうな目をしたきつい巻き毛の小さな女の子が、足音をたてずに部屋に入ってきた。

「ベッドにもどるんだ、キキ」

「ママはどうしたの？」

「もどってベッドに入るんだ、ベイビー。すぐにパパも行くから」

「喉が渇いたの」

「キキ――」

「わたしが見てあげてもいいですか？」ピーボディが訊いた。

「それは……」スティープルは一瞬、当惑した表情を浮かべてから、うなずいた。

「こんばんは、キキ、わたしはディーよ」ピーボディは近づいていって女の子の手を取った。「コップにお水をくみに行こうか?」

「わたしのパートナーは子どもの扱いがうまいですから」イヴはスティープルに言った。

「まかせてだいじょうぶです」

「まちがいじゃないのか?」

「まちがいではありません」

「事故なの?」カーリーンは夫の肩に顔をもたせかけ、訊いた。「事故なの?」

「いいえ。妹さんは殺されたんです」

「ジャンキーの野郎ども」スティープルは言った。苦々しげに。

「いいえ」イヴはカーリーンの顔を見つめた。顔面蒼白で、涙を流しながら懇願するような目をしている。「受け入れがたいことだとわかっています。残念ながら、もっとつらい思いをされることになります。妹さんは仕事場から自宅へもどる途中に襲われたと思われます。メモリアルパークで」

「あの子はいつも公園を通り抜けていたわ」カーリーンは夫の手を手探りでさがした。「近道だから。安全だし」

「強盗なのか?」

終わらせてしまえ、とイヴは自分に言い聞かせた。さっさと伝えてしまったほうが、このふたりはあれこれ考えて苦しまずにすむ。「レイプされ、絞殺されました」

「リリーが？」カーリーンの涙に濡れた目がショックに大きく見開かれた。「リリーなの？」

夫に支えられていなければ、床に崩れ落ちていただろう。「嘘よ、ちがうわ、ちがう」

「街は安全であるべきなんだ」妻の体をやさしく揺すっているスティープルの目にも涙が浮かんでいた。「女性も仕事場から家まで歩いて帰れて、それでなにごともなくて当たり前なのに」

「そのとおりです。無事でいられるべきでした。妹さんをこんな目に遭わせた犯人を、われわれはできることはなんでもして見つけ出します。それにはおふたりの助けが必要なんです。それで、いくつか質問をさせてください」

「いまか？」スティープルは妻を抱く手に力をこめた。「俺たちが悲しんでいるのが見えないのか？」

「ミスター・スティープル」イヴは身を乗り出して目を合わせ、自分の目に宿っているものを見せつけた。「義理の妹さんを大事に思っていましたか？」

「当たり前だろう。まったく」

「彼女をこんな目に遭わせた男を罰してほしいですか？」

「罰だって？」と、嚙みつくように言う。「殺してやりたいよ」

「犯人を見つけ出したいんです。これ以上、犯行を重ねるのをやめさせたい。わたしは犯人を捕まえるし、犯行を重ねるのをやめさせます。でも、あなたがたの力添えがあれば、それを早くできるかもしれない。犯人がほかのだれかの妹さんに同じことをする前に、できるかもしれないんです」

スティープルは長々とイヴを見つめてから言った。「少し時間をもらえるか？　一分だけ、ふたりきりにしてもらえないか？」

「もちろんです」

「あっちのキッチンに行ってくれ」スティープルは身振りでキッチンを示した。

イヴがふたりを残して入っていったキッチンは細長いギャレー・タイプで、食事をするカウンターがあった。ベンチには黄色とブルーのギザギザ模様のクッションが並んでいる。窓を囲んでいる黄色のカーテンはブルーの縁取りがしてあった。イヴの記憶ではプレースマットと呼ばれるものがカウンターに等間隔で並べられていたが、その色合いもベンチのクッションと同じだ。

イヴはクッションのひとつを取り上げ、もてあそんだ。

「ダラス警部補」スティープルが出入り口にやってきた。「心がまえができた。俺がコーヒーを淹れよう。三人とも飲みたいだろう」

三人に加えて、女の子を寝かしつけたピーボディも居間に坐っていた。カーリーンの目はうつろでまだ涙がにじんでいたが、なんとか気を落ち着けようとしているようにイヴには見えた。

「なにをうかがっても、つらい思いをさせてしまうと承知しています」と、イヴは切り出した。「質問はできるかぎり早く切り上げて、わたしたちはおいとまするつもりです」

「妹に会えますか？」

「いいえ、いまは無理です。申し訳ありません。妹さんは〈オハラズ・バー・アンド・グリル〉で働いていましたね？」

「ええ。五年になるわ。仕事は気に入っていました。親しみやすい店で、あの子のアパートメントからも近かったので。チップもはずんでもらっていました。夜に働いて、午後の大部分を好きに使えるのが気に入っていたんです」

「付き合っている男性は？」

「いまはいません。デートをした人は何人かいたけれど、離婚してから男性にたいしてちょっと人見知りするようなところがあって」

「別れた夫は？」

「リップ？　再婚してバーモント州で暮らしています。実際、あの子にとってリップは人生をかけて愛する人だったけれど、彼にとってはそうじゃなかったんだと、わたしは思っています。それで、うまくいかなくなっただけのこと。見苦しい争いにはなりませんでした。とにかく悲しい結末だったわ」

「この事件のことで、あの男を調べたりするんじゃないぞ」スティープルが怒ったような声で言った。「やったのはそのへんのジャンキーだから、ちゃんとした男を問いただしても時間の無駄だ。彼は、頭は悪いがちゃんとした男だよ。だが、リリーをあんな目に遭わせた野郎は——」

「アンディ」泣き声を押し殺して、カーリーンは夫の手をつかんだ。「やめて。いいから、やめて」

「悪かった。ごめんよ。でも、こんなことをやった男はいまも自由に動き回っているのに、俺たちはこうして坐っているだけだ。そのうち、その人は俺に、事件があったときにどこにいたかとか、そういうクソみたいなことを訊きはじめるんだ。ああ、ちくしょうめ」スティープルは両手で頭を抱えた。「ああ、ちくしょう」

「質問に答えていただくのが早ければ早いほど、われわれは早くここを立ち去れます。彼女がだれかにいやがらせを受けていたとか、そういうことはありませんでしたか？」

「ありません」カーリーンは夫の髪をなでながら答えた。「バーには、あの子をからかう男性客もいたけれど、いやがらせとはちがうわ。恥ずかしがり屋なの。リリーは恥ずかしがり屋だけれど、仕事場は居心地がいいって。いい人たちばかりなんです。わたしたちもたまに店に行くんです。あの子がだれかの気持ちを傷つけるなんてありえない。両親にも伝えなければならないわ。いまはサウスカロライナに住んでいるんです。ハウスボートに。両親に……リリーが亡くなったなんて、どうやって伝えればいいの？　キキにもどう話せばいい？」

「そんなことはまだ考えなくていい」イヴが答える暇もなく、スティープルが言った。頭を上げて、少しは落ち着きを取りもどしたように見える。「一度にひとつずつでいいんだ、スイーティ。今回も前の被害者と同じなのか？」と、イヴに尋ねる。「ニュースで見た。あんたも映っていた。今回も同じなのか？」

「その可能性を追っているところです」

「リリーは――」

その目を見て、なにが言いたいのかイヴはわかった。遺体を傷つけられたのか、と訊きたいのだ。しかし、スティープルはその先を言わず、妻をさらに抱き寄せた。「リリーは住宅《アップ》地区《タウン》で殺された」

「そうです。ミセス・スティープル、妹さんは手芸をしていましたか？」

「手芸？　リリーが？」一瞬、唇に笑みが浮かんだ。「いいえ。あの子の言い方を借りれば、〝うち遊び〟は好きじゃなかったから。それがあの子とリップがうまくいかなかった理由のひとつでした。彼はじっと家にいる家庭的な女性を求めていて、リリーはまったくそうじゃなかったの」

「あちらの部屋には、手作りのように見える品がありました」

「キキの部屋にも」ピーボディが横から言った。「ベッドにすてきなキルトが」

「あれはわたしが作ったの。息子のドリューを妊娠したとき、わたし――いいえ、ふたりで決めたんです」カーリーンは言い直し、夫の手を握って指と指をしっかり組み合わせた。「わたしは母親専業者としてやってみよう、って。そうすれば家にいて子どもたちと過ごせるから。そして、家ではなにかやることが必要だとすぐに気づきました。それでキルトを作りはじめて、そのうち、針編みレースやマクラメ編みもするようになって。そういうのが好きなんです」

「必要な道具や素材はどこで買いますか?」

「それとリリーがどう関係するの?」

「ミセス・スティープル、手芸の道具や素材をどこで買いますか?」

「いろんな店よ」つづけて口にした店名のいくつかはイヴのリストにあるものだった。

「あなたが素材を買いに行くとき、リリーもいっしょだったことはありますか?」

「ええ、あるわ。いろんなものを買いに、ふたりでよく一緒に出かけたから。あの子は、買い物も、わたしや子どもたちといっしょにいるのも好きでした。少なくとも週に一度はいっしょにショッピングに出かけたわ」

「ご協力に感謝します」

「でも……ほかになにかないの?」イヴが立ち上がるとカーリーンが訊いた。「わたしたちにできることが、もっとほかにないんですか?」

「あると思います。またご連絡します、ミセス・スティープル。なにかあったら、ピーボディ刑事にでもわたしにでも、本署を通じていつでも連絡してください。こんなことになって、ほんとうにお気の毒です」

「玄関まで送ろう。カーリーン、おまえは子どもたちを見てきてくれ」

スティープルはふたりを送って玄関まで行き、妻が声の届かないところにいると確信するまで待って、言った。「あの、さっきは怒鳴ったりして悪かった」

「いいんです」

「知りたいんだ。リリーは遺体を傷つけられたのか――もうひとりの被害者みたいに？　カーリーンには見せたくないんだ。彼女がもし……」

「傷つけられています。残念ですが」

「どんなふうに？」

「いまはまだ、そういうくわしいことはお話しできません。捜査上の秘密事項なので」

「やつが見つかったら、知りたい。知りたいんだ。俺は――」

「あなたがどうしたいかはわかります。でも、あなたがやらなければならないのは奥さんとご家族の面倒をみることです。それ以外はわれわれにまかせてもらわなければなりません」

「彼女を知らないじゃないか。リリーに会ったこともないのに」

「そのとおりです。でも、いまは知っています」

11

イヴが殺人課に入っていったのは午前五時過ぎだった。深夜シフトの必要最少人数のパトロール隊員がリンクを使いながら、書類仕事を片付けている。眠っている者もいる。イヴは〝いっしょに来て〟とピーボディに合図を送り、先に立ってオフィスに入っていった。

「ホイットニーに連絡しなければならないわ」

「わたしよりあなたがするほうがいいでしょう」

「わたしが連絡しているあいだにセリーナをつかまえて。ここで供述してもらうから、私服警官をふたり迎えにやるって伝えて。彼女には〇八〇〇時にここへ来てほしい。それから、その件の細かいことをやってくれる警官をふたり見つけて。それが手配できたら、仮眠室で二、三時間寝ないとだめよ」

「二度言う必要はないですから。あなたも仮眠室へ？」

「いいえ、わたしはオフィスで横になる」

「オフィスのどこで？」

「いいから、いま言ったことを手配して仮眠室に引っ込みなさい」

ひとりになったイヴはリンクを見つめ、頭のなかでささやかなマントラを復唱した。

〝奥さんじゃなくて部長が出ますように、奥さんじゃなくて部長が出ますように。清きものすべての名において、奥さんじゃなくて部長が出ますように〞

それから、よし、と気合いを入れて椅子に坐り、リンクをかけた。

ホイットニーの疲れた顔がスクリーンに現れ、危うく歓声をあげそうになる。

「起こしてしまって申し訳ありません、サー。メモリアルパークで殺人がありました。犠牲者はひとりで、白人女性、二十八歳。遺体損壊を含む性的殺人。メープルウッドと同じ手口です」

「現場の保存は？」

「しました、サー。公園を閉鎖して、すべての出入り口に警官を立たせています」

「閉鎖した？」

「はい、サー。必要ですから。今後十時間から二十四時間は」

ホイットニーは長々とため息をついた。「つまり、私が市長を起こさなければならない、ということだな。〇八〇〇時までにくわしい報告書を私のデスクに提出するように。きみは、〇九〇〇時に私のオフィスへ」

「わかりました、サー」

イヴは映像の消えたスクリーンを見つめた。眠る時間はとても取れそうにないと思った。まず、現場で取ったメモと記録をコンピュータに入力した。長い一日に備えてポットにいっぱいのコーヒーをプログラムしてから、椅子に坐って報告書を書いた。

それから、細かな点を書き落としていないかと探しながら目を通した。とくに問題はなかったので、標準的な確率を計算して、その結果を報告書に加えた。それをファイルに入れて保存し、部長とパートナーとマイラにコピーを送った。

イヴは立ち上がり、リリー・ネーピアの生前と死後の写真をボードにピンで留めた。

七時十五分にリスト・ユニットをセットして床に横になり、二十分だけ浅い睡眠を取った。もう一杯コーヒーを流し込んでから、ロッカールームとつながっているシャワールームでシャワーを浴びた。眠気覚ましの〈ステイ-アップ〉かなにか呑もうかと、ちらりと思ったが、呑むときまっていらいらした妙な気分になるのを思い出した。

カフェインをたっぷり摂るならコーヒーで摂取したほうがいい。

セリーナと話をするなら自分のオフィスより会議室を使いたかったイヴは、仮眠中のピーボディが起きてくる気配がなかったので、自分で部屋を予約した。

それから、受付当番の巡査部長に連絡をして、セリーナ・サンチェスが到着したら知らせるようにたのんだ。

署内で提供されるコーヒーも、どきで我慢するのはいやだったから、自分のオフィスからコーヒーをポット一杯分持ってきて、会議室に運んだ。

　受付の巡査部長から連絡が入ったちょうどそのとき、ピーボディが部屋に入ってきた。くんくんと部屋の匂いをかいで言う。「ああ。カップの受け皿に注いでくれたら、ぺろぺろなめ尽くしますから」

「その前に、自動販売機でベーグルかなにか買ってきて」イヴはピーボディに言った。「代金は捜査班の経費に付けておいて」

「なんと、あなたが食べ物のことを考えている。わたしは夢を見ているにちがいありません」

「サンチェスはもうこっちへ向かっているわ。さっさとそのケツを持ち上げて動き出しなさい」

「それでこそ、わたしが知っていて愛しているダラスです」

　扉がふたたび閉じられると、イヴは私用のリンクを取り出してロークを呼び出した。

　ロークはすぐに応じた。

「オーケイ、彼女は……」イヴは目を細めた。「いま、どこ？」

「〝朝っぱらの住居侵入〟というちょっとした冒険の真っ最中」

「連絡するまで待つように言ったはずよ」

「うーむ」ロークはほほえみ、セリーナのベッド脇に置かれたリンクを調べつづけた。「僕はまた命令に背いたらしい。つぎに顔を合わせたら容赦ないお仕置きを受けるんだね」

「ふざけないで――」

「このおしゃべりをつづけたいのか、それとも、僕に用事を片付けさせたいのかな？」

「片付けなさい」

セリーナの寝室で、ロークはつい笑みを漏らした。妻をいらつかせるのが癖になっていて、残念なことに、自分はそれを楽しむようなつまらない人間らしい、と思った。

警官たちが車を降りてきて、セリーナの家のある建物に入っていくのをロークは見ていた。カジュアルなシャツとズボンを着ていても、彼らの正体は二ブロック先からでも見抜いて、逆方向へ向かっていただろう。

とりわけ犯罪者の目には、警官は警官のようにしか見えない。元犯罪者の目にさえ。ロークは僕のおまわりさんを絶対的に信用していたが、仕事の下調べは自分でやるほうを好んだ。

セリーナが護衛たちと建物から出てきて車で去ってから十分後——忘れ物を取りに引き返してこないのを確認するのが、いつも変わらずもっとも望ましい——ロークはリモコンでセリーナ宅の防犯カメラを妨害した。そして、通りをぶらぶら歩いて渡った。

それから三分以内に、建物のロックと警報装置を解除してなかへ入っていった。

ほどなく、送信先を確認して、リンクを元の場所にもどした。セリーナがイヴに連絡した状況は主張されたとおりだった。つまり、午前二時ちょっと過ぎに、自分のベッド脇のユニットから連絡していた。

僕のおまわりさんはもう怪しまずにすむ。

イヴには強く釘を刺されていたが、そのへんを引っかき回さずにいるのはむずかしかった。結局のところ、そういう性分なのだ。僕のおまわりさんにはけっしてわからないだろう、とロークは思った。いてはいけないところにいるというだけで血が騒ぐ感覚は。

ひと息ついて、寝室の四方の壁に飾られている芸術作品——風変わりで、官能的なところもあって、刺激的だ——をうっとりとながめた。室内装飾の配色や色づかいは、華やかで女性としての自信に満ちている。

そのあと、ロフトの二階部分をうろついていたが、自分では家から出ようとしている途中だと解釈していた。

ロークは、彼女の室内装飾のスタイルも、空間をあまり仕切っていないところも、さっきも感じたことだが、どう生きたいか自分でわかっていて、そのとおりにしている女性の自信のようなものが伝わってきて、気に入った。

いつかビジネス上のイベントかなにかで彼女を雇うのもおもしろいかもしれない、と思った。

そして、家に入ってきたときと同じように、のんびりと家を出ていった。時間を確認して計算すると、このままミッドタウンに向かえば、きょうの最初の会議までにまだたっぷり時間はある、とわかった。

ロークから連絡はなかった。ローク本人のことも、彼の手先が器用なことも、イヴは知っていた。セリーナが会議室に連れてこられてもまだイヴの私用のリンクが鳴らないということは、セリーナの主張どおり、発信元は寝室のリンクだったと確認されたのだ。

もう怪しむ必要はない、とイヴは思った。そして、会議室に入ってきたセリーナの苦しげで疲労困憊した姿を見て、その精神状態を理解した。

やつれて青ざめた顔つきは、深刻な長患《ながわずら》いがようやく回復しつつある人のようだ。

「ダラス」

「どうぞ、坐って。コーヒーを飲むといいわ」

「そうさせてもらうわ」セリーナは会議用のテーブルに向かい、両手でマグを持ち上げた。安物の陶器に指環が触れて、かちりとかすかに音がする。「ゆうべ、あなたと話をしてから鎮静剤を呑んだの。あまり効かなかったわ。ここへ来る直前にも、もう一錠呑んだの。いまのところ、効果はあまり感じられない。安定剤をたっぷり呑んで、昏睡状態になりたい気分よ。でも、そうなったとしても楽になれるかどうかわからないわ」

「リリー・ネーピアのためにもならないし」

「彼女の名前なの？」セリーナはコーヒーを飲んだ。一瞬の間。またコーヒーを飲む。「今朝はニュース番組を見なかったの。彼女を見るのが恐ろしくて」

「ゆうべ、あなたは彼女を見た」

セリーナはうなずいた。「前よりひどかったわ。つまり、わたしにとって、ということ。こういうことのための能力じゃないし」

「あなたがたのような才能に恵まれた人たちにとって、暴力行為を目撃したり経験したりするのは、とても厄介なことです」と、ピーボディは言い、セリーナから感謝をこめた笑みをもらった。

「そうよ。まさに、そうなの。同じように経験するわけじゃないわ——犠牲者と同じだけ肉体的に痛めつけられるのではないけれど、充分に苦しいのよ。それで、もし……というか、実際に心霊的にリンクしてしまうと、相手の感情がわたしのなかまで響いてくるの。彼女がどれだけ苦しんだかわかるの。わたしは生きているわ。生きていて、無傷で、こうしてコーヒーを飲んでいるけれど、彼女はそうじゃない。でも、わたしは彼女がどんなに苦しんだかわかるの」

「なにを見たか話して」イヴが指示した。

「ええと……」セリーナは気持ちを新たにするあいだ、すべてを停止させるように片手を上げた。「この前のときね、あれは夢を見ているようだったの。はっきりとした、いやな感じの夢だけれど、ただそれだけのものとして無視するのも可能だった。ニュース番組のレポートを見るまではね。こんどのはもっとすごかった。あれはヴィジョン以外のなにものでもなくて、まちがえようがなかったわ。これまでに見たなかでも一、二を争う強烈さだった。そこにいるみたいだったわ。彼女の横をいっしょに歩いているみたいだった。

彼女は足早に歩いていたわ、うつむいて」

「彼女の服装は？」

「ええと、黒っぽくて——黒、だったと思う——短いスカートをはいていた。白いシャツ。長袖の開襟シャツに、カーディガンのような小さめのセーターをはおっていたわ。ヒールじゃなくて、厚底の靴を履いていた。ゲル底よ、たぶん。ほとんど足音は聞こえなかった。バッグを持っていたわ。小さなハンドバッグを肩にかけていた」

「犯人の服装は？」

「黒っぽいわ。わからない。彼女は犯人がそこにいるのを知らなかった。公園のなかで待っていたのよ。暗がりで。彼は黒っぽいの。彼にかかわるすべてが黒っぽいの」

「肌が？　黒人なの？」

「いいえ……それは。いいえ、そうじゃないと思う。犯人が彼女を殴ってるときに手が見えたわ。白い手よ。つやつやしてて、白くて、大きい。かなり大きい。彼女の顔を殴ったの。すごく痛かったわ。すごく痛くて、彼女は倒れこんで、そして、痛みは遠ざかっていった。彼女が……気を失ったから。そうだと思う。犯人は彼女を殴って、彼女が気を失っているあいだも殴りつづけた。顔も、体も。

『これが好きなんだろう。食らえ。食らえ』」

セリーナの目がどんよりしてきて、淡いグリーンの目の色はいっそう薄くなり、虹彩がほとんど透けてしまいそうだ。「『こうなると、ボスはだれだ？　だれがえらいんだ？』でも、犯人はやめるの。殴るのをやめて、あの大きな手で彼女の頬を軽く平手で打つの。意識を取りもどさせるの。その先をするあいだ、彼女は気がついていなければならないのよ。ひどい苦痛よ！　わからない、それが彼女のものなのか、犯人のものなのかわからないけれど、ひどい苦痛なの」

「あなたの苦痛じゃありません」ピーボディが静かに言い、イヴになにか言う暇もあたえず首を振った。「あなたは目撃者で、なにを見たか、わたしたちに話すことができます。苦痛はあなたのものじゃありません」

「わたしのじゃない」セリーナは深く息を吸い込んだ。「犯人は彼女の服を破いたわ。彼女は抵抗できなかった。かろうじてちょっともがくだけ。押しのけようとして、ぐいと手首をつかまれた。すると、彼女のなにかが壊れてしまった。罠にかかってしまった動物みたいに混乱していたわ。レイプと、それにともなう苦痛。体の奥を貫く痛み。彼女には犯人が見えない。暗いし、とてつもない苦痛に圧倒されているから。そして、また気を失ってしまった。そちら側のほうが安全で、痛みも感じないから。そして、なにも感じないまま殺された。彼女の体が死を受け入れ、痙攣した。それなの……犯人にとってそれがたまらないんだわ。彼女の断末魔で犯人はオーガズムに達したわ。

気分が悪い」セリーナは手の甲で口を押さえた。「ごめんなさい。吐きそう。わたし――」

「いいから、立って」すでに立ち上がっていたピーボディが、セリーナを引っぱって立たせた。「いっしょに来て」

ピーボディがセリーナに手を貸して部屋を出ていくと、イヴはテーブルを押すようにして立ち上がった。窓のひとつに近づいて押し開け、身を乗り出す。身を乗り出して、呼吸した。

吐き気のことなら、知りすぎるくらい知っていた。それを何度も見てしまうのがどんな感じか。いま起こっているかのように、何度も感じるのがどんなものか、知っている。そして、それといっしょにこみ上げる吐き気。

外気と、街の命とも言うべき騒音に身をまかせて、イヴはそれを体から追い出した。通勤者で混み合った航空《エア》トラムがさっと通り過ぎ、広告用の飛行船が、特売やイベントやパック旅行のお知らせをがなりながら浮かんでいるのを見つめた。

膝にまだ力が入らなかったのでその場を動かず、ヘリコプターのプロペラの回転音と、下の通りから響くクラクションの音と、航空《エア》バスがガタガタ通り過ぎる音を聞いていた。それらすべてがひとつになった不協和音はイヴにとって音楽のようなものだ。理解できる歌であり、街そのものでもあった。

この街でイヴが真にひとりぼっちだったことはない。バッジを持っていれば、けっして無力でもない。

痛みを思い出しても、原因を知っていればその事実に打ちのめされることは少なくなる。それを知っていてよかった、と思う。

少し落ち着いた気持ちで窓を閉め、テーブルまで歩いていってまたコーヒーを注いだ。

ピーボディに連れられてもどってきたセリーナの頬には、やや血の気がもどっていた。少し化粧もしていた――明るい色の口紅《リップ・ダイ》を塗り、遺体がもっとも損なわれていた目にシャドーを入れている。イヴの考えでは、もっとも場ちがいなときにもっとも妙なことを心配できるのが女性だった。

セリーナが椅子に坐ると、ピーボディは水のボトルを取りにいった。

「あなたはコーヒーよりこちらのほうがいいでしょう」ピーボディは言い、ボトルをテーブルに置いた。

「ええ、そのとおりよ。ありがとう」セリーナは手を差し伸べ、ピーボディの手を握った。「いっしょにいて、自分を取りもどしてしゃんとするのを手伝ってくれて、ありがとう」

「いいんです」

「わたしのこと、さぞかし弱い人間だと思ったでしょうね」セリーナはイヴに言った。

「それはちがうわ。そんなことはまったく思ってない。わたしは……わたしたちは……」と、イヴは言い直した。「わたしたちは、事件が起こったあとに駆けつけて、毎日のように見ているわ。人間同士ができることの結果を。血液や、固まってこびりついた血のりや、かつて人だったものの名残を。平気ではいられない。平気でいてはならないのよ。でも、わたしたちはそれが起こっているところ――どんなふうに起こっているのか――は見ないわ。犠牲者が感じたことを感じないし、それを自分のことのように理解する必要もないわ」

「いいえ、感じているはず」セリーナは両手の指先で目の下をぬぐった。「あなたは、それをうまく消化する方法を見つけただけ。さあ、わたしもそうしなくては」

セリーナはさらに水を飲み、気持ちを落ち着けた。

「そのあと、犯人は彼女の服を脱がせたわ。そうだと思う。そのころになると、わたしのなかにヴィジョンを見ないでいようとする気持ちが現れていたから。拒絶していたの。でも、犯人は彼女の服を脱がせたんだと思う。服は、レイプしたときに破れていたわ。犯人は彼女を運んでいった……彼女じゃない——なんてこと」

セリーナはまたちょっと水を飲み、三度、深呼吸をした。「どういうことかというと、犯人にとって彼女はほかのだれかなの。彼を罰しただれか。暗闇で。犯人は闇を恐れている」

「だから夜に殺している」イヴが指摘した。

「そうしなければならないのよ。その恐れを克服したがっているの?」

「たぶん。ほかには?」

「わたし、ヴィジョンから抜け出したわ。もう耐えられなかったから。そして、あなたに連絡をした。あのまま見つづけるべきだったのはわかっているわ。なにか手がかりになるものを見られたかもしれない。でも、すっかり気持ちが動転してしまって、あそこまで持ちこたえるのがやっとだった」

「あなたが連絡してくれたから、すばやく彼女のところへ、現場へ行けたのよ。犯行の直後に駆けつけられたから、現場をそのままのかたちで保存できた。これは重要よ」

「そうであってほしいと心から思うわ。少しは犯人に近づけそう?」

「そう思う」

セリーナは目を閉じた。「よかった。犯人の所持品があれば、姿が見られるかもしれないからためしてみたいわ」

「殺害に使われた凶器があるわ」

セリーナは首を振った。「やってみるけれど、前みたいになってしまうのはまちがいないわ。見るのは――感じるのは――行為そのものと、その最中のどうしようもない怒り。犯人が素手で触れたものがいいの。犯人の姿や、あなたがたがまだ知りえないことを見るには、彼が身につけていたりずっと持っていたりしたものが必要なの」

イヴはテーブルにリボンを置いた。「とにかく、やってみて」

セリーナは唇を湿らせ、手を伸ばしてリボンに触れた。

そのとたん、ぐいと首をのけぞらせて、白目をむいた。緑色の目は半月形にしか見えない。そのまま椅子から滑り落ちはじめ、だらんとした指先からリボンが離れた。

イヴは反射的に立ち上がり、床に崩れ落ちかけたセリーナの体を支えた。

「すべて犯人よ。彼女のことはなにも感じない。亡くなっているから。首にこれを巻きつけられたときは失神していたのよ。感じたのは、犯人の怒りと恐怖と興奮だけ。それが、なんていうのか、体じゅうに――虫みたいに食いついてくるの。ぞっとする」

「彼女を殺したあと、犯人はどうするの？」

「明るいところにもどるの。明るいところへもどれるのよ。どういうことなのかは、わからない。頭が。頭が割れるように痛いわ」

「だったら、薬を持ってこさせて、だれかに言って、あなたを家まで送らせるわ。ピーボディ?」

「痛み止めを持ってきましょう。帰るのは少し休んでからにしますか?」

「いいえ」セリーナはピーボディに寄りかかった。「とにかく帰りたい」

「セリーナ」彼女が振り返ったときに見えないように、イヴは手でリボンを覆った。「ドクター・マイラと話をしたらいいかもしれないわ。ちょっとしたカウンセリングをしてもらうの」

「いい考えだと思うわ、ほんとうに。でも、カウンセリングは——」

「彼女の娘さんは魔術師《ウイカン》で、霊能者よ」

「へえ」

「シャーロット・マイラ。だれよりも優秀だし、あなたの……立場を理解してくれる人に話をすれば気が楽になるかもしれないし」

「そうかもしれない。ありがとう」

ひとりになったイヴは赤いリボンをつまみ上げて、じっと目をこらした。わたしはこれを手にしなくても見たり感じたりできる。才能? とイヴは思った。それとも、呪い? どちらでもない、と結論づけて、リボンをまた袋に入れて密封した。そんな能力は商売道具のひとつであって、それ以上でもそれ以下でもない。

立ち上がる元気もなく、なんとかしなければと思っていると、扉が開いてホイットニー部長が部屋に入ってきた。

イヴはすぐに立ち上がった。「サー。たったいま、サンチェスとの面談を終えて、部長のオフィスへ向かうところでした」

「坐りなさい。このコーヒーはどこのだ？」

「わたしのオフィスから持ってきたものです、部長」

「では、飲む価値は充分にあるな」そう言ってみずからマグをつかんでコーヒーを注ぎ、テーブルを挟んでイヴと向き合って坐った。なにも言わず、コーヒーを味わいながらイヴの顔をじっと見る。「ゆうべはどのくらい眠った？」

「二、三時間です」もっと少ないが、だれが調べるだろう？

「そのようだな。オフィスに入ってきみの報告書を読んで、そう思った。二、三か月の誤差はあるだろうが、きみが私の指揮下で働くようになって十一年だ、そうだろう、警部補？」

「そうです、サー」

「それだけの年月を経たうえに、いまの地位にあるきみが、九〇〇時に報告書を提出するように私に命じられたとき、自分がガス欠寸前であるばかりか、八〇〇時から重要な面談があるのだと私に伝えるのは正当である――少なくとも筋が通っている――とは思わなかったのかね？」

正直な返事を求められているようだったので、イヴはしばらく考えてから言った。「思いませんでした、サー」

ホイットニーは目と目のあいだをつまんでもんだ。「そうだと思ったよ。きみは、少しでもこれを食べたのかね?」そう言ってベーグルのほうを顎で示した。

「いいえ、サー、でも、それは自動販売機で買ってきたばかりだからフレッシュです。というか、自動販売機から出てきたものとしてはかぎりなくフレッシュです」

「いますぐひとつ食べなさい」

「サー?」

「食べるんだ、ダラス。言われたとおりにしなさい。ひどい顔をしているぞ」

イヴはベーグルをつまんだ。「気分もひどいです」

「市長と話をして、三十分ほどしたら市長とティブル本部長とミーティングをすることになった。きみも出席させるようにと言われた」

「場所は市長のオフィスですか、サー、それとも、塔《タワー》ですか?」

「市長のオフィスだ。しかし、市長閣下と本部長には、きみは現場で捜査中だから出席できないと伝えよう」

イヴはなにも言わなかったが、その顔をなにかがよぎったにちがいない。ホイットニーをほほえませるようななにかが。「たったいま、なにが頭をよぎったか言いたまえ。ありのままに。命令だ」

「正直なところ、なにも考えていませんでした、サー。でも、心のなかであなたの靴にキスをしていました」

ホイットニーは声をあげて笑い、半分のベーグルをつまんでさらに半分に割って、食べた。「きみは見逃すことになるが、火花を散らす激論になるだろう。市民の公園を閉鎖することに関してだ」

「遺留物採取班が隅から隅まで調べるあいだ、現場を保存する必要があります」

「市長は反対するだろう。さんざん政治的たわごとをほざいたあと、どの報告書を読んでも犯人がシールド処理していたのは明らかであり、したがって、あなたがたは公費と警官たちの時間を無駄遣いしたうえ、ニューヨーク市民が公の憩いの場を利用する権利をないがしろにして、なんの成果も期待できない捜査をつづけようというのか、とね」

政治問題はイヴの得意ではなかったが、そういう意見なら自分で考えて反論できた。「タイミングの問題です。最初に警官が駆けつけたとき、犯人はほぼまちがいなくまだ公園内にいたんです。遺体の遺棄現場で、まだ被害者といっしょにいた可能性はかなり高いです。体にまだ被害者の血液がついていたはずです。それだけ時間的に切迫していれば、血液を洗い流す時間もなかっただろうし、洗い流したいという気持ちが起こる余裕もなかったかもしれない。それはまちがいないとわたしは思っています。すでに点々とした血痕が見つかっています。殺害現場から遺棄現場へ、さらにそこから東へとつづいていました。犯人の足跡が判明すれば、その足取りも——」

「デスクに向かうようになった私が、現場捜査のあれこれを忘れてしまったと思うか？　どんなささいなものでも見つければ、それは新たな手がかりになる。そういう簡単なことだ。市長は理解しないかもしれないが、ティブルはわかるだろう。彼とふたりでうまく対処しよう」

「ありがとうございます、サー」

「それで、つぎはなにをするつもりだ？」

「ＥＤＤを巻き込みたいと思っています。犠牲者たちがそれぞれよく足を運んでいた手芸用品店があって、そこを中心にした一画に住んでいる人たちのリストをまとめているところです。それから、関連するかもしれないジムが二、三あるので、調べなければ。それを手はじめに絞り込んでいきます。まず、だれがいるのか知る。それから——居住者と、会員と、顧客で——重なっている名前がないかどうか探す。照らし合わせて、削って、犯人を見つけ出します。フィーニーにたのめば、わたしがやるよりずっと手早く調べてくれるし、わたしもコンピュータにかじりつかずに、現場で捜査に専念できます」

「さっそく取りかかりたまえ」

イヴはホイットニーといっしょに会議室を出て、廊下で別れて自分のオフィスへ行った。フィーニーに指図をするのは簡単だった。ざっと伝えたことをしっかりとらえて、求めていることを読み取ってくれる。

「時間はかかるだろう」と、フィーニーは釘を刺した。「でも、きみがデータを送ってくれたらすぐに取りかかるよ」

「顧客リストを早く見せてもらえるように手芸用品店をせっつくわ。じつは、二軒あるの。一軒は条件からはずれているんだけれど、ほんのちょっとだけだから。こっちもせっついて、早くジムの会員名簿を手に入れないと。手に入れたらすぐにそちらにも送るし、ゆうべ集めたデータも、あなたのオフィス・ユニットに送るわ」

「助かるよ」

「アイバンクも調べているのよ。ドナーと移植を受けた人をチェックするつもり。時間の無駄になるとは思うけど、いちおう押さえておかなくちゃ。これもなにかわかったら知らせるから、参考にして」

「手に入れたものはすべて見せてくれ。それにしても、かなりやつれ《ピーキー》て見えるぞ、ダラス」

「ピーキー？　へえ」

　イヴはリンクを切った。そして、さっそくファイルやリストや捜査上のメモまでフィーニーに送った。ピーキーなんて言葉を口にするけれど、とイヴはフィーニーについて思った。彼は警官の頭脳を持っている。電子捜査にかかわること以外に、わたしが見逃したものを見つけてくれるかもしれない。

　イヴは前にシャワーを浴びてから着るのを忘れていた上着をつかんだ。大部屋に入っていって、行くわよ、とピーボディに合図を送る。

「さあ、出かけるわよ」

12

「ピーキーってどういう意味？」

ピーボディは鼻にしわを寄せた。「わかんないです。ああ、ちょっと見るとか——えーと、いないいないばあ《ピーカブー》？」

「ちがう」イヴは車をアイドリングさせて、信号が変わるのを待った。「だれかの容貌について言うとき、使うの。ピーキーに見える、みたいに」

「知らないですけど、いい意味には聞こえないですね。調べてみましょうか？」

「いいえ。フィーニーに照合をたのんだわ。わたしたちが決めた範囲内の居住者と、同じ範囲内にある店とフィットネス施設の顧客名簿と雇用者名簿を照らし合わせて、同じ名前がないかどうか探してもらうの。だから名簿を手に入れないと」

「フィーニーなら、わたしたちのどちらよりも早く見つけられるはずです。それでも、調べる範囲の広さと人の多さを考えると、ある程度時間がかかりますね。それで、合致する名前が大量に見つかって、さらに調べが必要になります。人って、少なくとも買い物の一部や仕事は、近所ですませたがるものです」

「じゃ、プロファイリングすればいい。まずは、未婚の男性」

「わたしもいろいろ考えていました。おそらくひとり暮らしで、年齢は三十歳から五十歳のあいだです」

「三十前後よ」イヴはさえぎるように言った。「犠牲者の年齢に近いと思う」

「なぜです？」

「わからないけど、とにかく、そうなんだって思うの。ある種の引き金だったんじゃない？年齢が。犯人と同じくらいの年齢で、犯人に見えている彼女——犯人が殺したい彼女——の年齢でもあるのよ。犯人は成長して、いまやその彼女と同等の立場に立っている。だから、彼女を罰することができる」イヴは一方の肩をぐいと動かした。「わたし、マイラみたいにしゃべってる」

「そうですね、なんとなく。それで、マイラみたいに、なるほどと思わせることを言っています。じゃ、犯人は三十前後ということに。力が強くて、足が大きいということはわかっています。われらが民間コンサルタントによると手も大きくて、身長は百九十センチ以上。でも、力の強さと身長は証拠で立証されています」

車のあいだを縫うように進みながら、イヴはちらりとピーボディを見た。「われらが民間コンサルタントの正しさを確信している、というわけでもないみたいね」

「彼女のことは信用していますが、彼女が見るヴィジョンというのは具体的な事実とは言いきれません。われわれは事実を捜査し、それ以外を検討するわけですから」

「その言い方、皮肉っぽくて耳に心地いい」

「彼女は作り話をしているわけじゃないし、凶器にたいする反応も演技じゃありません。トイレでもかなりつらそうでした。あと少しでもあのままの状態がつづいたら、医療員を呼んでいたところです。でも、ヴィジョンの受け止め方には慎重を要します」

「ほう？」

「あなたは、皮肉っぽい言い方に関して絶対音感を持ってますよね。わたしが言っているのは、ヴィジョンはしばしば事実を歪曲する、ということです」

興味を引かれ、イヴはピーボディの顔をちらりと見た。「たとえば？」

「たとえば、セリーナに犯人がとても大きい男に見えたのは——長身で、手が大きいとかいろいろ——彼が強い**せい**かもしれない。肉体的な強さは殺害の手口で裏付けされていますが、それ以外もあります。職業や財政的に強い、というような。あるいは、犯人が大きく見えたのは、彼が人を殺していて、それが彼女には恐ろしかったから、ということもありえます。鬼も人さらいも大きいものです」

「なるほどね」イヴはうなずき、駐車場所を探しはじめた。「つづけて」

「すでに犯人の靴のサイズはわかっていて、平均よりかなり大きいです。そのことから、犯人は平均的な男性よりも背が高いだろうと予測できます。それから、犯人がかなり強い——

かなり馬力がある、と言ってもいい――ことは、亡くなってまったく動かなくなった女性を抱えて五十メートル近く運んで、短くてもかなり傾斜のきつい崖を降りていることでわかっています。犯人の肉体的特徴のそれらしき全体像のもとになっているのは、警察の捜査結果であってヴィジョンではありません」

「警察の捜査結果が彼女のヴィジョンを裏づけているのか、彼女のヴィジョンが警察の捜査結果を裏づけているのか?」

「両方じゃないですか?」イヴが垂直から平行への移動モードを利用して、道路脇のわずかな空きスペースに車を割り込ませるのを、ピーボディは息を殺して待った。うまくいったとたん、ふーっと息をつく。「民間コンサルタントは道具であって、われわれは使い方に気をつけなければなりません」

イヴは車の流れを見て、道路に叩きつけられずに車から降りられるようなチャンスをうかがった。「彼女は犯人の顔を見ていないわ」

「犯人はマスクをつけていたのかもしれません。あるいは、彼女には恐ろしくて見られなかったとか、自分で見ないようにしたとか」

イヴは歩道に出た。「そういうことができるの?」

「それだけの能力があって、充分に恐ろしいと感じればできます。そして、彼女はそうとうおびえています。警官じゃないんですから、ダラス」ふたりで歩きだしてからもピーボディはしゃべりつづけた。「人が殺されるところを見てしまって、それはわたしたちとはちがって、自分で選択して見たわけではないんです。そういうのを見たくなければ、われわれはバッジを手にはしていません。もちろん、殺人課で働きもしないでしょう。わたしがこの道を選んだのは、ずっと望んでいたように、ニューヨークで暮らして仕事がしたかったからです。わたしは警官になりたかった。それも大きな疑問に大きな答えを見つけるような警官です。犠牲になった人たちのために、そして、彼らを犠牲にした者を罰するために働く警官です。あなたはどうですか？」

「かなり近いわ」

「オーケイ、でも、セリーナは選んだわけじゃないです。ねえ、霊能者になりたいわ、めちゃくちゃかっこよさそう、と決めたわけでもない。でも、自分にあたえられたものを受け取り、それで仕事をしながら生活しているんです」

「それは尊敬すべきよね」とイヴは言い、垢で汚れた認可証を首からぶら下げ、観光客相手にうれしそうにポーズを取っている路上生活者をちらりと見た。

「それで、今回の件です」ピーボディはさらに言った。「彼女がもっとも恐れているのは、こんどの新たな展開が一回かぎりでは済まなかったことです。これが終わってからも殺人を見つづけるのではないかと恐れているんです。そんなことになったら荷が重すぎます」

「身の毛もよだつようなものを見たんでしょうね」

ピーボディは鼻を鳴らして笑った。「金メダル級ですよ。でも、わたしが言っているのは、彼女はがんばっているし、そのことで犠牲も払っているということです。彼女には助けられるかもしれませんが、結局のところ、これはわれわれの仕事であって、彼女の仕事ではないんです」

「同意見よ」イヴは手芸用品店の前で立ち止まった。「霊能者を利用するのは、最高の環境においてさえ問題をはらんでる――最高なのは、霊能者が警官のトレーニングを受けていて、選ばれて捜査チームの一員になる、というのよね。今回はそういうことはまったくなかった。でも、彼女はこの事件につながって、もはや逃れられなくなっているわ。だから、どちらにも選択の余地はなかったということ。わたしは彼女を利用して、質問をして、見たというヴィジョンを信じて徹底的に調べる。あなたは、彼女が吐くときに頭を支えてあげて」

イヴは店のドアに伸ばした手を止めた。「どうしてニューヨークなの、ピーボディ?」

「大きくて悪い街だから。だって、犯罪と闘う人になるなら、大きくて悪い犯罪と闘いたいでしょう」

「大きくて悪い街なら、ほかにいくらでもあるわ」

「でも、どれもニューヨークじゃないですから」

イヴはじっと考えながら車で渋滞した通りを見つめた。市の条例をはねつけるようにクラクションが鳴り響く。曲がり角では、なにか腹立たしいことをされたらしいグライドカートの売り手が、去っていく客の背中に向かって、多彩な罵り言葉を投げつけている。

「あなたの言うとおりね」

「あらあら。まあ。とても変わった依頼なのね」

ちっぽけなオフィスで店主はおろおろしていた。部屋に一脚だけある椅子を覆っている布は、イヴの目には、たくさんの布きれをつなげて、気むずかし屋でおそらくとっぴな発想の持ち主である色彩の神をあがめるための図柄にしか見えない。

店主はリンゴのようなほっぺの四十前後の女性で、つねに微笑を絶やさない。オフィスで立ち尽くし、困惑したように両手をもみ絞っているあいださえほほえんでいた。

「顧客リストは保管しているのでしょう、ミズ・チャンシー？」

「ええ、もちろん。もちろん、保管していますとも。たいていのお客様はまたお買い物に来てくださいますし、特売品やセールや催しのお知らせをすると喜んでくださいますからね。えーと、つい先週も、わたくしどもが――」

「ミズ・チャンシー？　われわれは顧客リストがほしいだけです」

「ええ。ええ、はい。警部補、でしたわね？」

「そのとおりです」

「あの、こういった形の要望を受けるのははじめてのことで、それで、なにから手を付けていいのかわからないのよ」

「そういうことなら、お手伝いします。顧客リストを渡していただいたら、ご協力ありがとうございます、と言いますから」

「でも、わたくしたちのお客様なのよ。いやだとおっしゃるかもしれない。なんというか、わたくしにプライバシーを侵害されたと感じたら、みなさんは腹を立てるかもしれないわ。そして、ほかのお店で買い物をされるかもしれない」

狭い空間でイヴをそっと肘で突くのは、ピーボディにとってむずかしいことではなかった。「慎重に行動するとお約束します、ミズ・チャンシー」ピーボディは言った。「われわれはとても重大な事件を捜査中で、どうしてもご協力いただかなくてはならないんです。でも、名前をどうやって手に入れたか、こちらの顧客のみなさんにお知らせする理由はありません」

「あら、そう。そうなの」

それでも、経営者はなおもその場に立ったまま、笑みを浮かべた唇をかみ締めていた。

「なんてきれいなキルト・チェアでしょう」そう言って、ピーボディは手のひらで椅子をなでた。「あなたの作品ですか？」

「ええ。はい、そうなんですよ。これはとくに自慢の作品なの」

「よくわかります。並々ならぬ作品です」

「ありがとう！　あなたもキルティングを？」

「少しだけ。あれをちょっと、これをちょっと、と少しずつ。この先、手仕事をする時間が増えたらいいなあと思っているんです。もうすぐ、新しいアパートメントに引っ越す予定なので、なおさら。内装は自分の好みに合ったものにしたいですから」

「ええ、もちろんですとも」ミズ・チャンシーはいかにもうれしそうに言った。

「こちらのお店はほんとうに品揃えがいいし、商品の並べ方もわかりやすいですね。新しい家に落ち着いたらすぐ、仕事ではなく個人の立場で、かならずまた来ます」

「すてき！　お店の情報をさし上げましょう。講習会もやっていますし、月一回、さまざまな趣味のクラブも開いているんですよ」そう言って、布製のデイジーの造花で覆われた箱からディスクを一枚、引っ張り出した。

「すばらしい」

「あの、警部補さん、手芸をすると何百年も受け継がれてきた伝統を尊びながら、自分のスタイルや個性を反映した美しいものを作る機会を得られるだけでなく、健康維持にもとても効果的なんですのよ。あなたがたのようなお仕事をしてらっしゃる方はみなさん、リラックスして魂を清めることが必要だと思いますわ」

「そのとおりです」店主の店頭宣伝活動を目の当たりにして、ピーボディは思わずこみ上げる笑いを呑みこんだ。「ほんとうに、おっしゃるとおりです。そういうことを必要としている友だちや仕事仲間はおおぜいいます」

「ほんとうに？」

「こちらの顧客リストを見せていただけるとありがたいのですが、ミズ・チャンシー」ピーボディは歯をむき出してにっこりほほえんだ。「NYPSDにご協力いただき、支援していただけたら、幸いです」

「ああ。そうねえ。そこまでおっしゃるなら」店主は咳払いをした。「でも、信用できるのかしら？」

ピーボディは笑みを顔に貼りつけたまま言った。「もちろんです」

「コピーを取ってきてあげましょうね」

通りに出ると、ピーボディの笑顔はうぬぼれ顔に変わり、足取りも心なしか弾んでいた。

「さて？」

「なにが、さて？」

「とぼけちゃって」ピーボディは肘でイヴをつついた。「ささやかなお祝いでもしましょうよ」

イヴはグライドカートに立ち寄った。きょうの主食はカフェインになりそうだと思った。

「ペプシのチューブを二本」と、注文する。

「一本はレギュラーで、もう一本はペプシ《P》・フィットネス《F》を。体重が増えないように気をつけているんです」ピーボディはイヴに言った。

イヴは肩をすくめ、ポケットからクレジットをつまみ出した。思っていたとおりのクレジットが出てきたので、世の中にはまだ希望が残っている、と思い直した。「あなた、いい仕事をしたわ。わたしがチャンシーの顔をデスクに叩きつけるよりは時間がかかっただろうけど、やり方としてはよりまともだったわ」

「そう、いまやパートナー同士ですから、わたしが理論派を担当してもいいということです」

「なるほどね。あの椅子はなんだったの？」

「キルト・チェアです。すごく目を引くインテリアになりますよね——家庭的だとか、おもしろいとか、印象的、ということで。廃棄物の再生利用法としてはうまいやり方です。彼女の生地の選択はどうかと思いますけど、技術は一流です」

「へえ、あなたっていろんなことを身につけてるのね」イヴは言った。「それも役に立たないことばっかり。もっとさっさと歩くほうが、ピーボディ、PFを飲むより体重を落とすには手っ取り早いわ」

「でも、わたしはPFを飲みつつエクササイズもしてるんです。ということは、今夜のディナーパーティでデザートは食べられるってことです。で、なにを着ていくんですか？」

「なにをって……ああ、忘れてた」

「そのままの格好じゃ、気楽な食事会にはふさわしくないと思います。行くべきですよ」イヴがなにか言う暇もなく、ピーボディはつづけた。「事件に特別な展開がないかぎりは行くべきです。二、三時間くらい——勤務時間を終えてから——友だちに会って気晴らしをしても、捜査の妨げにはなりませんよ、ダラス」

「まあね」イヴはペプシをごくりと飲み、北へ半ブロックのところにある最初のフィットネス・センターめざして歩いていった。「すごく奇妙な感じ。みんなで集まればうち解け合って楽しいのはわかってるけれど、遺体がどんどん発見されるなか、ろくに眠りもしないで行かなければならないなんて。わたしの人生って、前はもっと単純だったわ」

「うーん」

「そうよ。こんなにおおぜいの人とかかわっていなかったから」

「だれかを仲間はずれにする必要に迫られたら、つまり、人間関係の簡素化をめざすことになったら、ロークを追い出してもらえますか？　あの、マクナブとわたしで話がついているんです。ロークがひとりになったらわたしがアタックをしかけるって。マクナブはあなたを狙うんです」

イヴがチューブに残っていたペプシの最後のひと口にむせると、ピーボディはとんとん背中を叩いて介抱しながら言った。「冗談です。冗談みたいなものです」

「あなたとマクナブの関係って、すっごく不健全よね」

「たしかに」

ピーボディはにっこり笑った。「だからとても幸せなんです、わたしたち」


〈ジムズ・ジム〉はみすぼらしい建物の一部で、暗い階段をひとつづき降りて、どっしりした鉄の扉を押し開けた奥にあった。会員になりたくてもこの扉を開けられなかった者は笑いものにされて追い返され、貧弱な上腕二頭筋のままとぼとぼ歩道を引き返していくしかないのだろう、とイヴは思った。

なかに入ると男の匂いがしたが、いい意味で言う男の匂いではない。汗で濡れたサポーターにくるまれた拳で、顔のど真ん中を殴られたような匂いだ。

ペンキのはげかけた壁は、イヴが生まれたころに無機的なグレーに塗られたものだ。天井には水漏れのせいで錆《さび》色の大きな斑点が広がり、薄汚れたベージュの床は汗と血をたっぷり吸い込み、それが気化したものが臭い霧のように立ち上っている。

足繁《しげ》くここへ通っている男たちは、この匂いを香水のように吸い込むのだろう、とイヴは思った。

用具類は質素だった――よけいな飾りはまったくない。ウェートとバーとサンドバッグがふたつと、パンチングボールがふたつ。前世紀に製造されたような不格好なマシンもふたつみっつある。ひとつだけある斑点だらけの鏡の前では、貨物用シャトルのような体型の男がアームカール中だ。

べつの男は、どこにでもある赤茶色のバーベルでベンチプレスをしている。介添人はいない。このような施設では介添えをしてもらうという考え方そのものが軽蔑されるのだろう、とイヴは思った。

三人目の男は、浮気をした元妻であるかのように、サンドバッグを連打している。

三人ともそろってぶかっとしたグレーのスエットパンツに袖をちぎったシャツを着ている。まるでユニフォームだ。これで胸にでかでかと〝ろくでなし《バッド・アス》〟とプリントしてあったら完璧だ。

イヴとピーボディが入っていくと、すべての動きが止まった。アームカールは五十ポンドのバーベルの動きをいったん停止させ、ベンチプレスはバーベルのバーを固定させ、サンドバッグは滝のような汗を流して一方の拳をバッグにめりこませたまま、立ち尽くした。

沈黙のなか、隣の部屋からドスン、ドスンという響きと、怒鳴り声が聞こえた。「先に左を出すんだよ、このすっとこどっこい！」

イヴは三人の顔をじろじろ見てから、いちばん近くにいたサンドバッグに訊いた。「ここには、コーチとかいるの？」

イヴが驚いたことに、男は――百キロの体丸ごと――みるみる真っ赤になった。「えっと、ジムだけ。彼は、あの、ここのオーナーです。彼は、あの。あの、彼はあっちのリングで、ビーナーにスパーリングさせてるところです。奥さん」

イヴは部屋を横切っていこうとした。ベンチプレスが上半身を起こし、あからさまな不信感と少なからぬ嫌悪感をこめてイヴを見た。「ジムは、やつは、女はここに入れないぜ」

「ジムは、性で差別するのは違法だって知らないらしいわね」

「差別」男は吠えるような笑い声をあげてから、あざけるように言った。「やつは差別なんかしない。女を入れねえだけだよ」

「うまい区別なんでしょうね。それは何キロ？　百二十五キロ。あなたの体重くらい？」

男は幅の広いココア色の顔を叩くようにして、汗をぬぐった。「自分の重さも持ち上げられない男は、お嬢ちゃんだよ」

イヴはうなずき、重りのロックをはずして目盛りを合わせた。「わたしの体重と同じよ」

そして、親指で背後を差して、男に立ち上がるように伝えた。

イヴがベンチに仰向けになると、サンドバッグが近づいてきた。「奥さん。けがをしますよ」

「だいじょうぶ。介添えをして、ピーボディ」

「はい」

イヴは両手でバーをつかみ、気持ちを集中させた。それから、ゆっくりと安定した動きで十回、バーベルを持ち上げた。バーをもとにもどして、ベンチから滑るように降りる。「わたしはお嬢ちゃんじゃないってこと」

イヴが顎で合図すると、サンドバッグはまた真っ赤になり、隣の部屋へ向かって歩き出した。

「わたしはまだ自分の体重分を持ち上げられません」ピーボディが小声で言った。「お嬢ちゃんってことですね」

「鍛えなさい」

イヴは立ち止まり、スパーリング中のふたりを見つめた。

リングにいたいかつい大男の黒い肌が、油を浴びたように光っている。脚は木の幹のようにたくましく、くっきり割れて盛り上がった腹筋は鋼鉄でできているかのようだ。右のパンチは強烈だ、とイヴは思った。でも、直前に左肩が下がるから相手に読まれてしまう。

その相手は北欧の神を思わせる体型で、足の運びがすばやい。さらにリングに近づいていったイヴは、それがドロイドだと気づいた。

トレーナーはグレーのスエットの上下を着ていて、リングの外をあちこち移動しながら、変わらぬ熱心さで指示をあたえ、罵声を浴びせている。

身長は百七十二、三センチだろう、とイヴは判断した。年齢は五十過ぎくらいか。鼻の格好を見るかぎり、だれかの拳と定期的に接触があったようだ。唇をまくれ上がらせ、スパーリング中のボクサーに罵り言葉を浴びせている彼を見ていたイヴは、きらりと銀歯が光ったのに気づいた。

イヴはラウンドが終わるのを待ち、うつむいている黒人――ヘビー級だろう――に、フライ級の男がロープの外からがみがみ言うのを聞いていた。

「おじゃましてすみません」と、イヴは切り出した。

ジムはさっと振り向いた。「俺んところに女がいるのは気に入らないね」そう言って、ボクサーに向かってタオルを投げ、小さな戦車のようにイヴのほうへ向かってきた。「出てけ」

イヴは警察バッジを取り出した。「話を聞かせてくれる?」

「女のおまわりかよ。ふつうの女よりたちが悪い。ここは俺のジムだ。男は自分の縄張りではやりたいことができて当たり前で、女たちのいいようにしなきゃならないとかなんとか、女のおまわりに言われる筋合いはないね」

ジムは頭から湯気を噴き出さんばかりに興奮して目をむき、鳩のように頭を前後させながら、地団駄を踏んでいる。「女たちがえらそうな顔をしてうろついて、レモン水はどこ?

なんて訊くようになるなら、ここは閉めたほうがましってもんだ」

「そういうことならおたがい運がいいわ。だって、わたしは、差別禁止法に公然と違反しているあなたに文句を言いに来たわけじゃないから」

「差別なんぞ、くそくらえ。ここは本気のジムで、どっかのちゃらちゃらしたサロンじゃねえんだ」

「そう見えるわ。わたしはダラス警部補で、こっちはピーボディ刑事よ。殺人課から来たの」

「おや、俺は断じてだれも殺しちゃいないよ。最近はな」

「それを聞いて心からほっとしたわ、ジム。ここにオフィスはあるの?」

「なんでだ?」

「あったら、いっしょに行って話し合いができるから。あなたに手錠をかけて、無理やり本署へ引っぱっていって、あっちで話し合いをするんじゃなくて。あなたのジムを営業停止にさせることに興味なんかないわ。あなたが女性をジムから閉め出そうが、シャワー室で裸で踊ろうって誘って山ほど引っ張り込もうが、まるでぜんぜんどうでもいいの。ここにシャワー設備があればの話だけど。この匂いからして、なさそうよね」

「シャワーはある。オフィスもある。ここは俺のジムで、俺のやり方で運営してるんだ」

「それはすばらしいわ。あなたのオフィスにするか、わたしのオフィスにするか、どっちなの、ジム?」

「くそいまいましい女だ。おまえ」そう言って、リングにまだ立ち尽くし、グローブをはめた両手をだらんと垂らしてうつむいているボクサーを指差した。「縄跳びを一時間やって、そののろまな足をどうやったらうまく動かせるか考えろ。俺は話し合いに行かないとならない」

ジムはすたすたと部屋を出ていった。

「わたしたち女性に選挙権をあたえたとたん、なにもかも悪くなるいっぽうだと言わんばかりですね」ジムにつづいて歩き出しながらピーボディが言った。「彼の万年カレンダーのその日は、黒く塗りつぶしてあるにちがいありません」

さびついた鉄製の階段をひとつづき上って、二階へ向かう。体臭と白カビと屁の臭いが混じった驚くべき悪臭の元がシャワー施設らしい。目がつーんとして涙さえにじむ。

あまり細かいことは気にしないほうだと自分でも思っているイヴでさえ、ピーボディがささやいたひと言には同意せざるをえなかった。ひどい。

ジムが体の向きを変えて入っていったのは、スパーリング用のグローブと、マウスピースと、新聞と、使用済みのタオルに埋もれたデスクがあることから、彼のオフィスらしい。壁には若いころのジムのトランクス姿の写真が飾ってある。タイトルベルトを高く掲げている写真も一枚ある。右目は腫れ上がってつぶれ、鼻血も出て、体は青黒いアザだらけで、楽な勝利でなかったのがわかる。

「タイトルは何年に取ったの？」イヴはジムに訊いた。

「四五年だ。十二ラウンド戦った。ハーディは昏睡状態になっちまった。三日たってやっと意識を回復したよ」

「さぞ誇らしかったでしょうね。ところで、女性がふたり、レイプされて絞殺された事件を捜査中なの」

「そういうことなら、なにも知らないね」ジムは汚れ物の山らしきものを椅子から押しのけ、坐った。「二度、離婚した。二度目のかみさんと離婚したとき、女はあきらめた」

「賢い選択ね。犯人はこのあたりに住んでいるか、仕事をしているか、しょっちゅう足を運んでいるか、いずれかだとわれわれは信じているの」

「そのうちのどれだよ？　女ってやつはまったく、これとひとつに絞り込めないんだ」

「あなたが二度離婚した理由がわかるわ、ジム。たまらなく魅力的ってこと。女性がふたり殺されたの。殴られ、レイプされ、絞殺されて、遺体を傷つけられた。女性だっていうだけの理由で」

ジムの顔からつけ上がったにやにや笑いが消えた。「だから、俺はスポーツ専用チャンネルしか観ないことにしてるんだ。あんたは俺が、そのへんで女を殴って、レイプして、殺したと思ってるのか？　弁護士とやらを呼ばなきゃなんないのかい、俺は？」

「それはあなたしだいよ。あなたは容疑者じゃないけれど、その女性たちを殺した男は、ほかにも殺しているかもしれなくて、とにかく、体型を維持することに熱心だと思われるの。とても大きくて、とても強い男よ。ここにはそういうタイプの男たちが通っているはず」

「へえ、でもって俺はなにをすればいいんだ？　バーベルを持ち上げにやってきたやつに、これが終わったら女の首を絞めにいくのかって、訊くのかい？」

「警察の捜査に協力して、会員名簿を渡してくれればいいのよ」

「俺だって法律ってもんをちょっとは知ってるんだ。令状を突きつけられないかぎり、そういうことはしなくていいってな」

「じゃ、令状の代わりにこれを見て」イヴはピーボディの鞄に手を入れて、エリサ・メープルウッドの身分証明写真を取り出した。「男が手にかけた被害者のひとりはこんな人よ。殺される前の姿。あとの姿は見せないわ。犯人の手にかかったあとの姿を見ても、同じ人とはわからないでしょうね。彼女には四歳の娘がいたのよ」

「なんてことだ」ジムは写真から目をそらして、壁をにらみつけた。「ここへ来る連中のことは知っている。俺が、頭のどうかした女殺しにこのジムを使わせると思うか？　それなら女に使わせたほうがましだ」

「会員名簿を」

ジムはぷーっと頬をふくらませた。「俺はレイプは認めない。自分の手ってもんがあるだろう？　どうしてもなにかにディックを突っ込まなきゃなんないなら、そのへんにいくらでも公認コンパニオンがいるじゃないか。レイプは認めない。もっと言えば、殺人より悪いと思ってる」

ジムはデスクの上の堆積物を押しのけ、骨董品並みの古びたポータブル・コンピュータを引っぱり出した。

ふたりで通りにもどると、ピーボディはふーっと大きく息をついた。「すごい経験をしましたね。嗅覚がまだショック状態です。回復には一週間かかるかもしれない。きのう、足を運んだなかにはちょっとにおうところもありましたけど、活気の証明、という感じもありました。いまのはずば抜けてましたね」

「まだ行くわよ。二軒目の手芸用品店へは西へ二ブロック。まずそこへ行ってから、引き返してつぎのジムに寄るわ」

ピーボディはすでに歩いてきた距離とこれから歩く距離を計算した。「今夜はデザートをふたつ食べます」

その後の捜査には二時間以上かかった。もっとかかっていた可能性もあったが、ふたりがたまたま声をかけたクラフト・センターの副支配人が、たとえわずかでも殺人の捜査にかかわれるかもしれないという思いに舞い上がってしまい、どんなデータでもたちどころに差し出してくれたのだ。

二軒目のジムは前のところより清潔で、人も多く、刺激臭もほとんどしなかった。しかし、マネージャーはオーナーと話をしなければならないと言い張り、オーナーは自分がジムへ行って直接、状況の対応に当たるまでは、いっさいの協力を拒んだ。

オーナーは百九十センチほどの筋骨たくましい色白のアジア系で、頭にぴったりした帽子をかぶっているかのように、白髪交じりの黒髪を短く刈りこんでいた。片手をイヴに差し出して、自分の大きさと強さを意識している大男らしく、そっと彼女の手を握った。

「その殺人については聞いたことがあります。ひどいことをするものです」

「はい、サー、そのとおりです」

「坐りませんか?」

オフィスはジムのところよりさほど広いわけではないが、最後に掃除と整理整頓をしたのは二十五年前ではなく先週あたりのように見えた。

「うちの会員名簿が必要だと聞いています」

「そうです。捜査の結果、犯人はこちらのような施設を利用している可能性があります」

「あんなひどいことができる人間と面識があったり、仕事でかかわったりしていたとは思いたくないですね。協力したくないわけではありませんが、警部補、私としては弁護士に相談させてもらうべきだと思います。会員名簿は秘密情報ですから」

「ご自由にどうぞ、ミスター・リン。令状の発行を要請しますから。いくらか時間はかかりますが、手に入れます」

「そのあいだに犯人がまたべつの女性を殺す可能性もある、と。あなたがおっしゃりたいことはよくわかります。会員名簿はお渡ししますが、ほかになにか必要なものがあれば、支配人は通さず私に直接、ご連絡くださるようお願いします。私用リンクの番号をおしえしますから。人はだれだって噂好きです、警部補。私は、うちの会員が殺人狂と並んでバーベルを持ち上げたりシャワーを浴びたりしているかもしれないと思って、だんだん足が遠のくようなことになってほしくないのです」

「そういうことなら心配はいりません」イヴはいったん口をつぐみ、リンがコンピュータに会員名簿を呼び出してディスクにコピーするように命じるのを待って、つづけた。「こちらは女性を受け入れないのですか？」

「女性会員も喜んで受け入れます」と、かすかにほほえみながら言う。「そうでなければ、差別に関する連邦法令と州の条例に違反することになりますから。しかし、とても妙なことに、ご覧いただければわかると思いますが、最近では会員に女性はひとりも含まれていないのです」

「それはびっくりですね」

「フィーニーにこれを調べてもらっているあいだ、わたしたちは二、三時間でも眠るわよ」署にもどり、殺人課へ向かってピーボディと歩きながら、イヴは言った。「モリスとマイラからさらに話を聞く必要もあるし、一五〇〇時までに鑑識から報告書が届かなければディックヘッドをどやしつけなければならないわ」

「わたしが手配しましょうか？」

「いいえ、わたしが……」殺人課の外の廊下にあるベンチにいた大柄な男が立ち上がり、イヴは立ち止まった。「そうね、やってちょうだい。そのあと、二時間は休みをとること」

イヴはその場にじっとして、ピーボディが大部屋に消えるのを待ち、ポケットに両手を突っ込んで歩き出した。

「どうも、クラック」

「ダラス。いいタイミングで会えてよかった。おまわりってやつらは、大きくて麗しい黒人がうろついているとぴりぴりするからな」

たしかに彼は大きい。黒人だ。麗しいかというと、まったくそんなことはない。ぼんやりした母親でさえ愛するのはむずかしい顔をしている——それがタトゥーを彫る前の話だ。クラックは肌にはりつくような銀色のTシャツに、丈の長い黒い革のベストを着ている。長くてたくましい脚を、サイズのぴったり合った黒いパンツがしっくりと包んでいる。黒いブーツが厚底なので、すでに見上げるような長身にさらに数センチが加わっていた。

クラックは〈ダウン・アンド・ダーティ〉というセックス・クラブのオーナーで、そこで出される飲み物は致死剤の一歩手前と言われ、音楽は熱く、常連客の多くは刑務所と外の世界で過ごす時間がさほど変わらない。

本人が言うには、彼が人の頭と頭をぶつけるときにガツン《クラック》と音がするから、クラックと呼ばれるらしい。そして、その夏、殺された妹の遺体の横で赤ん坊のように泣きじゃくる彼をイヴは抱きしめたことがあった。

「ただ警官をこわがらせたくて、ここにいるの?」イヴは訊いた。

「あんたにはこわいものがないよな、シロのねえちゃん。ちょっといいかな？　あまり人に聞かれないところがいい」

「いいわ」イヴは先に立って自分のオフィスに入り、扉を閉めた。

「警察署か」クラックは言い、かすかにほほえんだ。「前は、ほんの短いあいだしかいなかったから、よくわからないところだ」

「コーヒーを飲む？」

クラックは首を振り、巨体を移動させて窓の外をながめた。「この部屋はろくなもんじゃないな、セクシーさん」

「そうだけど、わたしのオフィスよ。坐る？」

ふたたび首を振った。「久しぶりだな」

「そうね」一瞬の沈黙が流れ、ふたりとも最後に会ったときのことを思い返した。

「最後に会ったのは、妹がろくでなし野郎に殺されたことを俺に直接伝えるため、あんたがうちへ来たときだ。俺はあまり口をきかなかったな」

「話すべきことがあまりなかったのよ」

クラックの両肩が持ち上がり、すとんと落ちた。「ちがう。言いたいことは山ほどあった」

「二週間ほど前、あなたの家に寄ったの。街を離れているって、バーマンが言ってた」

「俺のベイビーがあんなことになって、ここにいるのが耐えられなかった。しばらく、離れたかったんだ。旅行みたいなことをしてきた。でっかい世界とやらをな、あちこち観てまわった。あんたが俺や妹にしてくれたことに、俺はまだ一度も礼を言ってない。あのときは、言葉が出てこなかった」

「だからって、いま言うことないわよ」

「きれいな子だったんだ」

「ええ、ほんとに。わたしは、ほんとうに身近な人を失った経験はないけれど——」

クラックは振り返ってイヴと向き合った。「毎日、間近で人が死んでるじゃないか。どうやってそれを乗りきってつぎの殺人の捜査に向かうのか、俺にはわからない」深々と息を吸い込んで、つづけた。「あんたの旦那から手紙をもらったよ。妹のために、ふたりで公園に木を植えてくれたんだってな。いいことをしてくれたよ。公園に木を見にいって、こうして見にこられるのはいいな、と思った。礼を言うよ」

「どういたしまして」

「あんたは俺の妹を大切に思ってくれている。それが言いたかったんだ。あの子を大事にしてくれて、そのことを俺は忘れないって、そう言いたかった。なにがあっても人生は生きていかなきゃならない。だから、俺もやってみるよ。できるだけのことはやる。〈D&D〉に来てくれたら、ちゃんと俺はいるよ。いつもどおり、客のケツを蹴っ飛ばしたり、頭と頭をぶつけたりしてる」

「あなたがもどってきて、うれしいわ」

「なにか用事があったら、いつでも言ってくれ。で、ひとつ言っておくが、熱い唇ちゃん、なんだか疲れた顔をしてるぞ」

「この二日ほど忙しくて」

「こんどはあんたがしばらく街を離れる番だな」

「かもね」イヴは首をかしげ、どうしようかと考えた。「あなたって大男よね」

「べっぴんちゃん」クラックは股をぽんと叩いた。「大きいってことなら、ここも保証付きだぞ」

「そうでしょうとも。でも、その大きいワンちゃんは鎖につないでおいて」イヴはふたたび地図を思い浮かべていた。「大きくて美しい黒人男性が、大きくて美しい体型を保ちたかったら、定期的にジムに行くはずよね」

「自分用の器具を持っているんだ」いやらしい目つきをして、ぱちりとウインクをする。

「でも、週に二、三回、そういう施設も利用するよ。つねに心と体を鍛えてる」

「〈ジムズ・ジム〉は知ってる?」

「あんなのは便所だ」

「らしいわね。〈ボディビルダース〉は?」

「あそこは女性がいない。なんだって、この体を野郎どもに見せるような無駄をしなきゃならない? それに、ああいうところでは、俺みたいな属性の人間は嫌味を言われたりする。そうなると、俺もだれかの顔をぶっとばさなければならなくなって、貴重な時間を無駄にしちまう。俺が利用してるのは〈ゾーン・トゥ・ゾーン〉だ。ワークアウトのあと、その気があれば全身のマッサージ——全身マッサージだ——を受けられる」

「でも、ほかの施設も知っていて、その気になれば内部からチェックするのも可能じゃない？」

クラックの顔に笑みが広がった。「かもな。やせっぽちのシロのねえちゃんおまわりにたのまれたらな」

「ある男を捜しているの。身長は百九十三から二百三センチのあいだで、百二十キロ前後。白人。女性を憎んでいる。ほとんど人づきあいはしない。ものすごく力が強い」

「べつのフィットネス・クラブに通ってみようかな、という顔をして、その手の施設にふらっと入っていけば、そういう男なら目に入るかもしれないな」

「そうかもしれない。見かけたら、わたしに教えて」

「俺の実力を楽しみにしてろ」

13

イヴはデスクに突っ伏して一時間だけ仮眠した。目が覚めて、受信ボックスに鑑識から報告書が届いているとわかると、ついがっかりしそうになった。これで、鑑識課長を叱りとばすことを正当化できなくなる。

報告書をひととおり読み通し、さらなる捜査の手配を終えたというピーボディからオフィス内連絡メモを聞き、ボイスメールとEメールを確認した。

部長のオフィスからのメッセージは、一六〇〇時からのメディア会議に出席するようにと告げていた。イヴは、このメッセージが届くところをちょうど見ていた。そして、すぐに動き出さなければ、準備不足のまま会議に遅刻してしまうと思った。

両手でごしごし顔をこすってから、死体収容所《モルグ》のモリスに連絡をした。

デスクに向かっていたモリス本人がリンクを取った。

「なにかわかった？」イヴは訊いた。

「報告書を送ろうと思っていたところだが、わかったのは、リリー・ネーピアの短い命の終わり方はエリサ・メープルウッドと同じで、私の考えでは、手をかけたのも同じ人物だ。顔面と体への暴力が激しさを増していることから、私は犯人の怒りが増していると確信している」

モリスの体がちょっと動き、ファイルを取り出すのが見えた。「きみの現場における観察は完璧だね、いつものように。それに私が加えるとすれば、彼女は死亡する四時間前にポークフライ・ライスを食べていて、軽い貧血症だったということだ。精液は見つからなかった。膣内で繊維を見つけた。彼女のパンティの繊維で、レイプ中に入った、というのが私の考えだ。ほかにも繊維があって、これは布地と識別されるものと思われ、彼女が身につけていた衣服の一部と見てほぼまちがいない。爪にはさまっていた葉と土は、きみの観察どおり。彼女が地面に爪を食い込ませた結果だろう。彼女のもの以外、体毛は見つからなかった」

「メープルウッドに付着していた毛は、犬とリスのものだったの。犬の毛は問題ないとして、リスの毛は、おそらく公園の草地に落ちていたものが体に付いたんでしょう。ディックヘッドの報告書によると、メープルウッドの爪にはさまっていた繊維は黒の化繊と判明してる。どこにでもある黒い生地よ。犯人を捕まえたら照合するけれど、いまのところ、犯人のものはなにひとつ手に入れられていないわ」

「常軌を逸した人間というのは、残念なことに、頭が悪いことはめったにないんだ」

「そうね。ありがとう、モリス」

マイラのオフィスへ行こうとしたイヴは、血糖値が底を打つのを感じた。いまはチョコレートの備えを切らしているので、自動販売機で手に入れるよりほかに方法はなかった。廊下に出て、嫌悪感をむき出しにしてスナック菓子の販売機を見つめる。

「どうかした？」

声のするほうを見ると、マイラだ。「いいえ。なにかちょっと食べようと思っていただけで、そのあと、あなたのところへ行くつもりでした」

「殺人課で相談を受けていたの。あなたのオフィスに寄ろうと思っていたところ」

「そうですか、よかった」ちょっとためらったあと、イヴはポケットから何枚かクレジットを引っぱり出した。「お願いしてもいいですか？　わたしに〈ブースター・バー〉を買ってください」

「いいわよ」そう言って、イヴのクレジットを手で制した。「おごるわ」

「ありがとう」イヴはクレジットをポケットにもどし、小刻みに揺すった。「どうしても必要な場合をのぞいて、機械との接触を避けているんです。実験です」

「ふーん。模造《フェイク》フルーツと模造キャラメル、どっちがいいかしら？」

「模造キャラメルを。ネーピアに関する報告書を読む時間はありましたか？」

「ざっと目を通しただけなの、申し訳ないわ」マイラが商品を選択すると、販売機が——イヴの考えでは、飛びきり横柄な口調で——〈ブースター・バー〉のおいしい味と、即効エネルギー性と、いつでもどこでも食べられる便利さをわめき立てたあと、成分と栄養価データを語った。

「この手の販売機にはミュート機能が備わっているべきよ。ぜったいに備わってなくちゃ」イヴは包み紙を破り、バーをかじった。「もっと時間をかけて事件ファイルを検討したいですか？」

「もちろん、時間をかけて検討するつもりだけれど、あなたがもう推理していると思われることを説明してあげられるわ。犯人はエスカレートしている。すぐにつぎの殺人を犯しているることから見て、すでにつぎの目標を選択したり、つきまとったりしていると考えるのは理にかなっているわね。あなたの現場検証によると、彼女に防御創は見当たらず、死の直前にいっそう激しく殴打されているわ」

「彼女はメープルウッドより小柄です。どちらかというと華奢なくらい。そんな彼女の顔を、犯人はいきなり殴打したと思われます。それで顎が砕けた。抵抗する気力は失せていたでしょう」

「死の直前の傷から導かれるわたしの結論は、犯人がいっそう怒りをつのらせ欲求不満を抱いたのは、この犠牲者が抵抗しなかったから、ということよ。犠牲者がもがいたりあがいたりすればこそ、犯人は自分のほうが勝っている力や権力を見せつけられるのだから」

「実感がないままだれかを殴っても、たいしておもしろくはない、と」

「この件にかぎって、そのとおりだと思うわ。彼女は、どういうわけか彼に失望をもたらした」

「犯人ががっかりしているなら、さらに短時間のうちにつぎの女性を殺すかもしれない。満足感を得たくてしょうがないのかもしれない」イヴはもうひとくち、バーをかじって廊下を行ったり来たりした。マイラは辛抱強く待っている。

「もうすぐ記者会見があるんです。茶色のロングヘアの女性は暗くなったら外出しないように、って言わなければならないんですか？ 勘弁してほしいです。犯人を取り囲む箱を組み立てているような気分。だけど、四方の側面がまだきちんと立ってもいない。それをなんとか垂直に立たせようとしたり、蓋を探したりしているあいだに、犯人はつぎの犠牲者を求めて箱から抜け出してしまうような気がします」

「ええ、そうなるかもしれないわ」マイラが落ち着き払って言った。「あなたが箱の四方を立てて蓋を閉めるまでに、犯人が複数の女性を殺害することは充分に考えられるわね。そうなっても、その死は犯人がもたらしたのであって、犯人が責任を負うべきなの。あなたの責任ではないわ」

「それはわかっていますけど――」

「けれど、いつものように一日を過ごそう、日常生活を営もうとする女性がいて、だれかがそれをむごたらしく、身の毛もよだつようなやり方で終わらせようとしているのを気づいていない、と思うとたまらないのね。あなたができるかぎりの努力をしているにもかかわらず、犯人がつぎの犯行をやりおおせるかもしれないと思うと我慢ならないのね」

「犯人がつぎの計画を練っているかもしれないのに、今夜、わたしはディナー・パーティなんかに出かけるんです」

「イヴ」マイラは彼女の腕を取ってちょっと引っぱり、廊下を行き交う人たちのじゃまにならないように脇に寄せた。「あなたは、仕事以外なにもしていない時期があったわ」

「ディナー・パーティ」イヴは両手を秤《はかり》のように差し出し、右手をひょいひょいと動かした。「殺人鬼の犯行を阻む」ずっしり重みが加わったように、左手を下げる。「だれにでもわかることです」

「そんな単純に割り切れる話ではないし、それはあなたもわかっているはずだわ」イヴがかたくなに顎を突き出しているので、マイラは核心を突いた。「いまだから言うけれど、あなたは二年か、ひょっとしたら三年で燃え尽きるだろうとわたしは思っていたの。そうなれば、もう二度と正気を保ったまま遺体を見下ろせないだろう、と。そんなことになったら、あなたにとっても、警察にとっても、この街にとっても悲劇だったわ」

そうなったことを考えただけで、イヴは内臓に氷が転がり込んだようにぞっとした。「そんなことにはさせませんでしたから」

「させまいとして、できることじゃなかったわ。二年前の二月」と、マイラは静かに言った。「容疑者を殺したあと、あなたはわたしのところに標準テストを受けにきたわ」

「容疑者というのは表現のうえではちょっと不明確です。男は切り裂いたばかりの子どもと血まみれのナイフを持って、血の海に立っていたんです」

「あなたはもうちょっとでテストに落ちるところだったわ。男を殺害したことは正当であり必要だったとみなされたから、過剰防衛が理由ではない。原因は子どもよ。それでも、あなたはなんとか意志の力だけでテストを切り抜けた。それをあなたはわかっているし、わたしも知っているわ」

イヴはおぼえていた。階段を駆け上ったときのことも、あたりの空気を引き裂くような悲鳴が何度も聞こえて、頭のなかがずたずたになったことも、まざまざとおぼえていた。そして、扉を突き破って目にしたものも、はっきりと。遅すぎた。

その子は人形のように見えた。怪物の手に抱えられた小さな人形。じっとこちらを見ていた。

「いまもはっきりおぼえてます。名前はマンディといったわ」そっと息をついた。「ほかとくらべて、とてつもなく身に堪《こた》えることってあるから」

「知っているわ」どうしても我慢できず、マイラはイヴの腕に手を置いて、肘から肩へとそっとなでた。「あなたはちゃんと仕事をしたけれど、その子を助けられなかった。そのことで、あなたはひどい痛手を受けた。これまでもそういう経験はあるし、これからも経験を重ねて、そのたびに同じように痛手を受けなければならないでしょう。そして、あなたが人生の扉を開いたという事実、仕事のことはつねに頭の片隅から離れないとしても、今夜、ディナー・パーティに行くという事実によって、あなたがいい人間になれるかなれないか、いい警官になれるかなれないか、わたしにはわからないけれど、これだけは断言できるわ。あなたは、今後何年も仕事ができる。ずっとずっと仕事をつづけられるわ」

「あなたになにを言われても、とにかく腹が立ってしょうがない時期がありました」

マイラはちょっと唇を震わせてほほえんだ。「それも知っているわ」

「いまは――そんなには――腹が立たないから、たぶん、あなたの言うとおりなんだと思います。ディナー・パーティといってもたんなる食事です。だれだって食べざるをえないわ」

イヴは手に握っていた包み紙を見下ろし、ちょっと笑いながら言った。「いつかは」

「事件ファイルにもっとじっくり目を通すわね。なにかほかにわかったら、すぐにあなたに連絡する。この捜査については、とくに心に留めておきます。相談ごとがあったら、いつでも連絡してちょうだい。昼間でも夜でも」

「ありがとう」イヴは包み紙を丸めて、再生処理箱《リサイクラー》に放り込んだ。「ブーストをごちそうさま。これで準備完了です」

イヴは化粧室に寄って冷たい水で顔を濡らした。そして、顔を拭きながらコミュニケーターを引っ張り出した。

「ピーボディ」

「サー！」

狭い化粧室の薄暗い照明でかろうじて見えたのは、ピーボディの真っ青な顔と、大きく見開いた目だった。「起きよ、兵士。十五分後に記者会見。場所はワン・ポリス・プラザ」

「了解しました。自分で自分を二、三発殴って目をさまします。すぐに行きます」

「いますぐ来なさい。わたしが殴ってあげるから」

「甘い言葉で誘ってもだめです」

イヴは口元をほころばせながらコミュニケーターを切った。人生の扉を――ところどころで――開くのは、そうむずかしいことではないかもしれない。

視野を広げて見ると、記者会見は苦痛そのものというよりは悩みの種だとイヴは思っていた。その不快さは軽い消化不良に似ている。

そこに見えてくるのは組織の支配関係だ――会見が本署《セントラル》の正面ステップで行われるのは、市長ではなく警察が主導権を握っているからだ。市長が短い声明を発表して引っ込んだあと、演壇に立つのは本部長だった。

イヴが期待したとおり、ティブル本部長のスピーチは手短で、要領を得ていた。その姿からは権力と気づかいと怒りがにじみ出ていた。それらは、殺人鬼が市民の公園で罪のない女性たちに残忍な仕打ちをしているとき、人びとが市の警察の最高位に立つ者に求めるすべてだ。濃いグレーのスーツにくすんだブルーのネクタイを締め、NYPSDのバッジをデザインした小さな金のピンバッジが襟元で光っている。

きちんとしていて、しかも人目を引く服装であり、彼にぴったり合っている、とイヴは思った。本部長は質問は求めず、市長と同じように声明を発表した。

要するに〝われわれはすべてを掌握している〟ということだ、とイヴは思った。〝しかし、前面に立ってはいない。治安のために働き、治安を維持するために、前線にわが兵士たちを送り込んでいるのだ〟

声明の主題は好ましく、物腰は堂々として、演壇をホイットニーに譲ったのは賢明な動きだった。

ホイットニーのスピーチは長々とつづき、新たな情報はこれといってなにももたらされなかったが、マスコミにはかじるべき骨をあたえ、警察幹部たちは仕事をしている、と市民にわからせた。

ここはしっかり運営されているよい街だ、とイヴは思った。光の届かない暗部や近づくのも恐ろしい地域があっても、いい街だ。それを忘れないことは大切だ。ゴミのなかを歩き回ってばかりいるという理由で、街のありがたみや強さを見失ってはいけない。

そして、いま、九月の午後の明るい陽射しのなか、イヴはここに、わが家とも言うべきセントラルの正面ステップに立ち、殺人や卑劣な行為や思いがけない無慈悲さがあるとわかっていても、やはりここはいい街だと思っていた。

いい街であり、イヴにとっては唯一のわが家だった。

「今回の捜査の主任として、ダラス警部補が質問に答えます」ホイットニーは振り返ってイヴを見た。「警部補」

上に逆らえないのが階級制度だ、とイヴは思い、とっさにピーボディの腕を取ると、びっくりしてふりほどこうとするのを無視して、彼女を演壇に引っぱっていった。

「パートナーであるピーボディ刑事とわたしから、先ほどの声明やホイットニー部長がすでに出した返答に付け加えることはほとんどありません。この捜査はわれわれの優先事項です。中断することなく積極的に継続中で、どんな手がかりもすべて追っているところです」

質問が間欠泉のように一気に発せられた。イヴはしばらく黙って訊かれるままにしていたが、やがて押し寄せる質問からひとつを選んだ。

〝犠牲者はふたりとも遺体を傷つけられています。カルト集団による儀式的な殺人だと思われますか？〟

「この捜査中に収集した証拠にカルト集団とのかかわりを示すものはありません。エリサ・メープルウッドとリリー・ネーピアはともに、みずからの意志でひとりで行動する個人によって殺害されたとわれわれは考えています」

〝遺体が具体的にどのように傷つけられているのか、おしえていただけますか？〟

「捜査の性質上、そして、この犯人を早く逮捕するという目的と、前述の個人を法に照らして処罰するための確固とした前例を作る必要性においても、前述の捜査に関連する詳細を明らかにすることはできません」

〝市民には知る権利があります〟

この人たちは、もう折れてしまったバットを振り回すのにうんざりする、ということがないのだろうか？　とイヴは不思議だった。

「市民には守られる権利があり、そのためにわれわれは自分たちの権限でできるすべてのことをやっているのです。市民には、自分たちの警察隊と役人たちが仕事に精励し、エリサ・メープルウッドとリリー・ネーピアに死をもたらした者の身元を割り出し、逮捕して、起訴するものと確信する権利があります。顕著か微妙かにかかわらず、今回の事件にかかわる詳細すべてを求める権利は、市民にはありません」

そして、とイヴは思った。あんたたちには、死者をおもちゃにして高視聴率を稼ぐ権利はない。

〝犠牲者ふたりの共通点は？〟

「ピーボディ」イヴは小声で言い、パートナーがはっと息を呑むのを聞いた。

「ふたりとも同じ手口で殺害されています」と、ピーボディは告げた。「ふたりとも女性で、年齢層も同じ、人種も同じです。ふたりとも、公立の公園にいたところを襲われています」

〝ほかの共通点は？ どんな手がかりを追っているんですか？〟

「すでに述べました理由から、捜査の具体的な詳細については発表することもお話しすることもできません」

〝犯人は性犯罪者だと思いますか？〟

「女性ふたりが」と、自分でも超人的と思われる忍耐力を発揮しながらイヴは説明しはじめた。「残忍な仕打ちを受け、レイプされ、殺害されたのです。そこまで聞けば、あなたなりの結論が引き出されると思いますが」

〝犯人はまた殺すと思いますか？〟

〝殺害に使われた凶器について、もっとくわしく説明してもらえますか？〟

〝容疑者はいるんですか？〟

〝すぐに逮捕できると思っていますか？〟

〝ほかの公園も閉鎖しますか？〟

〝遺体が傷つけられた、というのは性的に、ということですか？〟

「不思議ですね」その目はあいかわらず淡々として冷静だが、いらだちの気配がちらつきはじめていた。イヴは矢継ぎ早の質問をさえぎり、こんどは皮肉のこもった声でつづけた。「ほんとうに不思議でなりません。〝詳細については発表することもお話しすることもできません〟と言ったどの部分を、みなさんはそろいもそろって理解しそこねられたのでしょう。みなさんがなぜ、自分たちの息とわれわれの時間を無駄にして、われわれが答えられないし答えるつもりもない質問をぶつけてこられるのか、不思議です。では、おたがいの手間を省いて、いま、わたしにわかっていることをお話しさせていただきます」

イヴが新たな命令の数々を繰り出そうとしているかのように、記者たちはいっせいに口をつぐんだ。「ひょっとしてみなさんがお忘れかもしれないので、もう一度、女性ふたりのお名前を繰り返します。わたしは、おふたりがだれであったのか忘れてはいません。わたしのパートナーも忘れていないし、われわれの課のだれひとりとして忘れてはいません。おふたりの名前は、エリサ・メープルウッドとリリー・ネーピアです。彼女たちの命は暴力によって不当に奪われました。それぞれの自宅のそばで、われわれが暮らしているこの市で、奪われたのです。おふたりの権利は、もっとも忌まわしいやり方で踏みにじられました。おふたりの権利が守られるように、われわれは捜査を続行します。利用できるあらゆる手段を用いて、彼女たちを冒瀆《ぼうとく》した人間がだれなのか突きとめ、逮捕して、投獄されるそのときまで、この捜査をつづけます。わたしはエリサ・メープルウッドとリリー・ネーピアのために働いているのであって、これからその仕事にもどります」

イヴはくるりと体の向きを変え、背中に浴びせられる質問を無視して大股に歩き、セントラルへもどっていった。

イヴが建物に入ったとたん、ひと握りの警官と、オフィスの雑務係と、民間の連絡係がいっせいに拍手喝采をした。

「くそ」と、ひと言だけ、イヴは小声で言った。

「すばらしかったと思います」背後からピーボディが言った。「ほんとうに、心から」

「腹を立てたり、説教したりしても、なにもいいことはないから」

「そうじゃないと思います。あなたがあんなふうにああいうことを言ったのを、メープルウッドとネーピアの友だちや家族は感謝すると思います。それだけじゃなくて、殺人鬼にメッセージも送れたと思うし。大きな声ではっきりと。われわれは彼を捜し求め、けっして立ち止まりはしない、と」

「そうね。なるほど、そのとおりよね」

「それから、あなたが救いようのないばかったれ記者たちをやりこめるのを楽しく見物できたから、あなたを許してあげる気になりました。〝息を止めて〟とさえ言わないで、わたしをプールの深いほうに放り込んだ件です」

「あなた、うまくできてたわ」

「うまくやりました」ピーボディは同意した。そのとたん、ティブルとホイットニーが建物に入ってきたので、あわてて口を結んだ。

「警部補、刑事」ティブルはそれぞれを見てうなずいた。「この午後はよくしゃべっていたじゃないか、警部補。口数の少ない、いつものきみとはちがう」

「そのとおりです、サー」

「うまく話していたぞ。部長もご苦労だった」

ホイットニーは立ち止まり、ティブルが大股で歩いていくのを待って、言った。「市長は公園の閉鎖に同意した。犠牲者へのしばしの黙禱だな」そして、ありったけの皮肉をこめて出入り口のほうを見た。「夕方のニュース番組にはうってつけの内容と、おあつらえむきの映像だな。少しばかり冷静になって」と、提案する。「そして、また仕事にもどりなさい」

「もう充分に冷静です」ホイットニーがティブルのあとを追って行ってしまうと、イヴは言った。「ネーピアと同じシフトで働いていた人たちに会うにはまだ早いけれど、とにかく、〈オハラズ〉へ行ってみるわよ」

イヴのポケットでリンクが鳴った。「最悪」表示を見てナディーンからだとわかり、つぶやいた。

「言うべきことは言って、質問にも答えたわ。すべて終了よ、ナディーン」

「リポーターとして連絡したんじゃないの。五分だけ付き合って」

彼女はこそこそ動きまわる、とイヴは思った。ごまかしもする。でも、嘘はつかない。

「駐車場へ降りていくところよ。あそこまで来られる？」

ナディーンはにんまりした。「ぜひ、お願い」

「レベル1のセクション3。あなたを待つ時間はないから」

待つ必要はなかった。ナディーンがもうそこにいて退屈そうに爪を磨いているという事実から、彼女はなにか言いたいことがあるのだとイヴはわかった。

「ここがあなたの駐車スペースなのは知ってるわ」と、ナディーンは切り出した。「でも、いつからこれがあなたの車なの？」

イヴはぴかぴかの青い車のフェンダーをさっと手のひらでかすめた。自分ひとりだと確信できたら、キスをするのも時間の問題かもしれない。

「わたしの狡猾なパートナーが、適切な賄賂を適切な人物に渡して以来」

「たいしたものね、ピーボディ」

「たいしたことありません。ダラスが裸でシャワーを浴びてるビデオを二、三本渡したら、この優雅な車で走り回ることになったんです」

「おもしろくて涙が出そう。なにが望みなの、ナディーン？　こっちはスケジュールがぎっしり詰まってるのよ」

「ブリーン・メリウェザーのこと」その顔からにやにや笑いは消えていた。

「なにか情報？」

「情報なのかどうなのか、よくわからない。すごく気を使っていくつか質問をしたの」イヴになにか言う隙をあたえず、すぐにつづける。「わたしはインタビューのやり方はよくわかっているし、部外者には話したり明らかにしたりしないことも含めて、ありとあらゆることを理解してるわ。ブリーンが例のろくでなしのターゲットのひとりだと思いながら質問をすると、その返事に特別な意味があるように聞こえてしまう。彼女は姿を消す二、三日前の晩、スタジオ技術者何人かを相手に、なにげないおしゃべりをしてるの」

「どんなおしゃべり？」

「若い女性のスタジオ技術者たちと、お茶の時間に雑談したんですって。そのうちのひとりが、ボーイフレンドを探していた。この街にはもういい男は残っていないわ。大きくて強いヒーローはもういない、とかなんとか、そんなことを言っていた。すると、ブリーンがその女性に、だったらいつか、わたしがうちへ帰るときにいっしょに地下鉄に乗るべきよ、って言ったらしいの。そういう体の大きい物静かなタイプの男性と、最近、帰りの地下鉄でいっしょになるの、って。それから、年をとった馬にまつわる冗談を言った——ほら、男性の親指の大きさでその人の持ち物のサイズがわかる、っていうやつ。それで、その男性の手は七面鳥用の大皿みたいに大きいから、あちらもきっと馬並みにちがいないって」

「それって、ほんとうの話？」

「いいえ」ナディーンは髪を押さえた。「冗談を言い合って、楽しんでいただけ。ブリーン、その彼はどのくらい大きいの？　って、それからもみんながいろいろ訊いて、ご想像どおり、下ネタ話で盛り上がったそうよ。タイプじゃないから彼はさっきの女の子に譲るって、彼女――ブリーンよ――は、言ったそうよ。わたしはちゃんと髪をはやしてる男性が好きだし、いずれにしたって、いつもサングラスをかけているあの人はろくなもんじゃない、って。真夜中だっていうのにサングラスをかけているのよ、って」

「オーケイ」

「その男にちがいないわよ」

「夜もおおぜいの人が地下鉄に乗ってるわ、ナディーン。男性も乗ってる。体の大きい男性も乗っている。でも、そうね、可能性はある」

「地下鉄には防犯カメラが設置されてる」

「そう、あるわ」友人であるナディーンの目に希望を、揺るぎない希望を見いだすのはむずかしかった。「そして、ディスクの保存期間は三十日。彼女が亡くなったのはそれよりずっと前よ」

「でも、一応は――」

「たしかめてみるわ」

「サングラスよ、ダラス。彼は目にこだわりがあるのよ」

「わたしもいろいろ考えてるわ。その線もよく調べてみる」

「わかったわ」ナディーンはいったん引き下がったが、なにか言ったり訊いたりしようと唇を震わせたのをイヴは見逃さなかった。「なにかわかったらわたしにおしえるって、約束してくれないと」

「できるだけ早く伝えるわ」

ナディーンはうなずき、ぶるっと体を揺すってから、振り向いて車を見た。「それで、どのくらいでこれを廃車にする予定？」

「うるさいわよ」

それ以上のおしゃべりを阻もうと、イヴは車に乗り込んだ。エンジンをかけて、ナディーンを巻き込むようにしてバックで方向転換してから、駐車場を出た。

そして、すぐにフィーニーに連絡した。

「手がかりをつかんだわ」

「僕もだ。ほほえみを傘にして恵みの雨を受けとめても、おケツを濡らすのが落ち、というやつだ」

「ふん。おぼえておくわ。メリウェザー、ブリーン、行方不明者で、犠牲になっているかもしれない女性についてよ。彼女がパッと消えてなくなる二、三日前、同僚に話していたらしいの。最近、通勤電車で大柄な男といっしょになる、って。体の大きさについていろいろ言っていたらしい。はげ頭でサングラスをかけている、とも言っていたそうよ」

「いまごろディスクは、破棄されていないとしても再利用されているだろう」フィーニーは唇を引っぱった。「公共交通機関管理所へ行って、まだ存在するとして、当てはまる時間帯に使用されていたディスクを捜し出すことはできると思う。過去の映像のエコーを捜して、映像を再生することは可能だ。かなりの運は必要だが、その男を見つけ出せるかもしれない」

イヴが気づいてしまった――気づかないようにはしていたが、無理だった――のは、フィーニーのきょうのシャツがライム・ジュース色だ、ということだった。「臨時の人手と超過勤務手当てが必要なら、ホイットニーにたのんであげてもいいわよ」

「自分のたのみごとは自分でするよ、ありがとう。とりあえず、坊やを二、三人、送りこんで捜させる。地下鉄のルートはファイルにあった」

「なにかあったら、かならず連絡して」

「マクナブの目は充血するでしょうね」イヴが連絡を終えると、ピーボディが言った。「電子捜査マンの宿命です」

「その男の映像が手に入ったら、身元を割り出し、そいつのまわりを取り囲む箱を完成させて釘で打ちつけられるわ」

時間がかかるだろう、とイヴは思った。何時間ではなく何日もかかるはずだ。しかも、幸運以上の小さな奇跡が必要になるだろう。

〈オハラズ〉は評判どおりの店で、とても清潔でこぢんまりとしたアイルランド風のパブだった。街で同じように宣伝していて、それを証明しようと店内のそこらじゅうにベタベタとシャムロック（アイルランドの国花を含む三つ葉の植物の総称）を貼りつけ、スタッフにインチキなアイルランド風アクセントを使わせたりするそのへんの店よりよほど本格的だ、とイヴは思った。

店の照明はほの暗く、カウンターはどっしりとした無垢《むく》の板で、ボックス席は奥行きがあって、あちこちに置いてある背の低いテーブルには、椅子ではなく背の低いスツールが合わせてある。

エールのレバーを操作している男は荷馬のようなでっぷりした体つきで、一パイント・グラスに〈ハープ〉や〈ギネス〉や〈スミスウィックス〉を注いでいる姿は、物心つくかつかないころからここで働いているのかもしれない、とイヴが思うほどさりげない。

血色がよく、砂色の髪はくしゃくしゃで、店内をざっと見渡したり一か所をじっと見つめたりする目つきは警官を思わせる。

彼ならなんでも見ているだろう。

「ギネスって飲んだことがないんです」ピーボディが言った。

「いまは飲めないわよ」

「ええ、勤務中とかそういうことですよね。でも、いつかためしてみないと、と思っています。見た目が薄気味悪くて、めちゃくちゃ高くないかぎりは」

「高いのはそれなりの理由があるからよ」

「へえ。またひとつ、ためになる助言ですね」

イヴはカウンターに近づいていった。なかの男は、待っていた客の手に一パイント・グラスを渡してから、イヴのほうへ歩いてきた。「警察の人だね」

「目がいいですね。親父が警官だった」

「オハラだ。ミスター・オハラですか？」

「どこで？」

「いにしえの楽しきダブリンで」

オハラの声には、ロークの声に潜んでいるのと同じ陽気な抑揚がある、とイヴは気づいた。「こちらへはいつ？」

「まだ世間知らずのひよっこだった二十歳のとき、ひと旗揚げようとやってきたんだ。そして、まあまあうまいことやった」

「そのようですね」

「えーと、さて」オハラは真顔になった。「リリーのことで来たんだろう。あのかわいい子を殺したろくでなしを見つけるのに、俺か、ここにいるだれかの力を借りようというんだろうな。もちろん、協力するとも。マイケル、レバー操作を代わってくれ。ちょっと坐って話をしよう」と、イヴに言う。「一パイントずつ、どうかね？」

「勤務中なので」ピーボディがちょっと不機嫌そうに言うと、オハラはにやりとした。

「母親のお乳のつぎに飲むのがビールだが、なにかソフトドリンクを持ってこよう。あっちのボックス席で待っていてくれ。すぐに行くから」

「すごく感じのいい店ですね」ピーボディはボックス席に落ち着き、あたりを見回した。「こんどまたマクナブと来て、ギネスをためしてみます。ライトタイプもありますか？」

「それで、どんないいことがあるの？」

オハラがソーダ水ふたつとビール一パイントを持ってボックス席へやってくると、でっぷりした体を滑りこませてふたりの正面に坐った。

「では、われわれのリリーに献杯」そう言って、グラスを掲げた。「彼女の愛しい魂が安らかであるように」

「その夜、彼女は何時に店を出ました？」

オハラはビールをひと口飲んだ。「あんたたちが警官だってことはわかっているが、まだ名前を聞いていない」

「ごめんなさい」イヴは警察バッジを取り出しながら言った。「警部補のダラスと、刑事のピーボディです」

「ロ、ロ、ロ、ロークのおまわりさんだね。そうだと思った」

「ロークをご存じですか？」

「個人的に知っているわけじゃない。俺のほうがちょっとばかり年上だから、付き合う仲間がちがった。親父は彼を知っていたよ」オハラは言い、愉快そうに目を輝かせた。

「でしょうね」

「彼もたいそう出世したじゃないか、なあ？」

「そうですね。ミスター・オハラ——」

「個人的な付き合いはない」オハラはさえぎるように言い、イヴの目をのぞきこんで身を乗り出した。「だが、彼のことはわかっている。そのひとつは、最高のものを求めて手に入れる男だ、ってことだ。それには、彼のおまわりさんも含まれるかね？」

「わたしはここにリリーの警官として坐っています、ミスター・オハラ。そして、彼女の警官は最高だったと、なんとしてでも証明してみせます」

「ほう」オハラは背もたれに体をあずけ、またグラスを持ち上げた。「なるほどね、いい答えだ。あの子は一時半ごろ店を出た。客の少ない夜で、ちょっと早めに帰したんだ。だれかに送らせるべきだった。アップタウンで女性があんなことになったんだから、思いつくべきだった。しかし、まるで思いつかなかったんだよ」

「あなたはいい目をしています、ミスター・オハラ。店で、あなたが警戒して目をこらすような人がいませんでしたか？」

「お嬢さん、目をこらすようなやつがいないまま一週間が過ぎる、なんてことはまずないよ。いずれにしたって、パブを経営しているんだから。しかし、あんたの言っているようなやつはいなかった。店の女の子たちが心配だから気をつけなければ、と思わせるようなやつは見ていない」

「大きいんです」と、イヴはつづけた。「大柄で、いかにも強そうな男です。いつもひとりでいて、人と付き合ったり言葉を交わしたり、ということがない。サングラスをかけていたかもしれない。ほかに席がない場合をのぞいて、カウンターには坐らない。テーブル席——リリーの担当のテーブル——について、相席はいやだとはっきり言っていた、とか」

「そんな男がいたら忘れるはずがない」オハラは首を振った。「しかし、おぼえがないな。俺は夜はほとんど店に出ている。でも、毎晩じゃない」

「リリーと同じシフトで働いていた人と話がしたいんですが」

「いまならカウンターにマイケルがいる。それから、ローズ・ドネリー、ケビンとマギー・ラニガン。そう、奥のキッチンで皿洗いをしているピートも。ピーター・マグワイアだ」

「常連客は？」

「ああ、そうだな。何人かの名前と、わかっている者の住所を書いてやろう。マイケルとは、いま話したらいい。あの男は頭の回転がよくて、カウンターで仕事をしながら話もできる」

「ありがとう」

「リリーのことをしゃべらせてくれ。引っ込み思案の子で、俺たちはそれをからかったりもした。根っからやさしくて、口数が少なく、よく働く子だった。顔見知りになると、なんというのか、安らげるっていうのか、気持ちのいい子でね。にこっと笑ってくれて、名前も、なにを注文したかもちゃんとおぼえている。まわりをぱっと明るくするような子じゃなかったが、まじめなかわいらしい子だったよ。俺たちはあの子を忘れやしない」

「わたしたちもです」

14

パブの従業員から話を聞き終えると、勤務終了時間を過ぎていた。個人生活を台無しにしないつもりなら、残りの仕事は放っぽりだしてまっすぐアップタウンに向かわなければ、とイヴは思った。

「なんとかローズ・ドネリーから話を聞いて、それで終わりにしましょう」ピーボディが西のほうを身振りで示した。「彼女、そう遠くないところに住んでますから」

「夜のシフトが休みじゃなければ店で話が聞けたのに。これから彼女のうちに寄って、終わったら、あなたを送っていって、それから……ちょっと待ってて」着信音が鳴っているリンクを引っ張り出す。「ダラス」

「できればお話ししたいんだけど」セリーナの疲れきった顔がスクリーンいっぱいに映った。「そちらへ行くわ」

「なにか新しい情報？」

「いいえ。ほんの……二、三分でいいの」

「どのみち、わたしはダウンタウンにいるの。いますぐそっちへ行くわ」

「よかった。ありがとう」

「わたしはサンチェスを担当する」イヴはピーボディに言った。「あなたはドネリーに連絡を取って、話を聞いてきて」

「ちょうどいいです。じゃ、夕食会でまた会いましょう。あと二ブロック歩けます」ピーボディは両手をこすり合わせた。「となれば、出てくるものはなんだってすべて食べられます」

イヴはまた車に飛び乗り、ソーホーをめざした。途中、ロークに連絡をした。「わたしよ。ちょっと遅れるわ」

「衝撃と驚愕だ」

「どいつもこいつも冗談ばかりね。かならず行くわ。その前に寄るところができただけ」

「気にすることはない。遅れるのがちょっとじゃなくてかなりになったら、チャールズの家にまっすぐ行って、僕とはあっちで会う？」

「また連絡するけれど、それはぜったいにいや。どうしてもシャワーが浴びたいの。一時間以内には帰れると思う。たぶん。そのくらい」

「いいね。きみの記者会見を見たよ。完全中継のあと、いまも繰り返しいろんな短縮版が流れている」

「わーい」

「きみのことをとても誇りに思った」

「あら……そう」

「で、つぎに思ったのは、この冷ややかで疲れきった目をした女性が追っている男が自分だとしたら、震え上がるだろう、ということだ」

「わたしが武器を喉元に押しつけたって、あなたは震えたりしないけれど、とにかく、ありがとう。最後の面談を終えたら、家に向かうわ」

「僕もそうする」

「あら」イヴはちょっと気持ちが明るくなった。「あなたもまだ仕事中だったのね、気づかなかった。それはいいわ、ずっといい。あわてているのはわたしだけじゃないってこと。じゃ、あとで」

自分の置かれている状況がわかってうれしく思いながら、セリーナのロフトの前に車を止める。歩道を横切って入り口に近づくあいだにもう、インターホンからセリーナの声がした。

「ロックは解除したわ。そのまま上がってきて」

よほど会いたかったのだろう。そう思いながらなかに入って、エレベーターに乗り込んだ。二階で降りると、待っていたセリーナが門を開けた。

「来てくれてありがとう。しかもこんなに早く。感謝するわ」

「遠くから駆けつけたわけじゃないから。なにかあった？」

「どうしても……なにか持ってきましょうか？　お茶は？　ワインを一杯どう？」

「いいえ。これから家にもどるから。用事があるの」

「まあ」セリーナはぼんやりと片手で髪を梳いた。「ごめんなさいね。とにかく、坐りましょう。お茶を淹れたのよ。あなたを待っているあいだ、とにかくなにかしていたくて」

　お茶ね、とイヴは思った。小さなクッキーや、楔形にスライスしてきれいに並べたチーズなんかを添えるのだろう。いかにも女の子同士の他愛ないおしゃべりがはじまりそうだが、そんなことをしている暇はないし、やりたくもなかった。「新しい情報はなにもないって言っていたわね」

「新たなヴィジョンは見ていないわ」セリーナは椅子に腰掛け、自分のカップにお茶を注いだ。「きょうは予約どおりに相談ごとを受けたの。やってみるべきだと思って。でも、最初の二件を受けたあと、残りはキャンセルせざるをえなかった。とにかく集中できないの」

「それじゃ仕事はむずかしいわね」

「休業してもとくには困らないの。常連のお客さんは了解してくれるし、新たなお客さんの場合は……」セリーナは優雅に肩をすくめた。「わたしの神秘性が増すわ。でも、話したいのはそのことじゃないの」

「なにを話したいの？」

「それをこれから話すの」セリーナはちょっと首をかしげた。「おしゃべり《スモール・トーク》は得意じゃないのね？」

「スモールって言うのは、それなりの理由があってのことだと思うけど」

「そうなんでしょうね。その前に、あなたの記者会見を見たわ。見るつもりはなかったんだけれど、見なければ、って感じたっていうか、そう思ったの」

セリーナは両脚を引き上げて抱えた。「それで、考えさせられたわ」

「なにを考えさせられたの？」

「わたしはもっとできる、って。もっとやらなければならない。こういうヴィジョンを見るのは理由があってのことだ、って。それがなんであるか、はっきりとはわからないけれど、目的があるのがわかるの。いまは必要とされるうちの最小限しかやっていないから、もっとできるのはたしかよ」

セリーナはちょっとお茶を飲み、カップを置いた。「それで、催眠状態に入ってみたらどうかと思って」

イヴは両方の眉を上げた。そろそろ帰ろうかと思ったときにかぎって、おもしろいことが起こるものだ。「それはどう役立つの？」

「わたしの一部が阻んでいるの」セリーナは両手で挟むようにして頭に触れ、それから、心臓を触った。「生き残るためのメカニズムっていうのか、そっちのほうが臆病者と言うよりましだわ。わたしのなかのなにかが、知ったり、見たり、思い出したりするのを望んでなくて、だから、わたしはそれをしないの」

「あなたの言うイメージを、同意を得ていない人から読み取らないようにするのと同じように阻むわけ？」

「そうじゃないわ。呼吸みたいに自然にやるようになるけれど、それは意識的な行為よ。でも、こっちは潜在意識なの。人の心は強力で能率のいい道具よ。わたしたちはすべてを使いきってはいないわ。あえて使わないのだと思う」

セリーナはお茶といっしょに用意した金色の小さなクッキーをひとつ、つまんでかじった。「わたしたちは阻むことができる。トラウマを抱えている人はたいていそうするわ。トラウマを負ったときのことや、その詳細を思い出せなかったり、思い出したくなかったりするのは、それと向き合えなかったり向き合いたくなかったりするから。あなただって仕事柄、そういう例は見たことがあるはずだわ」

この自分自身がそうだ、とイヴは思った。ダラスのあの部屋で起こったことを長年にわたって記憶から閉め出していた。「そうね」

「催眠状態では、そういった阻止現象がなくなったり弱まったりすることがあるの。いまよりいろいろなことが見えるかもしれない。もっとあるってわかっているから、それが見える可能性があるわ。適切な専門家が導いてくれれば……どうしても専門家が必要なの――催眠療法だけじゃなくて、霊能者の扱いにも慣れていて優秀な人じゃなければだめ。医師にも同席してほしいわ。それをドクター・マイラにやってほしいの」

「マイラ」

「あなたに名前をおしえてもらってからいろいろ調べたの。彼女は、わたしが必要としているすべての分野で高い評価を得ているわ。犯罪学者でもあるから、催眠状態のわたしになにを尋ねるべきか、どこへ導くべきか熟知していると思うの。あなたは彼女を信頼しているわね」

「心から」

セリーナはクッキーでイヴを示した。「そして、わたしはあなたを信頼している。自分の身をあずける相手がだれでもいいわけがないわ、ダラス。正直言って、恐ろしいわよ。でも、なにもしないのはもっとこわい。それよりもっとこわいことがあるんだけれど、わかる？」

「いいえ」

「新たな活動の場に押し出されつつあるんじゃないかと思うと、こわくてたまらない。わたしの能力やわたし自身が、これまで望みもしなかった道を歩み出しているような気がするのよ」セリーナは左手で右の腕を抱えて、痙攣をやわらげるように静かにさすった。「これからの人生を、殺人や暴力を目撃しながら犠牲者とつながって過ごすんじゃないかって。わたしは、これまでの自分の人生が気に入っていた。だから、もう二度とあんな日々を送れないかもしれないって気づいたら、つらくてたまらないの」

「それでも、わたしにドクター・マイラに連絡を取ってほしい？」

セリーナはうなずいた。「早ければ早いほどいいわ。立ち止まったら、先へ進む勇気が失せてしまうかもしれない」

「ちょっと待ってね」そう言いながら、イヴはリンクを引っ張り出した。

「あら。ええ」セリーナは立ち上がり、お茶のトレイを持ち上げた。それを持ってキッチンに入っていく。

ゆっくりと慎重に、汚れていないカップと受け皿をしまって、自分が使ったほうを流しに置いた。

両手で顔を覆って、指先で閉じたまぶたを押さえる。そして、これから起こることを受けとめられる自分であるようにと、全身全霊で願った。

「セリーナ？」

「はい」さっと両手を下ろして振り向くと、出入り口にイヴが立っていた。

「あしたの朝九時に、ドクター・マイラが会ってくれるわ。まず話を聞いて、体を診察してから、催眠療法ができるかどうか判断しなければならないそうよ」

「そうね、いいわ」そう言って背筋をしゃんとさせる姿は、重圧を受けとめたようにも、はねのけたようにも見えた。「当然の手順よね。あなたも——あなたも立ち会っていただける？」

「催眠療法が了承されたときは、立ち会うわ。実際に療法がはじまるまで、いつでも考えなおすことはできるから」

首のチェーンからぶら下がっているクリスタルを握りしめて、セリーナは首を振った。

「いいえ、考えなおしたりしない。さんざん考え抜いてから、あなたに連絡したんだもの。

気が変わったりしない。前進するのみよ。もう引き返しはしないって、約束するわ」

イヴは家に駆け込み、背後の扉をいきおいよく閉めた。「遅刻よ」サマーセットになにか言う隙をあたえず、噛みつくように言う。「でも、大事なのは、わたしはいつも遅刻するわけじゃないけど、あなたはいつも醜いってこと。真に問題があるのはどっち？」

質問を終えたときにはもう階段を上りきっていたし、さらに走りつづけてもいたから、サマーセットがしたかもしれない返事にむっとすることはなかった。

寝室の扉の前に着くなり、上着を脱ぎ捨てた。武器用ハーネスをはずして、ソファの上に放り出す。片足でぴょんぴょん跳ねてブーツを脱ぎながらバスルームへ向かい、シャツを脱いだとき、水の流れる音に気づいた。

くそっ、結局、帰ったのは彼のほうが先だった。

身につけていた残りをはぎ取る。「水温を上げて」

「もう上げたよ。きみの華奢な足がぱたぱたと床を踏みならす、優雅な足音が寝室から聞こえたから、調節しておいた」

冷たい水のほとばしりの下に飛び込ませ、悲鳴をあげさせて大喜びするようなことを、ロークはやりかねないとわかっていたから、イヴはまずしぶきに手を突っ込んだ。

「疑うということを知らないね」そう皮肉を言って、ロークはイヴの手をつかみ、しぶきの下に引っ張り込んだ。「出かけるのはやめて、シャワーを浴びながら熱くほとばしるような愛を交わそう」

「冗談でしょ」イヴは肘でロークを押しやり、液体ソープを手のひらに押し出した。「食事に行くのよ。だれかさんの家でくつろいで、ばかな話をしながら、自分で選ばせてさえもらえない料理を食べて、マクナブとチャールズはアパートメントの具体的にどこで殴り合ったんだろう、なんてことは考えていません、っていう顔をするの」

「待ちきれないね」ロークはシャンプーを押し出し、イヴの髪に塗って泡立てはじめた。

「なにしてるの?」

「きみの時間を節約している。ここはどうした?」

イヴは肩をすくめた。「なにも」

「なにかしたはずだ。また自分で髪を切ったね」

「目にかかってじゃまだから」

「うしろのここも?」そう言って、髪を引っぱる。「なんと興味深い。NYPSDは後頭部に目のある警官が署内にいると知っているのか? CIAにはもう報告済みかい?」

「自分でできるから」イヴは体を引き、ロークをにらみつけながらごしごしと髪を洗った。

「トリーナには言わないで」

ロークはにやりと笑った。狼にそっくりだ。「で、黙っていたらなにをしてくれる?」

「ささっと手でやってほしい?」

「おや、わざとはすっぱな口をきいて、僕のやる気をそごうとしてる」ロークはイヴの顎をつついた。「不思議なことに、効果はないよ」

「どうせトリーナにはバレるわ」イヴはつぶやき、ほとばしる湯の下に頭を突き出した。

「つぎにわたしに触れたとたん、彼女にはわかってしまう。そして、わたしに代償を支払わせるの。わたしの体じゅうにぬめぬめしたものを塗りたくって、説教をして、乳首をブルーとかそんな色にペイントするのよ」

「僕の興奮状態の脳には、それはそれは興味深い映像が浮かんでいるよ」

「自分でもどうして切っちゃったのかわからないのよ」イヴはシャワーから飛び出して、乾燥チューブに入った。「どうしても自分を抑えられなかったの」

「裁判官にそう言うことだな」ロークは助言した。


たいした遅刻じゃない、とピーボディは思った。それに、警官が——最近はとくに働き過ぎで、寝る時間もままならない警官が——ふたり、時間に間に合うなどというのは、ありうることじゃない。

しかも、ピーボディはひねり出せる時間は可能なかぎり、自分を最善に見せるために費やしたかった。マクナブに大声で「うわあ、ベイビー！」と言ってもらえたから、うまくいったのだろうと思っている。

マクナブもかなりすてきだった。髪はつややかに輝いて、小さくてかわいらしいヒップは黒いパンツ——銀色に輝くラインが左右の脚に一本ずつ入っているので、地味過ぎるということがない――にぴったりとおさまって格好がいい。

ピーボディは招いてくれた女主人へのプレゼント――とてもみずみずしい鬼ユリの花束で、利用する地下鉄の駅のそばにいた行商人から買った――を手に、マクナブといっしょにロビーを横切り、エレベーターへ向かっていた。

「ねえ、きょうはお行儀よくできるわね？」

「もちろん、行儀よくするよ」マクナブは銀色のシャツの襟をいじり、ネクタイを締めてくるべきだっただろうかと思った。お上品なモンローを満足させてやるために。「しないわけないだろう？」

どうだか、と言いたげにピーボディは目玉をまわしてマクナブを見た。ふたりでエレベーターに乗りこむ。

「あのときはあのとき。いまはいま。あのとき、きみは彼と寝ていて、俺は酔っ払っていて、しかも怒ってた。いま、きみはそうじゃないし、俺もそうじゃない。酔っ払ってないし怒ってないってことだよ」マクナブは説明した。

ピーボディはチャールズの部屋があるフロアを指示しながら、髪をふわりとさせてカールする時間があればよかったのにと思った。たまにはちょっと気分を変えるのもいい。「わたしだってそうじゃなかったわよ」

「酔っ払ってなかったし、怒ってなかったってこと？」マクナブは訊いた。

「彼と寝てなかったってこと。このパンツ、ほんとうにお尻が丸々して見えない？」

「なんだって？」

「お尻よ」首をねじって伸ばし、自分でたしかめようとする。「丸々して見えてる感じなのよ」

「彼と寝てなかったってどういう意味？　ルイーズのあとはってこと？　彼とルイーズが付き合い出してからってことか」

「一度も、っていう意味。ここに鏡がかかっているべきよ。そうしたら、お尻が丸々してないかどうか確認できるのに」

「きみのお尻は丸々してないし、ちょっと黙って。きみは何か月も、彼とあちこち出かけてたじゃないか」

　ピーボディは持っていた花束の香りをちょっとかいだ。「あなたは、いっしょにあちこち出かける女の子みんなと寝るの？」

「まあほとんどね。いいから、ちょっと待てよ」

「遅くなっちゃうわよ」ピーボディは言い、エレベーターを降りてホールに進んだ。

「遅くなってもいいよ。じゃ、きみはあの公認《L》コンパニオン《C》と一度もしてないってこと？　ぜんぜん？」

「チャールズとわたしは以前もいまも友だちよ。それだけ」

　マクナブはピーボディの腕をつかんで引っぱり、一歩、自分に近づけた。「彼としてるって、俺に思わせたくせに」

「そうじゃなくて、あなたが自分でそう思いこんだの」ピーボディは人差し指でマクナブの胸を突いた。「それで、ばかなことをした。まったく、早合点もいいとこ」

「きみは——彼は——」マクナブはホールを横切り、また引き返した。「どうして？」

「わたしたちは友だちで、わたしはあなたと寝てたからよ、まぬけ」

「でも、俺たちはいったんだめになって、それは……」

「それは、どういうことなんだってわたしにろくに訊きもせず、あなたが勝手にかっかして、あほなことをやらかしたから」

「で、いま、彼の家に入っていく一分前になって言うんだ」

「そうよ」

「それって最悪だぞ、ピーボディ」

「そうね」ピーボディはマクナブの頬をぽんぽんと叩いた。「仕返しするチャンスをうかがって、実行したのよ。酔っ払ってここへ来て、彼を殴ったあなたはあほだけど、そういうところも好きよ。寛大にも、双子と寝たのを許してあげたのは、そういうわけ」

「寝てないよ」マクナブは人差し指でピーボディの鼻にちょんちょんと触れた。「引っかかった」

「寝てないの？」

「そのつもりだったし、俺たちはもうお別れシャトルに乗りこんじゃってたから、そうなってもおかしくなかった。でも、あの双子とはそういう気になれなかった」

「さんざん自慢してたくせに」

「おいおい、俺はペニス《ディック》を持ってるんだ。男はディックを持っていて、それに誇りも持ってる」

「あなたはあほよ《ディック》」ピーボディは言ったが、その顔にはしまりのない笑みが広がっていた。

「わたしがあなたとチャールズのあいだを行ったり来たりしながらヤッてたって、セックス・バニーかなにかみたいに思ってたことは許してあげる」

「ナイスボディ《シー・ボディ》、きみは俺のかわいいセックス・バニーだよ」

「ああ」ピーボディは両腕をマクナブの首にからめて、しまりのない笑みと引き替えに湿っていて熱烈なキスを味わった。

　ふたりの背後でエレベーターの扉が開いた。「もう、やだ！　食欲が失せちゃう」

「ダラス」マクナブの肩越しに、ピーボディはうっとりした視線を送った。「仲直りしてるんです」

「こんど仲直りするときは、暗い密室でやって。マクナブ、あなたの両手は民法のいくつかに違反してるわよ」

「おっと」それでも、マクナブは最後にもう一度、ピーボディの尻をぎゅっとつかんだ。

「地下鉄のディスクはもう調べてる？」

「イヴ」ロークは彼女の肩に手を置いて、チャールズのアパートメントのほうへ導いていった。「刑事さんたちを尋問するのは、せめてなかに入ってからにしてあげよう。ピーボディ、とてもすてきだよ」

「ありがとう。楽しくなりそうですね」

ふたりはいっしょに迎えに出てきた。洗練された公認《L》コンパニオン《C》のチャールズ・モンローと、虐げられた人たちのために尽くす名門の出の医師、ルイーズ・ディマット。お似合いのカップルだ、とイヴは認めざるをえなかった。ドラマに出てくる国王を思わせる風貌の美男子と、磨き上げた黄金のような美人の組み合わせだ。

だからといって、知り合いのなかでいちばん奇妙なカップルだと思うイヴの気持ちに変わりはなかったが、とにかく並んでいるふたりはすてきだった。

「いっぺんに全員そろったわ」ルイーズは笑い声をあげ、いちばん近くにいたイヴに手を差し伸べた。「入って。みんながいて、しかも、だれも仕事をしていないっていうのがすごくいいわ」

ルイーズはイヴの頬にキスをしたあと、ピーボディから花束を受け取って大喜びをした。

「シュガー警部補」チャールズも挨拶をしにイヴに近づき、口にキスをした。さらに、愉快そうに目をきらきらさせながらちらりとマクナブのほうを見て、ピーボディにも同じ挨拶をした。

ほんとうに突拍子もない夜になりそうだ、とイヴは思った。

ロークが持っていったワインは喜んで迎えられ、コルクが抜かれた。会話は堅苦しくないし途切れがちでもないと、十分後にイヴは気づいた。だれもがパーティを楽しもうと待ちかまえているようだ。とにかく、事件のことは頭のべつのところにしまって、二、三時間ばかり個人的なゲームに没頭していれば、それでいい。

イヴはまず、ルイーズを観察した。チャールズの椅子の肘掛けに坐っているようすはいかにも幸せそうで、絵のようにきれいだ。濃いピンクのセーターに黒いパンツというふだん着姿で、裸足の足の爪はピンク色に塗ってある。足の指に小さな金の輪がはめられているのを見て、イヴは少なからず驚いた。

チャールズは絶えずルイーズに触れていて、そのさりげなくて親しげな触れ方は、男性が一途に思っている女性に触れるときのそれだ。腕をそっとなでたり、膝をさすったり。

彼に金を払って触られたり、もっと親密なことをさせたりする女性にたいして、ルイーズはやきもきしないのだろうか？　どうもそういうことはなさそうだ、とイヴは思った。五分ごとにふたりが交わしているとろけそうな目つきを見ればわかる。

それから、マクナブとピーボディだ。ふたりはやわらかな革張りのカウチに寄り添って坐り、きまりの悪さなどみじんも見せずに笑ったりしゃべったりしている。まるで幸せな大家族を見ているようだ。

観察の達人としてイヴは、自分だけがばつの悪さを感じているのだと自信を持って言えた。

イヴがそう思ったのと同時にロークが身を乗り出し、耳元に唇を寄せてきた。「肩の力を抜いて」

「努力してるわ」

「ルイーズはこの半日、せかせか動きっぱなしだった」チャールズが言った。

「そうなの」ルイーズはさっと頭を振って髪をふわりとさせた。「ふたりでいっしょに友だちをもてなすのははじめてだから。それに、せかせか動きまわるのは好きなの」

忙しく動き回ったのだろう、とイヴは思った。カラーコーディネートされた小さな花のアレンジメントを小さな透明の花瓶に挿して、それをアパートメントのあちこちの目立つスポットに飾ったり、花と、形も大きさもさまざまな白いロウソクを組み合わせて、あたりがほのかな金色に照らされるように工夫をしたり。

バックに流れている音楽も彼女が選んだのだろう。抑えめのブルースっぽい音楽が照明にぴったりだ。テーブルはもうセッティングされていて、ここにもたくさんのロウソクと花が飾られている。きらめくガラス食器も並んでいる。

それらすべてに、ワインと、指でつまめる食前料理が加わって、居心地のいいなごやかな雰囲気のなか、友人たちだけの親密な集まりがはじまるのだ。

こういうことをうまく準備する方法を人はどうやって知るのだろう、とイヴは思った。そういう授業があるの？　ほどほどにやることはやって、あとは運を天にまかせるわけ？　入門ディスクを買うの？

「動きまわった甲斐がありましたね」ピーボディが言った。「なにもかもすてきです」

「ここにこうしてみんながそろって、とにかくうれしいわ」ルイーズは部屋じゅうに笑みを振りまいた。「全員が来られるかどうかわからないと思っていたから——とくにあなたはね、ダグラス。あの事件は、わたしもメディアの報道を見守っているのよ」

「仕事以外に生活らしい生活を送ることも必要だって、いろんな人からしょっちゅう言われるの」イヴは肩をすくめた。「短い時間でも仕事から離れたら、また新鮮な気持ちでもどれると思ってる」

「健全な姿勢だわ」ルイーズが言った。

「そう、それがわたし」イヴは身を乗り出し、カナッペのトレイから彩りよくトッピングをほどこされたクラッカーをひとつ、つまんだ。「いつだって心がけは健全よ」

「とくに、だれかのおケツを蹴っ飛ばしてるときは」マクナブはにやりとして、小さなエビの詰め物を食べた。

「あなたのみたいに貧弱なお尻は蹴っ飛ばすのも楽チンよ、坊や」

「その貧弱なお尻のきみは、スコットランドへもどる予定はあるの？」ルイーズが訊いた。

「とくに考えてないですね。俺はこっちで生まれたから。子どものころはしょっちゅう行ったり来たりしてたけど。両親は五年くらい前にもどろうって決めて、エジンバラ郊外に住んでるみたいです。こんど、ピーボディと俺にまとまった休みが取れたら、ふたりで行ってたしかめてこようかなって思ったり」

「スコットランドへ？」ピーボディは目を見開いてマクナブを見た。「ほんとうに？」

「俺の彼女を紹介しなきゃね」

ピーボディの頬がピンク色に染まった。「ヨーロッパへ行っていろいろ見たいって、ずっと思ってたの。ほら、田園地帯とか。原野を歩き回ったり、遺跡に見とれたり」

話題は旅へと移っていった。

「グラス」ルイーズが小声で言った。「キッチンで手伝ってくれる?」

「キッチン? わたしが?」

「ほんのちょっとだけ」

「ええ。いいわ」

イヴはルイーズについてキッチンに入り、あたりを見回した。「本格的に料理するとか、そういうんじゃないわよね?」

「なんと、わたしがそんなばか正直に見える? なにもかも、すぐそこのすてきなレストランから調達したの。あとはただきれいに盛りつけてテーブルに並べるだけだから、あっという間に用意できちゃうわ」

ルイーズはワインをちょっと飲み、グラスの縁越しにじっとイヴを見た。「ちゃんと健康管理してる?」

「なに? どうして?」

「疲れた顔をしてるから」

「あら、やだ、もう。どろどろっとしたのを顔に塗って、五分もじっとしていたのに。なんの役にも立ちやしない」

「疲れた目をしてる。わたしは医者よ、なんでもお見通し。今夜、キャンセルしても、わたしはわかってあげられたのに」

「それも考えたけれど、実際、いまのところ、わたしにできることはもうないから。たぶん、休憩が必要だったの。仕事からちょっと離れるコツみたいなものを学ぶべきなのかも」

「それはいいことね。でも、今夜はあまり遅くならないようにしましょう」

「それは成り行きということで。あなたとチャールズは……すべて順調？」

「そうね。彼はわたしをめちゃくちゃ幸せにしてくれるわ。こんな気持ちにさせてくれる人は、もう長いこといなかった」

「幸せそうよ。ふたりとも」

「おもしろいものじゃない？　捜すのをやめたら、すてきな人に巡り会うなんて」

「よくわからない。わたしは捜したことがないから」

「それは聞き捨てならないわ」ルイーズは笑い声をあげ、カウンターに背中をあずけた。

「捜しもしないで、結果的にロークを手に入れてしまうなんて」

「彼はただわたしの目の前に立ちはだかった。よけて通れなかったから、キープしてもいいだろうって思ったのよ」そして、妙なことに、友だちが相手だとおしゃべり《スモール・トーク》はスモールではないとイヴは気づいた。それは……しっかりとした中身のある話だ。

「たぶん来月、いっしょに短い休暇を取れたらって、ふたりで考えているの。北のほう、メイン州かバーモント州まで行って、紅葉を見て、風情のある小さな宿みたいなところに滞在できたらいいな、って」

「木を見に行くわけ？」

ルイーズは笑いながらイヴを脇に寄らせて、サラダの用意をはじめた。「人はそういうことをするものなの、ダラス」

「そうね」イヴはワインを飲んだ。「いろんな人がいるものね」


この性悪女。あばずれめ。

憤懣《ふんまん》やるかたなく、男はアパートメントのなかで怒鳴り散らした。スクリーンをリピート操作して、さっきからチャンネル75のインタビュー番組と記者会見の映像を何度も何度も見つづけている。

そうしないではいられないのだ。

女たちに俺を追わせやがった。女たちが俺について論じ、分析して、非難している。こんなことを俺が受け入れると思ったのか？

こいつらを見てみろ。善良で、誠実で　高潔そのものです、って顔をしてやがる。しかし、俺は知っているんだ。この目で見て、知っている。一枚、皮をめくれば、やつらは卑しくて邪悪だ。弱っちくて、汚らわしい。

俺のほうが強い。さあ、この俺を見ろ。よく見るんだ。

男は鏡のある壁のほうを向いて、自分の体をうっとりと見つめた。筋肉が張りつめて、いかにも強そうだ。必死になって鍛えて手に入れた完璧な肉体。俺は男だ。

「見てるか？　この俺がどうなったか、見てるか？」

振り返って両腕を差し伸べると、ガラスの広口瓶に浮かんだ十二対の眼球が男を見つめた。

こいつらはいまの俺を見ている。彼女は俺を見ている。見る以外に選択の余地はないのだ。永遠に。

「さあ、どう思う、母さん？　いま、主導権を握っているのはだれかな？」

すべて母さんのだ。こっちを見つめている目はすべて。でも、母さんはまだあそこにいて、俺を裁いている。俺をひっぱたこうとかまえ、ベルトを振り上げている。俺に見られないように、暗いところに閉じこめようとしている。俺にわからないように。

受けて立とうじゃないか。ああ、そうだ、対処するとも。母さんの赤い小型ワゴンを修理しよう。だれがボスなのか教えてやる。あいつら全員に見せてやる。

やつらには代償を支払ってもらう。この母親の息子が目にもの見せてやる、と思いながら、男はスクリーンを見返した。俺になにができるか見せてやる。

この三人だ。男はスクリーンに近づき、歯ぎしりをしながらイヴとピーボディとナディーンを見つめた。こいつらは罰せられなければならない。たまに計画から脇道にそれなければならないこともある、というだけの話だ。だから、あの女たちは罰を受けなければならない。悪いことをすれば罰せられる。いいことをしても罰せられる。

いちばんの性悪女は最後に取っておこう、と男は思った。そして、イヴを見て、歯をむき出してほほえんだ。

最高のを最後に取っておくのが、いつだって賢いのだ。

いい仲間たちとのいい食事だった。二時間近く、頭のなかに殺人事件のことは浮かんでこなかった。イヴにとっては、ロークが話しているのを見るのがとくに楽しかった。都会的で洗練されたチャールズと、世間ずれしてさまざまな知恵を身につけたマクナブの会話に、じつになめらかにからんでいく。女性たちともうまく馴染んで、まったく軽薄にならずに褒めたり、いやらしくならずにふざけたりしているのを見るのも心地いい。

らくらくと馴染んでいる。あるいは、そう見える。しかし、彼も考えるべきことがたくさんあるのでは？　とイヴは思った。彼の仕事と人生の大部分に欠かせない有力者たちや、複雑な契約について考えないわけにはいかないはずだ。一日じゅう、神のみぞ知るものを売買して、イヴには想像することさえできないプロジェクトに助言している人だ。会議を開き、決断を下し、自分の帝国の巨大なチェス盤の動きを熟考しなければならない。

その一方でロークは、コーヒーとデザートを前にして坐り、若いころにどこかのバーで喧嘩をしたときの話をしてマクナブを笑い転げさせることも、偉大な芸術作品についてチャールズと意見を交換することもできる。

帰宅途中、ロークは手を差し伸べてイヴの手をそっとなでた。「とてもいい晩だったね」

「ぜんぜん悪くなかった」

「大絶賛だね」

イヴは小さく笑い声をあげ、両脚をにゅっと伸ばした。いつのまにかロークの助言を受け入れていた。リラックスしていたのだ。リラックスしてから大いに楽しんだ。「冗談じゃなく」

「ダーリン、イヴ、本気で言ってるのはわかってる」

「あなたはいろんな抽斗《ひきだし》を持った人ね、ローク」

「それだけが取り柄だ」

「わたしのまわりはどうして、おりこうさんたちばかりなんだろう？」

「類は友を呼ぶんだ」

「いずれにしても」一瞬の間を置いて、イヴは言った。「あなたがいろいろ話《シュムーズ》すところを見るのは勉強になったわ」

「話《シュムーズ》してはいない。それは、仕事や仕事関係の話のときに使う言葉だ。さっきのは、個人的で親密なおしゃべりだよ」

「へえ。いろいろ知っているのね」イヴはヘッドレストに頭を押しつけた。疲れていた。それでも、疲れに押しつぶされそうな感じはしない、と気がついた。「みんな、いろいろおしゃべりしてたわね。退屈とかいらだちはまるで感じなかった」

「ああ」ロークはイヴの手を取り、唇に押しつけながら邸の門を抜けていった。「きみはほんとうにすてきだ」

「今夜は、そういう言葉がそこらじゅうで飛び交っていたわ」

「たがいにめろめろのカップル二組といっしょに過ごすのは、楽しかった」

「甘ったるい視線をからませ合ったり、なでたり、さすったりで、目のやり場に困ったわ。熱い性欲が空気中でジュージュー音をたててる、みたいな感じ。交換したらどうなるか、考えたことがある？」

「ジュージュー音をたててる視線と、甘ったるいセックス？　悪くないと思うけど」

イヴはくすくす笑い、車から降りて邸の玄関へ向かった。「そうじゃないわ。人を交換するの。ピーボディとチャールズ、マクナブとルイーズの組み合わせ。そうなったら、なにもかもめちゃくちゃよね」

「ピーボディとルイーズ、という手もある」

「不健全。悪趣味な人ね」

「ゲームを楽しんでるだけだ」ロークはイヴの手を取り、階上の寝室へ向かった。「元気を取りもどしたみたいだね、警部補」

「きょうはこれで三度目か四度目の復活だと思う。ほんとうに、とてもいい気分よ」そう言って蹴った扉が、背後でばたんと閉まった。「実際、ジュージュー熱いところに坐っていたら、なんだか興奮しちゃった。甘ったるいセックスでもどう？」

「まさか、申し込まれるとは思わなかった」

イヴは一方の腕をロークの首にまわしてジャンプし、彼の両腕に抱えられた。自分とロークの体重を思い浮かべて、目を細める。「こうやって、どこまでわたしを運んでいけると思う？」

「ベッドまで、というのが最初の予想だね」

「そうじゃなくて、この状態でどのくらい遠くまでわたしを運んでいけると思う？　とくに、わたしがこういう状態で……」イヴは体の力を抜いて全体重をロークにあずけ、両腕をだらんと垂らした。

イヴはロークが重心を移動させ、ほとんどよろめきもせず調整するのがわかった。「こっちのほうがたいへんでしょう？」

「なんとかベッドまでは運べるし、着いたら少しはしゃっきりしてもらいたいと心から願うよ」

「あなたはちゃんと鍛えているけれど、こうやって二十メートルとかもっと、三十メートルとか進めば、かなりこたえるにちがいないわ」

「まだきみを絞め殺していないから、運ぶ必要はないよ」

イヴはしゃきっと体に力を入れ直して、ロークに抱えられたまま、少し高いところにあるベッドへのステップを上がっていった。「ごめんなさい。今夜はもう、寝室で殺人事件の話はしないわ」

イヴはロークの首にしっかり両腕をからませたまま、ベッドに横たえられた。「わたしに触れて」

明らかにおもしろがって、ロークがイヴの顎に軽く歯を立てると、美しい髪がまるで絹糸の房のように、彼女の頬をさっとなでた。「もちろん、その予定だよ」

「だめよ」イヴは笑い声をあげ、体の位置を変えてロークにのしかかった。「ふたりでとくになにもしないでぶらぶらしてたり、あなたがそういうことを考えもしないときがいい。それが好きなの」

イヴは頭を下げて唇でロークの唇をかすめ、指先と指先を組み合わせて半円を描いて動かし、バンザイをするように彼の腕を頭上に伸ばさせた。「これが好きなの」

「どうぞ楽しんで」ロークが促した。

「三度目か四度目の復活は長つづきしないかもしれないから、さっさと終わらせるべきかも」イヴはロークの顎に当てた歯をゆっくり閉じていって、軽く嚙んだ。

しっかりロークの両手をつかんだまま、唇で彼の喉をたどり、また唇へともどっていく。それから、猫のように背中を丸めて、ロークのシャツのボタンをはずした。

「ほんとうに」イヴは両方の手のひらでロークの胸をさすった。「いい体よね」こんどは唇で胸をたどる。

ロークの鼓動が速まって、小さなドラムのように打ちつけるのを、手のひらや唇で感じる。わたしを求めている、とイヴは思った。彼がいつだってわたしを求めているのは、驚きじゃない？

舌で腹を味わったとたん、そのあたりの筋肉が震え、ウェストバンドの下に舌を差し入れたら、筋肉が跳ね上がった。ジッパーを下ろして彼を解放する。耐えがたいほどの快感をあたえる。

さらに、体を起こして、ロークを見下ろしながらシャツを脱ぎ、彼の両手を取って自分の胸に押しつけた。

低く喜びのハミングをしながら、首をのけぞらせる。固くて、なめらかで、絶妙な動きをするロークの手。その手が、たらたらと水が流れるように体の上を這いはじめる。胸から腹、腹から股間へ。

「ねえ、もう。もうちょうだい――」ロークが上半身を起こしてイヴの口に口を押しつけると、低いハミングはすすり泣きに変わり、体をなぞっていた指先が火傷しそうなほど熱を帯びた。

もう歯止めはかからず、ひたすら先を求めてしまう。汗ばんだ体同士が密着して、手と口がもっともっとと求め合う。ちょっと強く噛み、一瞬だけ爪を食い込ませ、熱い舌を滑らせる。

イヴは体を震わせながらロークにまたがった。ふたたび、ふたりの手と視線がからみ合う。イヴはロークを深くとらえた。そして、大きく声をあげた。

息を切らしながら前のめりになり、額をロークの額に押しつける。息ができない。頭がどうにかなってしまいそうだ。「ちょっと待って」と、なんとか口にする。「すごすぎるわ。ちょっと待って」

「まだ足りない」ロークはイヴに焼けつくようなキスをした。「いつだって足りないんだ」

これからもけっして足りることはないだろう。イヴは上半身を起こして、また体を動かしはじめた。

15

イヴが体を丸めてロークに密着し、夢も見ないで眠っているころ、アナリサ・ソマーズは割り勘分の代金を払って、友人たち数人に「さよなら、お休み」と告げた。

月に一度、芝居を観たあとクラブに寄っているが、今夜、いつもよりお開きがちょっと遅くなったのは、全員がどうしても伝えたい話をいくつも持っていたからだ。実際、彼女にとってクラブへ行くのは口実にすぎず、友人たちと集まってちょっと飲みながら食事をして、男性や仕事のことを――とくに男性について――あれこれおしゃべりするのが楽しみだった。

しかし、観たばかりの芝居についてさまざまな意見が聞けるのもためになった。自分の意見に友人たちの感想も加えて、毎週『ステージ・ライト・マガジン』に掲載しているコラムが書ける。

とにかく芝居が大好きで、きっかけは一年生のとき、感謝祭の野外劇でヤムイモ役を演じたことだった。演技はうまくなかったし——ヤムイモ役だけはうまく演じて、母親にちょっと涙をこぼさせたが——デザインや演出の才能もなかったから、まっとうな批評よりむしろブロードウェーやオフブロードウェーで——かなり実験的な作品も含めて——上演される芝居の感想や情報を書くことで、趣味を仕事にした。

報酬はひどいものだが、好きなことをやってなんとか暮らしていける心地よさに加えて、芝居のタダ券や正式のバックステージ用パスがもらえるのは強みだった。

それに、もうすぐ原稿料が上がりそうなうれしい予感もあった。『ステージ・ライト』で仕事を得ようとしたときに、自分自身に必死で言い聞かせたまさにその理由から、コラムは徐々に人気が高まりつつあった。つまり、ある芝居を観た一般の人たちは、ほかの一般の人たちがどう考えているか知りたがる、ということだ。批評家は一般の人ではない。あくまで批評家だ。

仕事をはじめて十か月たって、街でも人に気づかれるようになり、呼び止められて芝居について話し合って、そのとおりだとか、それはちがうとか、まあどちらでもいいのだが、あれこれ言い合うのを楽しんでいる。

これ以上はないかもしれないと思えるほど、人生が楽しくてしかたがなかった。

すべてがとても好調なのだ。仕事も、ルーカスとの関係も。ニューヨークは彼女がのびのびと動き回れる遊び場であり、そんなふうに思えるところは地球上のほかのどこにもない。ルーカスと結婚したら——すべてはその方向へ動いている、ということで友人たちの意見は一致していた――ウェストサイドにすてきなアパートメントを見つけて、ささやかだけれど愉快で奇抜なパーティを開いて、笑ってしまうほど幸せに暮らすつもりだった。

あら、いまだってわたしは笑ってしまうほど幸せだわ。

アナリサは髪をさっと後ろに払い、グリーンピース・パークの北西の角で立ち止まった。いつも公園を抜けて近道をしていた。抜けていく道は、自分の家のキッチンから寝室のあいだくらい知り尽くしている。

歩いてもあっという間の距離よ、とアナリサは思った。それも原稿料が上がるまでの話だ。

でも、先週、市の公園で女性がふたりも殺されているし、午前一時に抜け道を通るのは賢明な行動ではないかもしれない。

ばかばかしい。グリーンピースはわたしの裏庭も同然よ。五分もあれば通り抜けて、無事に家に着き、自分の小さなベッドにもぐりこんで、二時には羊を数えているはず。

なんだかんだ言ったって、わたしは生粋《きっすい》のニューヨーカーなんだから。そう自分に言い聞かせて歩道からそれて、葉の茂った暗がりへと入っていく。問題があれば自分で解決できるし、つねに注意を怠らない。護身術のコースも受けたし、適度に運動もしている。緊急時のアラーム機能付き〈強盗撃退スプレー〉もポケットに入っている。

昼夜にかかわらず、アナリサはこの公園が大好きだった。木々はもちろん、子どもたちの小さな遊び場や、野菜や花を育てるための共同菜園もある。この公園を観ると街の多様性がよくわかる、とアナリサは思う。一メートルと離れていないところに、コンクリートと成長中のキュウリが共存しているのだ。

そのようすが頭に浮かんで、つい笑い声をあげながら自宅への道を足早に進んでいく。姿が見える前に、猫がミャーミャーと鳴く声が聞こえた。公園内で迷い猫や野良猫を見かけるのは珍しくない。ところが、近づいていってみると、これはしっかりした大人の猫ではない。まだほんの子猫だ。灰色の小さな毛皮の玉が小道にうずくまって、あわれな鳴き声をあげている。

「かわいそうなおチビちゃん。ママはどこなの、かわいそうなおチビちゃん？」

アナリサはその場にしゃがんで、それをつまみ上げた。そうやって手にしてはじめて、それがドロイドだと気づいた。そして、思った。妙だわ。

影が彼女の体の上に伸びてきた。アナリサはスプレーをつかもうとポケットに手を突っ込みながら、あわてて立ち上がろうとした。

しかし、後頭部に一撃を受け、地面に大の字に横たわった。

彼女の体に執拗に拳が打ちつけられるあいだ、ドロイドはなおもミャーミャーと鳴きつづけた。

翌朝七二〇時、イヴはアナリサ・ソマーズのかたわらに立っていた。公園は緑の匂いがした。青々としてみずみずしい――まさにそのひと言だと思った。いきいきと成長しつつある、という感じもある。

朝の車や乗り物が行き交う音が、通りからも頭上からも聞こえるが、ここにはほんのちっぽけな田園があって、害虫と侵入者よけのフェンスの向こうは野菜畑で、何列もの畝が整然と延びている。どんな野菜が育っているのか、イヴはわからない。葉っぱだけのものと、蔓が伸びているものと、小さくて整った丘を覆い尽くしているもの、としか見分けがつかない。

みずみずしい匂いの一部は化学肥料なのか、堆肥なのか、土いじりの好きな人たちが最終的に口に入れて、ナチュラルだと呼ぶものを育てるのに土に混ぜるものからきている。

まあ、そう考えれば、糞尿ほどナチュラルなものはない。

血と死はべつとして。

畑の端にあって、蔓植物がからみついている、小さくて直立した妙な三角形の背後の、犬と路上生活者よけのスクリーンの向こうに、男女の銅像がある。ふたりとも帽子をかぶっている。男性の像は鍬《くわ》か熊手のようなものを、女性の像は彼らが作った農作物――収穫物――でいっぱいのバスケットを持っている。

彫像のタイトルは〈収穫〉で、それはイヴも知っていたが、みんなは〈お百姓のママとパパ〉と呼んでいる。あるいは、たんに〈ママとパパ〉と呼ぶ。

アナリサはその足元に横たわり、神への捧げもののように、両手をむき出しの胸のあいだで組み合わせていた。顔は血まみれで、人相がわからないほど腫れ上がり、体じゅうアザだらけだ。

「一日のはじまりとしてはひどすぎますよね」ピーボディが言った。

「そうね。本人にとってはひどいどころじゃないわ」

イヴはゴーグル型顕微鏡を装着して、計器を取り出した。「身元を確認して」

目で見てすでにわかることを言葉にして記録しはじめる。

「被害者は白人女性。顔面、胴体、手脚に暴行の形跡。鎖骨が骨折。明らかな防御創は見当たらない。頸部に巻かれた赤い畝織りのリボンが殺害の凶器と思われる。絞殺。性的暴行の形跡あり。両腿と性器に打撲傷と裂傷」

「身元が確認されました。アナリサ・ソマーズ、三十二歳。住所は西三十一丁目十五番地」

「身元を記録。被害者の眼球の摘出状況は、先の犠牲者メープルウッドおよびネーピアのときと類似している。暴行および殺害方法、遺体の傷つけ方、発見現場の特徴、遺体の遺棄状況はすべて、先の犠牲者のものと合致している」

「犯人はあまりパターンを変えませんね」ピーボディが言った。

「あまりね。うまくいってるのに、よけいなことをする理由がある？　毛髪繊維が何本か見える。右手の乾いた血に付着してるわ」

イヴは毛髪をピンセットでつまんで、証拠品保管袋にしまった。そして、その場にしゃがんだ。

「彼女はここでなにをしていたんでしょう、ダラス？　真夜中にこんなところを通り抜けたりして。記者会見は繰り返しメディアに流れています。犯人があちこちの公園を獲物を求めてうろついているって、彼女も知っていたはずなのに」

「自分の身にはなにも起こらないと思っていたのよ。人はいつだって、自分の身には起こらないと思う。だれかの身に起こるんだから、わたしの身にも起こりかねない、とは思わない」

イヴは遺体をじっと見た。「彼女の家はこの近くよ。それもほかの被害者たちと同じ。おそらく彼女も行動パターンが決まっていて、帰宅時やどこかへ出かけるときに、ここを通り抜けていたのよ。土地勘があって近道をする。髪はちょっとちがうわ」イヴはぼそっとつぶやいた。

「ほかの犠牲者たちよりちょっと短いし、色もちょっと濃いです。でも、だいたい同じと言える範囲内でしょう」

「そうね」

「犯人の考え方には、やや柔軟なところがあるんじゃないですか？」

「そのようね」

現場の状況と遺体の体勢を記録すると、イヴは遺体の頭の向きを変えて持ち上げた。「後頭部に一撃を受けている。強烈な一撃よ。犯人は背後から彼女に近づいた。背後から近づいて、殴りつけ、その場に倒れ込ませた。彼女の両膝に擦り傷があって、傷のなかに草と土が入り込んでいる。両手、両膝をついて、倒れ込んだのよ」

イヴは遺体の一方の手を持ち上げて、手のひらの手首に近いところの擦り傷を見せた。

「それから、犯人は彼女に殴りかかった。打ちのめし、蹴りつづけた。回を重ねるごとに暴力はエスカレートしているわ。殺害前の暴力が執拗になっている。感情を制御できなくなっている。そして、レイプして、運んでいって、目的を遂げる」

「今回はセリーナから連絡がなかったですね」

「気づいていた？」イヴはさっと立ち上がった。「少ししたら連絡してみるわ。殺害現場を見にいくわよ」

今回はそれほど遠くなく、菜園の反対側の端の、小道沿いだった。草や土の上に、血痕が点々と落ちていたり、飛び散ったりしている。

こんどは楽だったわね、とイヴは思った。犯人が彼女を運んでいった距離はわずか二・五メートルほどだ。

「警部補？」慰留物採取班のひとりが証拠品保存袋を差し出した。「あそこの三番地点でこれを見つけました。ポケットサイズの普及版〈強盗撃退スプレー〉です。被害者のものかもしれません。あまり役には立たなかったようです」

「指紋が残っていないか調べるわよ」

「毛髪も採取しました。小道の、一番地点に二、三本ですが落ちていました。灰色ですから被害者のものではありません。よく見ると、人間のものじゃないようです」

「ありがとう」

「またリスの毛でしょう」ピーボディが言った。

「たぶんね。彼女の仕事はなんだったの、ピーボディ？」

「『ステージ・ライト・マガジン』のコラムニストです」

イヴはうなずいた。「じゃ、帰宅中ね。歩いて帰るところだった。〇一〇〇時は芝居の終わりにしては遅すぎる。おそらく、芝居がはねてから飲みに行ったか、食事をしたか。デートだったかもしれない。その帰り、近道しようと公園を抜けた。うちはもう目と鼻の先だ。万が一に備えてポケットにスプレーを忍ばせているから、なにも心配はいらない。風のようにさっと通り抜けて歩道に出れば、もう家に着いたも同然だ。犯人は彼女を待ち伏せしていた。彼女が通り過ぎるすぐそばを選んで、身を潜めていた。そして、背後から襲いかかった」

イヴは目を細め、慰留物採取班がすでに印をつけた草地のわずかなへこみを見つめた。

「それから、彼女を運んで、ママとパパの像の下に横たえた。そして、目的を遂げた」そう言って、ふたたび首を振る。

「彼女について手に入る情報をすべて集めて。近親者はだれか、配偶者、同居人にはいたのか。わたしはセリーナに連絡を取ってから、犠牲者の家のようすを見にいく」

イヴは犯行があった一画から離れて、リンクをかけた。

いらだたしげに一方の手をポケットに突っ込む。リンクがボイスメールに切り替わったのと同時に、セリーナが応じた。「自動応答システムを解除せよ」セリーナは髪を押し上げた。

「ごめんなさい、寝ていたわ。呼び出し音もほとんど聞こえなかった。ダラス？　どうしよう、最悪！　わたし、予約に遅れちゃった？」

「まだ時間はあるわ。ゆうべはよく眠れたの、セリーナ？」

「ええ。安定剤がめちゃくちゃ効いたわ」セリーナの目はちょっとぼんやりして、やや焦点が合っていない。「まだふらふら。ねえ、話をするのはコーヒーを一杯飲んだあとにしてもらえない？」

「またひとり、見つかったの」

「またひとりって、なに？」

セリーナがそれを徐々に理解して、とろんとした目を見開くのをイヴは見ていた。「なんてこと。まさか」

「ちょっと話がしたいの。マイラのオフィスで会いましょう」

「わたし……わたし、できるだけ早く行くわ」

「予定どおり、九時でいいのよ。わたしも、それより早くは行けないから」

「じゃ、オフィスで会いましょう。残念だわ。ダラス、残念」

「わたしも同じよ」

「市内に母親と妹がいます」ピーボディがイヴに告げた。「父親は再婚してシカゴ在住。彼女に配偶者はいません。結婚経験はなし。子どももいません」

「まずアパートメントに行って、それから母親に会いに行くわよ」

狭いアパートメントだった――けばけばしくて、散らかっていて、イヴの考えでは、独身女性の部屋としては珍しくない。部屋の飾り付けの主役は演劇の広告用ビラと、芝居のポスターだ。リンク本体の録音を再生すると、人生の最後の二十四時間に数人と話していたことがわかった。

「話し好きな女性ね」イヴが言った。「母親、妹、仕事仲間、女友だち、彼女の恋愛対象と思われるルーカスという名の男性とも話をしている。このおしゃべりすべてから察すると、ゆうべ、彼女は〈トリニティ〉に芝居を観にいって、そのあと友人たちと飲んだり食べたりしてる。友人たちについて調べてから、このルーカスの身元を確認するわよ」

「なにかわかるかもしれないから、近所の人たちに話を聞いてきます」

ピーボディが出ていくと、イヴはさらに部屋のなかを見回した。ひとり暮らしだ、と判断した。でも、たまに男性たち――あるいは、ひとりの男性――をもてなすこともあったようだ。抽斗にはデート用の下着と、標準的なおとなのオモチャも二、三あった。写真やホログラム画像も何枚かあって、そのうちの二枚には同じ男性と被害者が写っている。

明るいコーヒー色の肌に、黒っぽい髪、きれいにととのえられたヤギ髭とソール・パッチ（下唇と顎のあいだにはやした髭）、歯をたくさん見せてにこやかにほほえんでいる。すてきな男性だ、とイヴは思った。ルーカスというのは彼の名前にちがいない。

彼の写真も証拠として採用した。名字がわからなければ、写真で検索して身元を調べられる。

社交的で、人付き合いのいい、演劇好きの女性だ、とイヴはじっと思いに浸った。母親と妹とも友だちのような関係をつづけ、仲のいい友だちが何人もいて、リンクの会話から、ルーカスという名の男性と、言うなれば一対一の恋愛関係にあったとわかる。

それが、三ブロック分を近道しようと公園を通り抜けたせいで亡くなってしまった。

そうじゃない、とイヴは訂正した。彼女が亡くなったのは、だれかが彼女を選び、つきまとって、殺害したからだ。ゆうべ、彼女が公園を通り抜けなくても、べつのときか、べつの場所で殺害されたかもしれない。

彼女はターゲットだったのだ。そして、任務は遂行されてしまった。

「ルーカス・グランデだそうです」ピーボディがもどってきた。「作曲家でセッション・ミュージシャン。少し前から、付き合っていたようです。隣人によると、半年か、もうちょっと前からということです。隣人の女性は、ゆうべ、被害者が七時ごろに出かける姿を見かけたそうです。手を振り合っただけらしいですが、彼女はジーンズに青いセーター、黒いショート・ジャケットという格好だったと言っていました」

「グランデの住所を調べて。母親に会ったあと、彼を訪ねるから」

母親に娘が亡くなったことを告げて悲しみに打ちひしがれる姿を見るのと、男性に恋人が亡くなったことを告げて取り乱す姿を見るのではどちらがより気が滅入るか、イヴはよくわからなかった。

　ふたりが訪ねていくと、男は寝ていたらしい。眠そうな目をして玄関に出てきた彼の髪はくしゃくしゃで、ちょっといらだっていた。

「だから、音は絞ったって。十時以降、音楽は大きな音で聴かない。この階で文句を言う人はいないよ。階上《うえ》のあの男は、なんだっていつもカリカリしてるんだ。あんなばかみたいに敏感なやつは、防音装置でも付ければいいんだよ」

「騒音や苦情の件ではないんです、ミスター・グランデ。なかに入らせていただきます」

「ちくしょうめ」グランデは体を引き、なかへ入るようにいらだたしげに身振りで示した。

「バードがまたゾーナーをやって捕まったんだったら、俺はなんの関係もないよ。やつとはセッションはやる。でも、仲がいいわけじゃない」

「アナリサ・ソマーズの件で来たんです」

「アナリサ？」グランデは口を曲げた。「ゆうべ、女友だちといっしょに酔っ払って、なにかばかなことをやらかした？　俺が保釈保証人になるとか、そういうこと？」

「ミスター・グランデ、お伝えしなければならないのは残念ですが、ミズ・ソマーズはゆうべ、殺害されました」

　おもしろがってほほえんでいたグランデが、一瞬のうちに真顔になった。「それは笑えないな。なんだってそんなことを言う？」

「ミスター・グランデ、今朝、彼女の遺体が発見されたんです、グリーンピース・パークで」

「やだな。嘘だろ」後ずさりをしながら言い、やめてくれと懇願するように両手を持ち上げた。

「アナリサなのか？」グランデの目から涙があふれ出た。「たしかにアナリサなのか？　ほかのだれかかもしれない」

「坐りましょう」

ほかのだれだっていい、とグランデが思っているとイヴにはわかった。だれだっていいが、俺のアナリサはだめだ。

「ほんとうに残念です、ミスター・グランデ。まちがいはありません。それで、あなたにいくつか質問をさせていただかなければなりません」

「きのうも会ったばかりだ。きのう、いっしょにランチを食べた。土曜日にはデートすることになっていた。死ぬわけがないじゃないか？」

「さあ、坐りましょう」ピーボディはグランデの腕を取り、椅子へと導いた。

部屋は楽器だらけで足の踏み場もないくらいだ。キーボードらしきもの、ミュージック・コンポーザー、ギター二本、サウンド・ボックス。イヴはそのあいだを縫うようにして進み、グランデと向き合って坐った。「アナリサと付き合っていましたね」

「結婚するつもりだった。俺から彼女に申し込んで、なるべく早く。クリスマスにプロポーズするつもりだった。クリスマスまで待つのは、特別なことにしたかったから。彼女になにがあった?」

「ミスター・グランデ、ゆうべ、どこにいたかおしえてください」

両手で顔を覆うと、指のあいだから涙が伝い落ちた。「俺に彼女が傷つけられると思うのか? 傷つけられるわけがない。愛しているのに」

「ええ、そうは思っていませんが、尋ねなければならないんです」

「真夜中か、たぶんもうちょっと遅くまでセッションをしていた。終わってから、スタジオでうだうだして、軽く飲んだりピザを食べたりしてジャムった。家に帰ったのは、よくわからないが三時ごろだ。ちくしょうめ、だれかが彼女を傷つけたのか?」

「ええ、だれかが彼女を傷つけたんです」

涙でぐしゃぐしゃだったグランデの顔が、みるみる青ざめていった。「公園《パーク》って言ったな。ああ、なんてことだ。パークって言った。あの彼女たちだ。あの彼女たちと同じなのか? アナリサも?」

「どこでセッションをしたのか、そこにだれがいたのか話してくれたら、わたしたちはすぐにおいとまします」

「スタジオは〈チューンズ〉だ、プリンス通りの。えーと。バード。ああ、もう、ちくしょうめ」両手で顔じゅうをこすり、震える指で髪をかき上げる。「ジョン・バード、それから、ケイトリー・ポダー、ああ、頭がまともにまわらない。彼女のお母さんは、お母さんには話したのか?」

「いま伝えた足でここに来ました」

「仲のいい親子なんだ。すごく絆が固い。俺の品定めをするって、五回くらい会いにやってきた。でも、いい人だ。俺たちも仲がいいんだ。お母さんのところへ行かないと」

「ミスター・グランデ、アナリサはだれかに迷惑をかけられていませんでしたか？　見ていてあなたが気づいたとか、彼女が名前を口にしたとか」

「いや。鼻がむずむずするだけでも口にする人だから、そんなやつがいたら俺に話していたはずだ。彼女のママに会いに行かないと。彼女の家族のところへ行かなきゃならない。いっしょにアナリサに会いに行くんだ。いっしょに行かないと」

ゆうべは七時間しっかり眠った、とイヴは思い返した。友だちとにぎやかに夕食のテーブルを囲み、とても充実したセックスで一日を締めくくったはずだ。それにもかかわらず、マイラの職場に足を踏み入れたイヴは、ひどい頭痛に耐えていた。

マイラの秘書はいつもよりさらに愛想よく、ドクターはいまミズ・サンチェスとセッションン中だが、ダラス警部補が来たら知らせるようにと言われている、と告げた。

「先にセッションを終わらせてもらって」と、イヴは言った。「どのみち、わたしは同席しないほうがいいから。待っているあいだに用事も片付けられるし」

イヴがまずメッセージを確認すると、そのうちの一件が鑑識のベレンスキーからで、足跡から靴の種類が特定できたと大喜びで告げていた。

「僕の才能は境界も限界も知らないよ。きみが持ってきた踏んだあとのついた葉っぱみたいなお粗末な証拠をもとに魔法を働かせて、靴底を復元したんだ。そして、同じ靴底の靴を探し当てた。大きな足が履いていたのは〈ミコン〉のサイズ15、アバランチと呼ばれる型だ。特殊なハイキング用ブーツで、広く出回っている品じゃない。小売価格は三百七十五ドル前後。このブランドのこのサイズを扱っている小売店は、市内に十一軒。そのリストも添付した。あとでこっちへ来て、生々しくて強烈なキスをしてくれていいよ」

「そうね、そうさせてもらう」

しかし、すぐには行動に移さず、イヴは魔法に感謝しつつ、添付されたリストに目を通した。それから、ダウンタウンの地図に示した範囲内、あるいは境界線に近い小売店に印をつけ、残りの待ち時間は仮報告書を書いて過ごした。

扉が開いたので、イヴは顔を上げた。

「ダラス」セリーナが飛び出してきた。ひとしきり泣いた直後らしく、まぶたが腫れている。

「イヴ、入らない？」マイラが身振りで示した。「セリーナ、イヴといっしょに部屋にもどって、ちょっと話をしましょう」

「あなたをがっかりさせたわ」セリーナはイヴの腕をつかみ、ふたりでマイラのオフィスへ歩いていった。「自分でも自分にがっかりしたの」

「そんなことないでしょう」

イヴは椅子に腰かけ、花の香りのお茶を受け取る心構えをしたが、ふとコーヒーの香りがして、猟犬のようにくんくん鼻を鳴らした。

「あなたはこちらのほうが好きだと知っているし、たぶん必要だろうと思ったのよ」マイラは言い、カップを差し出した。「署内のものだけれど、一応コーヒーよ」

「ありがとう」

「わたし、今朝はマスコミの報道をチェックしなかったのよ。ありがとう」セリーナはマイラに言い、お茶を受け取った。「あなたから聞きたかったの。ドクター・マイラの前でさんざん泣いて、最悪のときは脱したわ。もう取り乱さない。でも、最初に言っておきたいの。わたしは、ゆうべ、犯人がまた現れて……だれかを傷つけるなんて思いさえしなかった。くたくたに疲れていたから、ダラス、けさの約束に備えてぐっすりとよく眠りたかったの。とにかくすべてを遮断したくて、安定剤を二錠、呑んだのよ」

「その類のものはヴィジョンをさえぎるの？」

「そういうこともあるわ」セリーナが顔を向けると、マイラがうなずいて同意を示した。「安定剤には鎮静効果があるから。わたしはなにか見たかもしれないけれど、とても深く眠っているから気づかなかった。催眠状態では、それが引き出されるかもしれないわ。同時に、ほかのものをさえぎっていた塀も低くなって、細かなところまで観察できるかもしれない。あえて見ようとしなかったものが見えるかもしれない」

「充分に考えられることよ」マイラが強く同意した。「事件の目撃者を事件が起こっているところへ引きもどすと、もっと細かなことまで説明させられるのと同じ。専門家の指示によってさらに集中して細部を見るのよ。実際には見ていても」と、さらにつづける。「意識的には思い出せないものを見るの」

「よくわかりました」イヴは言った。「いつできますか?」

「まだ診察もしていないの。診察をしてなにも問題が見つからなかったら、あした、セッションをはじめられるわ」

「はじめられるって? あした?」

「何度か行うことになるのはほぼまちがいないからよ、イヴ。それに、わたしとしても二十四時間待つほうがいいと思う。そのあいだにセリーナの体から薬が完全に抜けるでしょうし、感情的にも落ち着くはずよ」

「もっと早くはじめられませんか? 瞑想して浄化しますから。できるだけ早くはじめたいんです。わたし……」

「責任を感じているのね」マイラがあとを引き継いで言った。「ゆうべ殺された女性にたいして責任を感じている。でも、あなたに責任はないわ」

「診察をして体に問題がなかったら、瞑想をしたうえで、すぐにはじめてもらえますか?」

マイラはイヴを見つめてため息をつくと、立ち上がってカレンダーを確認しに行った。

「きょうの四時半にはじめられるわ。求めている答えは得られないかもしれないわよ、イヴ。催眠療法をセリーナがどのくらい受け入れられるか、彼女が実際にどれだけ見ていて、どのくらい思い出せるかにかかっているから」

「あなたも来てくれる?」セリーナがイヴに訊いた。

わたしにたよらないで、とイヴは言いたかった。わたしをたのみの綱とみなさないで。

「来られるようなら、来るわ。追わなければならない手がかりがあるし、ゆうべの被害者に関して、やらなければならない作業がたくさんあるのよ」

「可能なら来てちょうだいね」

「なにか、わたしが知っておくべきことはある?」マイラがもどってきて椅子に腰かけた。

「プロファイリングに利用できるようなことはあるかしら?」

「これまでのパターンとほぼ同じです。見たところ、このアナリサ・ソマーズは近道をして……」

セリーナのティーカップが床に落ちて砕け散り、イヴは口をつぐんだ。

「アナリサ?」セリーナはいまにも立ち上がりそうに、両手で椅子の端を押さえつけてから、ふたたび背もたれに体をあずけた。「アナリサ・ソマーズって? ああ、なんてこと」

「知り合いなのね」

「たぶん、ちがう人よ、同姓同名の人。きっと……いえ、そうよね、ちがわない。だからよ。だから、わたしは今回のことにつながってしまったのよ」そう言って、磁器の残骸を見下ろした。「ごめんなさい」

「いいのよ、そのまま坐っていてちょうだい。心配しないで」マイラはその場にしゃがみ、なだめるようにセリーナの膝に手を置いてから、磁器のかけらを拾った。「お友だちだったの？」

「いいえ。というか、とくに親しい間柄ではなかったという意味です」セリーナは両手で頭を挟むようにしてこめかみを押さえた。「彼女のことはちょっと知っていました。好きだった。だれでも好きにならずにはいられない人よ。明るくて、元気いっぱいで」両手をだらんと下げて、悲しげな目をいっぱいに見開く。「ルーカス。ああ、かわいそうなルーカス。きっと取り乱しているわね。彼は知っているの？」手を差し伸べて、イヴの手をつかむ。「なにがあったか、彼は知っているの？」

「話をしたわ」

「これ以上悪くなりようのない出来事だと思っていたけれど、そうじゃなかった。知っている人が犠牲になるなんて。どうして彼女は公園に？」セリーナは拳を腿に打ちつけた。「こんなときに、どうして公園に近寄る女性がいるのよ？　あんなことがあったあとなのに？」

「人はいつもやっていることをやるものよ。彼女とはどうやって知り合ったの？」

「ルーカスを通して」セリーナはマイラが差し出したティッシュペーパーを受け取り、じっと見つめた。頬を伝い落ちる涙に気づいていないかのようだ。「ルーカスとわたしは付き合っていたの。長いあいだ、いっしょに暮らしていたわ」

「そうだったの」イヴはうなずいた。「彼はあなたの別れた恋人なのね」

「元恋人、そうよ、だけど、友だちとしての付き合いはつづいていた。憎しみ合って別れたんじゃない。ただ気持ちが離れていって、そのうち、べつべつに暮らすようになった。たがいを思いやってはいたわ、とてもね、でも、もう熱く愛し合ってはいなかった」セリーナはようやくティッシュペーパーを目に押し当てた。「連絡は取り合っていたわ。たまに会って、ランチを食べたり、飲みにいったりもしていた」

「セックスも?」

セリーナは両手をゆっくりと下ろした。「いいえ。あなたがそういうことを訊かなければならないのはわかっているわ。わたしたちはもうそういう親密な関係じゃなかった。それで、何か月か前、たぶん、一年近く前だと思うけれど、彼とアナリサが付き合い出したの。本気で愛し合っているのは見ていてわかったし、彼もそう言っていたわ。いっしょにいるとふたりともとても幸せそうで、わたしもうれしく思っていたわ」

「とても心が広いのね」

「あら、それは――」セリーナは言葉を切り、つい口をついて出そうになった怒りの言葉を呑み込んだ。ゆっくり呼吸をして気持ちを静める。「これまでに、だれかを愛して、そのうち――それまでと同じようには――愛さなくなった、ということはない?」

「ないわ」

セリーナはどこか悲しげな笑い声をあげた。「あら、そういうことってあるのよ、ダラス。そうなっても、なんとなくたがいを気づかっている、ということが。ルーカスはいい人よ。きっと打ちのめされているはず」

「そのとおりよ」

セリーナはぎゅっと目をつぶった。「彼に会いに行くべきかしら？ いいえ、いまはだめ、まだだめ。今回のことでは、わたしがかかわればかかわるほど、だれにとっても悪くなるばかりだもの。もっと早くはじめられませんか？」セリーナはふたたびマイラに手を差し伸べた。「診察を終えたら、すぐにはじめられませんか？」

「だめよ。あなたには時間が必要なの、とくにいまは。協力したいのであれば、あせらないで」

「わたし、きっと力になるわ」セリーナはふたたび拳を握りしめた。「犯人の顔を見る。約束するわ。顔を見たら……」燃えるような目でイヴを見上げる。「わたしが顔を見たら、あなたがその男を見つけるの。つぎの犠牲者を出すのをやめさせるの」

「やめさせるわ」

16

「彼女は被害者と知り合いだったんですか?」ピーボディの顔に憐憫《れんびん》の影がよぎった。「ルーカス、ルーカス・グランデが彼女の元恋人ね。これまでは気づかなかったんですね。なんとまあ、つらいでしょうね。とくにつらいはずです。そもそもそれがきっかけにちがいないですよ。超常現象の要素としては論理にかなっていると言えます」

「超常現象と論理って言葉は、同じ文章内で使えないわよ」

「使えますよ、しっかりした論拠のある文章です」

これからふたりで靴の捜査に向かうこと、とイヴは思った。論理にかなうというのはこういうことだ。

「わたしはいつ新しい車を運転させてもらえますか?」

「信号の黄色は、半ブロックも手前からスピードを落としてのろのろ運転になるんじゃなくて、赤に変わる前にさっさと通過しろ、っていう意味なんだって学んだら」

「だったら言わせてもらいますけど、あなたの運転は防衛的というより攻撃的です」

「あったり前のコンコンチキよ。あなたの運転って、ランチのとき、ほかのだれかがほしがるかもしれないからという理由でケースのなかの最後のクッキーを取ろうとしない堅苦しいご婦人のみたい。いいえ、いいのよ、どうぞ、どうぞって」イヴは甲高くて堅苦しそうな声で言った。「お先にどうぞ、って。ばっかみたい。わたしはクッキーがほしいからクッキーを食べるの。さあ、すねるのはやめて、たとえ話のつづきをしなさい」

「運転能力にたいして理不尽かつ過分な侮辱を受けたら、三十秒間すねる時間をもらいます。それに、最後のクッキーを取るのは不作法です」

「それで、あなたとあなたの友だちの堅物レディたちが譲り合った結果、皿がキッチンに下げられたあと、ウェイターがクッキーを食べることになるのよ」

　たぶんそのとおりだと気づき、ピーボディはむっとして胸の前で腕組みをした。礼儀を気にした結果、これまで多くのクッキーを食べそこねてきたのだ。「で、たとえ話のつづきはなんですか？」

「たとえば、そのウェイターとあなたが付き合うようになるとか」

　一瞬のうちにピーボディの機嫌がなおった。「わたしとそのウェイターが付き合うようになる」と、誇らしげに言う。

「ピーボディ」

「ええ、わかってますって、たとえばの話です」イヴが黄色の信号を無視して通り抜けたので、ピーボディはまたちょっと不機嫌になった。「彼はほんとうにかわいくてセクシーで、わたしを愛し、崇拝してるっていうことを示すために、運んできたクッキーの最後の一枚をわたしに食べさせるんですね？」

「なんだっていいわよ。で、そのうち、あなたとその男は別れてしまう」

「あら。そこのところは気に入らないですね」

「気に入る人がいる？」

「原因は、彼が持ってきてくれるクッキーをわたしがすべて食べてしまって、おケツがでっかくなっちゃったから、とか？」

「ピーボディ！」

「オーケイ、わかってますって。サー。動機を探ろうとしてるだけです。たとえば、どっちが別れを切り出したのか、とか、原因は、とか、それから……あ、もういいです」イヴが歯をむき出したのを見て、ピーボディは言った。

「ふたりは別れてしまって、それぞれの道を歩むことになる。それでも、あなたたちは友だちでいる？」

「たぶん。状況しだいですけど。実際そうなんですから、喉を嚙み切るとかそういうのはやめてください。その別れというのは、たがいにちょっと罵り合って、壊れやすい小さなものを投げ合ったりした末のものなのか、それとも、悲しいけれども筋が通っていて、たがいに納得したうえのものなのか、ということです。わかりますよね？」

イヴはよくわからなかったが、話をわき道にそらせる気はなかった。「わからないけど、いま話しているケースでは、悲しいけれど筋の通った別れってことにするわ。それで、しばらくして、その男はべつの女性と付き合いはじめる。そうしたら、あなたはどう思う？」

「それも状況によります。わたしもつぎの男性と付き合ってるんですか？　その新しい女性はわたしより痩せてるとか、きれいだとか、金持ちだとかそういう感じですか？　おっぱいがわたしのよりつんと上を向いてるとか？　そういういろんな要素がからんできます」

「ばっかばかしい、なんだってそんなにややこしくなるのよ？」

「そういうややこしいものだからです」

「そうじゃなくて、あなたはその彼と付き合っていて、そのうち付き合わなくなって、その彼がべつのだれかと付き合った、ってこと。単純かつ簡単な話。それでもまだあなたは、彼と仲良しでいられる？」

「オーケイ、考えてみましょう。ニューヨークに出てくる前、わたしはある男性に夢中でした。いっしょに住んではいませんでしたけど、おたがい、かなり本気でした。一年近く、あらゆる意味でべったりでした。で、そのうちだめになった。わたしは身も心もずたずたになるとかそういうことはなかったけれど、しばらくはひどい、その、放心状態でした。でも、そのうち立ち直りました。その後もいい友だちだったと言えるし、たまには会うこともありました」

「その話、まだまだつづくの？　最後まで聞くには、眠気覚ましの〈ステイ‐アップ〉が必要？」

「あなたが訊いたんですよ。とにかく、彼は金髪で胸の大きいほっそりした女の子と付き合うようになった。ＩＱはウサギ並みだけど、まあ、それは彼の選択でしょう？　その点ではちょっとイヤな気持ちになったけど、それもいつのまにか消えてしまいました。たぶん、心のどこか奥底では、彼のディックにちょこっとイボができればいいかも、とか思ったとしても、ディックがもげちゃえばいいとか、そんなことまでは願わないです。マクナブといっしょに西へ行く機会があれば、彼を――マクナブです――見せびらかせるし。そんな感じです。たいしたことじゃありません」

一瞬の間を置いて、ピーボディは言った。「まだ起きてますか？」

「かろうじて」

「もしかして、グランデとソマーズの件でセリーナが呪いかなにかで復讐しているんじゃないかと思っているなら、それはないと思います。どう考えても、ありえないです」

「どうしてありえないの？　あなたはいま、状況による、って六百万回は言ったのに」

「霊能者のたくらみはそんなふうには働きません。まず、彼女がどこかの男性に呪いをかけて、あちこちで女性たちを殺すようにしむけ、そのうちのひとりがソマーズになるようにする、というわけにはいかないんです。二つ目に、彼女はわたしたちのところへ来ました。来ていなかったら、ソマーズが殺されたとき、捜査線上に彼女が浮かぶことはなかったはずです。三つ目に、あらゆる証拠が、ソマーズがみずからひとりで公園へ入ったことを示しています。最後にプロファイリングの結果です。犯人は人と交わることを好まず、女性を憎悪する略奪者です」

「あなたは正しいわ、なにからなにまでひとつ残らず。わたしは超常的論理ってものが、すべて偶然の一致っぽくて嫌いなんだと思うわ」

「あなたの頭のなかでは、もっとべつの要因が働いていると思います」

イヴは長々と黙りこくってから、ようやく言った。「わかったわよ。わたしは、この状況すべてが気に入らないの。霊能者のヴィジョンや催眠療法にたよったりして。それから、サンチェスがわたしに励ましてもらおうとか、支えてもらおうとか期待しているのも気に入らない」

「ダラス旅館《イン》は満室で、もうひとりとして友だちは泊められない？」

「満員よ。あなたたちのうちだれかが地球から引っ越したり、悲劇的な事故に遭ったりしたら、べつのだれかを仲間に入れられるかもしれないけど」

「そんなこと言わないで。彼女を好きじゃないですか」

「そうよ、だからなに？　彼女が好きだっていう理由だけで友だちにならないといけないの？　これからはなにかというと集まってうだうだしないといけないってこと？　クッキーの最後の一枚を彼女にあげなきゃならないってこと？」

ピーボディは声をあげて笑い、ぽんぽんとイヴの腕を叩いた。「まあまあ。そのうち慣れますって。ゆうべだって楽しかったはずです」

こんどはイヴがむっつりふくれたかったが、エネルギーはすべて駐車スペースを探すことに費やした。「はいはい。それでどういうことになるか、ちゃんとわかってるんだから。みんなをうちに招かないといけなくなる。それで、こんどはあなたたちがみんなを招いて、それから——」

「わたしたち、すでに引っ越し祝いパーティを計画中です」

「ね？　ほらね？」イヴはわざと無謀に、ピーボディの心臓が喉に詰まりかねない勢いで車を上昇させて、縁石脇の二階のスペースに駐車した。「そして、終わりっていうものがないのよ。いったんはじめると、友情という乗り物から降りることはできない。ぐるぐるぐるぐる同じところを回っているあいだにも、ほかの連中が乗り込もうと押し寄せてくる。それでこんどは、あなたたちが新しいところで同居しはじめるっていうだけで、プレゼントなんか買わなくちゃならないんだから」

「わたしたち、いいワイングラスがほしいなあと思っているんです」ピーボディは笑いながら車を降りた。「でも、ダラス、わたしも含めた友だちに関して、あなたはとても運がいいですよ。みんな頭がよくて、おもしろくて、誠実です。そして、バラエティに富んでいます。だって、メイヴィスとマイラくらいちがう人がいますか？　でも、ふたりともあなたを愛しています。そして、なにかぞっとするようなことが起こると、みんながあなたの力になろうとするんです」

「そう、そして、それぞれがよそでもまた友だちを作って、わたしもトリーナみたいな人に捕まったりするのよ」イヴはちょっと気が引けて、伸びかけている後ろの髪をなでた。「彼女みたいな人はちょっといないです」ふたりは通りへと降りていった。「そして、あなたはロークみたいな男性を手に入れたわけですから、クッキーにこと欠くようなことはぜったいありません」

イヴはふーっと息を吐き出した。「ワイングラスね？」

「いいのは持っていないんです、お客様用みたいな」

イヴは〈ジムズ・ジム〉で感じたほどの居心地のよさを、趣味のいいキング・サイズの紳士向き高級衣料店で感じることはできなかった。

店舗は三階分を占めており、メインフロアを含めて上下階に売り場があった。下がフット・アパレルの階――たんに〝靴と靴下の階〟と言えないのだろうか？――だったので、ふたりは階下に降りていった。

そこでイヴが気づいたのは、フット・アパレルというのは靴と靴下だけを意味するのではない、ということだった。ほかに室内履き、ブーツ、レッグ・スリッカーと呼ばれるもの――前面コントロール・パネル付きとそうでないもの――がある。靴用プロテクター、靴箱、発熱インソール、爪先と足首用ジュエリー、さらにフットケアと装飾用のグッズが数えきれないほど並んでいる。

男性の足にかかわるものがこんなにあるとは、だれが知っているだろう？

イヴが近づいていった男子販売員は、たいていの人のようにもごもごと口ごもってから、店長に知らせに大股で歩き去った。

待っているあいだにイヴは、問題の靴を探し当ててまじまじと観察した。

頑丈でずっしり重い、と思った。実用的で履きやすそうだし、見たところ作りもしっかりしている。自分用に一足買うのも悪くないと思った。

「マダム？」

「警部補よ」訂正して、靴を手にしたまま振り返った。そして、一歩後ずさりをして、頭を後ろにかたむけてようやく、相手と目と目を合わせられた。

その男性は少なくとも二メートル十数センチはありそうで、イヴがグリーンピース・パークで見た豆蔓用の支柱のようにやせていた。夜空を思わせる黒い肌で、白目と歯が氷のように輝いて見える。イヴがさっと全身に視線を走らせると、店長は慣れてますよと言いたげに口をちょっとゆがめてほほえんだ。

「マダム警部補」と、驚くほどなめらかに言う。「店長のカート・リチャーズと申します」

「パワーフォワード（バスケットボールで、ゴール下のパワフルなプレーが求められる）だった？」

店長はうれしそうに答えた。「はい。昔、〈ニックス〉でプレーしていました。私を見ると、たいていの方は反射的に、バスケットボールをやっていたかと尋ねられますが、ポジションまで言い当てる方はめったにいらっしゃいません」

「わたしは、バスケットボールはめったにやらないの。あなたなら、つねにバックボードの上でプレーしてたでしょうね」

「そう思いたいですね。引退してもう八年近くなります。あれは若者の競技ですし、選手も若者ばかりです」店長はイヴが持っていた靴を手に取った。彼の手のひらはとても幅が広く、指も飛びきり長いので、靴はもう特大サイズには見えない。「〈ミコン〉のアバランチに興味がおありですか？」

「興味があるのは、このモデルの15サイズを買った顧客のリストよ」

「殺人課の方ですね」

「あなたもポジションの言い当てがじょうずね」

「きのうの記者会見のニュースを観たので、当然、公園殺人事件の関係だろうと思いました」

「そんなふうに呼ばれているの？」

「はい、大きな赤い文字で書いてあるのを見ました」唇をきゅっと結び、手にした靴を裏返してじっと見つめる。「このサイズのこのモデルを履いている男性を捜してらっしゃるのですか？」

「まさにその靴を買った人たちのリストが手に入れば、助かるの」

「喜んでお力になります」店長は靴をラックにもどした。

「それから、同じ靴を買った従業員の名前もすべて」

それを聞いて店長は立ち止まった。「なるほど。私の靴は17サイズなので運がよかったと言うべきでしょう。お渡しするデータを集めるあいだ、オフィスで待たれますか？　それとも店内をご覧になりますか？」

「オフィスにおじゃまします。ピーボディ――」

イヴは言葉を切った。あたりをながめ、カラフルな靴下を何足も手にしたピーボディを見つけて眉をひそめる。「まったくもう、刑事！」

「すみません。すみません」ピーボディが小走りにもどってきた。「えーと、弟と祖父のです。ふたりとも足が大きくて。わたしはただ……」

「承知いたしました」リチャーズが店員に合図を送った。「レジに記録してから箱にお詰めするよう、手配いたします。お帰りの際、メインフロアのカウンターでお受け取りください」


「ほら、クリスマスもそう遠くないじゃないですか」ひと仕事終えると、ピーボディは買い求めた商品を手にころがるように店を出て、イヴのすぐあとを追った。

「冗談でしょ」

「ほんとですよ。時間は飛ぶように過ぎていくものです。目についたときに買っておけば、クリスマス休暇が近づいたときに目を血走らせることもないんです。それに、すごくすてきな靴下だし、セール品だったんです。わたしたち、どこへ向かっているんですか？　車は――」

「歩いていくのよ。つぎの目的地はほんの六、七ブロック先だから。ウォーキングはあなたのお尻に効果抜群よ」

「このパンツだとお尻が大きく見えるのは知ってましたよ」そう言ってからふと立ち止まり、目を細めてイヴを見た。「それって、靴下を買ったことにたいする嫌味で言ったんですね。そうでしょう？」

「さあ、どうかしらねえ？」イヴは歩きつづけ、鳴り出したコミュニケーターを取り出した。「ダラス」

「最初の該当者たちを抽出したよ」ナッツをほおばりながら言うフィーニーの声がした。「それで、つぎのステップに移って、女性と、家族持ちと、プロファイリングの結果に当てはまらない者を削除しているところだ」

　イヴはすれちがう人の波をくねくねと縫うように進んでいく。「追跡する必要が生じるかもしれないから、最初の該当者の名簿をわたしのオフィスのユニットに送ってちょうだい。大急ぎで作業してもらって、感謝するわ、フィーニー」

「うちの坊やたちが必死でやってくれている」

「公共交通機関管理所からのディスクの分析はどんな感じ？」

「遅々として進まない。前途多難だ」

「わかったわ。鑑識が靴の種類を割り出したの。最初の店から客のリストを手に入れたところ。そっちへ送るわ。そちらの該当者と合致したら、できるだけ早く知らせてちょうだい」

「了解。該当する店舗は何軒あるんだ？」

「山ほど。でも、これから絞り込むわ」

イヴは交差点で立ち止まった。近くの、乾燥タマネギを山積みしたグライドカートから蒸気が立ち上っていたが、無視した。すぐ横に立っている男性歩行者が声をひそめて悪態をつき、背後の女性ふたりが、ふたりのうちのどちらかをとんでもない女神のように見せる服を買うことで頭がいっぱいらしく、ブロンクス訛りでぺちゃくちゃしゃべりまくっている。

「犯人はニューヨークの人間よ」イヴはフィーニーに言い、信号待ちの人の群れといっしょに、信号が変わる一瞬前に通りへと歩き出した。「わたしは、犯人が市内で買い物をしているって信じてる。でも、それ以外――郊外や州外やネット・ショップ――も調べないわけにはいかないし、そうなると数週間まではいかなくても数日はかかるわね。しかも、犯人は犯行ペースを速めている」

「ああ、そう聞いている。こっちはこつこつと作業をつづけるよ。現場捜査にもっと人手が必要、ということになったら、知らせてくれ」

「そうするわ。ありがとう」

さらに二店舗で聞き込みをしたあと、イヴはパートナーが気の毒になり、グライドカートで大豆《ソイ》ドッグを買った。よく晴れた日で、さわやかな気候は外でものを食べるにはぴったりに思えた。

そこで、イヴはセントラルパークの芝生に坐り、じっと城を見つめた。

事件はそこから始まったわけではなかったが、イヴにとっては重要な地点だ。

キング・サイズの男。城の王《キング》。こんな結びつけは無理やりすぎるだろうか？

犯人はふたり目の犠牲者を、英雄たちを称える記念像のそばにあるベンチに放置していた。男たち、ただの男たちではない、成されなければならないことを成し遂げた男たち。雄々しい男たち。衝撃的な経験や災難に直面したときの勇ましい行動ゆえに記憶に刻まれる男たちだ。

犯人は象徴を好む。城の王。逆境にあってこその勇気。

三人目の犠牲者は庭園のそばの、農民の銅像の下に横たえられていた。

地の塩（旧約聖書から、高潔な人びとのたとえ）？　清めの塩。味つけの塩。ばかばかしい。

なにかを育てるということか。みずからの手を使い、汗水たらして、筋肉を使い、命を育《はぐく》む？　死をもたらす。

イヴはふーっと息をついた。手芸にはあてはまるかもしれない。たぶん。自力でやる、ということ。自分でやろう《ドゥー・イット・ユアセルフ》。

犯人にとって公園はなにか意味があるのだ。公園そのものに。公園にいるときになにかがあって、犯人は女性を殺すたびに、そのことに仕返しをしているのだ。

「さかのぼるのよ」と、イヴはつぶやいた。「過去にさかのぼって、市内の公園のどこかで男性にたいして性的暴行事件があったかどうか調べる。ちがうわ、子どもよ、それが鍵よ。

犯人はいまはもう大きくて、だれにもちょっかいは出されない。でも、子どものときは無力だった、女性のように。子どもに反撃できるわけがないでしょう？　だから、強くならなければならない。二度とあんな目に遭わないために。またあんな思いをするなら、死んだほうがましだから」

しばらくのあいだ、ピーボディは黙っていた。イヴに話しかけられているのかどうか、よくわからなかった。「性的暴行を受けたというより、殴られたり屈辱をあたえられたりしたのかもしれません。女性で権威を持った人に、なんらかの方法で恥をかかされたり痛めつけられたりしたとか」

「そうね」イヴはずきずきと痛む後頭部の下のほうをぼんやりともんだ。「犯人が殺害している女性はおそらく、なにかの象徴なのよ。それが犯人の母親とか姉とか、そういう身近な存在である場合、表沙汰になっているとは考えにくい。いずれにしても、たしかめてみなければ」

「女性によって管理され、支配され、肉体的、性的に虐待されたとしたら、そのことによって犯人のなにかが幼いころから歪み、やがて引き金が引かれて、復讐行為に走ったのかもしれません」

「子どものころに痛めつけられたことが言い訳になると思うの？」

イヴの声にとげとげしさを感じて、ピーボディは慎重に言った。「いいえ、サー。ひとつの原因であって、誘因につながるものだと思います」

「罪のない人を殺していい理由なんてないわよ。だれかに痛めつけられたからって、人の返り血を全身に浴びる理由にはならない。なにがあろうと、いつだろうと、相手がだれであろうと。そんなのは弁護士や精神分析医の言いぐさであって、真実じゃない。真実は、立ち上がらなければいけないということ。それができないなら、そんなあなたを殴ったり痛めつけたりしたやつらと変わらないんだわ。最悪のやつと同じなのよ。そして、虐待のサイクルの一部になって、犠牲者も加害者にトラウマをあたえた者として――」

イヴは口をつぐみ、喉の奥のほうで自分の怒りのつんとするような味を感じた。抱えていた両膝に額を押しつける。「こんちくしょう。最悪だわ」

「わたしが犯人に同情しているとか、犯人がやったことをしかたがないと思っていると感じているなら、あなたはまちがっています」

「そんなことは思っていないわ。あなたにたいしてつい熱弁を振るったのは、個人的な神経症のせい」むずかしいし、つらいだろう、とイヴは思った。でも、いましかない。そして、顔を上げた。

「あなたには、ためらうことなくいっしょに扉を通り抜けてほしいと思ってるわ。そして、あなたはためらうことなくそうしてくれるとわかっている。あなたには、わたしといっしょに立ち上がり、血の海を渡って、クソみたいな状況を改善してほしいし、自分の安全や快適さより仕事を優先する人だと期待もしている。あなたがそうしてくれるとわかっているのは、あなたがそういう人だから。でも、それだけじゃない。わたしがあなたを鍛えたからよ」

ピーボディはなにも言わなかった。

「あなたがわたしの助手だったときはちがったわ。ほんのちょっとちがった。でも、パートナーには知る権利があるのよ」

「あなたはレイプされた」

イヴはただピーボディを見つめた。「どこから仕入れた情報？」

「観察と、関連づけと、論理的推量から引き出された結論です。自分がまちがっているとは思いませんが、それについてあなたが話す必要はありません」

「あなたはまちがっていないわ。いつはじまったのかはわからない。すべてを思い出せるわけじゃないの」

「継続的に虐待されていたんですか？」

「虐待ってきれいな言葉よ、ピーボディ。ほんとうに、耳あたりがよくて、あなたは――人は――すごく気楽に使うし、いろんな意味で使うわよね。父は、拳や、手近にあるものならなんでも使ってわたしを殴ったわ。そして、数えきれないほどレイプした。一回でたくさんなのに、数えたりすると思う？」

「お母さんは？」

「もう亡くなっていた。ジャンキーの売春婦よ。母のことはよくおぼえていないし、おぼえているのも父親と似たり寄ったりのことよ」

「あの、お気の毒ですって……そう言いたいんですけど、それも、人は簡単に口にするし、いろんな意味で使いますよね。ダラス、なんて言ったらいいのかわかりません」

「共感してほしくて話しているんじゃないから」

「ええ。そうでしょうね」

「わたしが八歳だったある晩のこと。八歳だって、そう言われたのよ。わたしは、父親に連れられていったうす汚い部屋に閉じこめられていた。ひとりにされてしばらくして、わたしは食べ物を探しはじめた。チーズかなにか。たまらなくお腹が空いていたわ。すごく寒くて、お腹がぺこぺこだったし、父がもどる前に食べ終えると思ったから。でも、父はもどってきた。あまり酔っ払ってもいなかった。たまにすごく酔っ払っていると、父はわたしを放っておいてくれた。でも、その晩、父はさほど酔っていなくて、わたしを放っておいてはくれなかった」

イヴはいったん言葉を切り、残りをちゃんと話せるように気持ちをしゃんとさせずにはいられなかった。「父は殴りかかってきた。わたしは倒れこんだ。これだけで終わりますようにって、祈ることしかできなかった。殴られるだけですみますように。でも、それだけじゃ終わらないってわかったわ。泣かないで。あなたが泣くと、つづけられない」

「泣かずに受け入れるなんて無理です」ピーボディは残っていた紙ナプキンで顔をぬぐった。

「父はわたしにのしかかってきた。わたしに思い知らさなければならない、って。痛かったわ。殴られるのが終わるたび、どんなに痛かったか忘れてしまうの。また殴られると痛みを思い出す、という繰り返し。想像できないほどの痛さよ。耐えられる痛みじゃない。わたしは父を止めようとした。そんなことをしたらもっと殴られるのに、そうしないではいられなかった。我慢できなくて、反撃したの。そうしたら、父はわたしの腕を折ったわ」

「ああ、なんてこと、信じられない」こんどはピーボディが両膝に顔を押しつけた。そして、涙をこぼした。必死で声を押し殺しながら。

「ポキン！」イヴは人工湖のおだやかな水面を見つめながら言った。湖面を美しいボートが滑っていく。「まだ若くて細い骨が、ポキンという音といっしょに折れた。わたしは、あまりの痛さにわけがわからなくなった。気がついたら手にナイフを握っていた。チーズを切っていたナイフよ。床に倒れこんだあと、はっと気づいたら指先がナイフを握りしめていた」

ゆっくりと、ピーボディは涙で濡れた顔を上げた。「刺したんですね」そう言って、両手の甲で顔をぬぐう。「八つ裂きにしていますようにと、神に祈りたいです」

「やったの。ほとんどそれに近いことをした」湖面に小さな波がたっている、とイヴは気づいた。さざ波がどんどん広がっていく湖面は、見た目ほど静かではない。

「何度も何度も刺しつづけたわ……そう、返り血で全身真っ赤になるまで。それっきりよ」イヴは震える息を吸い込んだ。「そこのところと、残りの大部分を、ロークと結婚する直前まで、わたしは忘れていたの」

「警察に――」

イヴは首を振った。「警察やソシアルワーカーや、頭を突っ込んできそうな人はみんな恐ろしいんだって、父はわたしに思いこませていたから。わたしは父を部屋に残して、出ていったわ。どうやったのかは思い出せない。ひどく動揺していたこと以外、おぼえていないわ。体の血を洗い流して、外に出た。何マイルも歩いて裏道に迷い込んで、気を失った。そのうち、だれかがわたしを見つけた。気がついたら病院にいたわ。医者や警官にいろいろ訊かれたわ。わたしはなにもおぼえていなかった。そうじゃなければ、おぼえていたけれど、恐ろしくてしゃべれなかった。どっちだかよくわからない。身分を証明する手続きとか、そういうことはまったくしていなかったから、わたしに関する記録はなにもなかった。わたしは存在していなかったのよ。裏道で見つけられるまで。ダラスの裏道。だから、そう名付けられたの」

「その名前で名声を得ました」

「この生い立ちが仕事に影響しているのはわかるはずよ」

「たしかに影響しています。そのせいですばらしい警官になれたんです。わたしにはそう見えます。そういう経験があったからこそ、あなたはどんなことにも立ち向かえるんです。われわれが追っている男は、どんな目に遭ったとしても、あなたの身に起こったのと同じくらいひどい目に遭っていたとしても、あるいはもっとひどい目に遭っていたとしても、それを利用して、人を殺したりめちゃくちゃにしたり痛い思いをさせたりすることの言い訳にしています。あなたは、自分の身に起こったことを、命を奪われた人びとのために正義を行う理由にしています」

「仕事をするのは英雄的行為でもなんでもないのよ、ピーボディ。たんなる仕事」

「あなたはいつもそう言っています。話してもらってうれしいです。パートナーとして、そしてあなたの友だちとして信頼してもらっている、っていうことですから。信頼できますよ、わたしは」

「それは知っているわ。さあ、おたがい、この話はおしまいにして、仕事にもどりましょう」

イヴは立ち上がり、一方の手を伸ばした。ピーボディはそれを握り、一瞬ぎゅっと力をこめてから、イヴに引っぱられて立ち上がった。


もう一度アナリサ・ソマーズの遺体を見たかったし、それと同じくらい、モリスにいろいろ訊きたかったので、イヴはふたたび死体収容所へ行った。

部屋にはいると、モリスは男性の死体から脳を取り出しているところだった。たとえ胃にソイドッグが入っていなくてもこの場を立ち去るには充分だ、とイヴは思った。しかし、どうぞなかへと、モリスがうれしそうに身振りで示している。

「看取られずに亡くなった。自然死かそうじゃないか、どう思う、警部補?」

モリスは謎解きが大好きなので、イヴは遺体がよく見えるように近づいていってゲームに参加した。すでに腐敗がはじまっていたので、遺体が運び込まれて冷蔵される二十四時間から三十六時間前を死亡推定時刻とした。したがって、美しい遺体ではなかった。年齢は七十代の後半と推定したので、平均寿命を考えると四十年から五十年の人生を奪われたことになる。

左の頬にあざのようなものがあり、血管が切れて目が充血している。さすがに興味を引かれ、イヴは遺体のまわりをぐるりと歩いてほかのしるしを探した。

「身につけていたものは？」

「パジャマの下と、スリッパを片方」

「パジャマの上はどこに？」

モリスはほほえんだ。「ベッドの上」

「彼はどこで発見されたの？」

「コンサーバトリー（温室。セントラルパーク内にある温室庭園の俗称でもある）で、プラム教授（温室とともに推理合戦ボードゲーム〈クルー〉から）といっしょに」

「なに？」

モリスはくすりと笑い、顔の前で手を振った。「冗談だよ。ベッド脇の床に倒れていた」

「争ったり、だれかが無理やり侵入したりした形跡は？」

「なにもない」

「彼はひとり暮らし？」

「そう、そのとおり」

「脳血管障害を起こして、脳にひどいダメージを受けたみたい」モリスがなにも言わないので、イヴは遺体の頭のほうを身振りで示した。「遺体の口を開けて、唇をめくってみて」

モリスは言われたとおりにして、イヴがのぞきこめるように脇によけた。「でも、わたしなら家事ドロイドと話をして、彼、あるいは彼女が、脳にダメージをあたえるような薬物入りの寝酒を彼に渡したかどうか調べるわ。歯茎と唇の裏の赤い斑点は、彼が違法ドラッグを服用した、というか、おそらく過剰摂取したことを示している。毒物鑑定の前のわたしの予想としては、ブースターかその合成模造品でしょうね。男性はなんらかの理由で自殺を図るところで、ちゃんとパジャマに着替えて、気持ちよくベッドに横たわる予定だったんでしょう。というわけで、自然死じゃないわ。ソマーズはどこ?」

「なんだってあえて私をここで使いつづけているのか、理解に苦しむね」しかし、スキャンして分析するために脳をトレイにすべり込ませながら、モリスはにこにこしていた。「薬物鑑定の結果が、私たちの疑いをすぐに立証してくれるだろう。ソマーズはすべて終えて、保冷ボックスに安置してある。今朝、彼女の家族と恋人がいっしょにやってきた。なんとか彼女との対面は阻んだが、簡単ではなかった。正式な職務上の立場も利用しなければならなかった」

「目のことはまだ公にしていないし、たとえ近親者であっても知らせたくはないわ。家族や恋人でさえマスコミにリークすることは可能だし。悲嘆に暮れたり腹を立てたりしていると、いっそうリークしがちよ。今回の捜査では、どの犠牲者についても必知事項以外は情報をあたえない」

「もう一度、彼女に会いたいんだね」

「ええ」

「ちょっと身じたくをさせてほしい。われらが友人紳士にはお待ちいただこう」

モリスは流しに行って、両手の血液や、そのほかのいろいろなものや、密封剤《シール》を洗い落とした。「彼女の体はこれまでの犠牲者たちより外傷が多い」

「暴力の度合いがひどくなっている。知っているわ」

「ペースも速まっている」モリスは両手を乾かし、保護服を脱いで大型のかごに放り込んだ。

「ぐずぐずしていられない。刻一刻とつぎの犠牲者に犯人は近づきつつあるのよ」

「そのとおりだ。さて」ぱりっとした青いシャツに赤いネクタイという姿で近づいてきたモリスは、イヴに腕を差し出した。「まいりましょうか?」

イヴは声をあげて笑った。遺体といっしょにいてイヴを笑わせることができるのは彼だけだ。「もう、モリス、あなたって最高に魅力的よ」

「そうとも、もちろん、そのとおりだ」モリスはイヴを案内して収容室に入り、記録を確認してからかたく閉じられていた抽斗のひとつを開けた。遺体の載ったトレイを引き出すと、白い煙のように冷気が流れ出した。

モリスが作業した痕跡を無視して、イヴは遺体をじっくりながめた。「今回は顔面をひどく殴られている。顔面と上半身ね。たぶん、彼女に馬乗りになったんだと思う」そう言って、記憶にとどめた。「馬乗りになって彼女を殴りつづけた」

「ネーピアに見られた顎の骨折はなかったが、鼻骨と歯が数本、折れていた。後頭部への一撃は致命的ではない。その後、意識を取りもどしたかもしれないし、そうじゃなかったかもしれない。幸いにも意識はもどらなかった、というのが私の推測だ」

「レイプのこと。むごたらしさが増しているわ」

「強姦の残忍性に程度があるなら、そういうことになるだろう。擦り傷も外傷も増えている。彼女の膣は少し小さかった。この部分がほかの犠牲者ふたりより小さかった。そして、犯人は自分のものでこれでもかというほど責めさいなんでいる」

「目について。最初のときより切り口はたしかだけれど、二番目ほどきれいではないわ」

「なにをやらせてもきみはすばらしいから、私としてはこのまま給料をもらいつづけられるのかどうか、また不安になってしまう。三度とも腕前はある程度以上だが、今回は前の二例の中間だ」

「オーケイ」イヴは一歩後ずさりをして、トレイが収納されて扉がしっかり閉じられるのを見守った。

「どれだけ迫っているんだろうか、ダラス？　こうやって美しい女性たちをわが家でもてなすのがつらくなりはじめたぞ」

「どれだけ迫っても足りないわ」イヴはきっぱりと言った。「犯人を檻に閉じこめるまでは」

17

ぐずという残念な呼び名で知られるディッキー・ベレンスキーは、鑑識課の白くて長いカウンターに向かってスクリーンを見ながら、データを集めたり調べたりしているようだった。

ぐず《ディックヘッド》

イヴが背後から近づいて見ると、データと思われたのはロールプレイング・ゲームで、目を見張るほど恵まれた肉体をほぼあらわにした女性たちの一群が、剣を振るって闘っていた。

「ご精が出るわね」

返事をする代わりに、ベレンスキーはスクリーンの前でささっと片手を振った。戦闘中の美女たちは武器を置いて深くお辞儀をして、胸の谷間をたっぷり見せてから声を張り上げた。「御意のままに、ご主人さま」

「驚いた、ベレンスキー、あなたは十二歳？」

「おいおい、犯行現場から持ち込まれた証拠のプログラムかもしれないじゃないか」

「そうね、思春期の少年たちが何人か集まって、マスターベーションのし過ぎで死んだ現場ね。あなたは時間を守らない主義かもしれないけれど、わたしは守る主義よ」

「十分間の気晴らし休憩中だよ。靴を見つけてあげただろう?」

たしかに。イヴは意識してそのことを思い出し、ベレンスキーの卵形の頭を両手で挟んで砕くのをやめた。「アナリサ・ソマーズ。毛髪分析の件」

「仕事、仕事、仕事」坐っているスツールをぐるっと回転させる。「ハーヴォに渡した。うちの毛髪分析のトップだ。本人は否定するかもしれないが、本物の天才だ」

「もう彼女が好きになったわ。どこにいるの?」

骨張った長い指で右を示す。「あっちへ進んで、左。赤毛だ。まだ報告書を送ってこないから、分析は終わっていないんだろう」

「たしかめてみる」

ピーボディはイヴが何歩か離れていくのを待って、小さな声で訊いた。「そのプログラムは男性キャラクターにも変更できるの?」

ディックヘッドはにやりとした。「それはもちろん」

「すごい《アィス》」

イヴが板ガラスで仕切られた分析ルームのひとつに入っていくと、赤毛の女性がいた。

「ハーヴォ?」

「わたしです」分析中のなにかから顔を上げた女性が、春の若草色の目でじっとイヴを見つめた。

これまでに会ったまだ息をしている白人女性で、もっとも色が白い、とイヴはハーヴォを見て思った。粉ミルク色の肌に、明るいグリーンの目。線を引いたような薄い唇は、髪と同じく純然たる赤色に塗られている。

その真っ赤な髪を、頭頂部から十センチほどつんつんと立てて、白衣の代わりに、だぶだぶの黒いチュニックを着ている。

「ダラス、でしょ？」ハーヴォの爪は短く切りそろえられ、赤と黒の斜めの細いストライプが描かれている。

「そうよ」

「ピーボディ。刑事です」

ハーヴォはふたりに軽く会釈をして、なかに入るように身振りで示した。「ハーヴォ、アーサ、毛髪の女王《クィーン》よ」

「なにかわたしに伝えられることがある、女王陛下？」

ハーヴォはくすりと笑い、スツールに坐ったまま少しだけ左へ移動した。「被害者と、その周辺から発見された毛髪状の証拠品よ」と、説明をはじめる。数本のそれはディスク型の透明シール剤に挟まれ、作業用カウンターに置いてあった。ハーヴォはそれをコンピュータのスロットに入れて、拡大映像をスクリーンに呼び出した。

「毛髪状のもの？」

「そうよ、見て、人間の毛髪じゃないし、動物の被毛でもない。ディックヘッドがこれをわたしに回してきたのは、よーく見た結果、人工の繊維とみなしたから。あの人ってめちゃくちゃすばらしいの。完璧なくそ野郎なのが残念」

「異議なしと、きっぱり言えるわ」

ハーヴォはまたくすりと笑った。「わたしは、繊維の王女《プリンセス》でもあるの。それで、これなんだけれど……」映像を回転させて、拡大倍率を大きくした。「加工品よ」

「ヘアピースとか？」イヴは自分の髪を引っぱった。

「それはちょっと考えられない。この手のものが付け毛やウィッグに使われることはめったにないわ。毛髪というより毛皮。おもちゃ――動物のぬいぐるみとか、ペット・ドロイド――に使われるものよ。連邦の難燃剤普及法と子ども安全法にしたがって、コーティングされているわ」

「おもちゃ？」

「そう。つぎに、組織の構成や、染料を分析して……」スクリーンに文章や図形が現れはじめ、ハーヴォはイヴの顔を見上げた。「プロセスとかいろいろ、聞きたい？」

「いいえ、たまらなく興味深い話だとは思うけれど。要点だけお願い」

「了解。わたしの、あっと驚くような、ほとんど魔術に近い能力を駆使して、繊維の製造業者と、その灰色の染料を使った場合のさまざまな用途を突きとめたわ。ドロイドのペット、それも猫。一般的なトラ猫やブチ猫よ。子猫、若い猫、成猫、ネズミをよく捕る年寄り猫もあるわ。製造元は〈ペットコ〉。お望みなら、販売店も調べるけど」

「いますぐ知りたいわ。急いで調べて、ハーヴォ」

「わたしって、スピードと効率の女神《ゴッデス》でもあるのよ。あ、それから、ダラス、繊維はきれいだったわ。皮脂も洗剤も土も付着していなかった。このちっちゃなにゃんこは新品だと思う」

「どう思う、刑事？」

「ハーヴォはどうやってあんなふうに髪を立てているのか、っていうことですか？　すごくかっこいいですよね。でも、あなたが訊いたのはそんなことじゃない」

「ぜんぜん、まったくちがうわ」

「だれかがソマーズにドロイドをあげたのかもしれません。芝居のあとに彼女がいっしょに食事をした友人たちに確認したほうがいいですね。だれかが公園でドロイドをなくして、その後、やってきたソマーズが気づいて拾ったということも考えられます。調べるのはそんなに簡単じゃないですね。彼女の友人たちと話をしてなにも得られなかったら、その商品が買える小売店を当たりましょう。そのにゃんこは犯人のものかもしれないから、ＥＤＤがすでに作ったリストと突き合わせもしなければ」

「計画性を感じるわ。そっちからはじめて」車でセントラルへもどりはじめるとすぐ、イヴは言った。「わたしは、フィーニーに会ってEDDの調査の進行具合をたしかめてから、マイラのところへ行って〃あなたはだんだん眠くなる〃セッションに立ち会うわ」

「犯人は今夜もやると思いますか？」

「わたしたちが犯人の名前を特定できず、セリーナも大発見ができず、女性たちが真夜中は公園に近づかない、ということを守らなければ、モリスはすぐにでもまたつぎの女性客をもてなすことになるわ」


フィーニーに会いにいく途中、イヴは違法麻薬課《イリーガルズ》の雑用係をつかまえて自動販売機からペプシのチューブを買わせた。新たな対処法はうまくいっている、とイヴは思った。機械は休止せず、イヴも販売機をばらばらにしてやりたいという衝動に駆られない。すべて丸くおさまっている。

イヴが部屋に入っていくと、通例のEDDペースで仕事中のマクナブが踊ったりぺらぺらしゃべったりしているのが見えた。イヴを見るなり、マクナブはうれしそうに駆け寄ってきた。「プログラム保留」そう言って、ヘッドホンを下げる。「どうも、警部補。あなたの曲線美のパートナーはどこですか？」

「ピーボディ刑事のことを言ってるなら、仕事中よ。われわれの大部分はそうよ」

「勤務終了時刻を早めるつもりなのかなあ、と思っただけですよ。俺たち、今夜は〃さあ、きょうはこのくらいで〃モードで切り上げて、あした、〃さあ、つづきをやりましょう〃モードではじめられたらいいと思ってるんだ」

マクナブがたとえようもなく幸せそうで、イヴは言うべき皮肉のひとつも思い当たらなかった。いまにも彼の言葉が、小さな赤いハート型の文字になって口から漂い出しそうなのだ。

なにか空気中にあるのだろうか？　ピーボディとマクナブ、チャールズとルイーズ、メイヴィスとレオナルド。まるで流行性いちゃいちゃ病だ。

そういえば、ロークとはもう……そう、何日も、言い争いも、ささやかな喧嘩も、毒づき合いもしていない。「いつ勤務を終えるかはまだ言えないわ。ピーボディはいまも複数の手がかりを追っているところだし、わたしもフィーニーと話をしたら、そのあとはまた……なに？」

マクナブがびくっとひるんだのだ。ほんの一瞬の動きだったが、イヴは見逃さなかった。

「なんでもないです。なんでもない。あの、俺もこれにもどらないと、お尻に火がついちゃう。プログラム再開」

マクナブは駆け足でまたうれしそうに仕事にもどっていった。

「まったくもう」イヴは小声でつぶやき、まっすぐフィーニーのオフィスへ向かった。

フィーニーはヘッドホンをして、同時に二台のコンピュータを操作しながら、イヴが理解できたら感嘆していたはずの要領で、指示をあたえたり、スクリーンやキーを叩いたりしていた。実際のイヴはフィーニーのようすを、どこかオーケストラの指揮者に似ていると思った。すべてを把握して、集中しつつ、ちょっと錯乱しているように見える。

きょうのシャツは代用卵の色だが、あちこち皺が寄っていて、三番目と四番目のボタンのあいだに小さなコーヒーのしみがあって、イヴはほっとした。

イヴが視界に入ったとたん、マクナブと同じようにフィーニーも一瞬たじろいで眉を寄せたのを、イヴは見逃さなかった。「なんなのよ、こんちくしょう」

「全プログラムを中断」フィーニーはヘッドホンをはずした。「すべてのデータをまた照合しているところだが、きみが喜ぶようなことは伝えられそうにないな」

「なんだって合致する名前がないのよ？」イヴはソフトドリンクのチューブを荒々しく開けた。

「二、三、重なっている人物はいるんだ——該当地区の住人で手芸用品店の顧客とか、同じジムの会員とか。しかし、靴屋の客はどこにも引っかからない。問題の靴を買った者の名前は、ほかのリストのどれとも合致しない」

イヴはどさりと椅子に坐り、肘掛けを指先でとんとんと叩いた。「ほかに合致するのは？」

「該当地区の住人で二、三人——男性で、該当する年齢層でもあり、この十二か月以内にリストにある手芸用品店で買い物をした者がいる。赤いリボンを買ったかどうかはわからないが、店は利用している。ジムを利用している者、かつて利用した者もさらに二、三いる。しかし、そこまでだ——両方の店に出入りしていた者はいないし、靴の購入記録が残っている者もいない」

「でも、犯人はすべてにかかわっているはずよ。リボンと、靴と、ジム。わたしにはわかる」

「だとしても、金を払って凶器や靴を手に入れたとはかぎらないぞ。レイプして絞殺して目をえぐるような男が、万引きみたいなことを躊躇するとは思えない」

「そう、それも考えたわ。凶器はありうるわね。靴はちょっと考えられない。エアボード並みの大きさの靴を一足、こっそり店から持ち出すのは楽じゃないわ。ひょっとして、配送車から盗んだのかもしれない。その配送車を運転していたのが犯人、ってこともありうる。ケーツやメリウェザーを運ぶのに乗り物は持っていたはずだから。リボンだって同じようにして手に入れたのかもしれない」

「配送サービスと運転手から調べはじめるとするか」

「そうね、まったくたいへんなんてもんじゃないわ。やってみましょ。あなたはまだ現場で働く気はある？」

「僕をデスクから引き離してくれるって？　やるとも」

　イヴはじっと考えながらペプシを飲んだ。「これまでに合致した名前を分ければいいわ。そして、それぞれで調べる。手分けして調べれば時間の短縮になるわ」

「二、三時間したら手伝えるぞ。終わらせなければならないことが少しあるんだ」

「了解。ピーボディもなにか調べているところよ。犯人を割り出したあとも、彼女には経験を積んでほしいわ。彼女はなにをどうするかわかっているし、それがちゃんとできるけれど、現場捜査のベテランといっしょにいたほうがもっといいと思う。この件で彼女のパートナーになってもらえる?」

「もちろん。きみはどうするんだ?」

「民間人で、わたしの個人的コンサルタントのご機嫌をうかがいに行くわ。霊能者と精神分析医とのセッションに立ち会うの。その結果によっては、インプットすべきデータがちょっぴり増えるかもしれない」

イヴはすっくと立ち上がった。「フィーニー」そう言って、歩きはじめる。「ドロイドの猫を買う理由ってなんだと思う?」

「トイレの始末が面倒とか?」

「ははは。たしかに」

「少しどきどきしてるわ」

セリーナは寝椅子に横たわっていた。照明は薄暗く、かすかに聞こえる音楽は深みに流れ込む水音のようだとイヴは思った。

セリーナは髪を束ねていないので豊かな巻き毛が広がっている。首につけた銀のチェーンには、魔法の杖の形をしたクリスタルが数本、ぶら下がっている。きょうはドレスを着ていて、シルエットは真っ黒な長い柱を思わせ、丈は足首が少し見えるくらいだ。

両手で椅子の肘掛けをぎゅっとつかんでいる。

「体の力を抜きましょうね」マイラが椅子のまわりを歩いている。対象者の心拍数や脳波をチェックしているのだ、とイヴは思った。

「力は抜けています。ほんとうです」

「このセッションが記録されているのは了解しているわね？」

「はい」

「そして、あなたは催眠状態になることを自発的に決めた」

「はい」

「そして、あなたはセッション中、ダラス警部補が同席することを求めた」

「はい」セリーナはちょっとほほえんだ。「時間を作ってくれてありがとう」

「いいのよ」椅子に坐ったままもぞもぞしないこと、とイヴは自分に命じた。セッションを見守るのははじめてだったし、見学者という立場でさえ、催眠療法が好きになれるとは思いにくかった。

「気分はいいですか？」

セリーナはゆっくりと息を吸い込み、吐き出した。両手は椅子の肘掛けにふわりと置かれている。「はい。意外だけど」

「ゆっくりと深く、呼吸をつづけてちょうだい。しっとりとした青い息を吸い込んで、不純物のない真っ白な息が吐き出されるところを思い浮かべましょう」

マイラが小さなスクリーンを掲げ、イヴが視線を向けると、濃いブルーの背景に銀の星が見えた。星は、静かな心臓の鼓動のようにゆっくりと脈打っている。「星を見てください。あなたの息はこの星から出てきて、またもどっていきます。この星はあなたの中心です」

イヴは不安になってスクリーンから目をそらし、意識して今回の事件のことを考えて、マイラのなだめるような口調を聞くまいとした。

誤って催眠状態に入ることはないと思ったが、あえて危険にさらされることはない。時間は流れてゆく――聞こえるのは、よどみない音楽、マイラの静かな声、セリーナの深い呼吸。

イヴが思いきって視線をもどすと、銀色の星がスクリーンいっぱいに広がって、それをセリーナが食い入るように見つめていた。

「さあ、あなたは星に向かって漂っていきます。あなたが見ているのは星だけ、見えるのは星だけ。目を閉じて、自分のなかに星があると想像してみましょう。星といっしょに漂いましょう。あなたはとてもリラックスしています。空気のように体が軽いです。あなたは完璧に安全です。さあ、あなたは眠りにつきます。眠っているあいだ、わたしの声を聞いています。あなたは話すことも、質問に答えることもできます。星はあなたのなかにずっとあり、あなたは自分が安全だとわかっています。わたしはこれから数をかぞえ、十までかぞえたら、あなたは眠ります」

数をかぞえながらマイラはスクリーンを脇に置き、ふたたび、セリーナのまわりを歩いて、体の状態をチェックした。

「眠っているかしら、セリーナ?」

「はい」

「気分はいい?」

「いいです」

「あなたはわたしの声が聞こえるし、わたしの声に答えることもできるのよ。左の腕を持ち上げてもらえる?」

セリーナが言われたとおりにすると、マイラはイヴを見てうなずいた。「はい、腕を下げて。あなたは安全です、セリーナ」

「はい、わたしは安全です」

「あなたの名前をおしえてちょうだい」

「セリーナ・インディガ・テレサ・サンチェス」

「あなたを傷つけられるものはなにもありません。わたしがあなたを過去に導くときも、見たくないものを見たり、伝えにくいことを伝えたりするようにとお願いするときでさえ、あなたは安全です。わかりますか?」

「はい。わたしは安全です」

「公園にもどりましょう、セリーナ。セントラルパークへ。いまは夜、肌寒いけれど気持ちのいい夜です。なにが見えるかしら?」

「木々と、芝生と、暗がりと、葉っぱに囲まれて輝いている街灯も見えるわ」

「なにが聞こえますか?」

「通りを行き交う車の音。音楽も。通り過ぎる車の窓が開いていて、かすかに音楽が聞こえる。ネオパンク。耳障りだわ。わたしはあまり好きじゃない。足音が聞こえる。だれかが通りを横切ってくる。こっちへ来なければいいのに」

「その女性が見える? あなたのほうへ歩いてくる女性よ。引き綱で小さな犬を連れているわ」

「ええ。そう、見えるわ。小さな白い犬、ちっぽけな犬がちょこちょこついてくる。女性は犬を見て笑っているわ」

「その女性の外見はどんなふうかしら?」

「きれいな人。親しみやすい感じのきれいな人よ。髪は茶色、明るい茶色で、肩までのストレートヘア。目は……色はわからないわ、暗いから。目も茶色かもしれないけれど、暗すぎてよくわからない。女性は白人で、体つきはとても引き締まっていて健康そう。犬と散歩しているのがとてもうれしいみたい。犬に話しかけているわ。〝今夜はちょっとそこまで歩くだけよ〟って言ってる。〝さあ、いいワンちゃんでいてちょうだい〟」

セリーナの息づかいが不安定になり、声はささやくような小声になった。「あっちにだれかいるわ。だれかが見てる」

「だいじょうぶよ。彼はあなたを傷つけることはできないわ。あなたの姿は見えていないし、声も聞こえていません。彼が見えるかしら?」

「ええと……暗いわ。暗がりのなか。とても暗いところにいて、彼女を見ている。わたしには、彼の息づかいが――速いわ――聞こえるけれど、彼女には聞こえない。息づかいが聞こえないの。見られているのも知らないわ。引き返すべきよ。暗がりから離れて、明るい場所へもどらないと。もどらないとだめ！　でも、彼女はもどらない。わからないのよ、彼がそこに……だめ！」

「彼はあなたを傷つけられないわ、セリーナ。わたしの声を聞いてちょうだい。あなたを傷つけるものはなにもない。あなたは安全です。青い息を吸って、白い息を吐き出して」

セリーナの呼吸は穏やかになったが、声はまだ震えている。「彼女にひどいことをしているわ。跳びかかって、殴って、小さな犬は引き綱をひきずりながら逃げていった。彼女がひどい目に――殴られているわ。彼女もやり返している。ブルーよ、彼女の目はブルー。見えるわ。おびえた目。走って逃げようとするけれど、男はとても大きいわ。走るのも速い！　彼女は叫び声もあげられない。のしかかられているから叫べない。押しつぶされている」

「セリーナ。その男が見える？」

「見たくないわ。いやよ。わたしも見られるかもしれない。見られてしまったら、あの男は――」

「彼にはあなたは見えないの。あなたは空中に浮かんでいて、男からは見えないの。あなたは安全で、空中に漂っているの」

「わたしの姿は見えない」

「そうよ」

「わたしにはなにもできないのに」セリーナは寝椅子に横たわったまま、そわそわと動き出した。「どうしてこれを見なければならないの？　助けられないのに」

「助けられるわ。男を見て、そのようすを伝えてくれたら、それが彼女を救うことになるの。男を見てちょうだい、セリーナ」

「大男よ。とても大きい。力も強いわ。彼女は男を押しのけられないし、やり返しても歯が立たない。彼女は――」

「男を見て、セリーナ。いまは男だけを見て」

「男は……黒よ、黒い服を着てる。影みたい。男の手が……手が彼女の服をつかんで、引き裂いている。彼女を売春婦って呼んでいる。〝さあ、これが好きなんだろう、売春婦め。こんどはおまえの番だ、性悪女〟」

「男の人相を、ドクター・マイラ」イヴはつぶやいた。「男の人相を訊いて」

「男の顔を見てちょうだい、セリーナ」

「こわいわ」

「あなたの姿は見られないから。彼をこわがる必要はないのよ。顔を見て。なにが見える？」

「怒り。激しい怒り。ゆがんだ顔。男の目は黒いわ、黒くて、よく見えない。目は見えない。目がなにかで覆われている。サングラスよ、サングラスをかけて、ストラップで頭に固定している。頭は光っている。顔も光っている。ひどい。彼女をレイプしてる。うなり声をあげながら、体をぶつけるようにして彼女のなかに。見たくないわ」

「男の顔だけを見て」

「なにかに覆われている。マスク？　光ってる。マスクじゃない。光っていて、つるつるしてるもの。白くない。光っているものの下は白くない。茶色。日焼けしてる。わからないわ」

呼吸が速まり、だんだん弱まって、セリーナは首を右へ左へとひねりはじめた。「幅の広い顔よ、幅が広くて四角い」

「眉は」イヴはすかさず訊いた。

「眉は見える、セリーナ？」

「ほとんど黒に近くて、濃いわ。彼女を殺してる。赤いリボンを引っぱっている、きつく、きつく。彼女は息ができない。わたしも息ができないわ」

「引きもどさなければ」呼吸困難になってセリーナがあえぎ出すと、マイラが言った。「セリーナ、目をそらして。さあ、ふたりから目をそらして、あなたの星を見て。星を見るの。見えるかしら？」

「ええ、あの……」

「あなたは星だけを見ています。見えるのは星だけ。美しくて、穏やかな星です。さあ、星があなたをもとの場所へと導きます。家へ連れていってくれます。あなたはふわふわと少しずつ降りてゆきます。気持ちはとてもリラックスしていて、さわやかです。わたしが目を開けるように言ったら、あなたは目をさまし、目にしたことも、わたしと話したことも、すべておぼえています。いいですか？」

「はい。目をさましたいわ」

「さあ、目をさましますよ。眠りの層をひとつずつ通り抜けてきます。目を開けましょう、セリーナ」

　セリーナはまばたきをしてから、目を開いた。「ドクター・マイラ」

「ええ。しばらくじっとしていてちょうだい。なにか飲み物を持ってきましょうね。とてもうまくできたわよ」

「男が見えたわ」セリーナは首をひねってイヴを見た。「男を見たわ、ダラス」唇をかすかに震わせてほほえみ、イヴに手を差し伸べた。

　イヴは立ち上がり、たのまれているような気がして、セリーナの手を一瞬ぎゅっと握ってから、マイラがカップを渡せるように一歩後ずさりをした。

「男の顔を思い出せる？」イヴが尋ねた。

「顔」セリーナは首を振り、カップに口をつけた。「むずかしいわ。サングラスで目が隠れていたし、顔についていた――覆っていた？――なにかのせいで、顔がゆがんで見えたから。体格はわかるわ。前にも伝えたとおりよ。新たにわかったのは、混血なのか、褐色の肌なのか、日焼けをしているのか、ということ。それから、顔の形。頭には毛がないということと。剃っているのか、脱毛したのか、つるつるなの。顔になにをつけていたのかはわからない」

「おそらく、密封剤よ。厚く塗っていたのだと思う。男の声はどう？　とくに変わったアクセントがあった？」

「いいえ……ないわ。しわがれ声だったけれど、それは激しい怒りがこもっていたせいだと思う。でも、怒鳴りはしなかった。彼女を……そのあいださえ……小さな声のままだった」

「指輪や装身具、タトゥー、傷痕、アザには気づかなかった？」

「見たおぼえはないわ。気づかなかった。もう一度ためしたら、たぶん――」

「とんでもないわ」マイラが照明を明るくした。「早くてもあすの夕方までは、つぎのセッションを許可するわけにはいかないわ。申し訳ないけど、イヴ。この種のことは性急に進めるわけにはいかないの」

「気分はいいんです」セリーナはすぐにはあきらめなかった。「それどころか、はじめる前よりいい気分です」

「そのままいい気分でいてほしい、というのがわたしの考え。おうちに帰って、ゆったりリラックスして、食事をしてちょうだい」

「食事といっしょに、大きなグラスにワインを一杯、飲んでもいいかしら？」

「もちろんよ」マイラはぽんぽんとセリーナの肩を叩いた。「いま経験したことが忘れられるようなことをおやりなさい。そして、あした、ひとつ先のステップに踏み出せばいいわ」

「すでにひとつステップを上った感じよ。あしたはもっと楽にできそうだわ。写真が見られるかしら？」と、イヴに尋ねる。「あしたのセッションの前に。容疑者の写真があれば、セッション中にその男だと確認できるかもしれない」

「それまでに手配できるかどうか調べてみるわ」

「じゃ――」セリーナはカップを脇に置いた。「ワインを飲みに帰るわね」

「そこまで送るわ」

マイラの秘書は帰りじたくをしているところで、イヴがちらりと時計を確認すると、もう六時前だった。そろそろつぎに移動しなければ。

「この件が終わったら、いっしょにワインでも飲みましょう」

イヴは先に立ってグライドへ向かっていた。「いいわね。いまの催眠療法だけど、だれかにいつのまにか安定剤でも呑まされちゃった感じ？　ほら、自分を失わされてしまうみたいな？」

「いいえ。そうねぇ、ちょっとはそういうところもあるかもしれない。でも、なんて言ったらいいのか、紐でつながれて、その先をだれかに持たれている感じ。ちゃんと安全が保たれていて、もどってこられるんだって心のどこかでわかっているの」

「ふーん」

「ちょっと不思議な感じだけれど、そんなにいやな気分じゃなかった。わたしが言っているのは、セッション中に見たものじゃなくてプロセスのことよ。行って、見なければならなかったものがとても不快だったから、ある程度、影響されているところはあると思う。でも、基本的にはヴィジョンを見るときとさほど変わらないわ」

「そのヴィジョンを見るというのは、たしかなのね」

「もちろんよ。今回のように、わたしの才能がいままでとちがう方向に働くことは一回かぎりであってほしいって願っているわ。でも、そうじゃないなら、つぎはうまく対処するつもり」

「きょうもうまく対処していたわ。迷路みたいな廊下だけれど、ここから出入り口まで行ける？」

「ええ」

「わたしはもどらなければならないから」イヴは殺人課のほうを身振りで示した。

「朝早くからずっと働きどおしなんでしょう？」

「いつものことだから」

「このままがんばってね」セリーナは心の底から言った。「あした、マイラのところで会えるわね？　早めに来て写真を見たほうがよければ、連絡して」

「連絡するわ」

イヴはセリーナと別れ、廊下を右へ左へと曲がりながら殺人課へもどった。迂回してピーボディのデスクに寄って、こつこつとデスクを叩いてから身振りで合図をして、自分のオフィスへ向かった。「おおざっぱな特徴がわかったわ。わかってはいたけれど、犯人はまさにろくでなしの大男よ。混血か、あるいは——」

「以前、彼女は白人だと言いました」

「密封剤を見誤ったらしいわ。犯人は密封剤を厚く塗っていて、使っているのは完全な透明じゃないみたい。混血か、褐色の肌か、日に焼けているか。ハゲよ——つるつるのドームみたいな。顔は四角くて、黒っぽくて濃い眉。目立つ特徴については、今回、彼女が気づいたものはなかった。犯行時、男は濃いサングラスをかけていた」

「驚いた」

「目をどうかしているのかもしれないし、べつの象徴なのか、病的ななにかなのかもしれない。目の疾患とか過敏症について調べる必要があるわ」

「イカれたジャンキーは光に敏感です」

「彼は麻薬はやってないわ。たぶん、ステロイド剤。体を大きくするためにね。そっちはなにかわかった？」

「あの晩、ソマーズがいっしょに過ごした友人たちで、ドロイドやおもちゃを彼女にあげたり、彼女が持っているのを見たりした者はいません。猫についても同じです。なので、商品のほうから調べていますが、まだなにも手応えはありません」

「そのまま調べをつづけて。そのあと、フィーニーと組んで現場で少し残業をしてもらうわ」

「フィーニー？」

「彼の合致リスト、と呼ぶのも大げさなんだけど、それを手分けして調べようと思ってる。今夜、できるかぎりの範囲を調べておきたいの。あなたはフィーニーと組む。わたしはロークに来てもらう。彼は状況のほとんどを把握してるわ。ほかの警官に説明して指図する時間が節約できる」

イヴはいったん口をつぐみ、自分のデスクの端に腰かけた。「ねえ、運に恵まれて、今夜、犯人の男に出くわしても、簡単には逮捕できないってことを忘れないで」

「気をつけろ、なんて言うつもりじゃないでしょうね？」

「言いたいのは、有能でいろってこと。感覚を研ぎ澄ましていなさい。犯人に出くわした場合、相手はふたりいっしょに無理だから、あなたたちのどちらか一方に襲いかかる。襲われるのは、あなたが先よ」

「女だから」

「そう。可能なら、あなたを傷つけるはず」

「じゃ、そうさせないようにします。そして、すぐに連絡します、サー」

「さっきの特徴をフィーニーに伝えて。あなたも、しっかり頭に入れておくのよ。たぶん、やつはカツラをつけているから――」

「ダラス、わたしが巣から飛び出すのはこれがはじめてじゃないんですから」

「そうね、わかってる、わかってる」イヴはじっとしていられなくて床に立ったが、コーヒーはやめて水を飲むことにした。カフェインの摂取過多、と自分に言い聞かせながらボトルの蓋を開ける。「いやな予感がしたのよ、それだけ」

「家に着いたら連絡して、その旨報告しましょうか、ママ？」

「失せろ」

「失せているところです」

イヴはどすんと椅子に坐ってデスクに向かい、マイラとのセッションの記録を事件用ファイルに追加して、メモをまとめて日誌に入力した。

ロークは遅くとも七時半にはオフィスにやってくると言っていたから、まだ時間はあった。少しだけだが。イヴは目の過敏症について調べはじめ、コンピュータがブーンと低い音をたてて検索をしているあいだに、立ち上がって窓辺に寄った。

いやな予感がした、と思い返しながら、わが街を見晴らす。

それは超感覚的なものではない。イヴの身にそなわっていて、たまに使うことがあるそれは、本人の考えでは超常現象とは正反対のものだ。とても根本的なものであり、おそらく、ある意味では原始的——古代人がいつ狩りをするべきか、いつ身を隠すべきかを知った方法——でさえある。

非理知的《ヴィッセラル》という言い方もあるが、イヴにはいつも変わらず、なんとなくもったいぶって聞こえる。警官の仕事にもったいぶった言葉はしっくりこない。

ほかにいい言い方がないので、予感という言葉を当てはめるなら、それは本能と経験の結合であって、イヴが分析するつもりのない認識だった。

犯人はもうつぎのターゲットに目を付けている、とイヴにはわかっていた。わからないのは、今夜、だれをどこで襲うかということだ。

18

黒っぽい優雅なビジネススーツ姿のロークが、セントラルの駐車場のイヴの区画に止めてある新しい車のまわりを歩いている。「きみのアップグレード車をようやくじっくり見られたよ。それにしても長いあいだ待たされたね、警部補」

「なかなか使える車よ」

「前のより高性能なんだろうね」ロークはとんとんとボンネットを叩いた。「開けてみて」

「どうして？」

「エンジンが見られるように」

「なんで？　走ってるわよ。ほかになにを知る必要があるの？　見たってなんにも変わらないでしょ」

ロークは哀れむような笑みを浮かべ、じっとイヴを見た。「ダーリン、イヴ、機械にたいして関心と素養がまったくないところは、じつに女性的だね」

「言葉に気をつけたほうがいいわよ、きみ」

「知りたくないのかい？　この下になにがあるか」ロークはふたたびボンネットを叩いた。

「なにがきみを目的地まで運んでくれるのか？」

「べつに」口ではそう言ったが、かすかに好奇心は刺激された。「それに、予定よりスタートが遅れているのよ。とにかく、行きましょ」

「じゃ、交換条件だ」イヴが眉をひそめたので、ロークは一方の眉を上げた。「ちょっとのぞいて遊ぶのを許してくれないなら、せめて運転させてほしい」

公正な言い分だろう、とイヴは思った。夕方の自由な時間を割《さ》いて仕事を手伝ってくれようとしているのだ。だから、交換条件を受け入れて、車の助手席側へまわった。「警察本部はあなたの時間と助力に感謝感激雨あられよ」

「勘弁してくれ。そんな大仰な感謝の言葉はいらない」

ロークは運転席に坐り、好みの位置に座席を調整して計器盤に目をこらした。データも通信システムも中程度だ、と判断する。ＮＹＰＳＤが移動環境に最新鋭の車両を提供しないことに困惑せざるをえない。

エンジンをかける。音は悪くない、と思った。「少なくとも足回りのパワーは増したね」

そう言ってイヴにほほえみかける。「来るのが遅くなって悪かったね」

「いいのよ。こっちもいろいろやることがあったから。それに、フィーニーも二十分ほど前にデスクワークから解放されたばかりだから、彼とピーボディも捜査開始は遅れているの」

「だったら、僕らも追いつこう」車を駐車区画から静かに出して、控えめのスピードで出入り口へ向かう。ちらりと見て、交通パターンを読み取った。

そして、飛び出す。

「まったくもう、ローク！」

いきなり車の流れに合流して、タクシーと一般車とひとり乗りのスポーツカーのあいだをかすめるように縫って進み、赤に変わる直前の信号を突っ切っていく。「悪くない」と、ロークは判断した。

「乗りはじめた最初の週に大破させるなんて、絶対に許されないわ」

「ほほう」ロークは車を垂直に浮き上がらせ、そのまま角を曲がった。「方向転換にもうちょっと軽やかさがほしいところだけど、なかなかいいコーナリングだ」

「交通隊に止められても、バッジをちらっと見せて違反をもみ消したりしないから」

「横方向の移動はかなりスムーズだ」ためしてから判断する。「で、どこへ行くんだった？」

イヴは深々とゆっくりとため息をついたが、少なくとも質問をされたおかげで、対象者のファーストネームと住所をマップ・システムに音声入力できた。「目的地までのルートは、フロントガラスか計器盤のモニターか、どちらに表示する？」

「計器盤のほうがいい」

「モニターに表示」と命じて、すぐにルート図が現れると、つい口元がほころんでしまう。

「音声は消してるの。具体的に指示をあたえると、あれこれしゃべりかけてくるから。人間にこういう機能がついていないのは残念よね」

　イヴは早口でルートを説明した。

「セリーナのセッションはどうだった?」ロークはイヴに訊いた。

「彼女はうまく対処したわ。新たな特徴が二、三、わかったけれど、なかなか厳しい状況ね。二十四時間の休憩を挟まないと、マイラはつぎのセッションを許可してくれないの」

「時間がかかるね」

「そうなの、しかも、犯人はゆっくり動いてはくれない。やつが狙っているのはただの女性じゃなくて、やつが支配されていると感じる女性よ」

「象徴的にね」

「犯人をへんに刺激してしまったような気がするわ。ナディーンのインタビューを受けたときと、記者会見のときよ。犯人の残虐性が増しているの」

「きみが刺激しようとしまいと、きみが阻むまで犯人は殺しつづける」

「そうね、きっと阻んでみせる。いますぐにでもそうしてやる」

　イヴが最初に訪ねたランドール・ビームは、警官が訪ねてきたとわかっていやな顔をした。

「おいおい、用事があるんだ。ちょうどいま出かけるところだった。なんだっていうんだよ?」

「部屋に入れてくれたら、ランドール、なにがあったか伝えるわ。そうしたら、あなたも用事をしに出かけられるはず」

「くそっ。暴行の前科がちょっとでもあると、なにかっていうと警察がやってきていちゃもんをつけるのはなんでだよ？」

「たしかにそれは謎ね」

イヴは部屋に足を踏み入れ、なかを見渡した。狭くて、いかにも男の部屋らしく散らかっているが、不快にさせられるほどではない。違法麻薬課がランドールを訪ねてくるきっかけになりかねないなにかの名残が、ごくごくかすかに空気中に漂っていたが、イヴは彼に脅しをかけるときまでその件は取っておくことにした。

驚いたことに、窓にはカーテンがかかっていて、すてきなクッションがふたつ、たるんでしまったカウチの隅に押しつけてある。

身体的には、ビームはイヴが知っている容疑者の特徴をそなえていなかった。身長は百八十センチちょっと、がっしりとした筋肉質で、体重は八十キロくらいだ。しかし、サイズ15の足とくらべると、彼の足はほとんど華奢と言っていい。肌の色はどちらかというと生白く、茶色の長い髪を束ねてポニーテールにしている。

それでも、時間をかけてランドールから話を聞かなければならない。もっと条件を満たしている友人や、兄弟や、ほかになんだっていいが、とにかくいるかもしれないのだ。

「どこにいたか、言ってもらわなければならないわ、ランドール」イヴは三件の殺人があった夜の日付を伝えて待ったが、ランドールはだまし討ちにあったような悲しげな顔をして立ち尽くしているだけだ。

「そんなの、わかるわけないだろう？」

「ゆうべ、どこにいたか言えないの？」

「ゆうべ？　一件はゆうべなのか？　ゆうべ、仕事が終わってから？　実入りのいい仕事にありついたんだ」

「それはよかったわね」

「だから、仕事が終わってから、野郎のダチと〈ラウンドハウス〉に寄った。四番街のバー、みたいな？　ちょっと飲んで、食って、ビリヤードをやった。ああいう酒場では公認《L》コンパニオン《C》が客を捜しててさ。ロエールって名前の子？　なんかいい感じでさ、階上《うえ》の個室に連れていって――〈ラウンドハウス〉には二部屋あるんだ――ヤッたよ。そのあと、また二、三杯飲んで、家に帰った、わかんないけど、二時くらいか？　で、きょうは仕事は休みだよ」

「いまの話はすべて、ロエールや友だちに立証してもらえる？」

「もちろん。きまってるだろ？　ロエールはほとんど毎晩、あの店にいるから、行って訊いてみればいい。いっしょに仕事してるアイク――アイク・スティーンバーグ――にも訊いてみな。ゆうべ、いっしょに店にいたから。いったい、なにがあったんだよ？」

「残りの二晩はどこにいたか、先にそれを話して」

ネーピアが殺害された夜の行動をランドールはまったくおぼえていなかった——しかし、メープルウッドの夜になにをしていたかは、なかなか言おうとしない。

「用事があったんだ。十一時過ぎまでそこにいた。それが終わって……何人かといっしょに、えーと、コーヒーを飲みにいった。家に帰ったのは、わかんないけど、夜中の十二時ごろだな。ほんとうに俺、もう行かないと」

「用事ってなんなの、ランドール?」

ランドールは両足をもじもじとすり合わせ、その足を見下ろしながらみるみる頬を染めた。「なんで言わなきゃなんないんだよ?」

「それは、わたしがバッジを持っていて、あなたには前科があって、わたしに知る必要があるから。わたしにもう一度尋ねさせるつもりなら、さっきから匂ってるゾーナーについてあれこれ訊かせてもらうわよ」

「ちくしょう。おまわりめ。あんたらはいつだって、俺みたいな人間にいやがらせをしたがる」

「そうよ。そういう一面もある仕事だから、わたしは毎朝、にこにこしてベッドから起き上がれるの」

ランドールはふーっと息をついた。「野郎のダチには知られたくないんだ」

「わたしの口の堅さを知ったら、びっくりするわよ」

ランドールは視線を上げ、イヴの顔をさっと見てからロークに目を移し、肩を丸くすぼめた。「ぜったいに誤解するなよな。俺はホモとかそういうんじゃない。まわりに女がいるっていうのに、なんだって男同士でヤるのか、俺にはわからない。でも、まあ、俺は好きに生きるし、人に干渉もしないよ」

「感動的な人生観ね、ランドール。いいからしゃべって」

自分の鼻をつまみ、また両足をもぞもぞ動かす。「だから……最後に暴行罪でパクられたとき、すぐにカーッとなる性格をコントロールするなんとかっていうのに参加するべきだって言われたんだ。人を殴ったり、すぐに喧嘩をするのをやめられるように、って。でも、俺が殴るのは、殴る理由のあるやつだけだ」

こういうところがわたしの悪い癖だ、と思いつつ、イヴは彼を好きになりはじめていた。

「その感じ、わかるわ」

「で、やつらは、くそっ、やつらが言うには、俺はセラピーみたいなものを受けるべきだって。仕事っぽいのとか、レクリエーションっぽいのとか、遊びっぽいのとか。いろいろあるからって。それで、俺は、クラスに、えーと、手芸のクラスに参加したんだ」

「手芸をやるのね」

「ホモとか、そういうんだと思うなよ」いやだと言えるものなら言ってみろと挑むように、ロークを冷ややかな目でにらむ。

「きみがカーテンを作ったのか？」ロークがうれしそうに訊いた。

「そうだよ。だから？」両脇に下ろした手をぎゅっと握りしめる。

「とてもよくできている。素材と色がうまく活かされていると思うよ」

「まあね」ロークを見て、カーテンを見る。そして、肩をすくめた。「けっこうおもしろいんだ。建設的だし、えーと、心の健康にいい。俺はちょっと夢中になったっていうか。そこにあるクッションを〈トータル・クラフツ〉で作っていたんだ。あの店にはクラブとかあって、インストラクターもいる。あんたが言ってる晩は、あそこにいたんだ。手芸用品とか使わせてくれて、必要ならミシンも使わせてもらえるから。とにかくおもしろいんだ。今夜もニードルポイント刺繍のクラスがあるんだ。やり方をおしえてもらったら、なんだって作れるよ」

「あなたがいっしょだったことは、インストラクターやクラスメートが証明してくれるわね？」

「してくれる。でも、おいおい、あそこへ行っていろいろ質問するときに、前科のこととかしゃべられると、俺の立場がめちゃくちゃ悪くなるんだけど。あそこには、ちょっとそそられる女の子が二、三人いて、よけいなことをしゃべられると、俺がすっごいやばいんですけど」

「わたしは口がすごく堅いってこと、忘れてないわよね、ランドール。あなたの男の友だちで、あなたの趣味のことを知っている子がいる？」

ランドールは啞然とした表情を浮かべた。「いるわけないだろ。こういうちゃらちゃらしたカーテンやクッションのことを、野郎のダチにしゃべると思うのかよ？　さんざんからかわれて、またやつらをぶっ飛ばさなきゃならなくなるだけだ。そうしたら、すぐにカーッとなる性格をコントロールできない、ってことになる」

「たしかに」イヴは同意した。

「彼がドアを開けた瞬間、犯人じゃないってわかっただろ」ロークはすべるように運転席に乗りこんだ。

「ええ、でも、とにかく調べてみないと。男友だちは彼の趣味を知らないって言うけれど、そのうちのだれかが知っている可能性はある。あるいは、仕事仲間や、ビリヤードをいっしょにやっただれかが知っていたかも。隣人、ってこともありうる」そう言って肩をすくめる。「犯人がランドールからリボンをくすねたり、彼の名前を使ってリボンを買ったりしたということも考えられる。どんな低い可能性も無視できないわ。さあ、つぎを当たるわよ」

イヴが淡々と仕事をこなしたのはそうしなければならないからだが、ロークがそろそろ食事の時間だと告げてもはぐらかしはしなかった。ロークが選んだのが、テーブルにロウソクの炎が揺れて、えらそうなウェイターがいるフレンチ・レストランでも、文句は言わなかった。

ロークが名前を告げると、三十秒ちょうどで人目につかないボックス席に案内され、予想どおりのこびへつらうようなサービスを提供された。しかし、料理は絶品だった。

それでも、イヴはぼんやりと皿を見下ろして、料理をフォークで取り上げても、皿のべつの位置にもどすだけで食べようとしない。

「なにを悩んでいるのか言ってごらん」ロークはイヴの手に手を重ねた。「捜査のことじゃないね」

「いろんなことが頭のなかで回っているわ」

「そのうちのひとつを」

「ピーボディに話したの……彼女に、わたしが子どもだったころのことを話したの」

ロークはイヴの手を握る指先にぎゅっと力をこめた。「そのうちに話すのかなとは思っていたよ。さぞかしふたりにとってつらかっただろうね」

「わたしたちはパートナー同士よ。パートナーは信頼しなければならない。わたしのほうが立場は上だから、彼女には躊躇なくわたしの命令にしたがってもらわなければならない。彼女はそうしてくれるし、それはわたしのほうが立場が上だという理由からじゃないとわかっているわ」

「それだけの理由で彼女に話したわけじゃないだろう」

「もちろん、それだけじゃないわ」イヴはロウソクの炎越しにロークを見た。「今回みたいな事件は、わたしの内面に影響するの。集中しすぎてミスを犯す場合もあるし、直視することに耐えられなくて目をそらして失敗することもあると思う」

「きみはぜったいに目をそらしたりしないよ、イヴ」

「あら、そらしたいわ。たまにそらしたくなっても、危ういところで踏みとどまっているだけ。彼女は、毎日わたしといっしょにいる優秀な警官よ。わたしが気持ちをそらしたときはわかるだろうし、わたしがそうなるのはどうしてなのか、彼女には知る権利があるわ」

「きみの言うとおりだと思う。でも、彼女に話した理由はもうひとつあるはずだ」

「友だちだから。メイヴィスのつぎに絆の固い友だちよ。メイヴィスは風変わりな人だけど」

「そうとも、いろんな意味でね」

ロークの期待どおり、イヴは声をあげて笑った。「彼女は警官じゃなくてメイヴィスなの。過去についてちょっとでも話をした、初めての人が彼女よ。少しでも話すことができた最初の人。フィーニーにも話すべきだったわ。パートナーなんだから、話すべきだった。でも、いっしょにやっていたとき、わたし自身が知らなかったというか、ほとんどおぼえていなかったし、それに……」

「彼は男だ」

「あなたには話したわ。あなただって男よ」

「僕はきみの父親的存在ではないからね」ロークは言い、イヴがさっと水のグラスに手を伸ばすのを見つめた。

「そうね。そう、ちがうわ、あなたはそういうのとはぜんぜんちがう。そして、フィーニーはたぶん……ある意味、そうなのかもしれない。たいしたことじゃないけど」と、イヴは言った。「彼には話さなかった。マイラに話したのはほとんど偶然のようなものだったし、彼女は医者だから。自分からあんなにくわしく打ち明けたのはあなただけだったけれど、それに、いま、ピーボディが加わったわ」

「じゃ、すべて話したのか?」

「あの人を殺したこと? ええ。八つ裂きにしていたらいいのにとか、そんなことを言っていたわ。彼女、泣いていた。ああ」

イヴは両手で頭を抱えた。

「この件で、きみがいちばん気にかけているのはそれだね? きみのせいで彼女が心を痛めていることだね?」

「そんなつもりで話したんじゃないのに」

「友情とか、パートナー同士のつながりだよ。信頼関係だけじゃないんだ、イヴ。好意だよ。愛情と言ってしまってもいい。子どもだったころのきみに同情したり、きみのために怒ったりしなければ、彼女は友だちとは言えない」

「それはわかっているつもりよ。これから、頭のなかにあるもうひとつのことを話すわ。そのあと、リストの残りの人たちに会いに行かなくちゃ。きょう、催眠療法が行われるのを最初から最後まで見ていたの。この療法について、以前、マイラが話題にしたことがあった。積極的に勧めるわけじゃないけれど、忘れている過去を表面に浮き上がらせて、きれいに始末する助けになるかもしれない、って言われたわ。たくさん思い出せば思い出すほど、よりコントロールできるようになる、って。よくわからないけど。でも、わたしにあれはできそうにないわ、ローク。たとえそれで悪夢を見なくなるとしても、あれはできそうにない」

「少しは考えてみたんだね？」

「可能性を完全に消したわけじゃなくて、あとでまた考えようと思っていた。いつかそのうち、って。でも、検査《テスティング》並みにきついの。職務上、だれかを殺してしまった場合、テスティングを受けなければならない。それは決まりごとで、受けなければならないのよ。どんなにいやでもやらなければならない。こんなふうに言うのと同じよ。もちろんです、わたしをその過酷な状況に放り込んで、わたしの自制心を取り払ってください。なぜなら、きっと——たぶん——それですべてはよくなるでしょうから、って」

「過去についてもっと知りたくて、でも催眠療法は気に入らない、というなら、ほかにも方法はあるよ、イヴ」

「あなたは、わたしの過去の細かなことを掘り返せるわ。自分で自分の過去を掘り起こしたように」イヴはまた水のグラスを手にした。「考えてみたわ。そこまでやってみたいかどうか、わたしにはまだよくわからない。でも、まだもう少し考えてみるわ。わたしたちがなにをしたか知るっていうのは、国土安全保障機構《ホームランド》があの人を監視していて、わたしのことも知っていて、あの人がわたしになにをしていたかも知っていて、それでも調査の完全性を保つために、なにもせずに放置していたっていう——」

ロークは、なにもせずに放置していたっていう——」ロークは、ホームランドと完全性について、飛びきり下品な言葉を口にした。お高くとまったフレンチ・レストランにはふさわしくないひと言だ、とイヴは皮肉とユーモアをこめて思った。

「そう、そうよね。ほかの人が知っていたんだってわかったときは、わたしもちょっとそう思ったわ。それから、自問した。手柄をたてるために、わたしは民間人を犠牲にするだろうか？　って」

「きみはそんなことはしない」

「そうね、しないわ。知っていながらやったり、進んでやったりはしない。でも、あっちにはそういう連中がいる。自分たちを善良な市民とみなしつつそれをやる連中がいる。他人を犠牲にして、自分がほしかったり必要だったりするものを手に入れるのよ。規模の大小にかかわらず、そういうことは日常的に起こっている。よりよきことのために、自分たちの利益のために、連中が他人の利益のため、と勝手に解釈していることのために。行動したり行動しないことを通して、人はいつも変わらずほかのだれかを犠牲にしているのよ」

ピーボディは地下鉄を降りて、あくびをかみ殺した。まだ十一時前だが、もうへとへとだった。少なくとも空腹ではないのは、ピーボディに劣らずフィーニーも休憩してなにか食べるのが大好きだからだ。ピーボディのお腹は細切りのフライドチキン——少なくともチキンとして代金を請求されていたし、衣のなかにチキン以外のなにかが入っていたのでは、と疑うのは気が進まなかった——でいい具合に満たされていた。

明るい黄色のソースのようなものに漬けられたチキンは、予想の半分も悪くはなかった。もちろん、ほかのすべてはうまくいかなかったが、それが警官の仕事というものだ。

ピーボディは携帯リンクを開き、通りに出るステップを重い足取りで上っていった。

「やあ、待ってたよ」こぼれんばかりの笑みを浮かべたマクナブの顔がスクリーンいっぱいに映った。「もううちへ向かってる？」

「あとほんの二、三ブロックのところ。いろいろ当たってきたけれど、なにもつかめなかったわ」

「そういうもんだって」

「そのとおりね。荷造りは進んだ？」

「ベイビー、玄関に足を踏み入れたとたん、きみはすっごく濃厚でむんむんのサービスがしたくなるよ。もうすべて済ませちゃったから、もういつだってここからおさらばできる」

「ほんとう？　ほんとうなの？」歩道を歩いていたピーボディはちょっとだけスキップをした。「まだあんなに残っていたんだから、休む暇もなく作業してくれたのね」

「まあね、すっごく濃厚でむんむんのサービスっていう動機づけがあったからね」

「捨てたりしてないでしょうね、わたしの――」

「ピーボディ、俺は死にたくないからね。なんにも捨ててないよ。きみのちっちゃなぬいぐるみのウサちゃんだって」

「ふわふわしっぽさんよ。じゃ、帰るから。五分で着くわ。むんむんサービスを待ってて」

「むんむんサービス、ってことになれば、ユーススカウト並みにてきぱき準備しちゃうよ」

ピーボディは笑い声をあげ、ポケットにリンクを突っ込んだ。人生ってかなりいいものだ、と思った。わたしの人生はかなりいい。それどころか、いま、このときは最高にすばらしいと思える。新しい住まいにマクナブといっしょに引っ越すに当たって、心にわだかまっているささやかな心配ごと——賃貸契約を結び、べつべつだった人生と家具と生活スタイルを混ぜ合わせ、同じ男性と……まあ、おそらく永遠にひとつのベッドを分かち合う不安——はすべて消えていた。

これが正しいのだと思えた。たしかな手応えを感じた。

彼といっしょにいてたまにむっとすることがない、というわけではない。彼はそういうものだと理解している自分がいる。それも含めてふたりの関係であり、スタイルなのだ。

わたしは恋をしている、とピーボディは思った。わたしは刑事だ。NYPSDで最高の警官——どこであろうと最高の警官だろう——とパートナーを組んでいる。なんと、三ポンド痩せた。オーケイ、二ポンドよ。でも、いまも三ポンド目が落ちているところ。

歩きながら視線を上げて、自分のアパートメントに——もうじき、前に住んでいたアパートメントになる——明かりがついているのを見てほほえむ。たぶん、マクナブはいますぐにも窓辺にやってきて、顔を突き出し、手を振るか投げキッスをするだろう——ほかの男ならばかみたいに見えるかもしれないしぐさだが、彼にやられるとどきっとしてうきうきした気持ちになる。

そして、わたしも投げキッスを返して、ばかばかしいとはこれっぽっちも思わないだろう。

ピーボディはほんの少し歩く速度をゆるめて、マクナブが窓辺に寄ってきて、彼女の想像を実演する時間をあたえた。

男がやってきたのは見ていなかった。

なにかが動いたのがおぼろげに見えた。男は大きくて――ピーボディが想像していたより大きかった――しかもすばやかった。そして、男の顔が見えた――黒いサングラスで目が覆われていた――瞬間に、厄介なことになったとわかった。とてつもなく厄介なことに。

本能的に、かかとに重心をかけてくるりと体を回転させ、腰に携行している武器に手を伸ばした。

つぎの瞬間、疾走してきた雄牛に激突されたような気がした。胸と顔面に痛みを――異常な痛みを――感じた。なにかが壊れる音がして、吐き気を催すような驚きとともに、そのなにかが自分のなかのどこかだとわかった。

理性はもう働いていなかった。考えたというよりは訓練の結果、ピーボディは大きな体をめがけて両脚をめちゃくちゃに蹴り出し、男に少しでも後ずさりをさせて、地面をころがろうとした。

しかし、男はほとんど動かない。

「売春婦」

目の前にぬっと現れた男の顔は密封剤が分厚く塗られ、幅広の黒いサングラスに覆われて目鼻立ちはよくわからない。

時間の経過が、シロップがしたたるようにゆっくりと感じられる。両手と両脚が鉛のように重い。ピーボディは顔を上げて、また男を蹴りはじめ――のろのろとしか動かず、ひどい痛みを感じながら――燃えるように痛む胸に、必死で息を吸い込んだ。細かなことをしっかりおぼえて、と自分に命じながら。

「売春婦警官め。叩きのめしてやる」

男に蹴られ、ピーボディは苦痛のあまり体を二つ折りにして、指先で武器を探った。体の一部は感覚を失っていても、男の足や拳が体にめり込む猛烈な衝撃は感じられる。自分の血の匂いがする。

男はピーボディをつかんで、子どもの人形であるかのように軽々と引っぱり上げた。ピーボディは、こんどはなにかが裂ける音を聞いた――と同時に、痛みに貫かれた。

だれかが叫び声をあげた。ピーボディは自分の体が暗がりに投げ落とされるのを感じながら、武器を発射した。

マクナブは音楽をかけた。連絡をしてきたピーボディは疲れた声を出していたから、彼女が好きなフリー・エイジャーの美しくて澄んだクソ音楽を選んだ。荷造りはすべて――シーツも含めて――終えたので、彼女の寝袋でふたりいっしょに寝る予定だった。彼女は喜ぶだろう、と思った。ゆうべもここで、ふたりで寄り添い、キャンプ中の子どものようにくっついて眠ったのだ。

とにかく、なにもかもうっとりするほどすてきだった。

それから、ピーボディのためにグラスにワインを注いだ。仕事で夜遅くなったとき、彼女も同じようにやってくれるだろうか、などと考えながら、彼女のためにそうするのは好きだった。同居している男女はこういうことをやるものだ。マクナブはそう思っている。

異性と本格的に同居するのは、ふたりともはじめてだった。ふたりで暮らして、たがいに学ぶのだ。マクナブはそう思っている。

窓辺に寄って、歩いてくる彼女に大きな音をたてて投げキッスをしようか、と考えているとき、悲鳴が聞こえた。

マクナブはキッチンから駆け出し、荷造りした段ボール箱を飛び越しながら居間を横切って、窓に近づいた。そのとたん、心臓が凍りついた。

一方の手に武器を、もう一方にコミュニケーターをつかんで、どちらをつかんだ記憶もないまま、ドアを開けて駆け出す。「応援を求む！　全パトロールカー、全パトロールカー、緊急の応援を求む」

住所を叫びながら、飛ぶように階段を降りていく。祈りながら。祈りながら。

ピーボディの体の半分は歩道に、もう半分は通りにあった。血まみれでうつぶせになり、コンクリートを赤く染めていた。かたわらに男性と女性がかがみこみ、もうひとりがふたりになにか大声で言っている。

「どいて。離れて」マクナブはいちばん近くにいた者をやみくもに押しやった。「警官だ。ああ、なんてことだ、ディー」

マクナブはピーボディを引き上げて胸に抱きたかったが、やってはいけないとわかっていた。だから、震える指先で頸動脈に触れた。脈を感じたとたん、自分の心臓がびくんと跳ねるのがわかった。

「いいぞ、ああ、よかった。警官が負傷！」マクナブはコミュニケーターに向かって怒鳴った。「警官が負傷。同住所に医療援助を要請。急ぐんだ、こんちくしょう。急いで」

ピーボディの手に触れて、力いっぱい握りしめそうになるのをなんとかこらえる。ようやくまたまともに息ができるようになった。

「黒か紺色のバンを捜せ。新型モデルだ。現場から猛スピードで南へ向かった」

バンをそれほどしっかり見たわけではなかった。ピーボディしか見えていなかった。

ピーボディの体を覆おうとシャツを脱ぎかけると、そばにいた男性のひとりが自分の上着を脱いだ。「これを、これをかけておあげなさい。ちょうどわたしたちがやってきて、通りを渡ろうとしたとき、この人が……」

「しっかりしろ、ディー。ピーボディ、たのむからがんばってくれ」なおもピーボディの手を握っていたマクナブは、もう一方の手に武器が握られているのに気づき、顔を上げてまわりを囲んでいる人たちを見た。その目からみるみる感情が消えて、サメの目のように冷ややかになった。

「お名前をおしえてください。なにを見たか、話を聞かせてください」

あばら骨に心臓が打ちつけるのを感じながら、イヴはエレベーターを降りて、大股の駆け足で病院の廊下を進んでいった。「ピーボディ」そう言って、ナース・ステーションのカウンターに警察バッジを叩きつける。「ディリア刑事よ。彼女の容体は？」

「いま手術中です」

「だから、容体を訊いているのよ」

「わたしは手術室にいるわけじゃないので、容体はお伝えできません」

「イヴ」ロークが肩に手を置いて引き留めなければ、イヴはカウンターを乗り越えて、看護師を絞め殺していただろう。「マクナブも待合室へ来るだろう。まず、そっちへ行こう」

イヴはなんとか息を吸って、恐怖といらだちを鎮めようとした。「だれかを手術室へ行かせて、彼女の容体を見てきてもらって。わたしが言ってること、わかる？」

「わたしにできることはやりますから。廊下の先の、左手でお待ちください」

「落ち着いて、ベイビー」ロークはイヴにささやき、一方の腕を腰に回して待合室へ向かった。「落ち着くようにがんばってごらん」

「いったいどういうことになっているのかわかったら、落ち着くわよ」待合室に一歩足を踏み入れ、そのまま体の動きを止める。

彼はひとりだった。彼がひとりでいるとは、イヴは予想もしていなかった。待合室のような場所は、つらい思いをしている人たちでいっぱいなのがふつうだ。しかし、そこには、窓のひとつの手前に立って、外をながめているマクナブの姿しかない。

「刑事」

マクナブはくるりと振り向いた――悲嘆と希望の入り交じった表情が震えて、悲嘆だけの表情に変わった。「警部補。彼女は連れていかれました。連れていかれて……医者たちが言うには……よくわからないんだ」

「イアン」ロークはマクナブに近づいて肩を抱き、椅子へと導いた。「少し坐るといい。なにか飲み物を持ってくるから、しばらく坐っていろ。彼女のことは医者たちが引き受けてくれている。もうちょっとしたら、どうなっているのか僕がようすを見てくる」

「なにがあったのか話して」イヴはマクナブの隣に腰を下ろした。そして、マクナブが左右の親指に指輪をしているのに気づいた。両手に血がついている。ピーボディの血だ。

「俺はアパートメントにいました。荷造りをすべて終えてました。彼女と話したところだった。連絡してきて、あと二、三ブロックでうちだって言ってた。彼女はほんの……俺は迎えに行くべきだったんだ。そうするべきだった。迎えに行けば、彼女はひとりで歩いて帰ってこなくてすんだ。俺は音楽をかけたんだ。音楽なんかかけて、キッチンにいた。悲鳴が聞こえるまで、なにも聞こえなかった。彼女の声じゃない。悲鳴をあげる暇もなかったんだ」

「マクナブ」

イヴの声の調子に気づいて、オートシェフの自動販売機に向かっていたロークは振り返った。なにか言ってイヴを引き離そうと思ったが、変化に気づいた。

イヴは手を差し伸べ、血でよごれたマクナブの手の一方を握った。「イアン」と、呼びかける。「報告してもらわなければならないの。つらいのはわかるけれど、わかっていることをすべて話して。いまの話では、くわしいことはなにもわからない」

「俺は……ちょっと待って。いいですか？　ちょっと待ってください」

「もちろん。さあ、飲み物を……彼が持ってきてくれるから、飲んで」

「お茶だ」ロークはふたりの前のテーブルに腰かけて、マクナブと向き合った。「さあ、少し飲んで、イアン、ひと息つくんだ。ちょっと聞いてくれ」

ロークが膝に手を置くと、やがてマクナブは頭を上げてロークの目を見た。「愛する人が、かけがえのない人が傷ついてしまうのがどんなことか、僕にはわかる。腹のなかで戦闘がはじまって、体で支えきれないいんじゃないかと思うほど心が重くなる。こういう種類の恐れに名前はない。それを胸に抱えてただ待つことしかできない。力になりたいから、どうか話してほしい」

「俺はキッチンにいました」マクナブは両方の手のひらの手首に近いところを、強く両目に押しつけた。それから、お茶を飲んだ。「家まであと二、三ブロックだって、彼女が言ってから二、三分もたっていなかったと思う。彼女はたぶん、地下鉄を降りてすぐに連絡をくれたんだ。女性の悲鳴と叫び声が聞こえた。窓に駆け寄ったら、見えたんだ……」

マクナブは両手でお茶のカップを持ち上げ、それが薬であるかのように飲んだ。「彼女はうつぶせに倒れていた。頭と肩は歩道に、残りは通りにはみ出していた。男性ふたりと女性ひとりが北西のほうから彼女をめざして走っていた。それから、猛スピードで南へ走り去る車が見えた——というか、ちらっと見えた」

マクナブはいったん口をつぐみ、咳払いをした。「俺は階段を駆け下りていった。武器とコミュニケーターを手にして。どうやったのかはおぼえていない。応援をたのんで彼女のところへ行ったら、彼女は意識を失っていて、顔と頭から出血していた。服が血だらけで、ところどころ破けていた」

マクナブはぎゅっと目をつぶった。「どんどん血が流れていて、俺は彼女の脈を確認した。生きていた。武器を取り出して右手に持っていた。犯人は彼女の武器は取り上げられなかった。くそ野郎は武器を取り上げられなかった」

「犯人は見ていないのね」

「見ていない。目撃者三人の名前と話を途中まで聞いたところで、医療員《MT》が到着したんだ。俺は彼女に付き添わないわけにはいかなかった、ダラス。だから、目撃者のことは応援に駆けつけた制服警官にまかせて、その場を離れた。どうしても彼女といっしょに行きたかったから」

「もちろん、そうでしょう。どんな車だったかわかる？　ナンバープレートは？」

「黒っぽいバン。色はよくわからないけど、とにかく黒っぽかった。黒か濃紺かな。ライトが消えていてナンバーは見えなかった。目撃者も見えなかったと言っていたし、男性の一方――ジェイコブス――が言うには、すごくきれいで新車みたいに見えたって。〈サイドワインダー〉か〈スリップストリーム〉だろうって」

「その人たち、彼女を襲った人物を見ていた？」

マクナブの目からまた感情が消えて、冷ややかさだけが残った。「ええ、はっきり見てました。大きくてがっしりしてて、ハゲで、サングラスをかけていたって。彼女を蹴ったり、ちくしょう、踏みつけたりしていたのを見たって。彼女が地面に倒れてからも、あのろくでなしは蹴っていたって。それから、彼女を持ち上げた。バンの後ろに放り込もうとしていたように見えたって。でも、目撃した女性が悲鳴をあげはじめて、男性たちも怒鳴りながら駆け出した。すると、やつは彼女を放り出した。彼女を投げ捨ててバンに飛び乗ったって。でも、彼女は武器を発射した。目撃者はそう話してくれた。彼女は投げ出されたときに武器を発射したんだ。たぶん、当たっただろうって。男はよろめいたみたいだって。あの人たちもたしかじゃなくて、俺も行かなくちゃならなくて、彼女といっしょに行かなくちゃならなくて、だから、あとの話は聞けなかった」

「よくやったわ。すごい」

「ダラス」

このときになってイヴは、マクナブがこみ上げる涙を必死でこらえているのに気づいた。彼がこらえきれずに泣き出したら、自分も泣いてしまう。「落ち着いて」

「彼らが――医療員たちが――言ったんだ、かなり悪いって。救急車に乗り込んだあと、彼らはピーボディの手当てをしていた。そのとき、かなり悪いって言われたんだ」

「もうあなたが知っていることだけど、言うわ。ピーボディはへなちょこじゃない。しぶとい警官よ。だから、持ちこたえる」

マクナブはうなずき、大きく息を吸い込んだ。「彼女は武器を握っていた。手放さなかった」

「根性があるのよ。ローク?」

ロークはうなずき、そして、イヴとマクナブを残して情報を集めに向かった。

19

彼は行ったり来たり歩きまわったりしながら、獣のように泣き叫んだ。じっと見つめている眼球の前を前後左右に歩きながら、子どものように泣きじゃくった。あの性悪女が俺にけがをさせた。

こんなことは許されない。あの日々は終わって、俺はもう傷つけられないことになっているんだ。もう二度と。俺を見てみろ。くるっと体の向きを変えて、鏡張りの壁に向かってまた確認する。この体を見てみろ。

俺は背が高くなった。知っているだれよりも大きくなった。

〝服代がどれだけかかるかわかってるのかい？　このあほのできそこない。もう自分で金を稼ぎはじめないと、裸で出かけなきゃならなくなるよ。服代のために質屋に通うのはもうごめんだからね〟

「ごめんなさい、母さん。でも、自分じゃどうしようもないんだ」

ちがう、そうじゃない！　俺は申し訳ないとは思っていない。背が伸びて喜んでる。俺はできそこないなんかじゃない。

努力して強くもなった。鍛えて、耐えて、汗を流し、強靭な体を作った。自慢できる肉体、人に尊敬される肉体を作った。女性に恐れられる肉体を作った。

〝おまえはチビで、弱虫で、なんの役にも立たない〟

「いまはもうそうじゃないよ、母さん」彼は歯をむき出してほほえみながら、けがをしていないほうの腕に力こぶを作った。「もうそうじゃないんだ」

しかし、何年もかかって作り上げたたくましい肉体を鏡の前で誇示して、うっとりしているあいだにも、自分自身がみるみる縮んでやせ細り、頬のこけたがりがりの少年になって、おびえたような目をしてじっとこちらを見つめ返してくる。

少年の胸には、打ちすえられてできたみみずばれが縦横に走り、性器は母親にさんざんしごかれて赤むけになっている。洗わせてもらえない髪は汚れて脂ぎり、肩まで垂れ下がっている。

「ぼくたち、また罰を受けるよ」その少年が男に言った。「また暗いところに閉じこめられる」

「ちがう！　そんなことはさせない」彼は鏡に背を向けた。「そんなことができるはずがない。自分がなにをしているか、俺はちゃんとわかっているんだ」傷ついたほうの腕を抱くようにして歩き出して、痛みを忘れようとする。「こんど罰を受けるのはあっちだ。ぜったいにまちがいない。俺は、性悪の女警官をやってやったんだ、そうだろ？　そうじゃないのか？」

殺してやった。まちがいなく叩きつぶしてやったとも、そのとおり。でも、俺の腕が！　熱くて、肩から指先までしびれてやがる——何本もの針でちくちく刺されるようなしびれだ。

その腕をそっと体のほうへ引き寄せて、うめき声をあげる。自分が少年なのか大人なのかわからなくなってくる。

ママがキスをして治してくれる。

ママにいっぱいぶたれて、暗いところに閉じこめられちゃう。

「まだ終わってないよ」

悲しげで、絶望に打ちひしがれた少年の声がした。

そうだ、まだ終わっていない。終わらせなければ罰を受けるだろう。暗闇に閉じこめられる。火であぶられ、鞭で打たれ、頭のなかには彼女の声ががんがん響きわたるのだ。

あの女警官を置いてくるべきじゃなかった。でも、間に合わなかったんだ。悲鳴が聞こえて、何人かがこちらに向かって走ってきて、腕に激痛が走ったのだ。

走るほかなかった。あの少年の声がした。走れ！　と。ほかになにができた？

「しょうがなかったんだ」男は床に両膝をつき、哀れみのかけらも見せずにこちらを見つめ、静かに浮かんでいる眼球に訴えた。「つぎはもっとうまくやる。とにかく待ってろ。うまくやるから」

けっして消されることのない明るい照明の下、彼は膝をついたまま体を揺らして、むせび泣いた。

イヴは坐っていられなかった。自動販売機が並んでいる一角へ行って、またコーヒーを注文した。薄くて苦いコーヒーを手に窓辺に寄る。マクナブがやっていたように外を眺める。これまでにやったことと、これからやらなければならないことを思い返してみるが、気持ちが手術室へ向かってしまうのをどうしても止められない。そして、想像してしまうのは、ピーボディのぴくりとも動かない体が手術台に横たわり、だれだかわからない医者たちが両手を手首まで真っ赤な血に染めている姿だ。

ピーボディの血だ。

足音が近づいてくるのが聞こえて、イヴはくるりと振り返った。しかし、やってきたのはロークでも、だれだかわからない医者のひとりではなかった。足早にあとにつづいたフィーニーの流行のシャツは長い一日を経て皺くちゃになり、不安で落ち着かないのか頰が上気している。

さっとイヴを見て、彼女がただ首を振ると、まっすぐマクナブに近づいていって——ロークと同じだ——テーブルに腰かけた。

ふたりは小声で話し合っていた。フィーニーは低く落ち着いた声で、マクナブはか細くて途切れがちな声で。

イヴは半円を描くようにしてふたりを避けて、廊下に出た。情報がほしくてたまらない。なにかしないではいられない。

近づいてきたロークの顔を見たイヴは、さーっと両膝から力が抜けるのがわかった。

「まさか、彼女――」

「だいじょうぶ」イヴの両手が震え出したので、ロークはコーヒーを引き取った。「まだ手術中だ。イヴ……」コーヒーを移動式トレイに置いて、イヴの両手を包み込む。

「とにかく聞かせて」

「肋骨が三本折れている。搬送中に肺がしぼんでしまったそうだ。鎖骨が砕けて、腰椎も折れている。内臓もかなり損傷を受けている。腎臓を強打している。脾臓もだ――いま、修復しているところだが、摘出しなければならないかもしれない」

なんてことだろう。「それは――摘出したとしても、人工臓器でもなんでも移植できるわ。どんな臓器だって移植できる。ほかには？」

「犯人は彼女の頬骨を砕いて、顎の骨を脱臼させた」

「ひどい。ひどいけど、元どおりになるはず――」

「頭部にも外傷がある。これが心配なんだ」ロークは両手でイヴの両腕を上下にすばやくさすりながら、じっと目を見つめて言った。「とても深刻な状態だ」

緊急治療室《E R》でロークが質問責めにした主治医によると、ピーボディは大型《マクシ》バスに頭から激突したように見えたという。

「医者たち……医者たちは、見込みを口にした？」

「いや、口にしなかった。僕に言えるのは、最高の医師チームが彼女の治療に当たっていて、外部の専門家が必要ということになれば、手配して呼び寄せる、ということだ。彼女に必要なものはなんだって手に入れる」

喉元にこみ上げた熱い思いを、ぎゅっとダムのようにとどめて呑み込む。そして、なんとかこくりとうなずいた。

「彼にはどれだけ伝えてほしい？」

「なに？」

「マクナブだ」いつのまにかイヴの肩をさすっていたロークは、彼女が目を閉じて、考えをまとめるのを待った。「彼にどこまで伝えてほしい？」

「すべてよ。彼はすべてを知らなくちゃならない。彼は――」突然、言葉に詰まり、ロークに抱き寄せられるまま、一瞬、彼にしがみついた。「ああ。ああ、もう」

「彼女は強い。若くて、強くて、健康だ。かならず乗りきる。きみだってわかっているはずだ」

強打。骨折。粉砕。「行って、彼に伝えて。フィーニーも来ているの。フィーニーが彼のそばにいるから。行って、ふたりに伝えて」

「きみもいっしょに来て、坐っているといい」ロークはイヴの額と両頰にそっとキスをした。「いっしょに待とう。みんないっしょに待っていよう」

「もう少ししてから。わたしはだいじょうぶ」イヴは体を引き、まだつながっていたロークの手を、最後にぎゅっと力をこめて握ってから離した。「落ち着けばだいじょうぶだから。それに、わたし……連絡しなければならない人がいるし。なにか……なにかやっていないと、気がへんになってしまうから」

ロークはふたたびイヴを引き寄せ、しっかりと抱きしめた。「僕たちは彼女を行かせはしない」

永遠にも思える一分が積み重なって、ようやく一時間が経過した。

「まだ情報は入ってこないのか？」

イヴはフィーニーを見て首を振った。それまでのイヴは、うろうろ歩き回っていないときは、待合室の外の壁に寄りかかって立っていた。待合室には続々と警官が詰めかけていた。制服組、私服刑事、暇な一般職の人もいた。腰を下ろして待っている者もいれば、なにか新しい情報はないかと立ち寄っただけの者もいる。

「彼女の家族は――」

「話をして、せめてもっとくわしいことがわかるまで、家で待機してもらうことにしたの」イヴは何杯目かのコーヒーにまた口をつけた。「くわしいことがわかったらすぐ、彼女の容体を伝えるから、って。でも、ちょっと軽く見過ぎていたかもしれない。待機してもらうべきじゃなかったかもしれないけれど――」

「いまのところ、家族にできることはなにもない」

「そうよね。家族がこっちへ来なければならなくなったときのために、ロークはもう足の手配をしてくれているわ。マクナブはどんなようす？」

「いまのところ、ぬるぬるして滑る命の糸二、三本に、かろうじてぶら下がっている感じだが、なんとかがんばっているのはまちがいない。警官たちがまわりにいるから、少しは心強いんじゃないか」フィーニーは目を細めた。「犯人は、いわばカモだな、ダラス。身内が狙われたいま、この街の警官でやつを追いつめようとしない者はひとりもいない」

「やつはカモよ」イヴは同意した。「わたしが捕まえてやる」

あいかわらず壁に寄りかかっていたイヴは、こつこつというヒールの足音を聞いて、顔だけをそちらへ向けた。ナディーンが足早に廊下をやってきた。制服警官をふたり、引き連れている。そろそろ来るころだと思っていた。

いいわね、とだけイヴは思った。だれかとちょっと言い争いをするという気晴らしができれば、ちょうどいい。

しかし、ナディーンはふたりの前で立ち止まり、一方の手をフィーニーの腕に、もう一方をイヴの腕に置いた。「彼女、どう？」

友情が先なのだ、とイヴは気づいた。ほんとうに重要なことでは、なによりも友情が優先される。「まだ手術してるわ。もう二時間近くになる」

「いつごろ終わるか、医者たちは――」ナディーンは途中で言うのをやめた。「言うわけないわよね。話があるの、ダラス」

「話して」

「ふたりきりで話したいの。ごめんなさい、フィーニー」

「ぜんぜんかまわないよ」フィーニーは待合室にもどっていった。

「どこか、坐れるところがある？」ナディーンが訊いた。

「もちろん」イヴは壁に寄りかかっている背中をただずり下げていって、床に尻をついた。

ナディーンを見上げて、コーヒーをちょっと飲む。

つま先でトンと床を打って肩をすくめてから、ナディーンはイヴの隣の床に腰を下ろした。「ピーボディのことに関するかぎり、あなたが望まないことはいっさい放映しないわ。彼女のために」

「感謝」

「彼女はわたしの友だちでもあるわ、ダラス」

「知ってるわ」目がずきずきするので、まぶたを閉じる。「知ってる」

「放映してほしいことを言ってくれたら、そのとおりにする。じゃ、ここでちょっと、あなたがわたしにくっつけたゴリラ二頭について話し合いましょう」

イヴは制服姿の警官に目をやり、ふたりが――彼女が指示したとおり――がっしりして経験豊かそうなのがわかって満足した。「彼らがどうしたの？」

「ナチスの突撃隊員みたいなふたりにぴったり寄り添われて、どうやって仕事をしろってい

「うのよ？」

「それはあなたの問題」

「わたしは、こんな——」

「犯人は彼女を襲ったんだから、あなたを襲う可能性もある。わたしたちはいっしょの画面に映っていたの。三人だけよ」イヴはつぶやいた。「わずか三人。犯人がピーボディを選ぶとは思わなかった」

「あなたを襲うはずよね」

「そのほうがよっぽど筋が通ってるのよ、こんちくしょう。主任捜査官なんだから。指揮を取ってるのよ。でも、やつはわたしのパートナーを襲った。だから、あなたも襲うかもしれない。いろいろ考えてわかったの。わたしの身近な人を、わたしの目と鼻の先で殺せるんだって、犯人はわたしに見せつけたいのよ。それを思い知らせてから、わたしに狙いを定めるつもりよ」

「なんとなくわかるわ、ダラス、でも、いつも三人組で出かけていって、しかもそのうちのふたりは警官で、どうやってデータを集めたりレポートしたりすればいいのかはわからない。そんなんじゃ、だれもわたしに話を聞かせてくれないわよ」

「自分でなんとかしなさいよ」イヴはぴしゃりと言った。「とにかく、なんとかやるしかないのよ、ナディーン。わたしは、もう友だちに手出しはさせない。ぜったいにチャンスはあたえない」

冷ややかな怒りに満ちたイヴの顔をじっと見つめ、ナディーンはなにも言わなかった。壁に背中をあずけて、イヴの手からコーヒーを取り上げて口をつける。「生ぬるいおしっこみたいな味」そう言って、もうひと口飲む。「いいえ、それよりもうちょっとまずいみたい」

「一ガロンも飲んじゃうと、そんなに悪くないと思えてくるから」

「あなたの言葉を信じるわ」と、ナディーンは決め、コーヒーを返した。「わたしは犯人に危害を加えられるなんて、まっぴら。予防措置のとり方はわかっているって、声を大にして言いたいわ。とくに、一年かそこら前、公園で殺人狂と戯れる経験をしたあとではね。あのとき、だれが助けてくれたかは忘れていないわ。しかも、わたしは充分に賢いうえに、自己保存の健全な感覚の持ち主でもあるから、わたしが幸せに生きることに興味を持ってくれる人が必要なときもあるかもしれないってことを受け入れる。だから、それでなんとかうまくやってみるわ、ダラス」

ナディーンは体を揺すり、ばつが悪そうに堅い床の先に視線をやった。「それに、なんと、左の彼はちょっとセクシーだし」

「職務中のわたしの部下と、セックスはしないようにしてよね」

「がんばって自制するわ。ちょっとだけマクナブに会ってくる」

イヴはうなずいた。また歩き回ろうか、とにかく目を閉じて世のなかから忘れられようか、と考える。決心がつきかねているあいだに、ロークがやってきてイヴの目の前にしゃがんだ。

「階下《した》へ行って、あっちの連中になにか食べ物を——自動販売機で買えるエサ以外に——調達してくる、というのもひとつの考えかもしれない」

「わたしになにかやることをあたえようとしている？」

「ふたりでやることだよ」

「オーケイ」

ロークは立ち上がり、イヴの手を握って引っぱり、立ち上がらせた。

「もっと情報が入ってきてもよさそうなのに。なんて言うのか——」

イヴがエレベーターのほうを見ると、ルイーズとチャールズが駆けてきた。

「新しい情報は？」チャールズが強い調子で訊いた。

「なにも。もう一時間以上もなにもないの」

「手術室に入ってみるわ」ルイーズが言い、チャールズの腕をぎゅっとつかんだ。「ちゃんと手術着を着て、自分の目でたしかめてくる」

「それがいいわ」イヴが言うと同時に、ルイーズは駆け出していった。「情報量は増えれば増えるほどいい」

「僕はなにをすればいい？」チャールズはイヴの手を握った。「なにかやることを割り当ててほしい——とにかく、なにか」

イヴはチャールズの目をのぞきこんだ。友情というものは形も大きさもさまざまなのだ、と思った。「ロークとわたしで、みんなになにか食べるものを調達してこよう、って話していたところよ」

「それを僕にやらせて。マクナブのところへ行って、僕たちが来てることを知らせてから、そっちの手配をするよ」

「波紋のように広がりつづけているだろう？」マクナブが立っているところをめざして、チャールズが警官のグループのあいだをすり抜けていくのをロークは見ていた。「駆けつけてきた人たちすべてが、その関係が、つながりが。警部補」ロークはイヴの顔を両手で挟み、額にやさしくキスをした。「どこか平らなところを見つけて横になって、少し目を閉じても悪くないだろう」

「無理よ」

「そうは見えないが」

　イヴは待っていた。ホイットニーやマイラやピーボディの家族に連絡したり、連絡を受けたりしながら、渦巻きの中心にいるような気分だった。さらに警官がやってきた。帰っていった者もいたが、それより多くの者がとどまった。電子捜査課《EDD》からも殺人課からもやってきた。制服組も幹部もいた。

「マクナブを連れてきて」ルイーズの姿が見えて、イヴはロークにささやいた。「まわりには知られないように。彼女が情報を伝えてくれるところに警察関係者全員が詰めかける、というのはいやだから」

　気持ちをしゃんとさせて、一歩前に出てルイーズを迎える。「ロークがマクナブを連れてくるから、しゃべるのは一度ですむわ」

「けっこうね」ルイーズは淡い緑色でぶかぶかの手術着姿だ。「またもどって見守るけれど、わかるところまで伝えておきたいと思って」

ロークが、マクナブとフィーニーとチャールズを連れてきた。広がっていく波紋の最初の円だ、とイヴは思った。

「もう終わったの？」マクナブがいきなり訊いた。「彼女は――」

「まだ手術中よ。うまくいっているわ。担当しているのはしっかりした外科チームで、イアン、彼女もよくがんばっている」ルイーズは両手を伸ばして、マクナブの両手を握った。「手術はまだもうしばらくかかるわ。ダメージがかなりひどくて、彼女は複数の手術を受けている、というのが現実なのよ。全身状態は問題なくて、できることはすべて行われているわ」

「あとどのくらいかかるの？」イヴが強い調子で訊いた。

「二、三時間。少なくとも。彼女は重体だけれど、持ちこたえている。あなたがたには、階下へ行って献血することを勧めるわ。いまできる建設的なことよ。わたしは手術室にもどって、また見守るから。手術が終わったら、チームの責任者からもっとくわしい説明があるでしょうけど、わたしからはできるだけ多く最新情報を伝えるようにするわね」

「あなたといっしょに俺も入れる？　手術着を着たら――」

「それはできないわ」ルイーズは身を乗り出し、マクナブの頬にキスをした。「階下へ行って、献血してらっしゃい。建設的なことをして、前向きに考えて。こういうことって大事なの、まちがいなく」

「オーケイ、すぐに階下へ行きます」

「ふたりで行こう」フィーニーが言い、待合室のほうを顎で示した。「交替で降りていくことにしよう。すべて終わるころには、この病院には警官の血液がいっぱいたまって、使い道に困るぞ」


血液を一パイント失ってちょっとぐったりしたイヴは――けがをして出血するほうが注射器で採血されるよりましだった――待合室で椅子に深く腰かけていた。両手をロークに握られたまま、ぼんやりと考えている。

はじめて会ったときの制服姿のピーボディが、有能そうに見えたことを思い出す。ふたりのあいだには遺体があった。その後もふたりが顔を合わすときには、またべつの遺体があった。

パトロール隊だったピーボディを、自分の相棒として殺人課に引き抜いたことを思い返す。あのときのピーボディには、最初の一時間だけで死ぬほど「サー」「イエス、サー」を聞かされたものだ。

なつかしい日々。

それでも、あのたくさんの「サー」にまぎれつつ、生意気なもの言いが表面に浮かび上がってくるのに、たいして時間はかからなかった。

そして、彼女は自力でがんばった。階級や地位を尊重しつつ、ひとりで力をつけていった。彼女は学ぶのが早い。頭の回転がよくて、目がいい。いい警官だ。

ああ、あとどのくらい？

刑事を好きになったが、その彼はよくない警官だとわかった。彼女は自信を失い、心を痛めた。やがて、マクナブが跳びはねながら現れた。チャールズもいつのまにかそばにいた。見た目は妙な三角関係だったかもしれないが、彼女の関心はいつもマクナブにあった。

何度か深刻な衝突があり、ふたりは反発し合って離れていった。反感が渦巻き、辛辣な言葉がぶつかり合った。十秒以上、同じ空間にいればかならず、激しい言い合いがはじまった。やがて、結局はたがいのもとにもどっていった。たぶん、人とはそういうものなのだろう。衝突があってもなくても、最後にはおさまるところにおさまる。

「イヴ」ロークの声がして、イヴはもそもそと体を動かし、まばたきをしながら目を開けた。ロークの視線を追って出入り口を見ると、ルイーズが立っていた。

急いで立ち上がり、すでにルイーズのまわりに集まっていたグループに加わる。

「手術は終わったわ。彼女は回復室に運ばれ、もうすぐ外科医たちがやってきて話をしてくれるはずよ」

「彼女は乗りきったんだ」マクナブの声は疲労と安堵感でしゃがれていた。「乗りきった」

「そうよ。でも重体で、いましばらくＩＣＵに入れられるのはほぼまちがいないわ。昏睡状態だから」

「ああ、なんてことだ」

「珍しいことじゃないのよ、イアン。体を休めて、回復させるひとつの方法なの。さっき断層撮影した結果は問題なかったけれど、これからも断層撮影は必要よ。今後数時間は目を離せない状況」

「彼女は乗り越えるよ」

「そうね、そう信じる理由はいくらでもあるわ。いくつか不安もあるのよ――たとえば、腎臓とか。でも、手術は立派に耐え抜いた。強いわ」

「彼女に会えるよね？　会わせてもらえるよね？」

「もちろん。もう少ししたら会えるわ」

「オーケイ」それを聞いて落ち着いたらしい。マクナブの声から震えが消えた。「それで、彼女の意識がもどるまで、とにかくそばに坐っていてあげたい。ひとりで目を覚ます、なんてことはさせたくないんだ」

「もちろん、そうしてあげられると思うわ。一度に部屋に入れるのはふたりまでよ。だれかがいっしょにいるとわかれば、彼女も安心するでしょう。きっとわかるわ」と、ルイーズは請け合った。「まちがいなく、わかるわ」

順番がまわってきて、イヴはロークといっしょに足を踏み入れた。マクナブはＩＣＵの個室から出てすぐのところにとどまっている。イヴは覚悟していたつもりだったが、まだ足りなかった。

どれだけ心構えをしていても、最初に彼女の姿を目にして、なおしっかり立っているには不充分だった。

ピーボディは狭いベッドに横たわり、イヴが数えたくなくなるほどのチューブにつながれていた。安定したモーター音やモニターの信号音は、聞いて安心するものかもしれないが、イヴは不安になった。

受け入れられてもよさそうなものだった。何百人という被害者や、警官仲間や、犯罪者たちを病室に訪ねていたイヴは、ようすはわかっているはずだった。

しかし、あざだらけでほとんど見分けがつかないような顔になって、ぴくりともせず横たわっているピーボディは、ほかのだれともちがっていた。

首から下はシーツに覆われていたが、その下にはさらに多くのあざができているのだろうと想像できた。白いシーツの下は、絆創膏や包帯や縫合糸や、ほかにもわけがわからないものが手当てされているのだろう。

「顔の打撲傷はあとで処置されるそうだ」ロークが背後で言った。「ほかに優先すべきものがあるからね」

「顔を叩きつぶしたのよ。あのくそったれ」

「報いを受けることになる。僕を見て。イヴ」ロークはイヴの体を後ろに向かせて、両方の腕をしっかりつかんだ。「きみが彼女を大切に思っているのとほぼ同じくらい、僕も彼女を大切に思っている。僕は、最後までこの事件にかかわる。きみと同じように、この手で犯人を追いつめたい」

「個人的であってはならない。どんな捜査においてもそれが基本ルールよ。でも、そんなのでたらめ」イヴはロークから離れてベッドに近づいた。「捜査はかぎりなく個人的なものだから、そんなルールはばかばかしすぎる。彼女にあんなことをした犯人がうまく逃れるなんてありえない。だから、もちろん」イヴは視線を上げてロークと見つめ合い、それから、冷静な視線をピーボディに向けた。「わたしたちはふたりとも捜査にかかわるわ。最後まで」

イヴは身を乗り出し、小さな声ではっきりと言った。「あなたのためにやつを倒すわ、ピーボディ。誓ってそうする」手を差し伸べたが、どこに触れていいのかわからず、まごつく。結局、ピーボディの髪に手を置いた。「また来るわね」

イヴが待っているあいだに、ロークも身をかがめてピーボディのあざになった頬と唇に唇で触れた。「すぐだよ。またすぐに来るからね」

ふたりは部屋を出て、マクナブとフィーニーが待っているところまで行った。

「彼女、めちゃくちゃにやられている」マクナブの落ちくぼんだ目は、怒りと苦悶の洞窟のようだ。

「ええ、そう、やってくれたわね」

「あなたが犯人をぶちのめすとき、俺もその場にいたいよ、警部補、でも……彼女を置いてはいけない。彼女が……彼女が意識をとりもどすまではここを離れられない」

「わたしに言わせてもらうなら、それがあなたの第一の任務よ」

「彼女のそばに坐っているあいだ、ここでなにか仕事ができるよ。器材があれば、調べものでもデータの検索でも、なんでもできる。公共交通機関のディスクはまだ作業中だし。あの調べもつづけられます」

「仕事はやってもらうわ」イヴは約束した。

「じゃ、それに必要なものを持ってきてやろう」フィーニーはマクナブの肩に手を置いた。

「おまえはこのまま、彼女のそばに坐っていればいい。必要なものは僕が持ってこよう」

「ありがとうございます。今夜、ここまでなんとか乗りきれたのは、すべて……ありがとう」

マクナブがもどっていくと、フィーニーは深々と息を吸い込んだ。その目は爛々と輝いて、鋭い。「ろくでなしの犯人を痛い目に遭わせてやる」

「そのとおり」と、イヴは請け合った。

イヴは行動を開始するのはいったん自宅にもどってからにしようと思った、シャワーで夜の疲れを洗い流したあと、頭のなかと作戦を整理する。邸に入っていくと、待ちかまえていたかのようにサマーセットが立っていた。

「ピーボディ刑事は？」

彼はひねくれ野郎かもしれないけど、とイヴは思った。いま、このときは、ろくに眠れず、心配に押しつぶされそうなひねくれ野郎に見える。

「手術は乗りきったわ。だれかに列車の前に放り出されたみたいな状態だけど、なんとか乗りきった」

「いまはICUにいる」ロークがあとを引き継いで言った。「意識はまだもどっていないが、医者たちは楽観的だ。マクナブが付き添っている」

「どんなかたちでもお役に立てれば、と思います」

階段を上りはじめていたイヴはふと足を止め、サマーセットを見下ろしてじっと考えた。

「未登録のコンピュータを使える？」

「もちろんです」

「ロークにはいっしょに来てもらうから、電子系の作業はあなたがやって。わたしはこれからシャワーを浴びて、そのあと、あなたがなにを捜すのか伝えるわ」

「なにを捜すつもりなのか、聞かせてくれ」寝室に着くなり、ロークが言った。

「じっくり考えて決めるわ」

「いっしょにざっとシャワーを浴びるあいだ、声に出しながら考えてくれ」

イヴは残っているエネルギーを振り絞り、目を細めてロークを見た。「シャワー中、肉体のメンテナンス行為以外は厳禁だから」

「僕は、セックスも肉体的メンテナンスとみなしてるけど、それはまたべつの機会に、ということで」

頭のなかのもやもやが熱い湯でいくらか洗い流されるのを感じながら、イヴは考えごとをそのまま言葉にしていった。それから、薬そのものが嫌いなうえに、呑むと気持ちがぴりぴりする感じもいやだったが、眠気覚ましの〈ステイ‐アップ〉を口に放り込み、あとでまた必要になるかもしれないので、二、三錠をポケットに入れた。

「たぶん、はずれてるでしょうけど、すべての石を裏返して調べたいの」

「きみの考えがはずれていようといまいと」ロークは応じた。「石を裏返して、その下になにがあるのかたしかめよう。きみはなにか食べることだ」

「車で向かいながら、栄養バーを二、三本、かじればいいわ」

「だめだ。おろそかにしてはならないよ。燃料だ。きちんと燃料補給しなければ。まだやっと朝六時だぞ」オートシェフをプログラミングしながら、イヴに思い出させる。「目撃者たちから話を聞きたいなら、彼らが起きてからにしたほうがいい」

ロークの言うこともっともだし、反論しても、やらなければならないことをはじめるのが遅くなるだけだ、とイヴは思った。そこで椅子に坐り、ロークが目の前に並べてくれるものをかき込んだ。

「マクナブになにか言っていたわね。だれかが――愛するだれかが――けがをしたとき、どんな気持ちになるか、って。あなたには、何度かそんな目に遭わせてしまったわね。今回ほどひどい状態じゃなかっただろうけれど――」

「ほとんど変わらないよ」ロークは答えた。

「そうね。わたし……あなたはどうやって耐えるの？」さっきまでの恐怖と不安の記憶がふと胸をよぎる。「どうやって切り抜けるの？」

ロークはなにも言わずにただイヴの手を取り、彼女の顔を見つめながら、その手を唇に押し当てた。イヴはまた目の奥が痛くなり、喉がぎゅっと詰まって熱くなった。たまらず、そっぽを向いた。

「ほんのわずかでもあきらめてはだめなんだ。ちょっとでもあきらめたら、自分がばらばらになってしまいそうになる。そして、立ち止まれない。とにかく動きつづけて、前進しつづけて、報いがあるぞ、と自分に言い聞かせつづける。どれだけかかっても、どんなに苦労しても、かならず報いを受けさせてやる、と」

イヴは皿を押しやり、立ち上がった。「正義のためだって言うべきなのはわかっている。かならず正義は為され、それをめざさなければならないのはわかってる。でも、それだけで充分なのかどうかわたしにはわからない。距離を置くべきよね。充分じゃないかも、なんて思っているなら手を引くべきだけど、そんなことはしない。できないわ」

「それで、きみは自分に極限以上のものを求めつづけるつもり？」

イヴは手を下ろして、警察バッジをつかんだ。長々とそれを見つめてから、またポケットにすべりこませる。「そうするわ。さあ、はじめるわよ」

イヴはサマーセットに指示をあたえ、要点だけを端的に説明してから、車に向かった。

「彼に違法行為を依頼するなんて、信じられない」

「彼の人生ではじめてのことととても思えないよ」

「しかも、警察の捜査の手助けをたのんでいるのよ」

「それはおそらくはじめてだろうね」

「はは。だめよ、わたしが運転する。眠気ざましのクスリがばっちり効いてるから」

「おや、それを聞くと、助手席に坐っている者としては安心だね」

「クスリを呑むか、ひっくり返るか、っていう感じ。あなたはなにか呑んだ？」

「まだだ」

イヴは運転席に乗り込んだ。「人間とは思えないわね」

「たんなる新陳代謝のちがいだよ、ダーリン。正午にもまだ捜査をつづけていたら、なにか必要になるだろうね」

「捜査しているのはまちがいないわ。目撃者の住まいはピーボディと同じブロックよ。正確な住所をおしえて」そう言って、データを呼び出しているロークを見つめた。「ありがとう」

「どういたしまして。でも、こうしているのはきみのためだけじゃない」

「そうね。わかってる」つながりを感じたくて、手を伸ばしてロークの手を握り、門のあいだに車を進めていく。「でも、ありがとう」

20

わざわざ駐車スペースは捜さず、六か月は放置されているように見える不格好な小型ソーラー車の横に二重駐車した。

〝捜査中〟のライトを点けて車を降りる。すぐ後ろで先に進めなくなった錆だらけの小型車の運転手が「むかつくおまわりめ！」と怒鳴り声をあげたが、無視した。もっと明るい気分だったら、ゆっくり歩いていって、ささやかなおしゃべりでも楽しんでいただろう。

その代わりに、どうしても我慢できなくて通りを渡り、舗道の血の染みをじっと見つめた。

「身を潜めて待っていたのよ。それが犯人のやり方。たまに彼女のあとをつけたり、家までついていったりしたのかも。そして、彼女は家にたどり着けなかった」

しかし、そう言っているあいだにもイヴは首を振った。「警官の住所は簡単に手に入れられるものじゃない。調べたり、おそらく奥の手を使ったりしたんでしょうけど、警官の個人データには何重にもブロックがかかっているはず。だから、直接、彼女のあとをつけたか、高度なハッキングをしたにちがいない」

イヴはナディーンから受けたインタビューや記者会見のことを思い返した。どちらのときも、ピーボディを前面に押し出してしまった。

「それなりのハッカーがブロックのかかった住所を手に入れるのに、どのくらいかかるものなの？」

「才能と設備によるが……」ロークも血の染みをじっと見つめてピーボディを思っていた。彼女の堅実さを、彼女の愛らしさを。「一時間から二、三日まで、いろいろだ」

「一時間？　あきれた、わざわざブロックする必要ないじゃない？」

「一般大衆にたいする盾のようなものだからね。警官のデータに侵入しようとすると、自動的にコンピュータ警備《コンピュガード》に通報される。逮捕されるのを覚悟でやるのでなければ、あまりに危険は大きい。ブロックやガードのすり抜け方を知っているなら話はべつだが。犯人が平均以上のハッキングの腕を持っていると考える、なにか理由でも？」

「ただそう思っただけよ。犯人は犠牲者たちのスケジュールや、通り道や、習慣を知っていた。住所を知っていた。それに、ひとりをのぞいて全員がパートナーのいない生活だった」

「エリサ・メープルウッドは家族で暮らしていた」

「そうだけど、家族のうち男性は海外住まいだった。たぶん、犯人はそれも計算済みだった。犯人は彼女たちのあとをつけたのよ、やっぱり。ある程度はやっていたはず。大柄でハゲた男を地下鉄で見かけたと、メリウェザーも言っていた。でも、コンピュータを使って調べてもいたと思う。可能なかぎりデータを集めたはず。犯人は危険を冒しているわ、たしかに——大きな危険よ。でも、それも計算のうえのこと。われわれが目を付けている男は、まわりに溶けこめるような風貌じゃない。メリウェザーにも目を留められたわ。だから、広範囲にわたる現地調査はしないと思う」

「準備はできるかぎり離れたところから」

「ありうるわ。たぶん。犯人はピーボディ相手にすばやく動いた。ほかの被害者たちのときより早く行動したと思う。それは、犯人にとって彼女はいつもの相手ではなかったから。いわば追加だった——犯人が腹を立てたか、脅威に感じたことを裏づけているわ」

イヴはその場から動かず、アパートメントの窓を見上げた。「そのほかになにかわかる？」

「犯人は彼女について充分に知っていたわけじゃない。あそこにもうひとり警官がいることは知らなかった。彼女を待っていることも知らなかった。あるいは、この近辺のこともよく知らず、犯人がやっていることを目撃して、被害者を助けようと駆けつける人がいるかもしれないとは考えなかった」

「充分なリサーチをしていなかったということね。ひどく頭に血が上っているか、脅威に感じているか、あせっている、ということよ」

イヴは首をもとにもどして通りを見渡した。「彼女はたいてい地下鉄を利用して、わざわざ暗がりを歩くようなことはしないわ。犯人はほかの被害者たちにやったように、彼女のあとをつけていたかもしれない。でも、そうだったら、彼女に気づかれてこんなことにはならなかったと思う。あとをつけられていたら、彼女は気づいていたはずよ。目がいいし、勘も鋭いから」

「コンピュータ・システムに侵入して住所を探れば、時間の節約になるし、だれかに見られる危険も減る」

「そうよ。あの日、彼女には残業をしてもらったわ。時間外勤務を命じたらコンピュータに入力しなければならない。犯人が彼女の住所を知りえたなら、スケジュールもわかったはず。だって、彼女とフィーニーを組ませて、あなたを巻き込もうと決めたあと、わたし、システムに接続して、時間外勤務の件を入力したから」

ロークはイヴの顎をつまんで自分のほうを向かせ、目を合わせた。「イヴ」

「自分のせいだとは思っていないわ」あるいは、思うまいと努力していた。「責められるべきは犯人よ。どうしてこういうことになったのか知ろうとしているの、それだけよ。犯人は彼女の自宅がどこにあるか知っていて、彼女が遅くなることも知っていた。そんなことまで知っているなら、彼女の名前で登録されている個人用の車がないことも知っていて、そうなると、駅から徒歩で帰ってくるにちがいないと思った。だから、ここまでやってきて、車を止め、ただ待っていた。辛抱強いろくでなしよ。彼女がやってくるまで、ひたすら待ちつづけたんだわ」

「それでもやはり危険だろう。この通りは街灯があって明るいし、ここから彼女の自宅まで半ブロックもない。しかも、彼女は警官だから、武器を携行して扱いにも慣れている。賢明とは言えない」ロークは言った。「これまでの相手とはまるでちがうんだ」

「そうね、彼女にたいして――わたしにも――腹を立てているのよ。さっきも言ったように、その証拠なの。でも、根本的に、彼女相手に手間取るとは思っていなかった。彼女がやったようには。彼女はしょせん女で、俺は大きくて強い男だ、と思っていたはず。打ちのめして、バンの後部に放り込んで、さっと消えるつもりだった」

イヴはその場にしゃがんで、相棒の血のあとに手のひらを押し当てた。「彼女をどこへ連れていくつもりだったんだろう？　同じ場所？　ほかの犠牲者や、それまでの犠牲者と同じところ？　つまり犠牲になったと思われる行方不明者だけど」

「彼女は犯人をよく見てるはずだ。細かな特徴まで説明できるだろう。セリーナよりもっとくわしく」

イヴは顔を上げてロークを見た。「おぼえていればね。頭にけがをしているから、おぼえていないかもしれない。でも、おぼえていれば、犯人を見ればそうとわかるはず。彼女は観察力が鋭いし、細かなことまでよくおぼえているから。犯人を追いつめるのは彼女よ。意識がもどれば。そして、記憶がたしかであれば」

イヴはすっくと立ち上がった。「目撃者がなにを見たか、聞きにいきましょ。まず、女性のほうから話を聞くわ」

「エシー・フォート。独身、二十七歳。税法専門の弁護士事務所、〈ドリスコール・マニン

い

グ＆フォート〉の弁護士補助員だ」

事務所のある建物に近づきながら、イヴは意識してほほえんで言った。「あなたって、いっしょにいるとすごく助かる」

「やれることをやっているだけだよ」フォートの3A室につながるボタンを押す。

待っているあいだにイヴは振り返り、ドアから襲撃現場までの距離を目測した。インターカムから男性の声がした。「はい？」

「NYPSDのダラス警部補です。ミズ・フォートと話がしたいのですが」

「だったら、あなたの……ああ、それそれ」イヴが警察バッジをセキュリティ・カムに向けて掲げると、声が応じた。「上がってきてください」ブザーが鳴り、扉が開いた。ふたりが三階でエレベーターを降りると、男性が部屋の前で待っていた。「エシーはなかです。僕はマイク。マイク・ジェイコブス」

「あなたも事件を目撃されましたね、ミスター・ジェイコブス？」

「そのとおり。エシーとジブと私で外に出て、ジブのデート相手のところへ向かおうとしたところだった。それで……どうぞ、なかに入って。失礼」マイクは扉を広く開けた。

「ゆうべはここに泊まったんです。エシーをひとりにしたくなかったので。彼女はいま着替えています」そう言って、閉じている扉のほうをちらりと見る。「ぶちのめされていた女性は警官だったんでしょう？　命は助かりましたか？」

「なんとか持ちこたえています」

「よかった。まったく、あの男にめちゃくちゃやられてたから」マイクはブロンドのカーリーヘアを押し上げた。「あの、コーヒーを飲もうかと思っていたところなんです。どうですか？」

「いいえ、ありがとう。ミスター・ジェイコブス、われわれはあなたとミズ・フォートから話をうかがって、いくつか質問をしたいんです」

「かまいませんよ。ゆうべも何人かの警察の人に話をしたけど、なにもかも混乱してたから。あの、コーヒーを持ってきていいですか？ ふたりとも、ゆうべはあまり眠れなかったから、なにか元気づけがほしいので。坐るとか、どうぞご自由に。僕はエシーを連れてきますから」

イヴは坐りたくなかったが、真っ赤な椅子の端に浅く腰かけた。気持ちを落ち着けようと、部屋のなかを見渡す。大胆な色使いの風変わりな幾何学模様の絵が、何枚も壁に飾ってある。ゆうべの名残のワインのボトルとグラスがふたつ、置きっぱなしになっている。

マイク・ジェイコブスはジーンズ姿で、ボタンをかけずにシャツを着ていた。おそらく、ゆうべからずっと着つづけているのだろう。泊まるつもりではなかったらしい。

たぶん付き合いはじめたばかりで、夜、セックスでたがいを慰めることも期待できなかったのかもしれない。

それでも、彼はここにとどまった。しかも、マクナブによると、彼はピーボディを助けに駆けつけたのだ。警官なんか最低、と思っているタイプではないようだ。

寝室の扉が開いた。出てきた女性は壊れてしまいそうなほどはかなげだった。カラスの濡れ羽色の髪はうなじでくさび形にすぼまったショート・ボブで、目は、部屋の大胆な装飾にも負けない濃いブルーだが、憔悴しきっている。

「ごめんなさい。警察の方が見えたってマイクから聞いて。着替えていたの」

「ダラス警部補です」

「彼女を知ってるの？　けがをした女性。彼女が警官だって、わたし、知ってるわ。通りを横切っているのを見たことがあるから。前はよく制服を着ていたけれど、最近は着てないわ」

「いまは刑事だから。わたしのパートナーです」

「ああ」濃いブルーの目になにかがあふれた――同情なのか、嘆きなのか、疲労なのか、イヴにはわからなかった。「ほんとうにお気の毒だわ。お気の毒。だいじょうぶなのかしら？」

「あの……」イヴはまた喉が詰まるのを感じた。どういうわけか、他人に心配されるのが一段とつらい。「まだわかりません。ゆうべのことを、見たままに話してください」

「わたし――わたしたちは――出かけようとしていたの」エシーは、厚みのある赤いマグをふたつ持ってきたマイクのほうを見た。「ありがとう。マイク、あなたから話してもらえる？」

「いいよ。さあ、僕たちも坐ろう」マイクはエシーを椅子に導いて坐らせ、自分も椅子の肘掛けに腰かけて彼女に寄り添った。「さっきも言ったように、三人で出かけるところでした。

音が聞こえたのは、扉から外に出てすぐだった。怒鳴り声と、そう、喧嘩のときに聞こえるような物音がした。男はすごく大きかった。並みはずれて大きかった。彼女を蹴りながら怒鳴っていた。彼女が倒れこんでからも、まだ蹴っていた。彼女は両脚をばたつかせて、少しだけ男を蹴り返していた。すべてあっという間のできごとで、僕たちはたぶん、一秒か二秒、完全に凍りついていたと思う」

「とにかく……」言いかけて、エシーは首を振った。「わたしたちが三人で笑ったり、冗談を言い合ったりしてたときに音がして、そっちを見たの。そうしたら、ドスンって！」

「男は彼女をつかんで、地面から引っぱり上げて、持ち上げた」

「それで、わたしが悲鳴をあげたの」

「その声にはっとして、僕たちは動き出した」マイクはさらにつづけた。「なにをぼーっと突っ立ってるんだ、って感じで。たぶん、なにか声をあげて、僕とジブはそっちに向かって走りだした。男は振り向き、彼女を放り出した。投げ出す、みたいな感じ？」

「彼女は勢いよく放り出されたわ」エシーは身震いをした。「歩道に叩きつけられる音が聞こえた」

「でも、彼女が空中に放り出された瞬間に、なにかがぱっと光った。空中に浮かびながら、彼女は男に発砲したんだと思う」マイクがエシーを見ると、彼女はうなずいて同意した。

「わからないけど、弾は当たったと思う。彼女は地面に叩きつけられてから、体を回転させようとしたみたいだった。もう一度発砲しようとしたか、立ち上がろうとしたのか、あるいは……」

「でも、できなかった」エシーがつぶやいた。

「男はバンに飛び乗った。稲妻みたいにすばやい動きだったけど、ジブが言うには、男は腕を押さえていたらしい。けがをした、みたいな？　とにかく、男は車を急発進させた。ジブはほんの二、三メートル、車を追った。車に追いついたとして、どうしたかは知らないけどね。でも、彼女のダメージがものすごそうで、そっちのほうが大事だって感じた。体を動かすのはまずいと思ったから、救急車を呼んでいたら、男性が――べつの男性が――警官が――駆けつけてきた」

男に発砲したのだ、とイヴは思った。放り出されて落ちていきながらも、男をめがけて撃った。そして、武器を離さなかった。「バンのことを話して」

「黒か濃紺だった。黒でほぼまちがいないと思う。新車か、すごくきれいにしている車か、どちらかだった。警部補……あいまいで悪いんだけど」

「ダラスと呼んで」

「ほんとうにあっという間の出来事だった。こんな感じで――」マイクはぱちんと指を鳴らした。「僕たちはみんな叫んだり走ったりしていて、完全な混乱状態というか。なんとかナンバープレートを見ようとしたけれど、暗かったし、どうしても見えなかった。車体の横にも荷台のドアにも窓ガラスがあった。黒いシールが貼ってあったり、なにかで覆われたりしていたかもしれないけど、とにかく窓ガラスがあった」

「あなたは混乱状態だと思っていても、ミスター・ジェイコブス、伝えてもらえる細かなことすべてが重要なんです。襲っていた男について話してください。顔を見ましたか？」

「見えました。僕たちの叫び声を聞いて、男がこちらに体を向けたとき、かなりはっきり見えたと思う。ゆうべ、エシーと僕はそれを再現しようとしたんだ。ちょっと待ってて」

「悪夢から抜け出してきたみたいな男だったわ」マイクが寝室に入っていくと、エシーが言った。「わたし、ゆうべはほとんど眠れなかったんです。あの男の姿が絶えず目に浮かんだり、彼女が放り出されたときの音が聞こえたりして」

「描いたなかではこれがいちばんだと思う」マイクが一枚の紙を手にしてもどってきて、それをイヴに渡した。

　イヴはスケッチを見たとたん、心臓がドキンドキンと高鳴るのを感じた。「あなたがこれを？」

「美術の教師なんです」マイクはちょっとほほえんだ。「男の顔を見たのはほんの一、二秒だけど、これはかなり近いと思う」

「ミスター・ジェイコブス、どうかいっしょに本署《セントラル》に来て、似顔絵作成係《アイデント・アーティスト》といっしょに作業をしてください」

「いいですよ。九時から授業があるけど、電話を入れればだいじょうぶです。いますぐ行ったほうがいいでしょう？」

「あなたがたふたりと、ミスター・ジブソンもいっしょに行っていただけたら、ほんとうに助かります。このスケッチはＩＤプログラムに利用できます。あなたがた三人の協力を得て、警察の似顔絵作成係は可能なかぎり本物に似た絵を作成できると思います」

「じゃ、すぐにジブに連絡して、セントラルで会おうと伝えます。どこへ行けばいいですか？」

「案内します。お友だちには、レベル３のセクションＢにある識別処理室へ行くように伝えて。入館許可を出して案内するように指示しておきます」

「十分だけ待ってください」

イヴは立ち上がった。「ミスター・ジェイコブス、ミズ・フォート、あなたがたがのゆうべの行動と、現在のご協力に、警察署ならびにわたし個人からも、心からの感謝の気持ちを伝えます」

マイクは一方の肩をすくめた。「だれだって同じことをやったでしょう」

「いいえ。だれにでもできることじゃないわ」


わたしにも運が向いてきた。似顔絵の作成をヤンシーにたのめることになり、イヴはそう思った。スケッチやコンピュータを使った画像作成が同じくらい得意な人はほかにいても、目撃者に細部を思い出すきっかけをあたえ、すべての過程にわたって目撃者とじっくり話し合う、ということにかけてヤンシーの右に出る者はいない。

「ピーボディの最新情報は？」ヤンシーはイヴに尋ねた。

セントラル内では、もう数えられないほど、さまざまな言い方で彼女の容体を尋ねられていた。「変化なし」

ヤンシーはイヴに手渡されたスケッチを見下ろした。「このくそ野郎をぜったいにつかまえるぞ」

イヴは眉をあげた。ヤンシーは画像制作の手腕のほかに、おとなしいことでも有名なのだ。「まかせておいて。とりあえず、そのコピーを一枚、取ってほしいわ」

「すぐに取ってあげよう」ヤンシーは映像作成用コンピュータに近づき、スケッチを差し込んだ。

「犯人は密封剤を何層にも顔に塗っているから、ゆがんで見えているところがあるわ。それを頭に入れておいて。どのくらい時間がかかるか、訊くべきじゃないのはわかっているけれど、訊かざるをえないの」

「答えられたらいいのに、と思うよ」ヤンシーはイヴにコピーを渡した。「あの人たちはどのくらい協力的？」そう言って、目撃者たちが待っている控え室のほうを顎で示す。

「信じられないくらい。このわたしが冷笑家の帽子を捨てて、楽天家のバッジをつけたくなるほど」

「じゃ、かなり早いと思うよ」ヤンシーはまたスケッチをまじまじと見た。「アーティストだっていうのがいいね。かなり助けになる。犯人の顔をきみに見せられるまで、ほかのことはすべて後回しにするよ、警部補」

「ありがとう」

イヴはその場に残って手順を見守り、なんとか早く結果を手に入れたかった。あるいは、病院のピーボディのそばにいて、どうにかして意識を取りもどさせたかった。なんとかしてすべての手がかりや糸口を一気に引き寄せたい。

「いっぺんにいろんなところにいられるわけがないよ、イヴ」

イヴはロークのほうを見た。「なにを考えているか、気づかれちゃった？　その場で駆け足をしている気分よ。ゴールは見えているのに、この場所から離れられないの。また病院に連絡して、あなたの魅力でだれかから情報をせしめて。わたしだと怒らせてしまうだけだから」

「脳みそを鼻の孔から引きずり出してやる、なんて脅されると、人はつむじを曲げるものだよ」

「あの連中とくらべると、わたしは元気がありあまってる。クスリが効きすぎてハイになってるのよ」ぶるっと体を震わせて、ふたりで殺人課のほうへ歩き出す。「まったく化学薬品ってやつは。あなたは、病院のようすを聞いてから、サマーセットに連絡してみて。あと、フィーニーと電子関係のむずかしい話もあなたにまかせて、わたしは残りのあれこれをさっさと済ませるわ。たいへんすぎる？」

「なんとかやってみるよ」

「ダラス！」ベンチに坐っていたセリーナがはじかれたように立ち上がった。「待っていたのよ。もうすぐもどってくるって聞いたから。ボイスメールにもEメールにも返事をくれないし」

「忙しかったから。すぐに見るわ」

「ピーボディのこと」セリーナはイヴの腕をつかんだ。

「持ちこたえているわ。ほんとうに時間がないのよ、セリーナ。相手をできるのは、わたしのオフィスでほんの数分っていうところ。ローク、あなたはもう準備はいいの？」

「できてる。ここで待っているよ」

「ごめんなさい」セリーナは両手で豊かな髪をかき上げた。「気が動転していて」

「僕たちもみんなそうだ」ロークはセリーナに言った。「長くて厄介な夜だったから」

「そうね。わたし、見たの……」

「その話はなかでしましょ」イヴは先にオフィスに入り、扉を閉めた。「坐って」いま、カフェインを摂取するのは最善ではないとわかっていても、コーヒーが飲みたかった。ふたり分、オーダーする。「なにを見たって？」

「襲われているところ。ピーボディが。ああ、わたし、バスタブに浸かっていたの。熱いお湯に浸かって、きょうの疲れを癒してからベッドに入ろうと思って。彼女が歩いているのが見えたわ――歩道と建物も。男が――とにかく男が飛び出してきて、彼女に襲いかかった。目にも留まらぬすばやさで、はっと気づいたら、わたしはバスタブのなかでマスかなにかみたいにじたばたもがいていた。それで、あなたに連絡しようとしたの」

「わたしは捜査に出てて、そこからまっすぐ病院へ向かったから。まだ目を通していないメッセージがたくさんあるはずよ」

「男は彼女を殴り倒した。そのあと、蹴りはじめたんだけれど、彼女は反撃したわ。男は彼女をひどい目に遭わせた。ぞっとしたわ。少しのあいだ、彼女は死んだんじゃないかと思ったけれど——」

「死んでいない。持ちこたえているわ」

セリーナは両手でコーヒーのマグをつかんだ。「彼女はほかの人たちとちがうわ。よくわからないけど」

「わたしはわかってる。いいから、なにを見たのか話して。細かなことが聞きたい」

「はっきりとは見えなかったの。すごくいらいらする感じ」セリーナはコーヒーのマグをドンと置いた。「ドクター・マイラに掛け合ったけれど、つぎのセッションの時機を考え直してはくれなかった。わたしはすぐに催眠状態に入りたかったの。わかるの。わかるのよ、もっとよく見えるだろうって。でも、見えたのは——聞いたのは——悲鳴と、叫び声と、男がピーボディを投げ捨てるところ。男があわてて車に乗り込むところも……あれはバンだった。たしかにバンだった。黒っぽい色よ。でもすべてが黒っぽく見えていたわ。男はけがをしている。痛みがあったわ」

「彼女は武器を握っていたわ」

「まあ。いいわ。いいことよ。男は恐れていた。感じるの……説明するのはむずかしいけれど、感じるの。彼の恐れを。目撃されたり、捕まったりすることだけじゃなくて、ほかにもなにか恐れている。終わらせていないこと？　知りたいの、力になりたい。あなたから言って、ドクター・マイラをその気にさせられる？」

「彼女は、あなたのために変更はしないし、わたしのためにも変更しないわ」自分のデスクに坐っていたイヴは、トントンと指先で膝を叩いた。「前の被害者、というか、被害にあったとわたしが確信している人の個人的な持ち物を手に入れられたら、そこからなにかが得られると思う？」

「その可能性は高いわ」興奮して目を輝かせ、セリーナは身を乗り出した。「きっと役に立つわ。そういうつながりよ。つながることができれば、なにか見えるかもしれない」

「当たってみる。わたしは、きょうのセッションに立ち会えるかどうかはわからないの。ちょっとした運に恵まれて、そっちを追求しているところ。ゆうべの目撃者がしっかり男の顔を見ていたの」

「それはよかったわ。あなたがその男を特定できれば、新たに女性が殺されることはない。ああ、よかった」

「とにかく、できるだけ早く、あなたになにか持ってこられるようにする」

「いつでもいいわ。ほんとうにいつでも。呼んでくれたらいつでも駆けつけるから。ピーボディのことは気の毒だったわ、ダラス。心からお気の毒に思うわ」

永遠に明けないとさえ思える夜を過ごしながら、マクナブはピーボディのベッドの脇の椅子に坐って、うたた寝をしていた。彼女にすぐ触れられるようにベッドの横枠を下げていたので、あまりに疲れてどうしようもなくなると、シーツの下に手を入れて彼女の手を握り、ベッドの彼女の胸の横に頭をのせていた。

どうして目が覚めたのかわからなかった――モニターのピーという音か、病室の外をひたひたと通り過ぎていく足音か、窓から差し込む明かりのせいかもしれない。とにかく、頭を持ち上げて、凝り固まった首筋をもみほぐしながら、ピーボディの顔をじっと見つめた。

まだ打撲傷の手当てはされていなかったから、腫れ上がった顔を見るたびにマクナブは胸がつぶれそうになった。ぴくりとも動かない彼女を見ていると、みずおちのあたりがよじれるような気がした。

「朝だよ」ひどく声がしゃがれていたので、咳払いをする。「朝だよ、ベイビー。ああ、日は昇ったけど、ひょっとしたらちょっと雨が降るかもしれないな。えーと、いろんな人が入れ替わり立ち替わりやってきて、きみのことを心配してるよ。目を覚まさないと、大事にされているのを見逃してしまうよ。きみに花を買ってこようと思ったけど、そんなに長くきみをひとりにしたくなかったんだ。きみが目を覚ましたときに、そばにいてあれこれ世話をやきたいからね。花がほしいかい？　ねえ、ナイスバディ《シー・ボディ》、朝だよ、起きよう」

シーツの下からピーボディの手を引き出して、頬に押し当てる。腕のひどい擦り傷は、歩道に放り出されて横滑りしたときにできたものだ。

「さあ、お願いだから、もどってきてくれよ。ほら、やらなければならないこともたくさんあるだろ。引っ越しもあるし」

ピーボディの手を頬に押しつけたまま振り返り、メイヴィスが入ってくるのを見つめた。

メイヴィスはなにも言わず、ただマクナブに近づいてきて、後頭部にそっと手を置いた。

「どうやって監視の目をくぐり抜けてきた？」

「彼女の妹だって言った」

そう聞いて、マクナブはぴったりと目を閉じた。「まあそんな感じだな。まだ目を覚まさないんだ」

「彼女はあんたがいるってわかってるよ、賭けてもいい」メイヴィスは身を乗り出して、唇でマクナブの頬に触れた。「レオナルドは階下で花を買ってるんだ。目を覚ましたとき、花があったら喜ぶでしょ」

「いま、その話をしていたところだよ。ああ、くそっ」マクナブは首を回してメイヴィスの脇に顔を押しつけ、崩れそうになる自分を必死で抑えた。

メイヴィスはマクナブの髪をなでながら待ち、彼の震えがおさまって穏やかに息ができるようになると言った。「あたしがここに坐っているから、よかったらちょっとそのへんを歩いて、いい空気を吸ってくるといいよ」

「それは無理だよ」

「わかった」

マクナブはちょっと体を動かしたが、メイヴィスからほとんど離れず、ふたりでいっしょにピーボディの胸が規則的に上下するのを見つめた。「ルイーズが何度か具合を見にきてくれた。彼女もチャールズもろくに眠っていないと思う」

「チャールズは待合室で見かけたよ。ダラスは?」

「畜生野郎を追っているよ。彼女をこんなふうにした獣を追いつめているところだ」

「じゃ、まちがいなく捕まえるね」マクナブの肩をそっとたたいてからメイヴィスは後ろを向き、椅子を引っぱってこようとした。

「待って、ごめん、俺が取ってくるから。きみは、ものを引っぱったりしちゃだめだ」

折りたたみ式のパイプ椅子はせいぜい二キロ弱だが、メイヴィスはマクナブに椅子を持ってきてもらった。「マクナブ、あたしたち――あたしとレオナルド――にできることってあんまりないんだ。でも、あんたたちの荷物を新しい部屋に運んで、ちゃんと並べてあげるよ」

「けっこうな量の荷物なんだ。そんなのを――」

「やらせてくれるなら、できるって。それで、彼女のけががよくなったら、あんたは、ほら、ただ彼女を抱っこして部屋に入ればいいんだ。やらせてよ。あんたはここで彼女についていなきゃならない。だから、代わりにあたしたちがやってあげるって。あんたたちふたりのためにさ」

「俺は……そうしてもらえたら最高だよ。ありがとう、メイヴィス」

「だってほら、あたしたちはご近所さんになるんだし」

「きみは、あの、重いものを運んじゃだめだよ。お腹に赤ちゃんがいるんだから」

「心配いらないって」メイヴィスは片手でお腹をなでた。「運ばないから」

「俺、いまこの瞬間にも、なにかが崩れてぼろぼろになりそうなんだ。で、その瞬間が過ぎると、またつぎの瞬間がやってきて、それで、俺……」椅子に腰かけたまま、マクナブはぴんと背筋を伸ばした。「彼女、いま動いたみたいだ。きみは見た？」

「見てないけど――」

「動いたよ。指が」そう言って、握っていた彼女の手を裏返す。「動いたのを感じたんだ。さあ、ピーボディ。目を覚まして」

「見えたような気もする」指先でピーボディの両肩をつかみ、メイヴィスは身を乗り出した。「ほら、目を開けようとしてるよ。だれかを呼んできたほうがいい？」

「待って。ちょっと待って」マクナブは立ち上がり、前のめりになった。「目を開けて、ピーボディ。俺の声が聞こえるだろ。もうそっちへ滑り落ちていっちゃだめだ。さあ、勤務時間に遅れてしまうぞ」

ピーボディは――喉を鳴らすような、うめき声のような、ため息のような――声を出し、マクナブはこんな甘美な音楽は聴いたことがないと感じた。彼女のまぶたが震え、腫れて、あざでまわりが黒くなった目が開いた。

「おかえり」涙がこみ上げて喉が詰まったが、マクナブはそのほとんどをぐっと呑み込み、ピーボディにほほえみかけた。

「なにがあったの？」

「ここは病院だ。もうだいじょうぶだよ」

「病院。思い出せない」

「かまわないよ。どこか痛む？」

「ええと……どこもかしこも。ああ、わたし、いったいどうしたの？」

「いいんだ。メイヴィス」

「だれか呼んでくる」

メイヴィスが飛び出していくと、マクナブはピーボディの手に唇を押しつけた。「さあ、もうだいじょうぶだよ。約束するよ。ディー。ベイビー」

「わたし……家に帰るところだった」

「帰れるよ。すぐに」

「その前にクスリをもらえる？」

マクナブは声をあげて笑い、その目から涙をあふれさせた。


イヴは、ヤンシーの肩口から身を乗り出している自分に気づき、体を引いた。

「かまわないよ。慣れてるから。最初に言っておくけれど、僕のところに連れてこられる目撃者がみんな今回の彼らみたいだったら、僕の仕事はもう信じられないくらい楽になる。たぶん、ちょっと退屈なくらいにね」

そして、振り返ってロークを見た。「これはあなたのところのプログラムですね」

「そうらしいね。販売中の画像作成プログラムでは一、二を争う製品だが、現在、うちではアップグレード版を開発中だ。それでも、プログラムを生かすも殺すもオペレーターの腕しだいだよ」

「そう思いたいですね」

「ふたりとも、賞賛し合いっこはあとにしてもらえる？」

「じゃ、これを見て。きみの目撃者が持ってきたスケッチと、こっちがいろいろ話し合ったあとに僕が手を加えた画像。わかるかな？　細部がちょっと加わって、微妙に変化しているけれど、これで身元の照合にかかる時間はぐんと短縮されるはずだよ」

「フランケンシュタインっぽさが減ったね」ロークが感想を言った。

「そう。対象者の行動は目撃者がおぼえている肉体的特徴に影響をおよぼしがちです。この大柄な男が女性を何度も殴りつけているところを見れば、男には乱暴な巨人らしい特徴が加わる。怪物野郎、というわけです。でも、目撃者は基本的な特徴をおぼえているから、よけいなものをそぎ落としてもらった。角張った顔、広い額、ぴかぴかのスキンヘッド。密封剤を塗っているとわかったので、その要素もプログラムした。サングラスは身元確認の障害になります——照合をする場合、目はもっとも重要な要素ですから。でも、ここからはプログラムを使って、実際に画像を作り上げていきましょう」

ヤンシーは作業をはじめ、スケッチを読み込んで形成ステージに進んだ。「輪郭。サイズを変えて、頭の形はこう」

ヤンシーがプログラムの必要事項をセクションごとに加えて画像を作っていくのを、イヴは見ていた。

「耳、首のライン。回転させて、背面図と、こっちから見た輪郭。正面から見た顔。口と鼻の形はこれで、骨の角度はこう。これを立体画像にして、肌の色合いを加える。オーケイ、いまわかっているかぎりのデータから、現実にもっとも近いと思われる形を作るとこうなります。そして、人間とコンピュータの判断を組み合わせて、最後の仕上げに入ります。サングラスをはずして、と」

イヴは目のない顔を見つめ、全身を震えが駆け抜けるのを感じた。

「すごいね」ロークが言った。

「ほんと」

「犯人の目は損なわれている可能性がありますが、身元確認のため、もっとも考えうる形を提示したいと思います。目の色は選択事項にありませんが、僕はこの肌と眉の色合いから考えて黒っぽいんじゃないかと思っています。確率のもっとも高いものを求める、というやり方で得られたのが、これです」

イヴは完成した画像を見つめた。顔は四角張っていかつく、口元は穏やかそうで、眉は濃く、その下の目は小さくて黒っぽい。大きな鼻はやや先が曲がっていて、耳ははげ頭からいっそう飛び出て見える。

「これがそうなのね」イヴは静かに言った。

「写真みたいにそっくりじゃなかったら、僕のお尻をぶっていいよ」ヤンシーは言った。「これをきみのオフィスのコンピュータに送るよ。きみのためにすでにたくさんプリントアウトしてあるんだ。僕も何枚か配るつもりだよ。身元照合も僕にやらせたい？」

「それはEDDのフィーニーにまかせて。彼より早い人はいないわ」イヴがちらりと見ると、ロークが笑顔で応じた。「それにしても、考えられない。すばらしい仕事をしてくれたわ、ヤンシー。ほんとに天晴《あっぱ》れよ」

「きみが連れてきた目撃者が最高だったから」ヤンシーはプリントアウトした似顔絵の束をイヴに渡した。「僕たちはきみのためにがんばっているって、ピーボディに伝えて」

「まかせておいて」イヴはヤンシーの肩を軽く拳でたたき、たぶん、感謝と同じくらい好意も伝えて、急いで部屋を出た。「照合はわたしもやるつもり。たぶん、フィーニーのほうが先に結果を出すだろうけど、とにかくはじめたいから。で、いったん――くそ、くそ、くそ」

　着信音が鳴っているコミュニケーターを引っ張り出す。表示を見てマクナブからだとわかり、イヴはぴたりと立ち止まった。無意識に手を伸ばしてロークの手を求めながら、答える。「ダラス」

「意識がもどった」

「すぐに行くわ」

イヴは病院の廊下をほぼ全速力で駆け抜け、ICUの付添人が片手を掲げるのを見て、ただ怒鳴りつけた。「なにを言っても無駄」

一気に扉のあいだをすり抜け、まっすぐピーボディの部屋へ駆けつけた。そして、ぴたっと立ち止まった。

ピーボディはベッドで上半身を起こして、腫れ上がった顔にかすかに笑みを浮かべていた。ひとつしかない窓の下のささやかなカウンターは庭園と化して、花々がひしめき合い、その香りは病院の消毒液臭ささえ圧倒している。

マクナブはピーボディの横に立ち、糊でくっついてしまったかのように彼女の手を握っている。反対側にはルイーズがいた。椅子に坐っているのはメイヴィスで、いかにも彼女らしい姿は、華やかに咲き誇る紫色と緑色の花のようだ。

「どうも、ダラス」ピーボディの言い方はちょっとろれつが怪しく、楽しそうなのは疑いようもない。「こんにちは、ローク。やだもう、そんな、たまんなくゴージャスで、これからどうすんの？　それ、考えなくちゃ」

ルイーズがくすっと笑った。「まったく、しょうがないわね。勘弁してあげて」と、イヴに言う。「痛み止めのせいよ」

「なんかすごく〝めちゃめちゃいい〟の」ピーボディはにんまりした。「完璧にすげークスリ」

「どんな具合なの？」

「とてもいい」ルイーズはピーボディの肩口にそっと手を置いた。「今後、いろいろな処置を受けることになるわ。検査とか、スキャンとか、心理療法とか――こまごました医療ビジネスのすべて。まだしばらくは慎重な監視と観察が必要よ。でも、医師団の努力の結果、なんとか症状は安定しているわ。このまま安定状態がつづけば、数時間内に一般の病室に移れるはず。きょうの夜中ごろにはかなりよくなっているんじゃないかと、個人的には思ってる」

「わたしの顔を見て。なに、これ！　って感じ。徹底的にやってくれちゃったわよ。お医者さんたちはわたしの片方の頬骨を――なんだっけ――復元しないとならなかったんだって。どうせなら両方やってくれたらいいのに、よくわかんないわ。両方の頬骨よ、わかる？　それから、あの男に顎もはずされちゃったから、しゃべり方がおかしいの。でも、ぜんぜんなんにも痛くないの。クスリは大好き。もっともらえる？」

「ちょっと減らしてもらえない？」イヴが訊いた。

「ありゃ」ピーボディは下唇を突き出した。

「彼女と話をして、供述を取らなければならないの。だから、もうちょっとまともに話ができるようになってもらわないと」

「できるかどうか、確認してみるわ。でも、短時間で済ませてもらわないと」

「鎮痛剤がないと、すごく痛むけど」ルイーズが部屋を出ていくと、マクナブが言った。

「彼女もそれを望むはずよ」

「わかってます」マクナブはため息をつき、空いているほうの自分の手の指をしげしげと見ているピーボディに目をやり、ほほえんだ。「彼女は仕事の虫だから」

「なんで指は六本じゃないんだと思う？　六本なら、超カッコイイと思うけど。やあ、メイヴィス！」

「やあ、ピーボディ」メイヴィスは部屋を横切ってきて、一方の腕をイヴの腰に回した。「彼女、五分おきに〝やあ、メイヴィス〟って言うんだ」と、小声で言う。「かわいいよね。あんたが話を聞いているあいだ、あたしは席をはずして、レオナルドとチャールズと坐ってるよ。最新情報を伝えるのに、だれか連れてきてほしい人がいる？」

「情報はばらまいてきたから。でも、ありがとう。ありがとう、メイヴィス」

メイヴィスが出ていったのと入れ替えに、ルイーズがもどってきて言った。「少し点滴を減らすわ。最長で十分までよ。この状況で、彼女が痛みに耐える必要はないんだから」

「最初にロークにキスしていい？　いいでしょ。お願い、お願い、お願い！」

イヴはあきれて目玉を回したが、ロークは声をあげて笑いながらベッドに近づいていった。「僕からキスをするのはどう、べっぴんさん？」

「いまはあまりべっぴんじゃないわ」ピーボディは言った。はにかんでいる。

「僕にはきれいに見えるよ。文句なしの美人だ」

「うわぁーー、ほんとに？　それで、これからどうすんの？」

ロークは身をかがめ、唇でピーボディの唇に軽く触れた。

「うーん」顔を上げたロークの頬をぽんぽんと叩く。「クスリよりずっといい」

「俺をおぼえてる？」マクナブが訊いた。

「ああ、ええ、やせっぽちくん。わたし、やせっぽちくんには目がないの。とにかくすごくかわいいわ。ちっちゃいお尻が最高にかわいいの。むき出しのお尻を見るべきよね」

「ルイーズ、減らしてよ。たのむから」イヴが強い調子で言った。

「ちょっと時間がかかるのよ」

「夜、ずっといっしょにいてくれたわね。やさしい坊や。やさしい坊やは大好きよ。わたしに話しかけてくれてるのが、ときどき聞こえたわ。あなたもキスしていいわ。みんなキスしていいわ。だって……あいたた」

「ちょっと話を聞かせてもらうわ」イヴは有無を言わせず告げた。「ピーボディ」

「サー」

「男を見たわね？」

「はい、サー」震える息を吸い込む。「ああ、ダラス、やつはわたしをぶちのめしました。悪魔みたいに襲いかかってきて。わたしの内側のなにかが壊れたり裂けたりするのをずっと感じていました。ひどかったです」

ピーボディはシーツの上でそわそわと指先を動かしていたが、やがて、痛みに耐えきれずにシーツをつかんだ。その指先をなだめるように、イヴは手で包みこんだ。

「でも、わたしは武器をつかみました。撃ちました。当たったってわかります。腕か肩だと思いますけど、一発、ぶち込みました」

「男の車を見た？」

「見ませんでした。すみません。わたし、とにかく――」

「いいのよ。なにか言われた？」

「売春婦と呼ばれました。売春婦の警官と」

「もう一度声を聞いたら、その男の声だとわかる？」

「もちろんです。サー。男に言われたような……妙に聞こえるかもしれないですが、男は母親を呼んでいたと思います。あるいは、わたしを〝母さん〟と呼んだのかも。いえ、たぶん、わたしです。わたしが母親を呼んだんです。だって、まちがいなく母親を求めてましたから」

「わかったわ」

「男のようすはくわしく説明できます」

「絵を見せるわ。その男にまちがいないかどうか、おしえて」

イヴは絵を掲げ、ピーボディが動かないでもよく見られるように位置を調節した。

「あの男です。顔にたっぷり密封剤を塗っていたけれど、まちがいないです。逮捕したんですか？」

「まだよ。すぐにつかまえるわ。あなたは、これからドラッグ・パーティが待ってるから逮捕する現場には連れていけないけれど、われわれはかならず犯人をつかまえるし、それはあなたの力でもあるのよ」

「逮捕したら連絡をくれますか?」

「真っ先に」

イヴは一歩後ずさりをして、ルイーズを見てうなずいた。「早くここから出たいだろうし、必要なら、うちで静養してもいいわよ」

「ありがとうございます。わたしは……うわぁー!」鎮痛剤が増量され、ピーボディはげらげら笑い出した。「これって最高です」

「また来るから」イヴは約束した。部屋を出ていくイヴのあとにぴったりマクナブがついてきた。

「ダラス? 公共交通機関のディスクの調べは打ち切りにします。犯人の目星がついたんだから、俺が調べる必要はもうないでしょう。ほかに俺にやらせたいことがありますか?」

「少しは眠りなさい」

「まだ眠れません」

イヴはうなずいた。「彼女に付き添っていて。なにかわかったら知らせるから。すぐにもどるわ」

イヴは大股で立ち去り、まっすぐ女性用トイレへ向かった。なかに入ると、そのまま床に坐りこんで、両手で顔を覆い、泣いた。

胸が痛くなるほど泣いた。ようやく重圧から解き放たれ、大きく胸を波打たせながら、泣いた。押し殺していた感情があふれて、熱く激しくほとばしるにつれ、喉がひりひりして、頭ががんがんしてきた。

やがて、涙も涸れはじめた。

扉が開く音がして、あわてて立ち上がりかけたイヴは、メイヴィスだとわかって床に坐ったまま動かなかった。

ただ両手を持ち上げて、ばたんと下ろす。「こんちくしょう、メイヴィス」

「わかるよ」メイヴィスはイヴの隣に腰を下ろした。「みんな、ほんとうにこわかったんだ。あたしはもうひととおり泣いたから。あんたはどんどんやって、終わらせなよ」

「もう終わったみたい」口ではそう言ったが、せっかくそばにいるのだからと思い、イヴはほんのしばらくメイヴィスの肩に頭をもたせかけた。「傷がよくなったら、トリーナにたのんでピーボディをめいっぱいきれいにしてもらう。ピーボディも喜ぶわ。女の子のなかの女の子、って感じにしてもらうの」

「いい考え。それで、完璧に女の子だけのパーティをやるんだ」

「わたしはそういうつもりじゃ……いいわ、どんなのだっていいからやろう。あなた、サングラスを持っている？」

「猿たちはジャングルでセックスする？　つまり、あったりまえじゃん、てこと」メイヴィスは紫色の房飾りをかき分け、シャツのポケットからサングラスを引っ張り出した。フレームは紫色で、レンズが緑色だ。

「すごいわね」赤く腫れた目をして動きまわるより少しはましかもしれない、と思う。イヴはサングラスをかけた。

「かっこいい《アップタウン》！」

「いいえ、わたしが行こうとしてるのはダウンタウン」イヴは立ち上がり、メイヴィスに手を貸して立たせた。「貸してくれてありがとう。さて、あの畜生野郎をパクりに行かなくちゃ」

21

車にもどり、イヴが運転席に坐ってはじめて、ロークは口を開いた。

「きみの、いつものファッション・アクセサリーとはちがうね」

「は？」

ロークは人差し指で、イヴのサングラスのフレームをちょんと叩いた。

「ああ。メイヴィスのよ。あの、借りたの。つまり……」ふーっと息をつく。

「僕には隠さなくていい」ロークはイヴのサングラスをはずし、両方のまぶたにそれぞれ軽くキスをした。

「ありゃ」半分ほほえみながらピーボディを真似て言う。「それで、これからどうすんの？」

そして、いきなりロークに抱きついて、体をすり寄せた。「緊張の糸が切れて、大泣きしながらマクナブにすがったりしたくなかった。もうひとしきり泣いてきたから、あなたにも取りすがったりしないわ。心配しないで」

「心配などしない。いつもぎりぎりまで気持ちを張りつめていて、ピーボディはもうだいじょうぶだと確信してようやく、安心して気をゆるめたんだね」

「ええ、そうみたい」しがみつき、抱きしめられるのはたまらなく気持ちがいい。「さあ、仕事を片づけにいくわよ」ロークから体を離す。「目、ひどい？」

「とてもきれいだ」

イヴは目玉を回した。「わたしはクスリでラリってるピーボディじゃないわ」

「セントラルに着くころには、新品みたいにすっきりした目になってるよ」

「よかった」それでも、イヴはまたサングラスをかけた。「念のためよ」

イヴのコミュニケーターが鳴ったとき、車はまだ駐車場を出てもいなかった。「ダラス」

「犯人を特定した」

「ああ、やったわね、フィーニー。わたしの車のユニットに送って。顔が見たい。こっちはいま、セントラルへ向かっているところ。わたしのオフィスで会える？」

「行って、待ってる。さあ、ご覧あれ」

イヴは急いで車の行き先をセントラルの駐車場にセットして自動運転に切り替え、画像に全神経を集中させた。

「あんただったのね、この最低野郎。ブルー、ジョン・ジョセフ。三十一歳。こんちくしょう」

自動運転では、制限速度を超えたり赤信号を無視したりできないので、イヴは運転モードを元にもどしてサイレンを鳴らした。「音声はいらない」と、ロークに告げる。「すべて聞く必要はないから。主だったところだけ読んで」

「独身、複数民族の血を引く男性。配偶者なし、法律で認められた同居パートナーなし。記録上、子どもはいない。犯罪歴の記録もない」

「ぜったいなにかあるはず。少年犯罪とか。まちがいない。封印されているとか。それはまたあとで考えるわ」

「住所はブルックリンのクラッソン街、と記されている」

「ブルックリン?」サイレンを響かせて車列を縫うように車を進めながら、イヴは首を振った。「ちがうわ、まちがってる。ありえない」

「ここにはそう記されている。この住所に八年間、住んでいる。コンプトレイン有限会社――住所は同じだ――の所有者で、経営者。会社の内容が知りたい?」

「ええ」でも、ブルックリンに住んでいるはずがない。いまはちがうはずだ。

「ええと、小さなデータ分析会社だ。ネットワークに侵入していた、というきみの推理を裏づけるものだ、警部補。ほとんどの仕事を在宅で行っている。技術サポートだとか、そういったことだ」

「顧客リストと会員リストに名前があるかどうかたしかめて」

「ちょっと待って。十年間、ダウンタウンの〈ジムズ・ジム〉の会員だ」

「適合者として名前が挙がらなかったのは、住所がブルックリンだったせいね。目のつけどころはよかったのに、もうちょっとのところで手が届かなかった。やつがブルックリンから中心地へやってきて女性を物色したり、殺したりしていた、というのはちがうと思う。納得できない。ジムならブルックリンにだってあるじゃないの、まったくもう」

駐車場に飛び込んでいって、ややスピードをゆるめた数秒後、車は矢のように自分の駐車スペースに突っ込んでいた。ピーボディより大胆で窮地に強いロークはまったくたじろがない。イヴといっしょに車を降りて、駆け足でエレベーターに向かった。

「だったら、中心地に第二の住所があるのよ。名簿に記載していなかったり、借りていたり、別名義で買ったりした家が」

一階でエレベーターから飛び出し、グライドまで全速力で走って、乗客を肘で押しのけながら急いで上っていく。

抗議の声を無視して飛び降り、またべつのグライドに乗り継ぐ。「すぐに作戦をまとめるわ。戦術チームはふたつ。一チームはブルックリンへ」

「それで、もう一チームは？」

「そっちについては、考えがあるの」

さらにグライドを駆け上り、くるっと方向転換して飛び出して、大部屋《ブルペン》を突っ切っていくあいだ、声をかけられても質問をされても、まったく応じない。

「データをすべて呼び出して」フィーニーに向かって声を張り上げる。

「もう呼び出してある。ものすごいサングラスだな」

「くそっ」イヴは無造作にサングラスをはずしてデスクの上に放った。「母親。アイネザ・ブルー、五十三歳。記載住所はフルトン。見つけたわ、このどぶネズミ野郎」

「アイネザ・ブルー」ロークは復唱し、手のひらサイズのPCをすばやく操作した。「引退した公認コンパニオン。子どもはひとり、息子がいる」

「母親の、そうね、二十年前の画像を検索したら、明るい茶色のロングヘアの白人女性だって、賭けてもいい」イヴはフィーニーの背中をぽんと叩いた。

「警部補？」ロークがPCを差し出した。「彼女の名前が〈トータル・クラフツ〉の顧客リストにヒットした」

「この六か月の、彼女のくわしい購入記録を呼び出して。リボンを探すの」

くるっとフィーニーのほうへ振り返る。「さあ、はじめるわよ」そう言ってリンクに向かい、部長に連絡を取った。

十五分後、イヴは会議室にいて、戦術チームに指示をあたえていた。「チーム1にはブルックリンの標的を担当してもらうわ。ブリスコールが配達人を装って接触して、対象者が建物内にいるかどうか確認する。対象者は完全に包囲すること。黒いバンも捜索する。この車は対象者の母親の名義で登録されている。〈サイドワインダー〉の去年のモデルよ。該当車両を見つけたら、車輪をロックすること。バクスター、あなたがこのチームを指揮して。

チーム2はフルトン街の住居に配備する。同じ手順にしたがい、配達人はウテが担当。このチームはわたしが指揮を取る。どちらの現場でも、すばやく、徹底して作戦を実行すること。令状はまもなく届くわ。対象者が不在の場合は、待機する。このばか野郎には、警官がいることを気づかれないように。だれであれ気づかれた者は、わたしがただじゃおかない。やつを逮捕するわよ。きょう、逮捕する。この作戦中に失敗したり、手順や行動に手抜かりがあったり、絶対にしてはならないときにくしゃみでもやらかしたりしたら、わたしが個人的にそいつの首をローラー式の絞り器に挟んでハンドルを回すから。質問は？」

「ひとつだけ」バクスターが声をあげた。「対象者は筋骨たくましい大柄な男だ。拘束するには過激な行動が必要になるかもしれない。俺のチームの全員が、どんな結果になろうと、過激な行動を取る覚悟であると念を押しておきたい」

イヴはちょっと首をかしげた。「尋問するから意識はあってほしいわね。それ以外は……」と、言葉を濁す。「どんな行動を取るのであれ、自分を見失わないように。行動開始。フィーニー、チーム2を集めて」

イヴはチームの全員に防護ギアをつけるように命じた。それですべて安心とは思わないが、危ない賭けはしたくない。また警官を病院に見舞うのはご免だった。

「母親も一枚嚙んでいるとは思っていないんだろう」待機中のバンのなかでフィーニーが言った。

「思ってないわ。五か月前、フルトン街の住所にリボンが十八メートル分、届けられているの。これ以前にも、彼女の手元にはいくらかリボンがあったはずだから、新たな注文をしたのは彼女の息子だと思う。それ以前もそれ以降も、彼女が商品を配達させた記録はないわ。いつも商品は自分で持ち帰っていた。彼女は死んでいるか、自由を奪われているんだと思う」

イヴは爪先に重心を移動させてから、またかかとにもどした。いったんしゃがんでから立ち上がり、防護ギアで動きが阻止されないことを確認する。「やつが母親を殺していたら、それが残りの殺人のきっかけになったのかもしれない。母親に蹴っ飛ばされたのが原因で殺人を重ねた、というのもないことはないだろうけど、わたしとしてはやつが母親をあの世へ送ったのはまちがいないと思ってるわ」

イヴはロークを見て言った。「やつがなかにいると確認できたら、あなたとわたしは正面から突っ込む。フィーニーと相方は裏から。つねに連絡が取り合えるよう、交信はオープンのままにしておいて。警官も民間の相談役もすべて、だれがどこにいるか把握していてほしい。かなり大きな家ね」イヴは言い、スクリーンが貼られたバンのウインドウ越しに、目的の家に目をこらした。「地下一階、地上二階。地下は警官ふたりが担当。わたしの合図で突入するわよ。すべての扉、すべての窓をカバーするように。やつの動きはすばやく、あきらめて投降なんかしない。逃げるはずよ」

「チームは位置についた」フィーニーがイヴに言った。「ウテにゴーを出すか?」

「ゴー」

イヴが見ていると、コンパクト・ジェット - バイクにまたがったウテが、東の角からいきおいよく近づいてきた。歩道に寄せたバイクからさっと降りて、届け先をまちがえたことになっている荷物を手に、軽やかな足取りで正面扉へ向かう。ベルを鳴らして、イヤホンで聴いている音楽のビートに合わせているように、ひょいひょいと首を振っている。

ベルと同じくらいはっきりと、インターホンから返事が聞こえた。「なんだ?」

「お届け物っす。サインがいるんすけど。くそっ。雨が降ってきやがった」

降りはじめた細かな雨粒が通りや歩道を濡らしだしたころ、扉が開いた。

「持ち場で待機」

「住所がちがう」ブルーが言った。「ここは803で、808じゃない」

「くそ、これって3に見えるじゃん。ここは——」鼻先でばたんと扉が閉じられた。ウテは扉に背中を向け、あくまでも仕事として、自分の尻を指差してキスをする音をたててから、軽やかな足取りでバイクにもどった。

「対象者を確認。武器は見当たらない」

イヴはさっと頭を上げ、ロークといっしょにバンの側面のドアから滑るように外に出た。ロークは小ぶりの破壊槌《バッタリング・ラム》を持ち上げた。イヴが駐車中の車の後ろにしゃがむと、フィーニーがバンを発進させた。

「濡れるわね」イヴがつぶやいた。さらに両肩を回して、爪先に重心をかけて体を前後に揺らす。

「ねえ、警部補、僕にまかせてくれたら、このバッタリング・ラムを使うのとほとんど同じくらいすばやく、扉を開けられるよ。しかももっと優雅に、くらべものにならないくらい静かに」

「優雅さは求めていないから」イヤホンからフィーニーの声が聞こえて、イヴはうなずいた。「突入！　行け、行け、行け！」

まだ身をかがめたまま、イヴは全速力で通りを横切った。視界の端でチームの動きを確認しながら、ステップを駆け上る。「打ち壊せ！」

ロークが扉の前に立ちはだかり、バッタリング・ラムを二度、打ちつけてから足元に落としたとたん、扉が崩れ落ちた。ふたりは武器をかまえて家に入った。

なかは照明がすべて明々とつけられてまぶしい。だれかがあわてて去っていく重々しい足音が聞こえた。イヴが音のする右へ進むと、階段を駆け上っていくブルーの姿が見えた。

「警察よ！　そこから動かないで」そう言いながら、すでにブルーを追って駆けだしている。「もう包囲されているわ。逃げ場はない。止まらないと撃つわよ」

振り向いたブルーの顔は、急に走り出したせいか紅潮していた。突然のことに自分を見失い、頭に血が上ったのだろう、とイヴは思った。ブルーの目の表情は見えなくても、彼が体をこわばらせた瞬間に、状況が把握されたのがわかった。

ブルーが突進してきた。

イヴが腹の中央を狙って放った光線が、ロークが放った光線と交差する。両者の光線を受けて、ブルーはよろよろと三歩、後ずさりをした。

イヴが驚いたことに、ブルーは〈ゼウス〉に陶酔した者のように頭をぶるっと振って踏みとどまった。「この性悪女！　やりやがったな！」

イヴは、その必要性も目的も自分に問わないまま、ブルーめがけて武器を発射するのではなく、助走をして両脚に力をこめて飛び上がり、その顔を蹴った。

鼻血がほとばしり、口からも血があふれたが、ブルーはなおも立ったままで倒れない。イヴは起きあがった。「撃たないで」と、ロークと、背後から駆けつけてきた者たちに怒鳴る。

「食らうがいい」ふたたびブルーが向かってくると、イヴはつぶやいた。「あんたもこれが好きなんでしょう」そう言ってその場にしゃがみ、両手で武器を強く握る。渾身の力をこめてその手を引き上げて、ブルーのタマにめりこませた。

ブルーは悲鳴をあげた。その甲高い声を聞いて、イヴは胸を躍らせずにいられない。ブルーはその場に膝をつき、倒れこんだ。

「これは効いたみたいね。対象者の身柄を確保！　この拘束具じゃ小さすぎるわ」そう怒鳴りながら、武器をブルーの頬に押しつけた。「あなたはもう大きい子よ、ブルー、大きくて強い男の子よ。でも、このままこの武器を発射したら、顔の一部を失っちゃうわ。わたしならそれは最高だって思うだろうけど、あんたはそうじゃないかもね」

「これで足りるかどうか」フィーニーはブルーに近づき、その両腕を背後にぐいとまわした。大きくした拘束具をなんとか装着していると、ブルーは赤ん坊のように泣きはじめた。

「やっとはまった。ちょっと痛いかもしれないが、やれやれ、これからどうするんだ？」

「こいつを車に乗せて、権利を読み聞かせる」

　イヴは立ち上がりかけて顔をしかめ、またうずくまった。

「手を貸そうか、警部補？」

「ありがとう」イヴはロークが差し伸べた手を握り、左脚を伸ばした。「さっきのキックで、どこかちょっと伸ばしちゃったかもしれない。わたしにはやや高すぎたかも」

「いいところに決まっていたが、僕としては二番目の攻撃が楽しめた」

「最初のはピーボディの分。二番目は……」

「わかってるよ。彼女たち全員の分」イヴにばつの悪い思いをさせると知っていたが、ロークは我慢できなかった。身をかがめて、キスをした。「きみは僕のヒーローだ」

「失せろ」

「警部補？」チームの一員が階下で声を張り上げた。「見てもらわなければならないものがあります。地下室です」

「すぐに行くわ」


　忘れようにも忘れられない恐ろしさだった。これまでにどれだけ目《ま》の当たりにしていようと、この先どれだけ目にしようと、けっして忘れられない光景だ。

　地下室は、見たかぎりでは数年前に改装されて、三つの小さな部屋に分けられていた。最近になって手を加えたようなところもあって、地下室は犯人の主な生活スペースだったのだろう、とイヴは推測した。

オフィスはきちんと能率的にととのえられていた。ディスプレーとコンピュータの完全なユニットが三つあり、壁の一面にディスク類と、ミニ冷蔵庫と、ミニ・オートシェフが並んでいる。照明は目が焼けてしまいそうなほどまぶしい。

つぎの部屋は個人専用のフィットネス・センターになっていて、トレーニング器具と、鏡と、本人と同じくらい大柄なスパーリング用ドロイドがあった。ここも目を刺すような明るさだ。

三番目の部屋に入ると、壁はすべて鏡張りで、照明は異常に明るく、反射した光がそこらじゅうでぎらついている。ここからフィットネス用の部屋が見える、とイヴは気づいた。

そこは犯人の寝室だった――棚にはおもちゃが並び、壁の一面にはスペース・インベーダーの壁紙が貼られた幼い男の子の部屋だ。幅の狭いベッドはきちんとととのえられ、宇宙戦士が派手な戦いを繰り広げているにぎやかな図柄のベッドカバーがかかっている。

一脚だけある子供用サイズの椅子には、拘束器具が取りつけられている。手首と足首用のかせだ。肘掛けの一方には赤い布が結びつけてある。

母親は彼を地下室に閉じこめていたのだ、とイヴは思った。おもちゃがあったり、子どもらしい装飾がしてあったりしても、ここは彼の牢獄だったのだ。

犯人は以前のままに部屋を保存していた。

しかし、ひとつだけ加えたものがあった。

壁にしつらえた長い張り出し棚だ。見れば新しいものとわかるし、棚をささえているブラケットはきれいな銀色だ。

棚の上には、薄いブルーの液体を満たしたガラスの瓶が十五個、並んでいる。

薄いブルーの液体に浮かんでいるのは、十五組の眼球だ。

「十五」イヴは言い、目をそらしそうになるのをこらえた。「十五」

イヴはロークといっしょに傍聴室で立っていた。尋問室Aにいるブルーは、テーブルに――手かせと足かせで――固定されている。

力ずくで椅子に坐らされて固定されるあいだ、ブルーはなにかに取りつかれたように――取りつかれた子どものように――絶叫した。おびえきって要求するので係の者が応じ、部屋の照明を最大限に明るくすると、ようやく落ち着きを取りもどした。

彼が本気で腹を立てたら、そのへんの一切合財を持ち上げてめちゃくちゃにしかねない、とイヴは想像した。

「きみはひとりで入っていかないね」、それはロークからの質問ではなく、有無を言わさぬ警告らしきものを含む声明だった。

「わたしはばかじゃないわ。わたしと、フィーニーと、アリーナボールのタックル並みの体格をした制服警官ふたりで入っていくわ。これ、あなたはほんとうに見たいの?」

「なにがあろうと見逃せないね」

「ピーボディの病室に中継しているから、彼女とマクナブは見られるわ。彼は施設に送られることになってる。精神病者だということで。わたしならあいつをそんな檻には入れないけど、そういう仕組みになっているからしかたないわ」

「遺体をどこに隠したか訊かなければならないんだね」

イヴはうなずいた。「かならず吐かせる」

最後にもう一度尋問室を見たあと、イヴは傍聴室から出ていった。フィーニーに合図をして扉の錠を開け、彼と護衛ふたりに先だって部屋に足を踏み入れた。

「録音開始」イヴは記録に必要な情報を声に出して言い、ほほえんだ。「こんにちは、ジョン」

「おまえに話す筋合いはないよ。メス犬め」

「そうね、話す必要はないわ」イヴは椅子に坐り、一方の腕を椅子の背に引っかけた。「わたしはメス犬警部補。しゃべりたくないって言うなら、檻にもどしてあげていいわ。あなたは逮捕されたのよ、ジョン。これまでにやらかしたすべての殺人容疑で。レイプ、殺人、遺体損壊。それであっさり捕まったことくらいわかってるわよね。イカレたドブネズミみたいに正気を失っていても、たぶん、あなたはばかじゃない」

「正気を失っているとか、決めつけるべきじゃないぞ、ダラス」

「ああ、そう、そうだった」イヴはフィーニーを見てにやっとした。「たぶん、お涙ちょうだいの話が山ほどあるんでしょうね。トラウマとか心の傷とか。精神分析医は喜んで信用するんでしょう。わたし、このわたしはそんな話なんか聞く耳持たないわ。あなたはもうおしまいよ、ジョン。もう降参、っていうのが現実なの。決定的な証拠があるってこと。目玉が並んでたわ。あれはどういうこと？　あの目玉はどういうことなの、ジョン？」

「くそ食らえ《ファック・ユー》！」

「レイプとファックはちがうわ。お母さんにおしえてもらわなかったの？」

ジョンは体をのけぞらせ、顔をゆがめた。「母親のことは言うな」

さあ、行くわよ、とイヴは思った。「わたしは、なんにたいしても口を閉ざしたりしない。どうしてかっていうと、ここの指揮を取っているのはわたしだから。ボスはわたし。あなたのタマをつぶして捕まえた女は、わたし。あなたはわたしの相棒をひどい目に遭わせたんだから、あなたがブタみたいに金切り声をあげるまで、わたしはしゃべりつづけるわ」

イヴは両手をバシッとテーブルに叩きつけ、ジョンの顔に顔を近づけた。「彼女たちはどこなの、ジョン？　あの目玉の持ち主の体はどこ？」

「くそ食らえ、この性悪の売春婦め」

「わたしに甘い言葉をささやいても無駄よ」

「おいおい、ダラス」フィーニーがイヴの肩を軽く叩いた。「少しは落ち着け。いいかい、ジョン、きみだってこれをきっかけに救われたいはずだ。きみにトラウマがあるということは、よくわかるよ」

イヴは不作法な声をあげた。

「拘束具を見たよ、ジョン。子どもだったきみはどんな思いをしただろうと思う。きみはさんざんつらい思いをしてきたにちがいないし、自分がなにをやっているかわかっていなかったんだろう。はっきりとはな。自分を止められなかった。でも、ここで立ち上がらなければならないよ。少しは後悔の念を見せてくれなければ。ほかの女性たちがどこにいるのか、話すんだ、ジョン。そうすれば、そうやって自分から供述すれば検察官の受けもちがってくる」

「俺が売春婦をたくさん殺したから檻に閉じこめるって言われたんだ。なのにどうやって俺を助けられるんだよ？」

「いいか、あの警官は助かるんだ」

「ピーボディが彼女の名前よ」イヴが横から言った。「ディィリア刑事。彼女、あなたに一発お見舞いしたわよね、ジョン。痛みのお返しをしたってわけ」

ジョンが一方の腕を体に引きつけたので、イヴは眉を上げた。「光線が当たると、めちゃめちゃ痛かったでしょうね」

「へっちゃらだね」視線を鏡張りの壁に移し、肩の力を抜く。「俺を見てみろ。なにがあろうと俺はだいじょうぶなんだ」

「逃げたじゃない？　ウサギみたいに大あわてで」

「だまれ、このくそ女！　俺はやらなきゃならないことをやっただけだ」

「まあ落ち着こうじゃないか」フィーニーはなにかを押さえるように両手を上下させ、あいかわらず、芝居のなかのよい警官そのものの口調とリズムで言った。「きみにとって大事なのは、ジョン、ピーボディ刑事は無事だということだ。これは大きいぞ。彼女が亡くなっていたらきみを救うのは無理だっただろうが、彼女はだいじょうぶなんだ。きみのためにやってあげられることはある。きみが協力して、後悔の念を見せ、ほかの犠牲者たちの家族が気持ちの区切りをつけるためにわれわれが必要とする情報をあたえてくれるなら、きみに有利になるような発言もしよう」

「俺はやらなければならないことをやったんだ。やらなければならないことをやった人間を、どうして閉じこめたりするんだよ？」

イヴはポケットから赤いリボンを引っ張り出した。「どうしてこれを使ったの？」ジョンがただリボンを見つめるだけなので、イヴがリボンを自分の首に巻きつけると、彼の目がとろんとした。「首に巻くといい感じ？　リボンの両端を握りたくなるの、ジョン？　そして、引っぱりたい？」

「おまえを最初に殺せばよかった」

「そうね、そのとおりね」

ジョンはなおもリボンから視線を離さず、顔からもドームのような頭からも玉のような汗が噴き出た。「あなたの母親はどこなの、ジョン？」

「母親のことは口にするなと言ってるだろう！」

「お母さんは手芸をするのが好きだったのよね。〈トータル・クラフツ〉の彼女の支払い記録を手に入れたわ。でもね、おもしろい話があって、この何か月か、だれも彼女を見かけてないそうよ。いいえ、もう一年近くも。最初に彼女を殺したんでしょう、ジョン？　わたしたちがあの家で見つけた赤いリボンと同じ母親のリボンを持ち出して、彼女の首に巻きつけたんでしょ？　じつの母親をレイプしたの、ジョン？　母親をレイプして絞殺して、目をくりぬいたの？」

「あいつは売春婦だったんだ」

「彼女はあなたになにをしたの、ジョン？」

「ああされてもしかたないことだよ」はあはあと浅い息をしながら、また鏡を見る。そして、ゆっくりうなずいた。「ああされてもしょうがないんだ。いつだってそうだった」

「彼女はなにをしたの？」彼の目にはなにも問題はなかった。見ればそうだとわかったし、イヴは彼の健康診断の結果も確認していた。そして、明るい光について考えた。サングラスとまぶしい照明。瓶のなかの目玉。

「ここはちょっと照明が強すぎるわね」イヴはさりげなく言った。「照明を五十パーセントに落とせ」

「もとにもどせ」汗の粒が流れ落ちはじめた。「暗いところではなにも話さないぞ」

「あなたは、わたしが聞きたいことはなにも話していないわ。照明を三十パーセントに」

「明るくしろ、明るく！　暗いのは嫌いだ。暗いところに置いていかないで。見るつもりじゃなかったんだ！」

ジョンの声が高くなった。男の子がパニック状態におちいって懇願しているかのようだ。イヴははっと胸が突かれる思いがしたが、さらに問いつめた。「なにを見たの？　言いなさい、ジョン。言ったら照明を明るくしてあげる」

「売春婦が裸でベッドにいた。男に触らせて、自分でも男を触っていた。俺は見るつもりじゃなかったんだ」

「彼女はあなたになにをしたの？」

「その布で目を覆いなさい。きつく縛って。このチビ助、あたしが働いているとき、のぞき見をするんじゃないよ。また暗いところに閉じこめるよ。こんどのぞいたら、見ちゃならないものが見えないように、目をくり抜くぞ」

ジョンは椅子に坐ったまま、鎖をジャラジャラ鳴らしてもがいた。「暗いところにいたくないよ。俺は弱虫でつまらないばか野郎じゃない」

「公園ではなにがあったの？」

「遊んでただけだ、それだけだ。俺とシェリーで遊んでいただけだ。あの子に俺のあれを触らせただけだ。ママにあそこを棒で叩かれると、痛いんだ、すごく痛いんだ。粉をかけてこすられると、熱いんだ、熱いんだ。こんどは酸をかけて、どうなるか見てやろうね。暗いところでね。なにも見えないし、逃げられないよ」

ジョンはテーブルに突っ伏して泣き出した。

「あなたは強くなったわ、そうでしょう、ジョン？　強くなって、仕返しをしたのね」

「ママはあんなことを言っちゃいけなかったんだ。俺をあざ笑って、ののしるからいけないんだ。俺は怪物じゃない。役立たずじゃない。おとなの男だ」

「それで、男だということを彼女に見せた。その気になれば売春婦をレイプできるおとなの男だ、って。彼女を黙らせたのね」

「黙らせたよ、しっかりな」ジョンは顔を上げた。ぼろぼろ涙をこぼしているが、その目には狂気が宿っている。「それで、いまはどうだ？　俺が見ろと言うものしかあいつは見られない。そういうことだ。いまじゃ、主導権を握っているのは俺だ。こんどあいつを見たら、なにをするべきかはわかってる」

「彼女がいまどこにいるかおしえて、ジョン。彼女以外の人たちがどこにいるかもおしえて」

「暗いよ。ここは暗すぎる」

「おしえてくれたら、また明るくしてあげる」

「埋めたよ。ちゃんと埋めたんだ。なのに、どうやってもあいつはもどってくるんだ！　土のなかは暗いんだ。あいつは暗いのが嫌いなんだ。だから、外に出したままにした。公園に置いたんだ。思い出させてやる！　悪かったと思わせてやる」

「彼女をどこに埋めたの？」

「ちっちゃな農場だよ。おばあちゃんの農場。あいつは農場が好きだった。いつかあそこに住むんだろうな」

「北のほう。もう農場じゃない。古い家だよ。醜いぼろ家で、扉に錠が下ろしてある。あいつに閉じこめられるぞ。言うことをきかないと、ちゃんと言ってるのにきかないと、置いてけぼりにされてネズミにかじられるぞ。あいつはおばあちゃんにしょっちゅう閉じこめられて、だから、お行儀がよくなったんだ」

ジョンは鎖を引っぱりながらしゃべり、椅子に坐ったまま前後に体を揺すりつづけている。歯をむき出し、汗をかいた顔と頭をぬらぬら光らせながら。

「でも、あいつはあそこを売ろうとしなかった。がめつい性悪女はあそこを売って、俺に分け前をくれる気がない。あいつはなにもくれないんだ。苦労してためた金をどっかの怪物にやる気はない、って。だから、奪ってやるんだ。ぜんぶ奪ってやる。売春婦め」

「照明を最大限に」

トランス状態から正気にもどったかのように、ジョンは目をしばたたかせた。「おまえになにか言う筋合いはないからな」

「ないわ、もう充分話してもらったから」

「どこの農場？」

22

多数の遺体が埋まっている場所を探し出し、遺体の身元確認をして搬出するため、イヴは必要なドロイドと探索犬、捜索ユニット、器材を要請した。

かなり時間のかかる、かなりむずかしい作業になるのはわかっていた。

イヴは個人的にモリスに連絡して、人選をまかせるのでチームを結成してほしいとたのんだ。ホイットニーとティブルが州北部までやってくる手はずがととのえられても、予想していたので驚かなかった。

とりあえず、かぎられた時間ではあるが、マスコミにじゃまされずに捜査ができそうだった。しかし、情報が漏れるのは時間の問題で、そうなればまた醜い浮かれ騒ぎ《カーニバル》がはじまるとわかっていた。

警官のおしゃべりや質問にじゃまされず、じっくり考えて心の準備がしたかったので、州北部までロークが所有するジェット・コプターで向かった。操縦席にはロークが坐っていた。

やむことなく降りつづくもの悲しい雨のなかをジェット・コプターは飛んでいく。とてつもなく重苦しい作業をさらに厄介にしようと自然さえ介入してくる、とイヴは思った。北のかなたの地平線で小さな稲妻がジグザグを描くのが見え、そこにとどまっているようにと願わずにいられない。

ロークはなにも尋ねず、飛行中ずっとつづいた沈黙のおかげで、イヴはこれから向き合うものにたいして気持ちを落ち着かせることができた。この種の作業は型どおりのものにはならない。型どおりであるはずがない。

「もうじきだ」ロークは、目的地が色ちがいで示されているコンピュータの地図をちらりと見てから、前面ガラスのほうを顎で示した。「二時の方向だ」

たいした家ではなかった。機体の降下がはじまり、イヴは上空から家を見下ろした。小さくて、手入れも補修もろくにしていないと、見る目があればわかっただろう。イヴには屋根がたわんでいるように見えた――おそらく雨漏りがしているだろう。急勾配で幅の狭い道に面した芝生には雑草がはびこり、ゴミが散らかっている。

しかし、家の裏には目隠しのように木々が茂り、両側には高い塀が延びていた。起伏のある土地にまばらな芝生が広がっている。

ほかにも家があるから、いずれそのうち、好奇心にかられた住人が姿を現すはずだ。家と家は離れていて、問題の家のでこぼこの多い裏庭からはどの家も遠い。使命を帯びた男、やらなければならない作業のある男なら、こんな土地ではほぼ人に見られることなく、目的を成し遂げるだろう、とイヴは思った。

そのうち、制服警官たちがあの家々の扉を叩いて、ブルー家や黒っぽいバンのことや、怪しい行動に気づかなかったどうか尋ねるはずだ。

ジェット・コプターが着陸した。ロークがエンジンを切る。

「きみは彼にいくらか同情しているね。ジョン・ブルーに」

イヴは雨の向こうの家を見つめた。暗い窓は汚れて、壁のペンキがかさぶたのようにはがれかけている。「わたしがいくらか同情を感じるのは、親に、疑いようもなく残忍で無慈悲な女に痛めつけられた無防備な子どもにたいしてよ。それがどんなことか、分かり合えるから」

イヴは首をめぐらせてロークを見た。「それでどんなに心が歪み、傷つくか、わたしたちは知っている。それが原因でなにをしでかしてしまうか知っている。尋問のとき、彼のそんな子どもの部分を利用してしまったことを思うと、胸がうずくわ。いいえ、うずくなんてものじゃない。どんなに彼を追いつめていたか、あなたも見ていたはず」

「僕が見たのは、やる必要があることをたとえ心が痛もうとやり遂げているきみだ。苦しかったはずだ、イヴ、あいつと変わらないくらい。いや、それ以上だろう」

「やらなければならなかったのよ」イヴは同意した。そして、その経験をも背負って生きていかなければならないのだと思った。「だって、子どもが彼女たちを殺したんじゃないから。

子どもが彼女たちをレイプして殴って絞め殺して、その体を傷つけたわけじゃない。子どもがピーボディを病院へ送り込んだんじゃない。だから、そうね、そんなふうに考えれば、ジョン・ブルーに同情はしていない。わたしたちの過去は同じくらいひどいけれど」

「きみのほうがひどいだろう」

「かもね」イヴは深々と息をついた。「たぶん。で、彼と同じように、わたしもわたしを苦しめたやつを殺した」

「彼とはちがうぞ、イヴ。まったくちがう」ロークがイヴに告げたかったこと、なによりも重要なことはこれだった。「きみはどうしようもない恐怖と痛みにさいなまれる子どもだった。自分の身を守るために、できることはなんでもやってやめさせなければならなかった。でも彼はおとなで、そこから立ち去るという選択肢もあった。母親のせいで心がどんなにゆがんでいようと、一連の罪を犯したとき、彼はおとなだった」

「虐げられた子どもは心のなかに住んでいるわ。そういうことを精神分析医が好んで言いたがるのは知っているけれど、これは真実よ。わたしたちはそんな行き場のない子どもを内側に抱えている」

「それで？」

「そして、わたしたちは、傷ついて行き場を失った子どもが罪のない人たちに危害を加えるのを許さない。わかってるの。あなたになだめられるまでもない。わかっているから。わたしたちはそんな内側の子どもを使って、罪のない人たちのために戦っているんだと思う。わたしはバッジとともに、あなたは〈ドーハス〉のような虐待サポートセンターを作ることで。わたしたちだってほかの道に進んでいた可能性はあるけれど、そうはしなかったのよ」

「まあね、僕は少し回り道をしたが」

それを聞いてイヴはほほえみ、彼と出会わせてくれた神に感謝した。「そして、わたしたちの旅はまだ終わっていないわ。ローク」そう言って、彼の手に触れる。「この先がどんなに厄介な道のりか、あなたは知らない」

「少しはわかっているつもりだが」

イヴは首を振り、早くも表情を曇らせて言った。「いいえ、わかっていない。わたしは前に経験したことがある。あなたの想像を超えたひどさよ。帰ってとか、近づかないでとか、たのむつもりはないわ。休憩が必要だと感じたら、そうして。しばらく遠ざかって。ほかの人たちもそうするから、ほんとうよ。そうしても恥ずかしいことはひとつもないわ」

彼女はけっして現場を離れないだろう、とロークは思った。「僕になにをさせたいか、とにかくそれを言ってくれ」

イヴは家の裏に非常線を張らせた。探索犬とドロイドが配置されるあいだに、チームを家のなかに集めた。室内はじめじめして悪臭が立ちこめ、洞窟のように暗かったが、イヴが照明点灯を指示すると、あたりはたいまつそのもののような明かりに満たされた。

ジョン・ブルーは暗い部屋は使わない、とイヴは思った。

彼は女性たちを寝室で、二部屋あるうちの小さいほうの寝室で殺していた。彼の部屋だ、とイヴは断定した。この家へ女性を運んできたときは、ここを使っていたはずだ。扉には外側からかかる錠が取りつけてあった――古い錠だ。少年を閉じこめるための錠にちがいない。母親がそのまた母親にされたように、彼を暗い部屋に閉じこめたのだろう。だから、彼はその部屋で、床にむき出しで放置されている染みだらけのマットレスの上で、母親を殺したのだろう。母親に見立てたほかの女性たちも、同じようにここで殺したはずだ。

赤いリボンが何本かと、女性の服の残骸と、マットレスや床になすりつけられたり染みこんだりして乾いた血痕が見える。

「すべて証拠品保存袋に入れて、タグを付けて」と、イヴは命じた。「隅から隅まで徹底的に探すのよ。犠牲者の持ち物から身元がわかる場合もあるわ。それが終わったら、ここを臨時の鑑識研究室にして、血液のサンプルを集めてほしい。彼がここへ連れてきた犠牲者すべての身元を判明させるわ」

「警部補？」チームのひとりが一歩前に出た。完全防護スーツを着ているが、マスクとフィルターだけはまだ身につけていない。「つぎつぎと場所が特定されています」

「いまのところ、何体？」

「探索犬が七体目を見つけたところですが、まだこれで終わりとは思えません」

「すぐに行くわ」

フィーニーが足早に近づいてきてイヴと並んで歩き出した。ミセス・フィーニーが見立てたスーツはクモの巣が引っかかり、泥で汚れている。「地下で穴掘りロボットを見つけた。かなり新しいようだ。使われた形跡がある」

「機械が使えるのにシャベルを使う人がいる？　そういう機械なら、けっこう音がするわね。近所の人が聞いているかもしれない」

「制服警官を何人か、隣人の話を聞きに向かわせよう」

「すぐにはじめて」イヴは防護スーツを着て、マスクを手に雨のなかへ出ていった。

七体を発見、とイヴは思った。いいえ、まだ終わりじゃない。あと何体見つかるか、イヴは正確な数字がわかっていた。

ドロイドたちがあわただしくでこぼこの地面を行き交っている。探索犬の一頭が吠え、全身を震わせて尾を振りながら、地面の匂いを嗅ぎはじめた。引き綱を握っているドロイドの合図で、犬はその場に坐って待った。

探索犬は自分の仕事をきっちりこなした。数字の8が記された印が置かれる。

イヴは、大きな黒い傘の下に立っているホイットニーのところまで歩いていった。「サー。遺体の収容作業をはじめたほうがいいですか？」

「八人か」ホイットニーは硬い表情を崩さず、現場を見つめている。「きみの思うとおりにやりなさい、警部補」

「収容作業は探索犬を混乱させる可能性があります。遺体のある場所がすべて特定され、印をつけたと確認されるまで待つ、というのがわたしの選択です」

「そうするといい。九人目だ」ホイットニーはつぶやいた。

家のなかで、また、外で雨に打たれながら、作業はつづけられた。数十人の警官が灰色の防護服姿で幽霊のように動いている。犬が吠え、ドロイドが合図をして、地面に旗印がつけられる。

「捜索を終了させて」合図がないまま三十分が過ぎると、イヴは命じた。「収容チームは位置について。照明を準備するわよ」イヴは声を張り上げ、ぬかるんだ現場の地面を横切りはじめた。「収容チームは二手に分かれて、ひとつは西の端から、もうひとつは東の端から作業をはじめて。モリス」

「なんでも言ってくれ」

「できるだけ早く身元を確認したいの。早ければ早いほどいい」

「市の行方不明者リストの歯形資料を持ってきた。それから、この地域の行方不明者のも集めてきた。そっちはこの数にも満たないがね」そう言って、遺体収容ユニットが地面を掘りはじめた現場を見渡した。「実際の歯形と持ってきた資料を照合する携帯用の器材も持ってきた。これを使えない分はもうちょっと時間がかかってしまうだろう」

「やわらかな表層の下は石がごろごろしている」ロークが言った。「この状況で、水分も含んでもいるし。この掘削ロボットで掘り進むのは、ちょっと時間がかかるぞ」

「ロボットを扱える？」

「ああ、できるよ」

「この人にロボットを持ってきて」イヴは声を張り上げ、振り返ってロークを見た。「南からはじめて。モリス、助手をひとり、ロークにつけて。さあ、やっつけるわよ」

イヴはマスクをつけてフィルターを装着し、最初の印に向かって歩き出した。そして、探索犬と同じようにかたわらに立ち、待った。

「遺体に到達」オペレーターが告げた。ロボットが停止する。これからは手作業で、センサーの信号音をたよりに、まだ薄く土で覆われている髪の毛や、肉や、骨を慎重に発掘する。

まず掘り出されたのは、指――あるいは指の残骸――のついた両手だった。死はゆっくりと肉体を変化させ、それにともなう影響がフィルターによってすべて遮断されることはありえない。しかし、イヴはなおもしゃがんだまま、女性の骨格が姿を現すにつれて顔を近づけていった。

彼女の髪は長かった。死亡時よりも長いだろう、とイヴは思った。命が途絶えてからも髪が伸びつづけるというのは、謎のひとつだ。泥まみれで黒っぽく見えるが、実際は明るい茶色だと思われる。

さあ、見つけたわよ、とイヴは思った。あなたを、名前のあるひとりの人間にもどしてあげましょう。あなたにこんなことをした人間は牢に閉じこめられました。それがわたしにできるすべてです。

「埋められてどのくらい？」イヴはモリスに訊いた。

「数か月、おそらく六か月くらいだろう。死体収容所へ連れていったら、もっといろいろ話してあげられるよ」

「彼女を出してあげて」イヴは言い、立ち上がって、つぎの印へと向かった。


雨のせいで夕暮れでもないのに薄暗かったのが、夜が近づくにつれてあたりは本格的に暗くなった。空気は冷たく、湿っていて、痛ましい死の臭いがたちこめていた。身元の判明した遺体は袋詰めにされて、掘り返された穴のかたわらに横たえられて搬出されるのを待っている。まだだれのものともわからない遺体はテントに覆われた防水シートの上に置かれ、検死官チームが身元の確認に努めている。

裏庭は共同墓地の様相を呈していた。

頭上ではマスコミのヘリコプターが、照明の光の帯を引きずりながら旋回している。さらに多くのレポーターたちが、近隣の庭の芝生にテントを張って待機中らしい。なんというすばやさだろう。いまこの瞬間でさえ、わたしが立っている現場の悲惨さと恐ろしさは州の——国の——いたるところのスクリーンに中継されているのだろう、とイヴは思った。なんという世界だ。

そして、人びとはわが家のソファに坐って見ているのだ。暖かくて、乾いていて、生きていることに感謝しながら。

だれかが持ってきてくれたコーヒーを、イヴは味わいもせず、なにも考えないまま飲んだ。コーヒーカップをもうひとつつかんで、ロークのところまで歩いていく。

「これで三体目だ」ロークはぼんやりと言い、雨に濡れた顔をぬぐった。機械を停止させて引き上げ、手作業のチームが仕事に取りかかれるように脇に置く。「きみの言うとおりだ。このひどさは僕の想像を超えている」

「休憩して」そう言って、コーヒーを渡す。

ロークは一歩下がり、イヴと同じようにマスクを押し上げた。いずれにしても、もうほとんど役に立ってはいなかった。マスクの下の顔は青ざめ、汗まみれだ。そして、ぞっとするほど険しい。

「お迎えが来ても、土に埋められたくはないな」ロークは静かに言った。「灰は灰にとか、塵は塵にとか、どうだっていいが、忌まわしい土のなかで、あんなふうに変化するのはいやだ。火葬がいい。早くて清潔だ」

「あなたなら神様に賄賂を贈って永遠に生きられるわ。神様よりお金持ちだもの」

ロークはなんとかかすかにほほえんでイヴをほっとさせた。「なにはともあれ、やってみる価値はあるだろう」コーヒーを飲んで、あたりをながめる。まわりのぞっとするような光景が一気に目に飛びこんでくる。「なんてことだ、イヴ」

「わかってる。彼の個人的な共同墓地よね」

「僕は、個人的なホロコーストだと思った」

イヴはそのあともしばらくロークといっしょに立っていた。なにも言わず、雨が遺体収容袋を打つもの悲しい音を聞いていた。

「歯形を参考にして、モリスが二、三人の身元を確認したわ。マージョリー・ケーツとブリーン・メリウェザー——ふたりは市内在住。レナ・グリーンスパン——ここから五キロほどのところに住んでいて、子どもがふたりいる三十歳の母親よ。サリー・パーカーは二十八歳の成人教育の教師で、地元の学校で教えていた。何人かは路上生活者とか、公認コンパニオンだと思う。でも、全員の身元を確認するわ。どんなに時間がかかっても、全員の身元を確認する」

「大事なことなんだ。彼女たちがだれで、どこからやってきて、だれに愛されていたか、ということが。それを意味のあることにしなければ、彼女たちは朽《く》ちかけた肉と骨でしかなくなってしまう。あの男にそうされたままのものになってしまう。そうだろう？」

「そうよ」またべつの遺体が袋に入れられるのを見つめながら、言う。「彼女たちはそんなものじゃない。あいつにされてしまったものとはくらべものにならない、ずっとすばらしい人たちよ」

　現場でできるかぎりのことがされて作業が終了すると、イヴは防護服を脱いで、集積所に重ねられた防護服の上に放った。使用済みの防護服はすべて殺菌のうえ廃棄処分される。シャワーを浴びたい、と思った。何時間でも、耐えられるぎりぎりの熱い湯を浴びて、さらに何時間かなにも考えずに過ごしたい。

しかし、まだ終わってはいなかった。まだだ。

イヴはポケットに手を突っ込んで、また〈ステイ－アップ〉を取り出し、水なしで呑みこみながら、ロークが待っているジェット・コプターに歩いていった。

「ひとつ、たのみたいことがある」と、ロークが切り出した。

「あんな夜を過ごさせてしまったんだから、ひとつくらいじゃ足りないわ。もっとたくさんでもいいのよ、ローク」

「僕はそうは思っていないが、とにかく、ひとつだけたのみたいことがある。これが終わったら、捜査が終了したら、二日ほしい。この件から離れ、すべてから離れて過ごすんだ。家にいてもいいし、きみの好きなところへ行ってもいいが、そんな時間が――ふたりのために――ほしいんだ。言わせてもらうなら、今回のことをおたがいの体から消し去るためだ。けっしてそれはできないけれど。完全にはできないけれど」

ロークはうなじで髪をまとめていた革のひもをはずした。「おたがいの心身のバランスを取りもどすため、と言ってもいい」

「でも、しばらく時間がかかるわ。ピーボディが元気になるまではそばにいたいし」

「それは言うまでもない」

「そうよね」これなら身を隠せるだろうと思い、イヴはそっと指差してからジェット・コプターの裏側にまわった。そんな目隠しが必要だと思うのはばかげているかもしれないが、現場にはまだおおぜいの警官がいた。マスコミにはもう公式声明を出してたが、もっと話を聞こうと、まだ二、三人のレポーターが残っていた。

今夜、これ以上、彼らがイヴから情報を得ることはなく、彼女はロークとふたりきりでいられる私的な時間がほしかった。

イヴは両腕をロークの腰に回して、頰を彼の頰に押しつけた。「しばらくただこうしていて」

「喜んで」

「気持ちが揺さぶられてどうしようもない。どんなに心の準備をしても、こんな経験をすれば平気ではいられない。なにがあろうと無理。こんな行為には、どんな報いもけっして充分ではないわ。足りるわけがない。気が滅入るわ。憂鬱で、不安で、体のどこにも力が入らない」

イヴは首の角度を変えて、ロークの肩に頭をのせた。「だから、いいわ、あなたに二日間をあげるわ――どうぞ、受け取って。どこか遠くへ、ローク。ふたりだけになれる遠くへ。島へ行きましょう」

イヴはロークにしがみつく腕に力をこめて、頭のなかにグラニュー糖のような砂や、青い海を思い浮かべて、ぬかるんだ地面に遺体袋が並んだ光景を消し去ろうとした。「服なんか一着も持っていかなくていい」

ロークは小さくため息をつき、イヴの頭のてっぺんに頭をのせた。「それ以上に完璧なことは思いつかないね」

「とにかく今夜の仕事を終わらさなければ。それから二、三日か、もう少しかかるかもしれない。そのあと、ふたりでずらかるのよ」

ロークはイヴを押し上げてジェット・コプターに乗せた。「ほんとうに、今夜じゅうに仕事の残りを済ませるのか？　きみはクスリで動いているのも同然だ」

「すべて解決させたほうがよく眠れるから」イヴはシートベルトを締め、雨のなかをジェット・コプターが上昇するあいだに、リンクでピーボディの容体を確認した。

セリーナが、ロフトのエレベーターにつづく門を開けた。「ダラス、ローク。ふたりとも疲れきっているみたい」

「あなたの判断はまちがってはいないわ。夜遅いのはわかってるの。ごめんなさい」

「それは気にしないで。なかに入って、坐ってちょうだい」身振りでふたりをなかに導く。

「なにか持ってくるわね。食事は済んだの？」

「しばらく食べ物のことは考えられないわ。でも、坐る件はそうさせてもらう」

「それと、お茶を淹れたほうがよさそうね」

「彼女は必要だと思う」イヴがなにか言う前にロークが言った。「僕もいただきたい」

「ちょっと待っていてね」

小走りに立ち去ったセリーナは裸足で、部屋着のローブのふわりとした裾は足首までの長さだ。「ピーボディの具合は？」と尋ねる声がキッチンから聞こえた。

「とてもいいの、あれだけのけがをした割には。一般病室――というか、ロークが彼女のためにせしめた病院内御殿――にいるわ。いずれにしても、あと二、三日は入院して、そのあとは在宅ケアに移って百パーセントの回復をめざすことになると思う」

「それを聞けてほんとうにうれしいわ。あなたがマイラと話をしたかどうか知らないけれど、わたしたち、きょう、また新たな発見があったから、あしたは警察の似顔絵係に絵を描いてもらえると思う」

セリーナはトレイを手にもどってきて、イヴの顔を見てとまどいの表情を浮かべた。「なに？」

「きょうの午後、犯人の身元をつかんだの。逮捕したのよ」

「まあ、なんてこと」セリーナがいきおいよくトレイを置いたので、カップ類がカチャカチャと音をたてた。「ほんとうに？　信じられない」

「ほんとうよ。それもあって、こちらにおじゃましたの。あなたはスクリーンをつけていないだろうと思って」

「ええ、つけていなかったわ。心を浄化させていたっていうか、そういうことだったから。どうやって逮捕したの？　いつ？」

「あなたをつまはじきにしてしまったみたいだけれど、いったん動き出したら、あっという間だったのよ」

「そんなことはぜんぜん気にしていないわ。犯人は牢のなか？　やったわね」セリーナはゆっくりと息を吐き、ティーポットに手を伸ばした。「どう考えたり感じたりするべきか、それさえわからない。でも、ほんとうに安心したわ。どうやって見つけたの？」

「犯人がピーボディを襲っているところを目撃した人たちが、本人と乗り物をかなりはっきりおぼえていたの。その証言をもとに捜査をはじめたのよ。そして、逮捕した。それから一時間もしないうちに、彼は尋問室にいた」

「ふたりとも、くたくたなようだけど、たまらなくうれしいでしょうね」そう言って、お茶を淹れたカップをふたりの前に置く。「結局のところ、地道な警察の捜査で解決したのね」

「運もあったわ」

「最後の詰めでは、わたしはあまりお役に立てなかったみたい」

「そんなことはないわ。ほんとうによくやってくれたわ」

「あなたには特殊な能力がある」と、ロークがつづけた。「そして、それをうまく利用した」

「自分で選んでどうこうできるものじゃないのよ」

「あら、それはちがうと思うけど」イヴはお茶をちょっと飲んだ。「アナリサ・ソマーズを殺したとき、能力を利用することを選んだのはまちがいないわけだし」

「なに？」セリーナのカップがソーサーに当たってカタカタと鳴った。「なんて言ったの？」

「あなたは、何か月もジョン・ブルーを見ていた――彼のヴィジョンを見ていた――にちがいないわ。彼が母親を殺すところも見たの、セリーナ？　そのくらい前から見ていたの？

それが見えたから、ライバルを始末する計画を練りはじめたの？」

じっとイヴを見つめるセリーナの顔が、紙のように白くなった。「こんなひどいことってない。なんて恐ろしい、不愉快な話。わたしが人を殺したっていうの？　かわいそうなアナリサを殺したって？　その罪を犯した男を逮捕してるのに。どうしてそんなことが言えるの？」

「逮捕したのは、十五人の女性を殺害したことに責任を負うべき男よ。十五人よ、セリーナ。彼は彼女たちの目を飾っていた。わたしたちはこの数時間、州北部にある彼の母親の家で、裏庭から遺体を掘り出していたのよ。もちろん、あなたはその場所も知っているはずよね。遺体は十三体あった。十三体──遺体からまちがいなく身元を確認された母親も含めて。犯人は十三人の女性を毒牙にかけた」

イヴの顔色は青ざめてはいなかった。石のようにいかめしく、氷のように冷ややかだったが、顔色は怒りでかすかに紅潮していた。「あなた、彼女たちが殺されるところも見ていたの？　それに、エリサ・メープルウッドとリリー・ネーピアを加えて、十五人」

セリーナは震える両手を持ち上げ、胸の前で交差させた。「わが耳を疑うとはこのことね。あなた、頭がどうかしてしまったんだわ」

「わたしの頭は正常に働いているだけで、どうもしていないわ。どうかしていたら、ブルーがわたしの相棒にやったみたいに、たったいま、あなたの顔を叩きつぶしてるわよ」

「こっちからあなたに知らせにいったのに、力になろうとしたのに。自分が担当している事件で、遺体が多すぎるからって、わたしのせいにするの？　ああ、もう信じられない。ふたりとも、わたしの家から出ていって。ふたりとも——」

セリーナが腰を浮かせると、ロークがさりげなく手を伸ばしておしとどめ、また坐らせた。「静かに坐っていてもらおう、セリーナ」ロークの声はぞっとするほど穏やかだ。「僕たちはふたりともひどい数時間を過ごしてきたばかりだから、あなたの基準からすると礼儀正しさに欠けるところがあるかもしれない。僕があなたならおとなしく坐っているね」

「こんどは脅しにかかるのね。弁護士を呼ぶわ」

「まだあなたの権利を読み上げていないから、あなたにはまだ権利がないのよ。読み上げたら、セリーナ、弁護士を呼べるけれど、いまのところ、わたしたちは話し合っているだけ」

「こんな雰囲気の話し合いは好きじゃないわ」

「ねえ、わたしがなにが嫌いか知ってる？　利用されるのが嫌いなの。恋人の新しい女を殺そうとする、第六感持ちの自分勝手な性悪女にだまされるのが嫌いなの」

「自分がなにを言ってるかわかってないんだわ！　彼女が殺された日、わたしはひと晩じゅう家にいた。安定剤を呑んで寝ていた。家から一歩も外に出ていないのよ」

「嘘もいいところだ」ロークが言った。「そう、あなたがエレベーターを使って正面玄関から外出していない、ということを証明する防犯監視ディスクはある。しかし、興味深いことに、この数か月前から、あなたの階下《した》の部屋を借りている者はいない」

サマーセットのささやかな貢献だ、とイヴは思った。「あなたが賃貸契約を更新しなかったのよ」

「たしかに、そう決めたのはわたしだけど——」

「そうなれば、とても簡単だった」ロークがつづけた。「あなたはあそこの扉から——防犯カメラは電源を切ってあった——廊下に出て、階段を降りて1‐A号室に入り、避難装置を使って外に出た。僕が確認したんだが、あなたの頭には、まず密封剤を使うという考えは入ってなかったようだね。扉からも、窓からも、避難装置からも、あなたの指紋が採取された」

「わたしの持ち物だもの」しかし、セリーナは落ち着かないようすで、膝から、喉、髪へと手を動かした。「指紋はどこにでもついているでしょう」

「アナリサは当てはまらなかった。近かったけれど」イヴは考えながら言った。「現場は公園だったけれど、ブルーの理想像に合致していなかった。髪が黒すぎたし、短すぎた。それから、子猫。彼はほかの犠牲者相手に小道具は使っていない。でも、あなたには彼女がほかに気を散らす瞬間が必要だった。百三十キロ近い大男じゃないものね。抵抗する暇をあたえないためには、彼女の気持ちをそらして一気に殴り倒す必要があった」

「冗談言わないで。彼女はレイプされていたのよ。いったいどんな理由があって、そんな幻想を作り上げるの？　わたしが女性をレイプしたって責めるのは、とてもじゃないけど無理よ」

「あなたには楽しくなかったかもしれないわね。どんな器具を使ったの？　ありとあらゆる種類がそろってるわ。ほんとうにリアルで、本物とほとんど見分けがつかないものもあるくらい」

「おいおい」

イヴはロークの膝をぽんぽんと叩いた。「失礼」

「立証できるわけがないわ」

「あら、セリーナ、するわよ」イヴはセリーナがまっすぐ目をのぞきこめるように身を乗り出した。「わたしが立証するって、あなただってわかっているはず。あなたの助言があろうとなかろうと、わたしがジョン・ブルーを逮捕するってわかっていたようにね。あなたはわたしが彼を逮捕することを望んでいたのよ。とにかくアナリサを殺したあとにね。あなたには黙秘する権利があります」と、イヴは被疑者の権利を告げはじめた。

「こんなのばかげてる」イヴがミランダ警告を言い終えるとセリーナが言った。「わたしはわざわざあなたのところへ行って、手を貸そうとしたのよ。そうじゃない？」

「できるなら、ものごとの中枢のデータに近いところにいるほうが、いつも変わらずいいのよ。賢いやり方だわ」

「弁護士を呼ぶわ」

「そうすればいい」イヴはリンクのほうを身振りで示した。「弁護士を呼んだら、あなたを徹底的に打ち倒すことを一生の使命にするわ。わたし、疲れているの。だから、早く終わらせたいの。くたくただから、この件についてはあなたと話をして、おたがいになにができるか検討する気持ちもあるのよ」

ほんの一瞬のうちにセリーナがさまざまなことに思いをめぐらせたのを、イヴはかすかな表情の変化から読み取った。「ブルーには嘘をつく理由がないわ、セリーナ。何人の女性を殺して、全員についてそれぞれなにをしたか、彼はおぼえている。殺したのは十五人よ。アナリサが殺された夜、彼はグリーンピース・パークにはいなかった。アリバイがあるの」

「だったら――」

「だれかほかの者の犯行？」イヴはあとを引き継いで言った。「ええ、そうね。手口の細かなこと、マスコミにまだ発表されていない細かなことを知っている者。知っていることを利用して、真似できた者。でも、そのだれかは男性じゃなかった。その夜、現場に男性はいなかったから。あなただけ。あなたしかいなかった。ルーカスはあなたを捨て、そして彼女と付き合いだした」

「わたしたちは合意して別れたんだし、わたしと付き合っていたとき、彼は彼女と会っていなかったわ」

「ええ、そう。慎みのある男性、誠実な男性よ。あなたを裏切らなかった。でも、彼女と出会ったのはあなたと別れる前よ。そして、そのうちに確信した。彼女と会って、ピンとくるものを感じたの。彼が彼女に興味を持ったことを、たぶん彼本人が気づく前にもうあなたはまちがいなく知っていたはず。あなたは、ことあるごとに彼の心を読んでいたにちがいないわ」

「前にも言ったはずよ、人の心に勝手に入りこんだりしないって」

「嘘つきね。いまのいままで、あなたの才能はあなたにとってゲームのようなものでしかなかった。楽しめて、興味深くて、いいお金にもなる。以前の自分は浅はかだったって、前にわたしに言ったわね。それこそ揺るぎない事実よ。ルーカスはあなたを愛せなくなり、気持ちはどんどん離れていった。それでも、あなたの自尊心を守って円満な別れに見せかけなければならなかった。そして、どうなったかというと、彼の新しい恋人は惨殺され、あなたは彼を慰めようと両腕を広げて待ちかまえている。きょうの午後、彼を慰めに行ったときには、涙の二、三粒もこぼしたの？」

「わたしにはルーカスに会う権利があるわ。礼儀的にも――」

「あなたから礼儀の話なんか聞きたくない」イヴの口調の激しさに、セリーナは思わず身を引いた。「あなたは、ジョン・ブルーが何者で、どこにいて、なにをしているのか知ってた。わたしのオフィスへ来るずっと前からよ。彼が殺すところを何度も何度も見ていたのよ。そして、彼女たちを利用し、彼を利用し、わたしを利用した。アップタウンの――アップタウンへ行ったのは賢いわね――手芸用品店の店員があなたをおぼえていたわ、セリーナ。あなたはぱっと目を引く女性だから、四か月前に店に入ってきたあなたをおぼえているって。四か月前にやってきて、赤い畝織りのリボンを九十センチほど買ったのをおぼえていたのよ」

セリーナの頬はもう白くはなかった。灰色に変わりかけていた。「だからって――証拠にはならな──」

「すべて偶然だって言うのね、まあそうかもしれない。でも、じつによくつじつまが合うの。手段、動機、機会がそろっている」そう言って、三本の指を突き出す。「被害者とは知り合いで、ほかの殺人の詳細を知っていて、殺害に使われた凶器を持っていた。それがアップタウンで売られた商品だと証明できるわ。ちょっと時間はかかるだろうけど、できる。それができれば、あなたはもう手も足も出ない」

一瞬言葉を切り、その事実が受け入れられるのを待って、さらに言う。「彼女を殺せたのはあなたしかいない。もう抵抗しても無駄よ。現実と向き合いなさい、セリーナ。ひとつたしかなのは、あなたは弱い人間じゃないってこと」

「ええ、弱くはないわ」セリーナはお茶のカップを持ち上げ、うとましそうに鼻にしわを寄せた。「ブランデーのほうがいいみたい。取ってもらえる?」あいまいに身振りで示す。「キッチンの横の棚にあるの。ダブルで」

ロークは願いを聞き入れ、部屋を横切っていった。

「彼をとても愛してるのね」セリーナがイヴに言った。「どうしようもなく」

「好きなように言えばいいわ」

「彼に愛されなくなったらどうする? どうやって乗りきる? 彼にとって義務感でいっしょにいる人、どうやって避けたらいいのかわからないお義理の相手、きちんとした彼にとって傷つけたくない相手になっていたら。傷つけたくない相手よ。どうやって耐えられる?」

「わからないわ」

「わたしは彼を手放した」セリーナは一瞬目を閉じ、ふたたび開いた目は澄んでいた。揺らいでいなかった。「彼を手放そうとしたわ。ものわかりよく、粋でいようとした。でも、苦しいの」一方の拳を心臓のあたりに押しつける。「たまらなく苦しいの。耐えられないくらい。彼が彼女を愛するようになると、さらにひどかった。彼はもう二度ともどってこないとわかっていた。彼女を愛しているかぎり、彼がまたわたしを愛するようになることはないとわかっていたわ」

セリーナは顔を上げて、ブランデーを手にもどってきたロークを見た。「本人はそのつもりがないときでさえ、男性はわたしたち女をとりこにする。わたし、初めてヴィジョンを見ようとしたわ。苦しくてたまらないときに、つい求めてしまったの。なにをしようとしたのか、いま考えてもわからないけれど、あのときはすごくみじめな思いで、はらわたも煮えくりかえっていて、もうどうしていいのかわからなくて。心に隙があったのかもしれない。そうしたら、いま、あなたを見ているくらいはっきりと彼が見えた。ジョン・ブルーよ。彼がなにをしているかも見えたわ」

ブランデーのグラスを回してから、口をつける。「相手は彼の母親じゃなかった。初めてのときじゃなかった。何人目なのか、知らないわ。ブリーン・メリウェザーだったわ。彼が彼女を市内から連れ去るところは見なかった。彼女をバンから運び出すところが見えた。暗かったわ。真っ暗だった。彼女は両手と両方の足首を縛られて、猿ぐつわをかまされていた。彼女がおびえているのがわかったわ。部屋のなかへ運ばれると、いっせいに明かりが、おびただしい数の照明がついた。だから、あのおぞましい部屋で彼が彼女にしたことはすべて見えたわ。それから、彼女が裏庭に埋められるところも見えた」

「そして、あなたは計画を立てはじめた」

「わからない。そうだったのかもしれない。わたしはどうしたらいいのか、なにをすればいいのかわからなかった。もう少しで警察に届けそうにもなった。最初、反射的にそうしようと思ったの、ほんとうよ。でも……届け出はしないで、彼はだれで、どうしてこんなことをするのだろうと不思議に思った」

「だから、彼を観察した」と、ロークがあとをつづけた。「答えを見きわめるために」

「そうよ。好奇心と嫌悪を同時に感じたけれど、彼につながることができたから……観察したの。そして、思った。彼がアナリサを殺してもいいんじゃない？　彼がアナリサを殺したら、すべてはあるべきかたちにもどる、って。彼にお金を払ってやってもらおうかとも思ったけれど、それでは危険すぎた。それに、彼は常軌を逸しているから、わたしが襲われるかもしれないと思った。そして、気づいたの、たぶん。わたしにやれる方法があるじゃない、って。そうしたら、彼がエリサ・メープルウッドを殺したの。この街の、すぐ近くで。それで、わたしはどうすればいいかわかったのよ」

セリーナは首をのけぞらして天井を見た。「あなたには、ただ知らせにいったわけじゃなかったのよ」と、イヴに言う。「あなたがどんなふうに捜査をやるか、どのくらいで彼を逮捕できるか、わたしをどう思うか、知る必要があったわ。それから、どこかで、これは誓ってほんとうなんだけれど、どこかで、早く彼を捕まえてほしいと願ってもいたの。わたしが……する前に。でも、そうはならなかった。あなたに情報をあたえながら、心のどこかで彼を捕まえて、彼を止めてほしいと思っていたのよ。わたしの……前に」

「じゃ、彼女を殺したとき、捜査が長引いているせいだ、わたしが犯人を捕まえないせいだと思っていたのね」

「たぶん。わたしは、アナリサの件の前に催眠療法を受けたいと言ったのよ」セリーナはイヴに思い出させた。「自分から言い出したの。すぐにやってほしいとマイラに言ったけれど、彼女はとても慎重だった」

「彼女のせいでもある、と」

「たしかに、そうも言える。どのひとつがちがっていても、結果はまったくちがっていたはず。わたしは自分に言い聞かせていたの。わたしが情報をあたえたことで、すぐに彼が捕まったら、それはそういう運命なんだ、って。彼女が、アナリサが、あの晩、公園に足を踏み入れなかったら、すべてを中止にしよう、と。彼女が近道を取らなかったら、わたしは彼女に背を向けよう。そういう運命なんだ、って。見えたことをすべてあなたに話すつもりだった。でも、彼女は近道を取った。彼女が公園を通ったから、そうするのが運命なんだって思えて、それで、自分がなにをやっているか考えなくてすむように、ある意味、彼になりきったの。彼になって、ちょっと離れたところから、べつの自分がある種の恐怖を感じながら見ていた。そのうち、引き返せないところまできてしまった」

セリーナは体を震わせ、さらにブランデーを飲んだ。「ほんの一瞬、彼女はわたしを見たわ。すごくとまどっているのがわかった。でも、引き返すにはもう遅かった。自分を止められなかったということよ」セリーナはふーっと息をついた。「いつわかったの？」

「彼女とルーカス・グランデの関係を知ったときよ」

「いい加減なこと言わないで」セリーナはさっと手を振ってはねつけた。「あなたはとても賢い女性だけど、そのときにわかったはずはないわ。マイラのオフィスであなたの心を読んだもの。ピーボディが襲われた直後にも読んだわ。ただ自分の身を守りたくて」

「心を読まれないように壁を築けるのは、あなただけじゃないのよ」イヴは首をかたむけた。「前に言ったように、マイラの娘さんは魔術師《ウイカン》で霊能者よ。いくつか助言をもらったわ」

「わたしを利用したのね」

「そのとおり。でも、うまくはできなかったし、ぐずぐずしすぎた。だから、相棒が病院へ行くはめになったわ」

「犯人が彼女を狙うことは知らなかったの。わかったときはもう遅かった。あなたに連絡しようとしたのよ。わたし、ピーボディが好きだから」

「わたしもよ。あなたは、あの男が惨殺したほかの女性たちには、同じ感情は持てなかったみたいね」

セリーナはちょっと肩を持ち上げて、すぐに下ろした。「彼女たちのことは知らなかったわ」

「わたしは知っている」

「愛のためにやったの。やったことはすべて愛のため」

「大嘘よ。あなたは自分のためにやったの。自分の思いどおりにするために、自分が上に立つために、身勝手ゆえにやったの。人は愛のために人を殺したりしないわ、セリーナ、あなたはそんなふうに言って、自分が引き起こした窮地を飾り立てるのが好きなだけ」

イヴは立ち上がった。「立ちなさい」

「陪審にわからせるわよ。一種の錯乱状態だった、それだけのことだ、って。錯乱が高じて――生まれながらの才能のせいでことさら影響を受けやすいの――彼に取りつかれて、アナリサを殺してしまった、って」

「そう信じていればいいわ。セリーナ・サンチェス、あなたを逮捕します。あなたの訴因を数えてみる？」イヴが軽くうなずくと、ロークはエレベーターのほうへ移動した。「アナリサ・ソマーズにたいする第一級強姦、第一級殺人、および死体損壊。強姦、殺人、死体損壊への事前、事後の共犯。十五件」

「十五件……彼がやったことで、わたしを訴えるのはおかしいわ」セリーナがくるりと振り向こうとしたのを見逃さず、イヴは拘束具を留めた。

「あら、できるわ。訴えるわよ。そして、その件であなたを訴えた理由を陪審にわかってもらう」イヴがそちらに目をやると、マクナブとフィーニーがエレベーターを降りてきた。

「さらに追加訴因。警官にたいする殺人未遂と、暴行、不法接触の事前および事後の共犯。彼女を連行して、刑事。容疑者の名前を記録して」

マクナブはセリーナの腕を取った。「喜んで」

「逮捕した警官名は、不在中のピーボディ刑事、と記載するように」

マクナブはなにか言おうと口を開きかけ、そして咳払いをした。「ありがとう、サー」

「帰るといい、おちびさん」フィーニーはセリーナのもう一方の腕を取り、イヴに言った。「あとはわれわれが引き継ぐ」

イヴはエレベーターが降りはじめる音を聞いていた。「今夜、鑑識チームにここへ来てもらって、あらいざらい調べてもらわないと。彼女の檻にあと二、三本、格子を増やすのよ」そう言って、疲れた目をごしごしこする。「こんちくしょうめ、がっちり閉じこめてやる。もうすぐあしたになっちゃうわ」

「耳に心地いい響きだ」ロークはふたたびエレベーターを呼んだ。「あれはよくやったね、警部補。ピーボディの手柄にした件だ」

「彼女はそれだけのことをしたから。まだクスリが効いてる」イヴは両肩をぐるぐる回し、エレベーターに乗りこんだ。「目は閉じたがっているのに、体はまだ元気もりもりよ」

「家に帰ったら、それはふたりで解決できるはずだ。きみは目を閉じていいよ」ロークは身をかがめ、長々と熱烈なキスをした。「そして、体のほうは僕が相手をする」

「それで手を打つわ」

建物の外に出ると、イヴは警察のシールを貼って扉を封鎖した。「雨がやんでる」

「まだちょっと霧が出ている」

「霧は好きよ」

「きみは彼女が好きだった」

「そうよ」イヴは扉の前に立って通りを眺めた。無数の小さな水たまりをラピッド・キャブが轢《ひ》いていく。「彼女が好きだった。ある程度はいまも好きよ。彼女の正体を知ったいまでさえ」

ロークは大きく弧を描くように腕を伸ばして、イヴの肩を抱き、イヴは彼の腰に手を回した。「彼女は彼を愛していると思う？　ルーカスを？」

「思わない」いまのイヴは愛がどんなものか知っている。「でも、彼女は愛してると思っているのよ」

イヴはこんどこそ助手席にどさりと坐り、心地よさそうにあくびをした。ロークがハンドルを握る。イヴはシートの背もたれに体をあずけて、彼が家まで運んでくれると信じて、目を閉じた。

そう、彼女は愛がどんなものか知っている。

訳者あとがき

イヴ&ローク・シリーズ第二十作『赤いリボンの殺意』(*Visions in Death*)をお届けします。

退屈なくらい平穏な勤務を終えたイヴがロークの仕事がらみのパーティを無難に乗りきり、自家用シャトルで帰途についていると、呼び出しがかかります。

「殺人事件発生。現場はセントラルパーク、ベルヴェデーレ城」

パーティドレス姿のまま現場に駆けつけるイヴ。公園内の人工湖から城につづく岩の上に横たえられていた遺体は全裸で、首に赤いリボンが巻かれ、懇願するように両手を組み合わせていました。血まみれの顔面をよくよく見ると、眼球がえぐられて持ち去られています。

女性に恨みを持った者の犯行? あるいは、なにかの儀式なのか?

翌朝、殺人を目撃したという女性、セリーナが現れます。彼女は霊能者で、自宅のベッドのなかにいながら現場を見ていたというのです。以前、ピーボディの父親で霊能者のサムに（アクシデントだったのですが、無断で）心を読まれた経験のあるイヴは、霊能者にたいしてわだかまりを持ちつづけています。警官のなかの警官であるイヴですから「犯人を突きとめる助けになるなら、双頭のしゃべる猿だって利用する」気持ちはあっても、セリーナに捜査協力を依頼するかどうかについては慎重です。

もちろん、ロークはいつも変わらず捜査に協力的です。宇宙一の金持ちになるくらいだからやり手の実業家であるはずなのに、仕事はいつしているの？　と訊きたくなるくらいイヴにつきっきりです。

また、ますますお腹がせり出してきたメイヴィスから大変なたのみごとをされて、イヴとロークは頭を抱えます。以前、友だちがいなかったころのほうが人生はもっと簡単だった、とイヴは愚痴ったりもします。それでも、捜査の合間に仲間たちと会って他愛ない話をしてリラックスするコツも身につけつつあるようです。

やがて、第二、第三の被害者が出て、あせりながらも地道な捜査をつづけるうち、犯人像は絞られていきますが……。

シリーズも二十作を重ね、読者のみなさんの頭のなかには、二〇五〇年代末に繰り広げられるイヴ＆ロークの世界ができあがっているのではないでしょうか？　通勤用バスが空中を行き交っていたり、高性能車がふわりと浮き上がって方向転換したり。もちろん、料理はすべてオートシェフまかせです。描かれている街はおもに近未来のニューヨークですが、現代のニューヨークよりどこか「のどかさ」を感じるのは、描かれている人物たちの人間らしさのせいでしょうか？

シリーズ中、繰り返し語られるエピソードのなかでも、とくにボタンの話には心引かれます。ロークがイヴと出会ったとき、彼女が着ていたグレイのスーツから落ちて、リムジンの床にころがっていたボタン。ロークが拾ってポケットにしまい、返したくない、と思ったボタンです。いまもロークがそのボタンをポケットに忍ばせていて、たまに大きな手でしっかり握りしめるところを想像するだけで胸が熱くなり、第一作目のその場面を読み返したくなります。

そんなちょっとした小道具ひとつで読者の気持ちをしっかりとらえ、巧みに別世界へといざなうJ・D・ロブことノーラ・ロバーツの最新ニュースをお届けしましょう。彼女が夫ブルース・ワイルダーとともに所有する小さなホテル〝イン・ブーンズボロ〟が、今年二月十七日、メリーランド州ブーンズボロにオープンしました。ボルチモアからもワシントンDCからも車で一時間半という、人口二千八百人弱の小さな町です。ノーラは長年、この町の近くにあるもっと小さな町、キーディーズヴィルに住んでいます。

ブーンズボロに宿泊施設がないことに気づいた夫妻は、かつてホテルだった老朽化した建物を買い取って修復し、個性的なホテルにして甦らせました。ホテルの向かいには、以前から夫が経営する〝ターン・ザ・ページ・ブックストア・カフェ〟があり、ノーラはここで定期的にサイン会を行っています。ホテルの開業にともなってオープンした〝ギフツ・イン・ブーンズボロ〟では、地元のアーチストたちの芸術品や工芸品も売っています。

ホテル全八室のうち七室は、小説上のカップルにちなんだ内装になっているそうです。『ジェーン・エア』のジェーンとロチェスターや、『高慢と偏見』のエリザベスとダーシーなど、すべてハッピーエンドを迎えたふたりです。もちろん、イヴとロークの部屋もあります。ホテルのサイト（www.innboonsboro.com）をのぞいてみると、部屋の画像もちゃんと紹介されています。近未来とローク好みのアンティーク調家具の組み合わせは、やはりどことなくちぐはぐな感じはしますが、そこはご愛敬。

それぞれカップルにはイメージに合わせた香りがあって、各部屋のシャンプーや石鹸はもちろん、バスジェル、バスソルト、ボディスプレーなどなど、すべて香りが統一されているそうです。ちなみに、イヴとロークの部屋は、犯罪と戦った一日の疲れを癒すようなラベンダー・パチョリの香りです。

こういったバスルームのアメニティ・グッズはすべて、ノーラが暮らしているキーディーズヴィルの石鹸会社が手がけているそうです。

どうでしょう？　全世界で3億冊の本を売ってきた人気ロマンス作家のサイドビジネスにしては慎ましいとは思われませんか？　でも、それがノーラなのだと思います。家族を大切にして、小さな町でこつこつと物語を書きつづけながら、ゆったりした地方の暮らしを楽しみ、地元の人たちを大切にして、歴史ある建物を修復して新たな命を吹き込む……。そんなノーラだからこそ、血の通った人物像が描けるのでしょう。

取材に応じてホテルの説明をしているノーラは、自分でできるかぎりのことをして、やってくるお客さんに居心地のいい思いをしてもらいたい、と意気込んでいるアメリカのお母さんそのものに見えます。

地元に根づいてきちんと生活しているノーラは、これからも読む人の気持ちを揺さぶるような作品を生みだしつづけてくれることでしょう。次回作も楽しみですね。

二〇〇九年三月

イヴ&ローク 20
赤いリボンの殺意

著者　J・D・ロブ

訳者　中谷《なかたに》ハルナ

2009年4月20日　初版第1刷発行

発行人　鈴木徹也

発行所　株式会社ヴィレッジブックス
〒108-0072 東京都港区白金2-7-16
電話 03-6408-2325(営業) 03-6408-2323(編集)
http://www.villagebooks.co.jp

印刷所　中央精版印刷株式会社

ブックデザイン　鈴木成一デザイン室十草苅睦子(albireo)

 ISBN978-4-86332-142-7 Printed in Japan